Portia Da Costa compte à son actif plus de trente romans ainsi qu'une centaine de nouvelles, écrits sous divers pseudonymes. Portia aime créer des personnages sexy et sympathiques pour les confronter à des situations sulfureuses. Elle vit au cœur du West Yorkshire avec son mari et Alice, leur chat bien-aimé. Portia a exercé le métier de bibliothécaire.

Du même auteur, chez Milady Romantica :

Entre les lignes

CE LIVRE EST ÉGALEMENT DISPONIBLE
AU FORMAT NUMÉRIQUE

www.milady.fr

Portia Da Costa

Sous escorte

Jeux de hasard – 1

Traduit de l'anglais (Grande-Bretagne) par Élodie Coello

Milady Romantica

Milady est un label des éditions Bragelonne

Titre original : *The Accidental Call Girl*

First published by Black Lace, an imprint of Ebury Publishing.
A Random House Group Company

ISBN : 978-2-8112-1207-0

Bragelonne – Milady
60-62, rue d'Hauteville – 75010 Paris

E-mail : info@milady.fr
Site Internet : www.milady.fr

Ce roman est dédié à la véritable Mulder,
ma fidèle compagne féline aujourd'hui profondément regrettée.

1

M. Smith

L'HOMME ASSIS À L'AUTRE BOUT DU COMPTOIR ÉTAIT d'une beauté époustouflante, et ce n'était pas peu dire. Le plafonnier pendu juste au-dessus de sa tête accentuait l'effet hypnotique, auréolant sa tignasse blonde d'un halo de lumière. Lizzie ne put s'empêcher de contempler ce visage angélique.

Zut ! Le voilà qui tourne la tête ! Pour éviter de croiser le regard de l'inconnu, elle baissa aussitôt les yeux sur son verre. Il contenait du Schweppes : un choix banal, certes, mais sans prise de risque. Il fut un temps où, sobre ou non, elle plongeait la tête la première dans des défis stupides et aventureux ; or, ce soir, ce côté intrépide voulait resurgir de sa coquille. Quelques heures plus tôt, elle errait à une fête d'anniversaire, se demandant ce qu'elle faisait là, dans cette salle de réception de l'hôtel *Waverley*, en compagnie de ses colocataires, Brent et Shelley, entre autres amis. La soirée était organisée pour une ancienne copine de fac, une fille un peu BCBG avec qui – déjà à l'époque – Lizzie n'avait jamais vraiment sympathisé. Au milieu de toutes ces femmes qui lui lançaient des regards menaçants et de ces hommes peu discrets dans leur manière de la déshabiller du regard, Lizzie avait préféré s'enfuir discrètement pour rejoindre le bar de l'hôtel, captivée par son atmosphère tamisée et désarmante.

Reluquer ou ne pas reluquer, telle était la question. Elle en avait pourtant très envie. L'inconnu dégageait un charme surprenant, bien qu'il ne soit pas le genre de Lizzie – si tant est qu'elle ait un genre d'homme. Lentement, tout doucement, elle tourna la tête de quelques centimètres à peine pour capturer du coin de l'œil une image de l'inconnu beau comme un dieu, ou du moins doté d'un charme angélique indéniable.

Et merde ! Il ne regardait plus vers elle, ce sale type ! Le barman captait toute son attention, et l'homme semblait plus occupé à sourire à ce dernier qu'à remarquer les femmes qui l'entouraient. Était-il gay ? *Oh, et puis zut !* Après tout, était-ce vraiment si important ? Lizzie n'était accoudée à ce comptoir que pour le plaisir des yeux, et l'inconnu était un élément plus que captivant, cela devait lui suffire. D'ailleurs, elle profita qu'il discute avec le barman pour l'observer plus en détail.

Une chose était sûre : il n'était plus tout jeune. Quarante ans. Peut-être un peu plus ? Ses cheveux étaient d'un blond sombre, à peine ondulants et légèrement plus longs que ce à quoi on s'attendrait pour un homme de sa maturité. À y regarder de plus près, les traits réguliers de son visage le faisaient presque passer pour un homme quelconque ; pourtant, de l'ensemble émanait un charme à couper le souffle. Cela venait-il de ses yeux ? Leur couleur claire ne laissait personne indifférent ; malgré la distance, Lizzie pouvait constater qu'ils étaient d'un bleu cristallin comme le saphir. Oui, son regard envoûtant y était forcément pour quelque chose.

Ou était-ce sa bouche ? Ses lèvres aux contours parfaitement dessinés formaient une moue boudeuse et pulpeuse, qu'on aurait qualifiée de presque ambiguë s'il s'était agi d'un autre homme, mais pas pour lui. Offrant son plus beau sourire au barman, il mordilla brièvement sa lèvre inférieure, ce qui ne manqua pas de provoquer une tension au creux de l'estomac de Lizzie, voire un peu plus bas.

Je me demande à quoi il ressemble sous ses vêtements.

Le virage que suivait le comptoir ainsi que les personnes se trouvant dans son champ de vision empêchaient Lizzie de se rendre bien compte. Toutefois, si elle se fiait à sa posture, à son attitude générale et au tracé élégant de sa main lorsqu'il portait son verre à sa bouche, elle osa imaginer que l'inconnu était mince et sculpté, mais ce n'était qu'une supposition infatuée, elle l'admettait volontiers. En effet, rien ne prouvait qu'il ne soit pas de ces quadragénaires à la bedaine enrobée, qui savaient tirer avantage de leurs traits délicats et de costumes à la coupe judicieusement étudiée.

Tu n'es pas ici pour draguer, idiote! Contente-toi de ce que tu vois, parce que tu n'obtiendras rien de plus.

À cet instant précis, comme s'il lisait dans les pensées de Lizzie, l'Ange Déchu tourna brusquement la tête et, sans prétention ni aucune hésitation, posa sur elle un regard appuyé tout en esquissant un sourire en coin. Puis, se prêtant volontiers au jeu de la valorisation de ses formes, il se tourna légèrement sur son tabouret haut et permit ainsi à Lizzie de l'étudier à loisir.

Elle ne s'était pas trompée: il était effectivement mince et sculpté. La façon dont ses vêtements ajustés épousaient les contours de son corps laissait clairement deviner la vision qu'il offrait une fois chemise et pantalon tombés au sol. L'envie de détourner le regard était aussi violente que si elle fixait un astre trop éblouissant pour ses yeux fragiles. Lizzie résista malgré tout à la tentation et soutint le regard de l'inconnu, s'abstenant tout de même de sourire. Elle souhaitait lui rendre cette expression défiante qu'il arborait. En récompense à sa ténacité, il afficha un sourire franc et approuva d'un signe de tête.

—Voici pour vous, mademoiselle.

La voix toute proche s'éleva si soudainement qu'elle manqua de tomber de son tabouret. Encore chancelante, elle jura intérieurement tout en arrachant à contrecœur son regard des beaux yeux bleus de l'Ange Déchu pour les poser sur le jeune barman – charmant, il fallait bien l'admettre – qui attendait une réaction, en face d'elle derrière le comptoir.

— Hum… Oui, merci. Mais je n'ai rien commandé.

Inutile de lui demander qui lui offrait la boisson contenue dans ce verre à whisky très commun servi sur une petite serviette de tissu blanc et rempli de deux doigts d'un liquide limpide, sans glaçon ni tranche de citron. *La même chose que ce que l'inconnu s'est commandé*, observa-t-elle.

Fier de lui, le jeune barman se retira, la laissant à sa contemplation. Au cœur de ce bar, dans la lumière tamisée, il devait faire ces va-et-vient au moins cent fois chaque soir de service. La réputation du lieu n'était plus à faire, et l'ambiance feutrée offrait le décor idéal pour jouer au jeu de la séduction ou de la déraison autour de liquides de toutes catégories.

De quoi s'agissait-il exactement ? D'essence à briquet ? De nettoyant pour vitres ? Était-ce un calice empoisonné ?

Elle se résolut à y tremper les lèvres tout en retenant sa respiration. Du gin pur, et non de la vodka, à laquelle elle s'attendait vaguement. Le gin lui parut être un choix étrange venant d'un homme ; peut-être était-il justement un homme étrange. Lizzie reprit une gorgée lentement avant de reposer le verre et de se tourner vers le bel étranger.

Elle ne fut pas surprise de remarquer qu'il n'avait rien manqué de la scène ; il leva brièvement ses sourcils blonds comme pour lui demander si elle appréciait son présent. Sans conviction certaine, elle opina et leva son verre pour lui porter un toast auquel il répondit aussitôt, le sourire plus éclatant que jamais. Puis, laissant exprimer un langage corporel bien visible – une légère inclination de la tête combinée à un haussement d'épaules – il l'invita à le rejoindre.

Viens là, mon chien ! Tel le mâle en puissance, il appelait la femelle à ses côtés.

Et puis quoi encore ?!

Avant de réfléchir aux conséquences de ses actes, Lizzie reproduisit la même gestuelle.

Allez, Rex ! Au pied !

Une pause infinitésimale et pourtant perceptible.

L'homme écarquilla ses yeux sublimes, dans lesquels elle lut un mélange de surprise et d'admiration. Puis, sans autre forme de procès, il se leva de son tabouret d'un mouvement gracieux, s'empara de son verre et marcha tranquillement dans sa direction.

Bon sang, qu'est-ce qui m'a pris ?

Elle s'était volontairement éclipsée de la soirée d'anniversaire pour s'épargner les petits jeux stupides de séduction, et tout ça pour quoi ? Pour encourager un parfait inconnu à tester sur elle son numéro de charme. Quelle stratégie devait-elle adopter ? Rester ou filer ? L'encourager ou le refroidir dans son élan ? Les différentes options se bousculaient dans sa tête, mais il ne prendrait pas longtemps à cet homme, dont la marche était élégante et assurée, pour venir la rejoindre.

Finalement, elle opta pour un sourire. Aucune femme ne réagirait différemment face à la beauté de cet inconnu qui, de plus près, se révélait plus séduisant que jamais. Il était ce que d'aucuns appellent « un véritable canon », une impression qui se décuplait à mesure qu'il approchait.

— Bonsoir. Je peux m'asseoir près de vous, si je comprends bien.

Il se hissa sur le tabouret voisin dans un geste fluide et naturel, s'aidant de ses longues jambes qu'il mouvait avec grâce.

— Bonsoir, répondit-elle en prenant discrètement une profonde inspiration.

Il te rend folle, mais ne lui montre surtout pas l'effet qu'il te fait. Bon sang, Lizzie, garde ton sang-froid !

Elle s'attendit à une phrase d'approche un peu cliché, mais rien ne vint. L'homme la regarda simplement, le sourire aux lèvres et dégageant une joie sereine. Visiblement, il savourait l'instant. D'ailleurs, elle aussi, même si cela pouvait paraître risqué. Il était différent des hommes qu'elle parvenait habituellement à maîtriser.

— Merci pour le verre, lâcha-t-elle dans un souffle, désarmée par son sourire charmeur et ses yeux pétillants. J'avoue que je ne m'y attendais pas. Du gin pur... Ce n'est pas la boisson masculine par excellence, ajouta-t-elle en baissant le regard sur le verre qu'il tenait.

Toujours silencieux, il le leva et, d'un geste du menton, lui somma d'en faire de même. Ils trinquèrent ensemble, puis Lizzie observa la pomme d'Adam de l'inconnu, qui ondulait alors qu'il buvait une longue gorgée. Son costume trois pièces était coupé dans un tissu à la couleur gris-bleu très chic. Le premier bouton de sa chemise bleu ciel était ouvert, ce qui libérait un triangle de chair qui invitait à des délices plus approfondies. Quel goût avait sa peau ? Sans doute était-elle plus douce que l'aigreur du gin, et pourtant cent fois plus entêtante.

— Eh bien, sachez que je suis homme, en dépit de mon choix de boisson !

Puis il se tourna légèrement vers elle pour la laisser encore profiter de la vue qu'il offrait, semblant lui dire : « Apprécies-tu la marchandise ? »

— Toutefois, je peux vous en fournir les preuves, ajouta-t-il d'un air coquin.

Dans l'espoir de se ressaisir, Lizzie sirota le gin à son tour, dont l'âpreté argentée et balsamique ne tarda pas à la requinquer.

— Non, merci. Ce ne sera pas nécessaire.

Elle marqua une pause lorsque l'alcool se répandit dans son corps.

— Du moins, pas ici.

L'inconnu secoua la tête avec un petit rire, laissant la lumière au-dessus de ses jolies boucles transformer leur blond cendré en or en fusion.

— J'aime vous l'entendre dire. Vous allez droit au but ; voilà qui pose les bases d'une intéressante négociation.

Plongeant la main dans la poche de sa veste, il en retira un portefeuille de cuir noir dont il sortit un billet – 50 livres, de toute évidence – qu'il posa à côté de son verre en se levant de son tabouret. Ensuite, il attrapa Lizzie par le bras et lui souffla à l'oreille :

— Accompagnez-moi à ma chambre, je déteste perdre du temps.

Quoi ?! Oh, bordel de bordel ! Il est plus direct encore que le plus direct des hommes et me propose une petite sauterie rapide, dans un coin ! À moins que… Me prendrait-il pour une escort girl ?!

L'évidence s'écrasa entre eux telle une énorme enclume. L'hypothèse se tenait, ce qui expliquait les jeux de regards, les verres offerts et les hochements de tête discrets. Lizzie n'était pas née de la dernière pluie ; tout le monde savait que ce genre de passes était monnaie courante au *Lawns*. Cela faisait partie de la réputation du bar. Et puis elle-même connaissait deux ou trois choses de l'escorte : l'un de ses amis proches avait été dans le milieu, à mi-temps seulement et voilà plusieurs années. D'ailleurs, Brent serait sans doute affolé d'apprendre que son amie se mettait dans un tel pétrin. L'espace d'un instant, elle s'imagina lui racontant l'histoire après coup, décrivant son escapade avec de grands gestes comiques dans l'espoir de raviver l'humour noir et grinçant que les aléas de la vie avaient arraché à son tendre colocataire.

S'efforçant de réfléchir à toute vitesse, Lizzie regimba, nerveuse sur son tabouret de bar. Qu'elle joue à la fille de joie ou au simple flirt d'un soir, il lui fallait gagner du temps afin de décider si oui ou non elle comptait faire une chose totalement folle.

— Si cela ne vous dérange pas, j'aimerais finir mon verre de gin. Il serait dommage de le gaspiller.

Si son voisin se trouvait agacé ou impatient, il n'en montrait rien. Dans un haussement d'épaules maîtrisé, il regagna son siège.

— Vous avez raison. Et puis c'est un très bon gin. Santé !

Il lui porta un nouveau toast.

Qu'est-ce que je vais faire, bon sang ?! Ce n'est pas un jeu !

Effectivement, le risque était grand. Toutefois, un éclair d'honnêteté foudroyant la força à se rendre à l'évidence : le gin n'était pas la seule chose qu'il serait dommage de gaspiller. En réalité, puisqu'il la prenait pour une call-girl, la vraie question était de savoir s'il valait mieux dire la vérité ou endosser le rôle ? Cela ne lui ressemblait pas, et pourtant elle en avait très envie. Les circonstances l'avaient poussée dans cette situation : à la fête d'anniversaire, le seul homme qu'elle connaissait – à part Brent et d'autres vagues connaissances – se révélait être un ex qui l'avait traitée de coincée frigide lorsqu'elle avait refusé de se faire tripoter.

Où était l'intérêt de s'habiller comme une pin-up si c'était pour ensuite se conduire comme une nonne ? avait-il rétorqué.

En revanche, face à l'inconnu, pas le moindre atome en elle ne souhaitait le repousser. Bien au contraire.

Était-ce si mal de vivre sur le fil du rasoir ? De s'amuser un peu ? De profiter d'une aventure loin, très loin de son poste routinier et inintéressant d'employée intérimaire ? Quel effet cela ferait-il de coucher avec ce dieu vivant si différent de ses conquêtes habituelles ? Elle sortait toujours avec des garçons de son âge ; or, l'Ange Déchu en était loin.

Du haut de ses vingt-quatre ans, elle pouvait observer de près que son estimation tombait juste au sujet de la quarantaine passée de l'homme assis à ses côtés. Un spécimen de qualité qui accumulait une vingtaine d'années d'expérience sous la ceinture. Lizzie ne pouvait pas en dire autant.

Et puis, si elle lui dévoilait la vérité, eh bien, il lui offrirait sans doute un autre de ses éclatants sourires avant de lui serrer la main et de tourner les talons. « Bonsoir, et à jamais ! »

— Santé ! répondit-elle, finalement.

Il garda le silence, mais son regard rieur parlait pour lui.

Je ne doute pas que tu saches comment t'y prendre avec une femme dans ton lit, payée ou non, d'ailleurs.

Elle était prête à parier une énorme somme – gagnée plus ou moins honnêtement – qu'en compagnie de l'Ange Déchu il n'était pas désagréable de jouer les traînées.

Pourquoi persistait-elle à l'appeler « l'Ange Déchu » ?!

En un claquement de doigts, sa décision fut prise. Elle était au pied du mur et décida de se trouver un nom, un pseudonyme derrière lequel se cacher et qui lui permettrait de s'échapper si le besoin s'imposait.

Prenant son courage à deux mains, elle le regarda droit dans les yeux, reposa son verre et tendit la main.

— Je m'appelle Bettie, avec « ie » à la fin. Et vous ? Puis-je vous demander votre nom, monsieur l'amateur de gin ?

Sans prêter attention à la main tendue, il laissa échapper un rire, ni forcé ni retenu, mais un simple rire franc et amusé.

— Évidemment, votre nom est Bettie ; il ne peut en être autrement.

Il détailla de ses yeux perçants le corps de la jeune femme sans en manquer une miette : la frange épaisse de ses cheveux noirs comme le jais, sa peau blanche, ses lèvres couvertes d'un rouge profond, ainsi que sa silhouette marquée à la taille à la manière des années 1950, moulée dans une robe cintrée et recouverte d'un cardigan en angora. Pour sortir dans des soirées, Lizzie aimait jouer de sa légère ressemblance avec Bettie Page, le mannequin célèbre d'un autre temps, réputée pour son côté pin-up. Puisque Lizzie était le diminutif d'Elizabeth, il lui sembla que Bettie était une alternative parfaitement légitime.

Une fois sa courte inspection terminée, l'inconnu enserra dans ses deux mains celle de Lizzie, et la secoua d'un geste vif.

— Honoré de vous rencontrer, Bettie. Je m'appelle John Smith.

Ce fut au tour de la jeune femme de partir d'un petit rire, tandis que « John » affichait un timide rictus.

— John Smith, bien sûr. Cela tombe sous le sens !

Le nom prêté au citoyen moyen, le « monsieur Dupont » des Américains… Même Lizzie connaissait l'astuce. Il s'agita soudain sur son siège, renvoyant une mèche blonde en arrière, sans libérer la douce main qu'il continuait de serrer.

— Mais c'est mon nom, je vous l'assure !

Il avait une manière étudiée de la retenir : fermement, tout en frôlant délicatement du bout des doigts le creux de son poignet, où son pouls battait la chamade. Était-elle une marionnette qu'il contrôlait à loisir ? À peine la pensée eut-elle traversé l'esprit de Lizzie qu'il la relâcha enfin.

— Très bien, je vous crois, monsieur John Smith. Maintenant, puis-je finir mon verre ?

— Bien sûr.

Et ce fut le grand retour du sourire charmeur, légèrement en coin, et dévastateur.

— Veuillez m'excuser, je ne suis qu'une brute sans finesse. Aucune femme ne mérite d'être brusquée…

Il marqua une pause, comme pour couvrir la fin de sa phrase qui aurait pu être : « pas même une prostituée. »

— Dès lors que je sais qu'on m'offrira bientôt une friandise, j'avoue trépigner comme un enfant, Bettie. Quand je veux quelque chose, je n'aime pas attendre.

Moi non plus.

Lizzie but les dernières gouttes de son gin d'un trait, surprise de ne pas être plus rebutée par l'effet brutal du fort degré d'alcool. En se retenant de tousser, elle reposa bruyamment son verre sur le comptoir et descendit du tabouret.

— Voilà, j'ai terminé. Je vous suis.

Rayonnant d'une satisfaction non dissimulée, John saisit délicatement le coude de la jeune femme et la conduisit à travers la foule d'un pas rapide jusqu'au hall d'entrée de l'hôtel, mais sans trop se hâter pour ne pas laisser penser qu'il était pressé.

La cabine de l'ascenseur n'était pas large et, avec la présence de son nouvel ami, parut plus petite encore aux yeux de Lizzie. La taille de John se situait dans une bonne moyenne, sans pour autant la dominer d'une hauteur écrasante. Elle en profita pour constater que son corps sculpté ne décevait en rien les attentes qu'elle s'était forgées au premier regard. Tout comme son costume. De toute évidence, il s'agissait d'une marque hors de prix de grand couturier ; par conséquent, elle se demanda pourquoi – puisqu'il était à la recherche d'une escort girl – il n'avait pas directement contacté une agence indépendante en mesure de lui fournir de la compagnie de qualité assortie à son costume de luxe. Au lieu de cela, il avait préféré s'en choisir une, au hasard des rencontres, au comptoir d'un bar bondé.

Alors que les portes se refermaient, il la contempla sans gêne, des pieds à la tête, nonchalamment adossé au mur de la cabine. Visiblement, il n'était pas mécontent de son choix. Essayait-il de poser une estimation quant au prix qu'elle pouvait valoir ?

— Bien. Souhaitez-vous que nous nous adonnions à la célèbre scène de l'ascenseur ? suggéra-t-il sans faire d'autre mouvement vers elle que celui de son regard vif.

Hum… La fameuse scène dont étaient friands les films au scénario romantico-érotique, celle où les protagonistes se dévoraient la bouche, et laissaient libre cours à leurs pulsions les plus animales.

— Je ne sais pas. C'est vous qui tenez les rênes.

— C'est évident, affirma-t-il ouvertement. Mais laissons-nous porter par l'illusion de la spontanéité, voulez-vous ? Bien que nous sachions pertinemment que pour moi vous êtes gagnée d'avance.

Bingo ! Il me prend vraiment pour une gagneuse !

En confirmant ainsi ses soupçons, les mots de John auraient dû sonner vulgaires, et pourtant ils ne faisaient que provoquer encore plus le désir déjà bien présent en elle. En particulier lorsqu'ils avaient évoqué la notion de « tenir les rênes ». Brent lui avait toujours dit que l'escort girl était celle qui contrôlait la situation dans sa relation avec le client, car, selon les mœurs de ce dernier, le choix lui appartenait de refuser l'argent et de claquer la porte. Ce n'était pourtant pas de cette manière que Lizzie ressentait la situation présente avec M. John Smith, abstraction faite de son statut factice.

Je prends un énorme risque.

Il était trop tard pour revenir en arrière.

— Nous y voilà.

Les portes de l'ascenseur s'ouvrirent devant eux, et John invita la jeune femme à avancer en frôlant à peine le creux de ses reins. Bien qu'à peine perceptible, le contact eut un effet démesuré sur Lizzie, qui se trouva presque à trottiner dans le petit couloir jusqu'à la chambre de John.

En franchissant le pas de la porte, elle sourit. Jusqu'à présent, elle n'avait pas prêté attention à l'architecture d'intérieur de l'hôtel, mais la chambre se révéla étonnante. La pièce était spacieuse et décorée de quelques meubles passés de mode, voire légèrement kitsch. Le linge de maison en chintz apportait des touches pourpres assorties au tapis, ce dernier arborant la couleur du vin rouge. Si l'on gardait en tête l'intérieur des hôtels modernes, aux murs blancs et aux lignes pures, cette chambre sortait de l'ordinaire. Effectivement, il se chuchotait que l'hôtel *Waverley* jouissait d'une réputation folâtre et sélecte. Lizzie avait assisté à quelques soirées dans la salle de réception, au rez-de-chaussée, mais n'était jamais montée dans les étages, où, d'après les récits généreusement détaillés de Brent, les chambres étaient entrées dans la légende pour leur literie de chintz et leur ambiance feutrée de cocons douillets.

— C'est quelque chose, vous ne trouvez pas ? dit John avec un sourire, en désignant d'un geste ample les revêtements surchargés.

— Eh bien, moi, j'apprécie beaucoup !

N'était-ce pas raisonnable de lui faire croire qu'elle était déjà venue dans ces chambres, qu'elle y avait satisfait de nombreux clients sur et sous les duvets de plume cousus dans le chintz ?

— Oui, moi aussi… Le côté rétro a ce je ne sais quoi de rafraîchissant. J'aime beaucoup le vintage.

Ses yeux bleus appuyèrent son discours en étudiant la coupe de cheveux de Lizzie, très « Bettie Page », ainsi que sa jupe crayon et son cardigan en angora.

La jeune femme prit alors conscience qu'elle gardait ses distances, encore sur le seuil de la porte : voilà un comportement qui n'était pas digne d'une call-girl professionnelle. Elle se reprit et avança jusqu'au lit d'un pas léger, puis s'assit, s'efforçant d'afficher un air détaché.

— Je suis ravie de l'apprendre.

Ces quelques mots lui parurent sortir d'une autre bouche que la sienne. D'ailleurs, elle s'entendit à peine parler par-dessus les battements de son cœur affolé.

Près de la penderie, toujours à son aise, John retira sa veste et l'accrocha sur un cintre d'un geste banal.

— Ne devriez-vous pas appeler votre agence ? C'est ce que font les filles, généralement ; elles s'absentent un instant dans la salle de bains, et je les entends murmurer au téléphone.

Zut! Si elle se démasquait, il comprendrait aussitôt la supercherie, si ce n'était pas déjà fait.

— Je… je travaille à mon compte.

Elle tenta de se remémorer rapidement quelques anecdotes de Brent ou de la série télévisée *Journal intime d'une call-girl.*

—J'ai tout de même une personne à avertir, si cela ne vous dérange pas.

Se relevant d'un bond, elle se dirigea tout droit vers une autre porte qui devait mener à la salle de bains.

—Je vous en prie. Mais... vous n'oubliez rien ? l'arrêta-t-il poliment.

Bon Dieu, évidemment ! L'argent. Elle fit volte-face.

—Trois cents livres, énonça-t-elle.

Une somme approximative qui parut honnête aux yeux de Lizzie.

Il leva les sourcils.

—Cela me paraît plus que raisonnable. J'étais prêt à vous en offrir 500, si ce n'est plus.

—Je vous ai donné mon tarif de base, se reprit-elle, le cerveau en ébullition. Si vous êtes amateur de fantaisies, nous pourrons renégocier.

Pourquoi disait-elle une chose pareille ? *Pourquoi ?!* Et si John n'était qu'un pervers ? S'il lui demandait de faire des trucs ignobles ? *Il n'en a pas l'air, mais on ne sait jamais.*

—Des fantaisies ? Je vais y réfléchir. Pour l'instant, restons-en là.

Plongeant la main dans sa poche, il en ressortit le portefeuille noir et compta quelques billets de 50 livres.

— Voilà, lâcha-t-il en posant l'argent sur la commode.

D'un pas vif, Lizzie repartit vers la salle de bains en s'emparant des billets au passage, mais John l'immobilisa une fois encore en la retenant par le bras, délicatement mais avec assurance.

— Embrassez-vous vos clients ? Je sais que certaines refusent de le faire.

Elle ne put contenir son envie de contempler sa bouche, en particulier sa lèvre inférieure, si veloutée, si ferme.

— Oui, j'embrasse mes clients.

— Parfait. Dans ce cas, je goûterai à vos lèvres dès votre retour. Passez votre appel.

2

Une petite fantaisie

Eh bien, ma tendre « Bettie Page », qu'ai-je fait pour mériter un cadeau comme vous ? Une sublime créature aguicheuse et délicieusement rétro, un ange des années 1950 tout droit tombé du ciel.

L'idée de se servir un verre dans le minibar de sa chambre d'hôtel tenta John Smith, mais, tout bien considéré, il décida qu'il n'en avait pas besoin. La petite gorgée de gin ingurgitée au comptoir du *Lawns* l'avait suffisamment enivré. Cela faisait des années qu'une femme ne l'avait pas excité de la sorte, et surtout aucune escorte n'avait jamais eu un tel impact sur sa libido. Il fallait bien admettre qu'il n'avait pas eu souvent recours aux services d'une dame de compagnie, et la dernière fois remontait à très loin.

Il trouvait pourtant intéressant de faire croire à Bettie que c'était pour lui une habitude.

Se laissant tomber dans l'un des imposants fauteuils de chintz, il inspira profondément pour reprendre ses esprits et garder le contrôle de ses émotions. D'accord, la situation était cocasse, mais il y prenait plaisir, alors pourquoi s'en priver ?

Elle aussi d'ailleurs, cette jeune femme pas banale, avec son look rétro et son visage si expressif. Il ne parvenait toutefois pas à percer le mystère de son sourire fripon.

Bettie, hein ?

Ce n'était pas son vrai nom, John en était sûr, mais peut-être s'en approchait-il. Elle ressemblait à s'y méprendre à Bettie Page, c'était indéniable. Elle affichait ce charme à la fois innocent et singulièrement sensuel. Une petite coquine. Cela lui convenait. Mais coquine jusqu'à quel point ? En tant que call-girl, elle acceptait sans doute toutes sortes de choses sans sourciller. Dans ce cas, elle n'allait tout de même pas rechigner à le suivre dans ses activités favorites ! Ce qu'il trouvait touchant, c'était sa pudeur surprenante compte tenu de sa profession, sa fraîcheur candide semblable à celle de la légendaire Bettie. Bien que cela puisse paraître idiot, il sentait qu'elle renfermait quelque chose qu'il savait salutaire pour son propre bien-être.

Depuis combien de temps était-elle dans le métier ? se demanda-t-il. Et si ce n'était qu'une novice ? Quoi qu'il en soit, elle était bien plus jeune que les choix habituels de John. Généralement, il préférait les trentenaires élégantes et soignées, dotées d'une expérience incontestable ; des courtisanes plutôt que des prostituées ; des demoiselles du monde. Toutefois, il songea au plaisir que cela lui procurerait de lui offrir un petit plus en échange de ses services ; un bonus ajouté à l'argent. De la satisfaction, un goût nouveau, un sentiment d'aventure… qui pimenterait un peu les obligations professionnelles de la jeune femme.

Parfait. Il venait de se lancer un véritable défi. Avec un peu de chance, une gagneuse vêtue à la mode « Bettie » et disposée à accepter un client à la volée après seulement cinq minutes de conversation serait assez téméraire pour jouer le jeu.

En seulement une demi-heure, son quotidien lui sembla soudain moins maussade. Le doute pesant sur les choix qu'il avait opérés dans la vie ; les fantômes de son passé, où pertes et regrets se mêlaient indistinctement ; la sensation écrasante qu'il avançait sans but dans la vie : tout cela se volatilisa. Il retourna de nombreuses années en arrière, dans la peau d'un jeune homme plein de rêves et d'espoir. Un joueur excité, optimiste et en pleine possession de ses moyens.

En glissant la main sur son pantalon, il sentit qu'il était dur comme la pierre.

— Reviens vite, Bettie, souffla-t-il tout bas, en souriant aux battements de son cœur engagé dans une course folle. Dépêche-toi, car, si tu ne sors pas, je viendrai te chercher.

En réapparaissant sur le seuil de la porte, Lizzie aperçut avant toute chose la seconde pile de billets entassés sur la commode.

— Au cas où, j'ai une petite idée concernant la fantaisie dont nous parlions, déclara John d'un ton avenant.

Confortablement installé sur le lit, il n'avait pas encore quitté ses vêtements, exception faite de ses chaussures étalées sur le tapis, qu'il avait sans doute nonchalamment jetées là.

— Ah, bon !... Très bien.

Une fantaisie ? Qu'entendait-il par là ? Était-il amateur de bondage ? De fessées ? Rien de trop extravagant, espéra-t-elle. Cela pouvait supposer des accessoires dont elle ne disposait pas. Tout le monde n'emportait pas de cravache ou de menottes en fourrure à une fête d'anniversaire de snobs – fête à laquelle elle était supposée se trouver.

— Seulement, je n'ai pas d'autres accessoires que ceux-ci.

Les mots s'échappèrent plus sèchement qu'elle ne le voulait et dans un souffle qu'elle avait retenu sans s'en apercevoir. Ouvrant la paume de sa main, elle lui dévoila les préservatifs qu'elle gardait toujours au fond de son sac.

—Je n'avais pas prévu de travailler ce soir, mais la fête à laquelle j'étais conviée m'ennuyait à mourir, alors j'ai pensé tenter ma chance au bar, puisque j'y étais.

Mais qu'est-ce que je raconte ?!

Toujours bien à son aise sur le lit, John lui décocha l'un de ses sourires dont il avait le secret, mais cette fois plus en coin, pouvant signifier qu'il était celui qui tenait les rênes. La domination était-elle ce qu'il entendait par « fantaisie » ?

À cette pensée, Lizzie sentit se former comme une boule dans son estomac ; un nœud brûlant et délicieux, légèrement effrayant, et pourtant si exaltant. John plissa les yeux comme s'il contrôlait à distance les réponses physiques de la jeune femme, ce qui eut pour effet de gonfler encore le désir qu'elle sentait croître en elle.

Il était arrivé à Lizzie de jouer au jeu du dominant et du soumis avec quelques-uns de ses ex pour s'amuser et pimenter un peu la relation, mais le résultat s'était révélé décevant et n'avait jamais concrètement porté ses fruits. L'erreur, pensa-t-elle, venait de leur désir de la voir jouer les dominatrices, vêtue d'un faux cuir chiné en friperie et déclamant qu'ils étaient de mauvais garçons. Elle s'était bien amusée mais n'en avait jamais tiré de plaisir. Le jour où l'un d'eux proposa d'inverser les rôles, elle lui souhaita une bonne soirée, et ce fut la fin de leur histoire. Le garçon en question était un type bien, mais quelque part – elle ne saurait décrire pourquoi – il n'était pas assez « bien » pour endosser le rôle du maître et la forcer à s'incliner devant lui.

Quant à ce John Smith aux cheveux d'or, l'amateur de gin aux quarante et quelques années dont les fossettes lui donnaient un air de bel ange languissant, lui pouvait bien la mener sur le terrain qu'il voulait. Il lui offrait d'ailleurs une vision qui ne manqua pas de titiller son excitation.

Le moment était idéal pour lui dire toute la vérité. Peut-être pouvait-elle lui expliquer, puis ils enchaîneraient sur un tout nouvel exercice ? Mais les mots refusaient de sortir. Lui non plus ne parlait pas et se contentait de la scruter d'un regard pénétrant. D'une légère inclinaison de la tête, il lui somma de ne rien dire, de ne pas briser le charme.

À l'instant où elle crut s'effondrer d'une tension insoutenable, il reprit enfin la parole.

— Les accessoires ne sont pas indispensables, Bettie. Vous devriez le savoir mieux que quiconque.

Venait-elle de tout gâcher ? Peut-être… peut-être pas. S'efforçant de garder la tête haute, Lizzie haussa les épaules et s'approcha de lui. Arrivée sur le côté du lit, elle laissa tomber sur la table de chevet les préservatifs, froissés par le temps qu'ils avaient passé au fond de son sac.

— Vous avez absolument raison. Et puis j'adore improviser. Pas vous ?

En prenant son temps, il se redressa sur le lit et pivota sur le côté pour laisser pendre ses jambes puis poser les pieds au sol.

— J'aime mieux ça. Venez par là.

Il posa délicatement une main sur sa hanche, puis recroquevilla à peine les doigts sur le haut de sa fesse. La prise se fit plus ferme, et les quatre doigts s'enfoncèrent dans la peau de Lizzie, sans violence mais avec autorité, affirmant sa possessivité.

De l'autre main, il l'attira vers lui entre ses jambes écartées. Elle avait beau le surplomber de toute sa hauteur, c'était pourtant lui qui semblait la regarder de haut et la dominer. Le cœur de Lizzie manqua un battement lorsqu'elle prit conscience qu'il était en mesure de lui apporter ce qu'elle désirait.

Mais quel était son tarif à lui ? Pourrait-elle se le permettre financièrement ?

Sa main virile se resserra plus fort encore, testant la fermeté de sa chair, rapprochant les doigts de son sexe tout en repoussant le tissu de sa jupe entre ses fesses. Sans qu'elle le maîtrise, son corps se mit à onduler, à se balancer, à pousser contre sa main pressante. Son bas-ventre se crispait dans l'attente de plus d'attention, or ils n'avaient encore rien entrepris. Elle posa les mains sur les épaules de John pour se rapprocher de lui.

Le discret hochement de tête de l'homme et son regard interrogateur encouragèrent les desseins de Lizzie, et elle laissa retomber ses mains. Celle de John se leva pour atteindre sa poitrine et saisit à travers le tissu son téton durci. Elle portait un soutien-gorge à armature, mais il n'était pas rembourré, ce qui rendit l'attouchement plus sensible encore. Le pinçant légèrement, John se délecta d'entendre la jeune femme gémir et se laisser enivrer par un désir renouvelé.

Il pressa, serra, pressa, serra… L'expérience ne ressemblait en rien aux rapports qu'elle entretenait habituellement, et c'était pourtant si intense, si étrange, qu'elle s'en trouva plus embrasée que jamais, mouillant la fine bande de tissu qui courait entre ses jambes.

—Je compte vous faire jouir, déclara John d'une voix étonnamment calme et posée. Je vous parle d'un orgasme sincère, aucune simulation ne sera tolérée. Vous êtes en mesure de m'offrir ce plaisir. Vous me semblez être une fille honnête, et je sens que vous appréciez mes caresses… bien qu'il s'agisse de votre profession.

Lizzie déglutit. Pendant un instant, elle avait oublié le rôle qu'elle devait jouer et savourait la chance qu'elle avait d'être en présence de cet inconnu, un homme si sexy qu'il n'aurait pas besoin de trop en faire pour la conduire à l'extase.

—Promettez-vous d'être honnête avec moi, Bettie? s'enquit-il, plongeant son regard azur dans les yeux de la jeune femme captivée. Me donnerez-vous satisfaction ? Ce pour quoi jc vous ai payée ?

— Oui, je pense y arriver sans trop de difficulté.

Les doigts de John se refermèrent de nouveau sur sa pointe durcie. La douleur était intense, et pourtant elle poussa un soupir, ébahie.

— De la sincérité, gardez cela en tête.

Sur ces mots, sa langue docile glissa brièvement sur sa lèvre inférieure, offrant à Lizzie une nouvelle occasion de réprimer un gémissement d'impatience.

Incapable du moindre mot, elle hocha la tête, se laissant porter par les sensations que lui procurait la légère pression administrée à sa poitrine et qui la consumait de désir. Comment était-ce possible ? La douleur n'avait aucune espèce d'importance.

Puis il la relâcha.

— Retirez votre cardigan et votre robe, mais gardez le reste.

Bien qu'elle soit prise de tremblements, elle espéra qu'il ne le remarquerait pas et quitta prestement son cardigan avant de passer les mains dans son dos à la recherche de la fermeture Éclair.

— Vous permettez ?

John la retourna telle une poupée grandeur nature, fit glisser la tirette jusqu'en bas, puis la tourna encore une fois et la laissa retirer elle-même le vêtement. Toutefois, il lui tendit une main pour lui apporter plus d'équilibre au moment où elle soulevait ses pieds.

Ce soir, Lizzie n'avait pas prévu de séduire qui que ce soit ; c'est pourquoi ses sous-vêtements se résumaient à un ensemble sobre : un soutien-gorge de coton blanc assorti à une culotte dont l'élastique était fait de dentelle rose.

— Joli. Légèrement formel. J'aime beaucoup, commenta John, le sourire aux lèvres.

Sous le regard affolé de la jeune femme, il remua sur le lit afin de glisser une main dans son pantalon, d'un geste naturel, afin de rectifier la position visiblement inconfortable de son membre. Alors qu'il remontait sa main, elle ne put que constater l'imposante bosse qui étirait le tissu du pantalon.

Miam !

Il partit d'un rire franc ; le coup d'œil intéressé de Lizzie ne lui avait pas échappé.

— Plutôt pas mal, n'est-ce pas ? lança-t-il, sans perdre son sourire aussi rayonnant que troublant. J'imagine que vous croisez toutes les tailles et toutes les formes.

— Tout juste, admit-elle.

Prise d'une envie folle de toucher l'objet « plutôt pas mal » de ses convoitises, elle garda toutefois en tête que ce n'était pas encore le moment.

— Elles sont bien souvent petites, ajouta-t-elle, mais, pour votre part, vous ne semblez pas avoir à vous plaindre, si je ne m'abuse.

— Petite coquine insolente ! Je devrais vous punir pour cette remarque.

Il posa une main sur sa cuisse, au niveau de l'élastique de son bas noir, mais ne la fessa pas, ce que le côté pervers de Lizzie lui fit regretter, car la curiosité la rongeait de connaître la sensation que cette main lui apporterait.

— Nous nous occuperons de cela plus tard.

Ses doigts explorèrent délicatement sa peau claire jusqu'à la limite de sa culotte, puis se retirèrent.

— Vous êtes très belle, vous savez ? poursuivit-il, en se reposant sur un coude. J'imagine que vous avez votre petite popularité, non ? Les affaires fonctionnent ?

Après une seconde de réflexion, elle opta pour une réponse neutre qui ne la faisait pas vraiment mentir.

— Oui, pas trop mal.

Après tout, elle avait cet homme qu'elle voyait à l'occasion – rien de très sérieux. Sans coucher à droite et à gauche, elle était régulièrement satisfaite sexuellement.

John opina. Incertaine de ce qu'il comprenait, elle ne parvint pas à apaiser sa tension. Et puis la manière dont il était allongé mettait en valeur sa superbe érection.

— Prenez-vous un réel plaisir dans votre métier ?

Sans la moindre gêne, il baissa les yeux sur ce qui captivait Lizzie.

— Oui, beaucoup, répondit-elle. D'ailleurs, il m'arrive souvent de jouir. Tous ces documentaires et ces films qu'on peut voir à la télévision… Ils vous font croire que nous ne prenons aucun plaisir, or, pour certaines d'entre nous, c'est faux.

Se couvrir semblait être la meilleure solution, car déjà, bien qu'il l'ait à peine touchée, elle était à la lisière de la folie tant le besoin de se libérer se faisait pressant.

— Prouvez-le. Faites glisser les bretelles de votre soutien-gorge et découvrez votre poitrine. Elle me semble exquise, mais j'aimerais en voir plus.

Lizzie s'exécuta, retirant les bretelles afin de libérer les bonnets, et laissa ses seins reposer sur la bande de tissu. Cela lui donnait la sensation de n'être qu'un produit sur un étalage, vulgaire et obscène, qui présenterait au client deux fruits juteux sur un plateau. D'ailleurs, la posture rendait sa poitrine généreuse plus voluptueuse, voire plus opulente, qu'au naturel.

— Charmant. Jouez avec vos pointes, maintenant. Je veux qu'elles s'érigent vers moi.

D'abord hésitante, Lizzie recouvrit de ses mains l'un de ses seins, puis l'autre.

— Je croyais que vous comptiez me faire jouir, objecta-t-elle. Pour l'instant, je fais tout le travail.

Un frisson lui parcourut l'échine ; ses pointes étaient déjà brûlantes.

— Chut, vous parlez trop ! Faites ce que je vous dis.

Sa voix était douce, presque bienveillante, et la jeune femme fut surprise par sa sincérité.

Les yeux clos, elle poursuivit son devoir, curieuse de connaître les pensées de John. Le seul fait de se toucher la poitrine lui donnait envie de glisser ses mains plus bas : c'était l'effet produit chaque fois. Cela causait une décharge électrique dans son système nerveux et provoquait une stimulation sensorielle à d'autres endroits stratégiques de son corps en éveil. Formant de petits cercles avec son pouce sur sa poitrine, elle manquait d'air.

Ce feu en elle était nourri par la seule présence de cet homme qui l'observait. Malgré ses paupières fermées, elle sentait ses yeux bleus posés sur elle. Avait-il les lèvres entrouvertes, comme elle ? Brûlait-il de goûter sa peau douce ?

Lizzie se balançait légèrement d'un côté, de l'autre, et glissa tout doucement sa main sur son ventre, puis sous l'élastique de sa culotte, prête à descendre plus bas encore.

— Non, pas ici. Je m'en occuperai moi-même.

Elle ouvrit brusquement les yeux. John la scrutait. Ses cils étaient si longs… Elle ne s'en aperçut qu'à cet instant :

infiniment longs et sombres, malgré ses cheveux dorés comme le blé.

D'un geste vif et inattendu, il se redressa en position assise et attrapa la main libre de Lizzie, puis l'autre, et les ramena derrière le dos de la jeune femme. Ses poignets frêles ne purent résister à la poigne puissante de John, dont le souffle chaud lui chatouillait le ventre.

Le bondage. Était-ce ce qu'il préférait ? Le cœur de Lizzie se serra. *Oui !* L'homme ne relâchait pas sa prise et la tenait fermement. Elle eut du mal à réprimer ses tremblements, à ne pas se presser contre lui, à la recherche d'une quelconque partie de son corps contre laquelle masser son bas-ventre.

— Ne bougez plus, Bettie. Ne faites pas le moindre mouvement sauf si je vous l'ordonne.

Longuement, lascivement, il promena sa langue autour de son téton durci.

— Oui, supplia-t-elle.

Preste et tiède, il apposa sa langue par touches sur son mamelon, avant de claquer sur le bourgeon avec une violence inattendue. Lizzie était portée par la sensation de voguer dans les airs, maintenue à flot par ce seul contact, précis et délectable, mais sans trouver la force de faire abstraction du centre de tension insoutenable au creux de ses cuisses.

— Chut ! Taisez-vous, murmura-t-il dans un souffle. Ne faites aucun bruit, gardez tout, au fond de vous.

Il demandait une chose si pénible…, qui devint même impossible lorsqu'il prit la pointe durcie entre ses dents. La pression exercée était parfaitement maîtrisée, et pourtant menaçante, tandis que sa langue ne cessait de la titiller.

Des sons défendus s'échappèrent malgré elle de sa bouche, tandis qu'une larme se formait au coin de ses yeux. John ne libéra pas son emprise et donna de petits coups de langue, encore et encore. Lorsqu'elle baissa les yeux sur lui, elle croisa le regard sombre et réjoui d'un démon en transe.

Il pense être capable de satisfaire une femme anesthésiée par le plaisir et de l'amener jusqu'à la lisière de l'orgasme.

Une succion réitérée la fit encore onduler des hanches en réponse.

J'ignore qui est cette femme pour qui il me prend, mais ce type va me rendre folle !

Lizzie n'avait jamais cru à la possibilité de jouir avec le seul contact d'une langue sur sa poitrine. Pourtant, elle ne put que constater que l'orgasme ne tenait plus qu'à un cheveu. Si elle ondulait des hanches une minute de plus, cela suffirait à la libérer…

— Cessez tout de suite, ordonna-t-il calmement.

Puis, de sa main libre, il atteignit ses fesses qu'il claqua sèchement, juste à côté des mains emprisonnées de la jeune femme. Cela donna à cette dernière l'impression d'un éclair foudroyant à travers le coton de son sous-vêtement.

— Aïe !

La douleur fut brève, mais sa violence eut d'étranges effets.

Contre sa jupe coincée entre ses cuisses, son clitoris pulsait au rythme de son pouls. Avait-elle déjà joui ? Tous les signaux étaient brouillés, il était difficile de le savoir.

— Qu'y a-t-il, ma belle catin ? Seriez-vous déjà aux portes de la jouissance ?

De plus belle, sa bouche reprit possession de son sein, provoquant de nouveaux remous en elle.

— C'est bien possible…, admit-elle dans un souffle, surprise par sa propre insolence alors que sa tête tournait encore. Mais je n'en suis pas certaine.

— Dans ce cas, effaçons le moindre doute.

La manipulant telle une poupée, il la fit légèrement tourner entre ses cuisses.

— Passez les bras autour de mon cou, ordonna-t-il. Accrochez-vous à moi.

— Mais…

— N'oubliez pas que je vous ai payée pour cela, Bettie, fit-il remarquer, des éclairs dans les yeux. Nous étions d'accord pour jouer le jeu selon mon bon plaisir.

Lizzie obéit et enroula ses bras autour de John. À travers le fin tissu de sa chemise et la doublure soyeuse de son gilet, elle sentait les muscles puissants de sa nuque rouler sous ses doigts. Une fragrance d'eau de Cologne s'éleva, potion exotique qui enivrait ses sens d'un subtil mélange d'épices et de citron vert, teinté d'une note plus sauvage : une note de sueur encore fraîche. Derrière son apparente assurance, il n'était pas moins bouillonnant qu'elle ; le constat la troubla plus encore. L'expérience était furieuse, envoûtante, différente de tout ce qu'elle avait connu jusqu'à présent avec d'autres hommes, dont elle n'avait aucunement envie de se souvenir.

— Oh, Bettie, Bettie ! Vous êtes délicieuse, fredonna-t-il tout en glissant une main à l'avant, sous l'élastique de sa culotte.

Grisée, elle enfouit le visage au creux de son cou, respirant l'exquise senteur de ses cheveux, moins présente que son parfum et plus végétale ; une sorte de mosaïque d'odeurs masculines.

Ses doigts assurés se frayèrent un chemin à l'orée de son sexe humide et en prirent possession d'un geste maîtrisé qui fit monter en elle une vague de chaleur.

— Si vous atteignez l'orgasme sans ma permission, je vous fesserai, Bettie, la prévint-il dans un murmure à peine perceptible. Et, si vous jouissez encore, je vous punirai une seconde fois.

— Mais pourquoi me punir ? N'est-ce pas ce que vous souhaitez ?

Les mots s'arrachaient de sa gorge avec peine, mais elle se sentait forcée de parler. Cela l'aiderait peut-être à garder le contrôle de ses pulsions…

— Si, mais telle est ma volonté. Je veux que vous jouissiez, et vous fesser me durcira encore plus, justifia John, avant de déposer un long baiser sauvage, indécent et humide dans la nuque de la jeune femme. Mon comportement typiquement masculin ne doit pas vous surprendre, n'est-ce pas ?

— Non, vous avez raison. Les hommes sont tous des pervers, haleta-t-elle tout en se pressant contre ses doigts qui continuaient d'ébranler son intimité. D'expérience, je peux attester que les clients les plus intéressants le sont toujours.

— Parfait. J'aime vous l'entendre dire !

Sans cesser de la combler, il mordilla son lobe. Les dents serrées sur son oreille, il parvint enfin à la mener à l'extase. Elle hurla de plaisir, articulant des syllabes décousues, se laissant porter par des vagues dont l'intensité sans pareille n'était pas encore retombée que, déjà, il faisait claquer sa main contre une fesse, paume grande ouverte.

— Aïe ! Oh oui !

John nicha son nez au creux de son cou tout en remuant habilement ses doigts de magicien, tandis que son autre main la tourmentait de fessées à répétition. Le corps entier de Lizzie était un tourbillon de sensations étourdissantes, où plaisir et douleur s'associaient indistinctement. Elle s'agrippa à lui sans maîtriser sa force, ses ongles s'enfonçant dans le dos de son partenaire.

— Oh, je vous en prie, faisons une pause ! supplia-t-elle après un long moment.

Les fessées s'interrompirent, et John posa sa main tout contre l'entrejambe de Lizzie en signe de protection… ou de possession.

— Seriez-vous surprise de jouir pendant vos heures de travail ? la taquina-t-il d'un air enjoué. Je suis fier de constater que j'y suis parvenu. Manifestement, je n'ai pas perdu la main.

Il la soutint en passant un bras sous elle et déposa un baiser dans son cou.

Les pensées confuses, Lizzie reprit peu à peu ses esprits, consternée par l'ampleur que pouvait prendre son plaisir en présence de cet homme. Le canular était né de sa simple envie de se prouver qu'elle en était capable. Toutefois, elle n'était pas certaine de s'être prouvé quoi que ce soit et se demanda si John Smith saurait lui donner une réponse franche à cette question.

Une chose était sûre : il avait semé la passion dans son corps et la confusion dans son esprit. Elle se laissa porter par cet homme qu'elle connaissait à peine et dont l'argent gonflerait bientôt son sac à main. La main de John Smith n'avait pas encore quitté son intimité.

— Je vois que vous êtes humide, ma chère, et ce n'est pas artificiel, observa-t-il, comme s'il lisait encore une fois dans les pensées de Lizzie.

Sa voix trahissait une pointe d'orgueil que la jeune femme estimait justifiée ; s'il la prenait pour une escort girl, il avait toutes les raisons de se féliciter de l'effet qu'il lui faisait.

— Cela arrive régulièrement, John. Je vous l'avais dit. Certaines d'entre nous tirent un réel plaisir de ce travail. Nous l'apprécions d'autant plus en présence de clients séduisants.

— Flatté, admit-il avec sincérité.

Après tout, se dit-elle, c'était un homme ; les compliments sur ses prouesses étaient donc les bienvenus. Il resserra légèrement sa prise, faisant courir adroitement ses doigts.

— Auriez-vous l'obligeance de satisfaire sexuellement votre séduisant client ? Rien de très fantaisiste, cette fois. Une simple levrette me comblerait.

Contre toute attente, Lizzie laissa échapper un rire. Certes, cet homme savait se montrer sexy, voire parfois tortueux, mais il laissait entrevoir un aspect prudent dans sa personnalité ; elle devinait qu'il était, en dehors du sexe, sans nul doute de très bonne compagnie.

— Avec plaisir, répondit-elle, le gratifiant d'un baiser sur la joue.

Après réflexion, elle se demanda si ce geste ne la sortait pas de son statut de dominée. Elle se redressa et s'installa sur le lit.

— Comme ceci ? s'enquit-elle à genoux sur le matelas, non loin du bord.

Lorsqu'elle attrapa l'élastique de sa culotte pour la retirer, il lui retint le bras.

— C'est parfait, mais je m'occuperai de cela moi-même.

D'un coup d'œil lancé par-dessus son épaule, Lizzie l'observa se dévêtir, curieuse de voir s'il était aussi bien membré que l'avaient laissé penser les formes de son pantalon.

John déboutonna prestement sa veste de costume bleu-gris, puis son pantalon, mais ne les retira pas ; au lieu de cela, il écarta les pans de sa chemise et, sans se déshabiller, libéra son pénis imposant et dur comme la pierre. Comme s'il doutait de lui-même, il passa la main sur son sexe plusieurs fois, chose qui, aux yeux de Lizzie, parut inutile, car il semblait taillé dans le bois d'un chêne.

— Il vous satisfait ? la provoqua-t-il d'un haussement de sourcils.

— Il est plus que raisonnable, reconnut Lizzie, remuant légèrement les fesses devant lui. J'ai rarement l'occasion d'en croiser d'aussi convenables.

— J'en suis ravi.

Il attrapa un préservatif et, d'un geste expérimenté, s'enroba du moulage de latex. Ensuite, il posa une main de chaque côté des fesses de la jeune femme, la rapprocha au bord du lit puis lui retira sa culotte, qu'il jeta au loin.

— Joli, très joli, observa-t-il, ses mains curieuses caressant sa peau douce.

Elles s'attardèrent légèrement sur les marques rouges qu'avait laissées sa fessée.

— Plus tard, je vous claquerai encore les cuisses.

Ses doigts poursuivirent leur exploration près de son entrejambe, réveillant ainsi des sensations à peine retombées.

— Pour l'instant, je n'ai qu'une envie : me trouver en vous. En revanche, un autre jour, nous pourrions reprendre quelques pratiques fantaisistes, si cela vous convient.

— Je... Oui, c'est envisageable, répondit-elle, à bout de souffle.

Comment faisait-il pour la toucher exactement comme elle aimait ? S'il poursuivait ainsi, elle frôlerait la folie. Incapable d'articuler un seul mot, elle laissa échapper un gémissement de plaisir.

— Tant mieux, tant mieux (D'un geste du poignet, il glissa un doigt en elle.) Il est évident que je vous paierai un supplément. Je trouve odieux de s'approprier une femme, mais dans le cas présent c'est différent. Ne vous souciez pas des finances, je veillerai à compenser le manque de bénéfices.

Mais de quoi parlait-il ? À cet instant, elle n'avait pas la tête à y réfléchir. Son mouvement régulier l'emportait dans un rythme lent et soutenu. Alors que son corps se tendait comme pour accueillir l'extase, il ajouta un second doigt près du premier et approcha son sexe tout contre ses cuisses.

— Êtes-vous prête pour moi ? lui souffla-t-il tendrement à l'oreille, penché sur son dos.

— D'après vous, je le suis ? souffla Lizzie, au bord de l'orgasme.

— Prête à l'emploi, me semble-t-il, déclara-t-il, plongeant le visage dans ses cheveux et respirant délicatement son odeur. Vous êtes une femme incroyable, Bettie.

John ne la laissa pas longtemps trembler d'impatience ; son pénis trouva bien vite l'accès aux délices, et il poussa un coup sec, s'agrippant aux hanches de la jeune femme.

Le mouvement brusque coupa le souffle à Lizzie et la projeta en avant, le visage contre l'oreiller. Elle sentit qu'il posait une main sur le drap pour garder l'équilibre et, de l'autre, gardait une emprise ferme sur sa cuisse. L'assenant de violentes poussées, il l'obligea à s'accrocher aux barreaux du lit pour ne pas glisser.

— Oh, bon sang ! Oui ! hurla-t-il d'une voix féroce, presque hors de lui.

Où était passé son ton amusé et taquin ? Pour le moment, il était comme une bête sauvage, le mâle alpha de la meute, et se comportait tel quel.

— Tu es si ferme, si étroite !

Tout en se déhanchant contre le matelas, Lizzie prit conscience de la surprise de John. Il ne savait pas que le chemin qu'il parcourait n'avait pas été souvent emprunté. Certes, elle avait déjà eu des rapports avec ses ex, et toujours avec plaisir. Mais les conquêtes n'étaient pas nombreuses sur son tableau de chasse. Elle se situait parmi les moins expérimentées de ses amies, sans parler des fréquentations moyennes d'une call-girl !

Ses pensées se dissipèrent bien vite, car, possédée de la sorte, elle n'eut pas un instant de répit pour laisser place à la réflexion. Comment un homme de dimensions correctes bien que généreuses pouvait-il se comporter comme une telle force de la nature et réveiller en elle des terminaisons nerveuses dont elle n'avait jamais soupçonné l'existence ?

Une explosion brûlante la fit hurler de plaisir, contractant son bas-ventre de plus belle. Bouche ouverte contre le duvet, elle ne pouvait s'empêcher, d'un coup de hanche, de rendre les heurts que lui assenait John.

— Oui, continue comme ça, c'est parfait !

Sa voix grave reprenait un ton avilissant, blasphème sortant de ses lèvres délicieusement viriles.

— Oh oui ! Maintenant, caresse-toi, ma sublime putain. Caresse-toi quand je te baise. Je veux te sentir jouir autour de moi.

Peu lui importait de se stimuler, les mots crus et violents de John contentèrent Lizzie. La peau rougie contre la sienne, elle chercha à atteindre son clitoris de ses doigts affolés, puis se laissa envahir de vagues délicieuses qui lui brouillèrent la vue.

Tandis que, au bord de l'évanouissement, elle reprenait difficilement son souffle, un cri étrange déchira l'air : une sorte de plainte aiguë provenant de la bouche de John qui déversait son plaisir dans la fine membrane de caoutchouc.

Il se laissa retomber sur elle, qui était déjà allongée sur le drap de tout son long, dépourvue de forces. La tempête furieuse qui s'était emparée de la pièce céda la place à un silence de plomb.

John, amant et client d'un soir, était étendu sur elle, à la fois pesant et léger comme une plume.

Après une minute, peut-être deux, il se remit doucement sur ses pieds, prenant le temps au passage de caresser le flanc de Lizzie du bout des doigts.

— Pardonnez-moi pour le langage grossier de tout à l'heure… J'imagine que vous entendez de tout, mais ce n'est pas une raison. Nous les hommes sommes capables de dire de belles saletés lorsque nous atteignons l'apogée de l'extase. Vous ne le prenez pas mal, j'espère ?

— Non, pas du tout. Au contraire, j'avoue que ça ne me déplaît pas.

D'une roulade, elle s'allongea à plat dos et le regarda retirer le préservatif, le nouer et le jeter à la poubelle. Malgré l'aspect désormais flétri de son pénis, celui-ci gardait une certaine majesté, même lorsque John le replaça dans son caleçon avant de reboutonner sa chemise.

— Vous êtes si belle, étendue de la sorte.

Ses yeux bleus brillaient d'une flamme nouvelle, manifestant un désir que le corps ne pouvait pas encore assouvir.

— J'aimerais beaucoup vous prendre encore une fois, mais je n'y suis pas allé avec le dos de la cuillère ; je serai *hors de combat** pour un moment, maintenant.

Vous avez le don de dénicher des expressions étranges, John Smith... Mais j'aime bien. Je vous aime bien.

— Nous pourrions attendre que vous vous soyez reposé et reprendre où nous en étions, vous ne croyez pas ? (Lizzie jeta un coup d'œil significatif aux billets empilés sur la commode. C'était une somme importante.) Je ne suis pas certaine que vous en ayez eu pour votre argent, précisa-t-elle.

Le regard plissé, John la scruta un instant, visiblement amusé, puis lui adressa un petit sourire en coin.

— Oh, j'ai eu ce que je désirais ! Vous étiez... vous étiez parfaite, ma belle Bettie. C'est tout ce dont j'avais besoin.

Il prit place à côté d'elle sur le lit et plongea la main au sol pour ramasser la petite culotte de coton qu'il déposa dans les mains de Lizzie.

---

* En français dans le texte.

— J'ai très peu dormi ces derniers temps, ma chère. Mais, ce soir, je pense trouver un sommeil réparateur. Je vous remercie.

Une boule se forma dans la gorge de la jeune femme. Ses paroles n'avaient rien à voir avec la rhétorique habituelle qui suivait le sexe. Non. Sa gratitude était sincère. Soudain, il lui parut plus jeune, presque vulnérable. Une envie étrange monta en elle : elle voulait rester, simplement pour le serrer dans ses bras.

— Vous êtes certain que tout va bien ?

— Oui, très bien, répondit-il en lui caressant la joue. Cela dit, il est temps pour vous de partir. J'ai eu ce pour quoi je vous ai payée, ma douce. J'aimerais dormir. Vous devriez rentrer chez vous pour en faire autant. Vous n'avez pas d'autres rendez-vous, si ?

— Non, c'est tout pour ce soir.

Elle sentit comme un pincement au cœur. Il avait raison : mieux valait rentrer à la maison, avant de dire quelque chose de stupide. Se redressant, elle enfila sa lingerie avec autant de grâce que possible puis accepta les autres vêtements que John venait de rassembler.

— Je vous emprunte votre salle de bains un instant, puis je vous laisserai dormir.

En chemin vers la porte, elle crut le sentir tendre la main vers elle, mais garda en tête que, s'il la touchait, elle perdrait ses moyens, en particulier s'il se montrait galant.

John ne quitta pas des yeux la porte de la salle de bains et sourit, perplexe.

Tu es nouvelle dans ce métier, n'est-ce pas, ma tendre Bettie ?

À quel point était-elle novice ? se demanda-t-il. Pour l'instant, elle ne revêtait pas encore cet air autoritaire dont se paraient les escort girls professionnelles qu'il avait pu croiser. Sa sensualité, son charme naturel émanaient de son assurance ; toutefois, son corps répondait à ses caresses crûment et sans détour. Elle ne savait pas encore cacher ses émotions derrière un masque. Jusqu'à présent, les gagneuses qu'il avait connues s'étaient toujours montrées flatteuses et réceptives à ses assauts, flattant son ego, mais sans jamais perdre de vue qu'il était un client, rien de plus, bien que le plaisir soit souvent au rendez-vous.

Avec Bettie, c'était différent ; elle n'était pas encore restreinte par les nombreuses règles du métier et s'abandonnait sans retenue. L'idée était tout bonnement impensable qu'elle ait feint sa jouissance, ce processus croissant qu'il avait lu sur son visage, sa réponse impulsive tandis qu'il claquait son fessier voluptueux.

La brusquerie était une chose qu'elle aimait, voilà ce qui pouvait tout expliquer. Bien souvent, les escortes rencontraient des clients désireux de se soumettre à elles, et non le contraire. Cette jeune femme n'était manifestement pas habituée à ce côté de la domination, et pourtant elle en était naturellement adepte. Et c'était de cela dont John avait besoin en ce moment. Une jeune fille fraîche, allègre et enthousiaste. À la fois autodidacte et consentante de manière innée aux pratiques mystérieuses qu'il affectionnait.

Il fallait absolument qu'il la revoie, et vite.

3

Sublime

— Tu es devenue folle ou quoi ?! Tapiner n'est pas un jeu, ma belle !

Lizzie put observer Brent sortir de ses gonds. Son colocataire avait sa propre expérience du métier, qu'il avait exercé par intermittence, et se trouva donc insulté par la joyeuse escapade de son amie en compagnie de ce John Smith. D'ailleurs, pour lui, l'insulte visait toutes les personnes dépendant de l'escorte pour gagner leur vie.

Lizzie regarda tour à tour ses compagnons, s'attardant sur Shelley, qui occupait le troisième logement de leur joyeuse colocation, dans l'attente d'un quelconque soutien de sa part. Hélas, cette dernière la contemplait de ses yeux écarquillés sans souffler mot, comme si le corps de son amie habituellement raisonnable et réfléchie était habité par l'âme d'un extraterrestre.

— Je voulais lui dévoiler la vérité, je t'assure ! Mais nos rapports se sont très vite enflammés, et ce n'était jamais le bon moment.

Leur chatte noire, Mulder – appartenant à la race sans queue des Manx – sauta sur ses genoux et récolta aussitôt la tendresse qu'elle venait réclamer. Les caresses rythmées et le doux ronronnement du félin permirent à Lizzie de se recentrer.

— Et puis il était évident que cet homme cherchait la compagnie d'une professionnelle, ce qui était moins compliqué pour lui qu'une aventure d'un soir. S'il avait su dès le départ qu'il me prenait pour ce que je n'étais pas, j'aurais eu droit à un simple : « Oups, pardon. Merci, passez une bonne soirée. » Or, il était sublime, ça aurait été dommage de laisser passer une telle occasion.

Intérieurement, elle se corrigea : « sublime » n'était pas un mot à la hauteur de sa personnalité. John Smith, malgré son nom assurément commun, était en plus un homme compliqué, l'intuition de Lizzie l'en assurait. Il était même très compliqué.

Shelley recouvra sa capacité de parler et soupira bruyamment.

— Je regrette de ne pas m'être faufilée dans ce bar pour voir à quoi il ressemblait ! La fête n'était pas trop mal, mais elle manquait de beaux spécimens. Les seuls notables étaient déjà pris. C'est toujours la même rengaine.

Lizzie se sentit soudain coupable, pas vis-à-vis de John mais de ses amis qu'elle avait lâchement abandonnés. En restant avec eux, il ne faisait aucun doute qu'elle aurait passé un très bon moment, malgré la soirée a priori décevante. À elles deux, les filles auraient même réussi à faire sortir Brent de sa tanière, d'où il ne tarissait pas de remarques affûtées et de reproches piquants sur ses amies qui, contrairement à lui, osaient prendre des risques.

Maintenant, c'était trop tard : sous ses sourcils noirs froncés Brent les scrutait d'un air de reproche. En ce lendemain matin de soirée agitée, ils étaient tous les trois réunis dans la cuisine et épluchaient ensemble les événements récents. Dans le taxi, sur le trajet du retour de l'hôtel *Waverley*, il leur avait été impossible de jaser ; le chauffeur – du genre volubile à fourrer son nez où cela ne le regardait pas – n'avait cessé de leur poser des questions indiscrètes sur leur fête, non sans une pointe d'obscénité. Lizzie avait alors allégué une fatigue finalement proche de la vérité, puis, une fois dans la maison qu'ils partageaient à trois dans un quartier de banlieue chic, elle s'était faufilée dans sa chambre en prétextant quelques excuses pour Shelley et Brent afin de s'octroyer l'opportunité de ne plus penser qu'à John Smith et à rien d'autre.

D'ailleurs, c'est ce qu'elle avait fait toute la nuit. Combattant l'épuisement, elle s'était imaginée sous lui, victime de ses assauts compulsifs. Ce matin, elle gardait encore la sensation de la peau de cet homme contre la sienne, des empreintes invisibles qu'il lui avait laissées, de son sexe encore en elle, de ses doigts posés tout contre son intimité tandis qu'il continuait de la fesser.

Lizzie, reprends-toi ! Cesse de jouer les démons du sexe !

Mais, bon sang, ces claques répétées !... Elle ne pouvait s'empêcher d'y repenser.

Face à elle, Shelley et Brent la regardaient avec insistance. Pour ce qui était de Shelley, l'admiration l'emportait sur le reste, mais leur séduisant acolyte ne le voyait pas de cet œil. Lizzie comprenait pourquoi. Son expérience en tant que garçon de passe lui donnait toutes les raisons de s'inquiéter pour le bien-être de son amie. Elle tenta malgré tout de le convaincre.

— Tu l'aurais trouvé honnête, si tu l'avais rencontré. Je sais que tu es fin psychologue à tes heures.

Le visage de Brent s'adoucit.

— Mes premières impressions ne se révèlent pas toujours justes.

Il haussa les épaules et chassa les mèches de cheveux noirs qui lui cachaient les yeux ; son regard était capable de passer en un instant de la malice à la tristesse.

— Tout de même, ton John Smith… Franchement, Lizzie ! John Smith ? Qu'est-ce que c'est que ce nom ?! Il aurait au moins pu faire preuve d'imagination.

Lizzie plongea la main dans la poche de sa robe de chambre et en sortit un petit carré de carton plastifié. Il s'agissait d'une carte de visite professionnelle, toute blanche, où figuraient un nom et un numéro de téléphone – dans une police de caractère illisible – ainsi qu'un logo représentant « JS » dans le coin de la carte.

— C'est son vrai nom, fit-elle remarquer.

Alors que Shelley tendait le cou pour la voir, Lizzie présenta la carte à Brent, souriant au souvenir d'une anecdote.

En effet, lorsqu'elle était ressortie de la salle de bains où elle venait de se rhabiller, John avait précisé, le sourire aux lèvres :

— Je vous assure que c'est mon nom.

Pour toute réponse, elle avait ri aux éclats malgré ses émotions mises en branle par leurs ébats encore frais dans sa mémoire. John avait échangé son costume contre une longue robe de chambre bleu nuit. Devinant son corps nu sous le satin, Lizzie s'était retenue de le supplier de la laisser rester.

Mais elle avait gardé le silence. Il ne voulait pas de cela. C'est armé d'un calme olympien que John lui avait expliqué que, pour la durée de son séjour pour affaires dans le quartier – dans le domaine immobilier, des histoires d'acquisitions et de propriétés –, il cherchait simplement une femme séduisante et expérimentée à qui faire l'amour, une personne ouverte aux expérimentations et prête à s'adonner à quelques « fantaisies » qu'il affectionnait. Il était prêt à payer cher pour ce service, en particulier si la femme acceptait de rester exclusivement à sa disposition pour la durée de son séjour. Cela pouvait impliquer une compensation pour ce qu'elle perdait à ne pas avoir d'autres clients.

Brent tripota nerveusement la carte tout en écoutant le récit de Lizzie, dont Shelley ne perdit pas une miette.

— Comme dans *Pretty Woman*… Tu ne t'embêtes pas ! la railla cette dernière. Va donc fouiller les poches de ton millionnaire, espèce de veinarde !

Derrière la jalousie apparente de son amie, Lizzie discerna une certaine complicité.

— Tout bien réfléchi, la situation est idéale, observa Brent. Un flambeur de billets sans alliance et – je l'espère – sans trop d'idées tordues. Il ne veut pas de compagnie à plein-temps du type petite amie, c'est bien ça ?

— Exactement, ce n'est que pour le soir. La journée, il a ce poste à responsabilités de magnat du business, ou je ne sais quoi, et il préfère dormir seul la nuit.

S'efforçant d'ignorer les termes « idées tordues » que venait d'employer son colocataire, Lizzie constata tout de même qu'elle avait expérimenté quelques pratiques douloureuses.

Bien qu'elle soit consciente de la stupidité d'une telle idée, elle ne pouvait s'empêcher de vouloir se blottir tout contre John une nuit entière. Ce désir était aussi fort que celui d'être possédée par lui et de sentir sa main claquer contre sa fesse. Son parfum enivrant lui revint en mémoire, et elle s'imagina se lovant contre son torse pour sombrer dans un profond sommeil.

Non, non et non, pas de ça! Les choses resteront purement charnelles.

Cette petite aventure représentait l'opportunité rêvée d'élargir ses horizons dans ce domaine, de découvrir de nouvelles choses, et ce en compagnie d'un homme particulièrement séduisant. On lui offrait sur un plateau d'argent la chance de se glisser dans la peau d'une autre que Lizzie Aitchison, cette fille ordinaire qui s'ennuyait ferme dans son quotidien de secrétaire intérimaire et restait plongée dans les limbes de l'incertitude quant à ce qu'elle ferait de sa vie alors qu'elle avait déjà vingt-quatre ans.

— Le soir seulement, c'est mieux comme ça, ponctua Brent avec sagesse. Tu joues avec le feu, ma chérie, mais au moins tu tiens les allumettes, ça vaut mieux.

Mulder se faufila soudain hors des bras de Lizzie, comme si elle ressentait le malaise de la jeune femme, et quitta la pièce en trottinant. Dans le dos de Brent, alors que ce dernier se levait pour leur servir du thé, Shelley mima ce qui pouvait signifier : « Ne l'écoute pas… Raconte-moi tout ! » Lizzie le scruta un instant avant de décider qu'il était plus simple d'aborder certains sujets face à ses épaules étroites.

— Hum… Que sais-tu du BDSM, Brent ? John semble être un adepte et il m'a fait part de son envie de… pousser l'exploration plus loin, la prochaine fois.

— Du BDSM ?! Houla ! s'exclama Shelley.

Avec ses grands yeux écarquillés, ses taches de mascara de la veille et sa tignasse blond cendré ébouriffée, elle avait l'air d'une poupée un brin lubrique.

Brent leva les yeux au ciel en abaissant la théière sur le dessous-de-plat posé sur la table.

— Par pitié, ne me dis pas qu'il t'a demandé de le fesser ? C'est beaucoup plus compliqué que ne le laissent croire les films et les émissions de télé. C'est un art que tu dois maîtriser si tu ne veux pas le blesser. Or, si j'en crois ce que tu m'as raconté de tes précédentes aventures, tu n'es pas experte en la matière.

Les yeux plissés, il servit les tasses de thé en attendant sa réponse, tandis que Shelley semblait imploser d'impatience d'en apprendre plus.

— Non. En réalité, c'est l'inverse. Il veut me fesser… hum, encore une fois.

— Oh, bon sang ! Je vois que tu t'es mise dans un sacré pétrin.

Brent l'étudia par-dessus le rebord de sa tasse chaude de ses yeux bleus emplis d'inquiétude. Mais Lizzie pouvait également lire dans ce regard une certaine admiration. Les trois colocataires étaient très proches, en particulier Brent et Lizzie. Tous deux étaient des confidents intimes, et sur tous les sujets. La jeune femme ne supportait pas l'idée qu'il en soit autrement. Brent avait trop besoin de leur amitié.

— Oui, un très gros pétrin. Cela dit, John n'a pas le profil du sadique vicieux. Il aime simplement allier douleur et plaisir.

Elle baissa les yeux sur son thé, imaginant y voir du gin cristallin dans lequel flotteraient des éléments de réponse.

— As-tu la moindre idée de ce qu'est un sadique ? s'inquiéta Brent d'un ton sec. Ou un dominant ? Ce n'est pas la même chose.

— Oui, je crois saisir la nuance. Tout ça, ce ne sont que des théories. Je n'ai jamais pratiqué ce genre de choses, si ce n'est un tour à cheval sur le dos de mon partenaire, et ça a fini en fiasco embarrassant plus qu'autre chose.

— Quoi ?! À cheval sur qui ? Tu ne m'en as jamais parlé ! s'offusqua Shelley.

Lizzie fut prise d'une bouffée de chaleur. Elle n'était pas contre l'idée de se confier à l'un ou à l'autre de ses amis, mais, en l'occurrence, elle avait la désagréable sensation de passer à la casserole face à un jury intransigeant.

— Tu ne devrais pas travailler, ce matin ? demanda-t-elle innocemment à Shelley, saisissant l'opportunité rêvée de se débarrasser d'elle.

Toutes les deux travaillaient en intérim pour le même secrétariat, et Lizzie savait que son amie avait une mission ce jour-là, bien que ce soit un samedi. La prime accordée pour les week-ends n'était jamais de refus.

— Oh, merde ! C'est vrai, et je vais avoir le retard du siècle !

Elle se leva brusquement de son tabouret, renversant du thé au passage, attrapa une banane au vol pour un petit déjeuner improvisé sur le trajet, puis se dirigea vers la porte.

— Je veux connaître tous les détails croustillants, c'est compris ? lança-t-elle sur le seuil avant de disparaître dans un fracas de pas dans les escaliers menant à sa chambre.

— Mais oui, marmonna Lizzie en retournant son attention sur Brent.

— Tu dois vraiment rester sur tes gardes, ma belle, la mit en garde son ami visiblement préoccupé. Avant toute chose, il te faut instaurer des règles. Par exemple, tu dois décider d'un mot qui servira de code de sécurité, en particulier si tu incarnes une escort girl. La plupart refusent de se soumettre, car elles ne peuvent prendre le risque de présenter des hématomes au client suivant, donc ton personnage doit rester crédible. Pour ma part, on m'a déjà demandé de dispenser quelques coups…

Des hommes comme des femmes. Lorsqu'ils lisent le dernier roman érotique en vogue, ils veulent aussitôt expérimenter de nouvelles choses.

Lizzie lui expliqua alors les grandes lignes de ce que proposait John, y compris l'aspect financier compensatoire.

— Eh bien, dans ce cas, pourquoi ne pas retenter l'expérience, ne serait-ce qu'une fois... À condition que tu promettes de prendre tes précautions et de garder ton téléphone à portée de main pour m'appeler en cas de besoin. Es-tu censée le revoir ce soir, ton étalon dominant et amateur de gin ? Comment faites-vous pour communiquer ? J'espère que tu ne lui as pas donné ton vrai numéro !

Sur ces mots, il jeta un œil significatif à ses deux iPhone en charge près d'une prise, l'un destiné à ses appels personnels et l'autre aux professionnels. Il n'avait pas utilisé le second depuis très longtemps, mais le gardait chargé par habitude.

— Les escortes ont toujours un deuxième téléphone exclusivement dédié au travail.

Lizzie plongea la main dans un paquet de biscuits et en sortit trois au lieu d'un. La veille avait été riche en gesticulations ; elle avait brûlé beaucoup de calories.

— Oui, j'y ai pensé. J'ai dit à John qu'on m'avait volé mon téléphone et que je n'étais pas officiellement en service hier soir. Je lui ai donné mon adresse mail « spécial Bettie » pour qu'il puisse me contacter. Ce matin, j'ai prévu de faire un saut dans une boutique de téléphonie pour m'en acheter un deuxième pas cher.

L'admiration transforma les traits du visage de Brent.

—Au moins, je vois qu'au milieu de tes aspirations lubriques tu n'as pas totalement perdu la tête. Je te propose que l'on passe la journée ensemble pour fêter ça ; je ne reprends le boulot que ce soir. On pourrait déjeuner et dépenser ton argent sale dans un nouveau téléphone.

Il arrivait également à Brent de devoir travailler le samedi. Les premiers temps, il assumait mal son poste dans une jardinerie à mi-temps, qu'il considérait comme ingrat. Et puis les mois avaient passé, et il avait fini par s'y faire.

—Avec plaisir ! Contrairement à vous deux, j'ai la journée pour moi et je serais ravie d'aller manger quelque part.

Une petite lueur de l'ancien Brent semblait scintiller dans ses yeux pour le plus grand bonheur de Lizzie.

—Il me faut acheter de nouveaux sous-vêtements. De la lingerie coquine.

Elle marqua une pause, et ses joues s'empourprèrent.

—Et puis je pourrais faire un tour dans un sex-shop et me trouver quelques… hum… accessoires. Et un kilo de préservatifs, évidemment.

—Cela tombe sous le sens, tu pourrais en avoir besoin… Qui sait ? ironisa Brent en prenant un air grave dissimulant un éclat de rire. (Puis il prit la main de Lizzie.) Puisque tu tiens tant à te jeter la tête la première dans cette histoire, fais les choses bien, et prends ton pied. Surtout si cet homme est aussi canon que tu le dis.

—Oh, il l'est, ne t'inquiète pas pour ça !

—Je vais préparer le petit déjeuner. Ensuite, on fera le programme de notre journée.

De sa silhouette svelte et décontractée, il se leva de table et traversa la cuisine. Lizzie le trouvait séduisant, mais sans équivoque. Un an ou deux auparavant, ils avaient vécu une brève liaison mais avaient très vite pris conscience qu'ils tenaient trop à leur amitié pour la mettre en péril. Et puis le penchant de Brent pour les hommes avait également pesé dans la balance.

—Au passage, tu lui as fait payer combien ? s'enquit-il, l'air de rien et le nez dans le frigo.

Lizzie annonça le prix sans omettre le bonus que John avait tenu à lui offrir.

—Eh bien, ma foi ! Tu as dû mettre les bouchées doubles. Je gagnais la même somme pour les nuits complètes. Je n'arrive pas à croire que tu as empoché tout ce fric pour une chose que tu étais prête à proposer gratuitement ! Il n'y a pas de justice, et tu n'es qu'une petite garce opportuniste, finit-il gaiement.

—Tu sais, je ne compte pas tout garder. Juste assez pour de la lingerie, entre autres babioles, et pour le pot commun du loyer.

La culpabilité lui revint en pleine figure, plus vis-à-vis de l'argent lui-même que de l'usurpation d'identité ou de la partie de jambes en l'air.

— Le reste, je le mettrai dans une enveloppe et en ferai don pour l'association de protection des félins. Sinon, je peux le garder de côté pour le lui rendre lorsqu'il en aura terminé avec moi.

Peu satisfait par cette repartie, Brent secoua la tête.

— Si tu dois te lancer dans cette aventure, va jusqu'au bout des choses. Il semble plein aux as ; l'argent ne signifie rien à ses yeux. Garde-le et dépense-le pour toi. Ou pour les chats, si ça te fait plaisir.

Figure-toi que c'est ce que je vais faire…

Mais pourquoi cette petite voix dans sa tête persistait-elle à la convaincre que c'était John Smith qui méritait d'être payé pour ses services, et non le contraire ?

Ne regarder que droit devant : voilà la leçon qu'elle tirait de Belle, dans *Journal intime d'une call-girl*. Avancer d'un pas sûr, déterminé ; garder le front haut et le regard fixé sur son objectif. Dégager un charme dévastateur.

Admettons que cela fonctionnait à merveille dans un hôtel de luxe au cœur d'une métropole ; mais au *Waverley* c'était une tout autre histoire. L'hôtel était de taille moyenne et se situait dans une ville modeste. Quant au personnel, il savait précisément où se trouvait chacun de ses clients et en quelle compagnie, qui était une pièce rapportée et qui faisait partie du décor. Le cœur de Lizzie battait à tout rompre, et ce n'était pas lié à sa rencontre imminente avec John Smith. En réalité, elle craignait d'être interceptée par la réception.

—Ne te fais aucun souci, l'avait rassurée Brent. Le personnel du *Waverley* est habitué aux clients faisant appel à une escort girl. Les soirées fétichistes y sont fréquentes, et le bar de l'hôtel est réputé pour sa fréquentation de haute qualité ; on y déniche les plus belles passes. Il fut un temps où, moi-même, j'ai eu là-bas quelques rendez-vous.

Lizzie crut s'évanouir lorsqu'elle s'aperçut qu'elle violait sa première résolution en jetant un bref coup d'œil vers la réception. Derrière le comptoir se tenait un grand brun de type italien aux cheveux mi-longs. Il portait un superbe costume digne de ceux de John Smith, mais légèrement plus coloré. *Sans doute le manager de l'hôtel*, songea Lizzie, à en juger par sa posture présomptueuse. Ses yeux noirs cachés derrière de petites lunettes à la monture de métal l'étudièrent ostensiblement, puis il sourit et lui adressa un discret hochement de tête : la clé d'entrée aux étages de son hôtel.

Enfin arrivée dans l'ascenseur, elle prit une profonde inspiration et s'adonna aux dernières retouches devant le miroir. Elle avait opté pour un style strict et professionnel : un tailleur bleu marine qu'elle avait un jour porté pour un important entretien d'embauche, assorti à un chemisier d'un blanc vaporeux. Lizzie n'avait pas décroché le poste pour lequel elle avait postulé – les candidats se comptaient par centaines – mais, ce jour-là, elle avait été conscience de l'effet qu'avait provoqué sa tenue.

Ses cheveux noirs de jais étaient ajustés à la façon « Bettie Page » qu'ils prenaient naturellement. Elle portait ses plus hauts talons et avait choisi un énorme sac qui tenait plus du bagage de voyage que du sac à main. Lizzie osa à peine imaginer la scène si un agent de sécurité avait demandé à la fouiller ; heureusement, Brent avait raison : au *Waverley*, il était courant de croiser des clients aux sacs remplis de préservatifs, d'accessoires, de lingerie fine, de lubrifiants et autres objets divers.

Les portes de l'ascenseur s'ouvrirent sur l'étage de John, et Lizzie inspira profondément avant de poser le pied sur la moquette du couloir, l'esprit encore embué des souvenirs de la veille. À cet endroit précis, il avait frôlé le bas de son dos pour la guider vers sa chambre. Cette fois-ci, c'était différent : le choix lui appartenait encore de se défiler et de faire machine arrière. Dans son sac, ses doigts se posèrent sur son nouveau téléphone, où John était déjà dans la liste des favoris, auprès de Brent et de Shelley. Il serait si facile d'envoyer un texto et d'annuler l'entrevue. Brent aurait sans doute le contact d'une remplaçante ravie de tenter sa chance.

Et puis quoi encore ?!

Devant la porte de la chambre, Lizzie toqua sans se laisser le temps de changer d'avis.

— Bettie ! Vous avez pu venir !

Quel bonheur, ce n'était pas un rêve ! John Smith était bien là, plus séduisant que jamais. Obnubilée qu'elle était par son souvenir, elle eut l'impression de l'avoir quitté une semaine entière, alors que seulement vingt-quatre heures s'étaient écoulées.

Tout en se laissant guider jusqu'au salon, elle se demanda s'il ne devinait pas ses doutes. Il affichait un air perplexe qui semblait le suggérer, comme s'il avait accès à ses plus intimes pensées… et à l'étendue de la supercherie.

— Je suis ravie de vous revoir, John, susurra-t-elle, masquant ses hésitations derrière une voix suave.

Elle se pencha vers lui et déposa un baiser sur sa joue, légèrement piquante sous une barbe de trois jours. John était habillé en tenue de bureau, à cela près qu'il ne portait pas de veste. Était-il encore plongé dans le travail, malgré l'heure tardive ?

— Vous êtes tout simplement exquise. Votre tailleur est très chic. Portez-vous toujours un uniforme de travail lorsque vous… travaillez ?

Avec un clin d'œil lourd de sens, il cherchait à la taquiner, voire à la provoquer.

— Dans ma branche, nous évitons les signes ostentatoires. Je préfère cacher mes atouts dans du papier kraft, si je puis me permettre l'image.

Elle lui rendit son clin d'œil.

— En parlant de travail…, commença-t-il.

Il se dirigea vers la commode et en revint muni d'une épaisse enveloppe. La somme en liquide qu'ils avaient négociée dans le même mail où elle lui communiquait son nouveau numéro, supposa-t-elle.

Consciente qu'il serait déplacé de compter les billets devant lui, elle prit les devants.

— Puis-je me repoudrer le nez dans la salle de bains avant que nous… commencions ?

— Je vous en prie.

Un éclair de malice apparut dans ses yeux bleus. Avait-il perçu sa seconde d'hésitation ? Difficile à dire. Seul le sourire de John restait constant et lumineux ; sans doute cachait-il ses propres zones d'ombre.

Seule face au lavabo, elle compta l'argent. Tout y était. Puis elle envoya un texto à Brent pour le rassurer. Après avoir retrouvé toute sa sérénité, elle soulagea sa vessie, se lava les mains et retoucha son rouge à lèvres.

Me voilà fin prête. C'est maintenant ou jamais.

Sur le seuil de la porte, elle s'appuya au chambranle.

John sirotait un apéritif. *Du gin*, supposa-t-elle. Dès qu'il s'approcha d'elle, Lizzie huma la pointe balsamique typique de la boisson.

— Je vous offre un verre ? proposa-t-il.

— Un simple verre d'eau, merci.

— Vous voilà très professionnelle.

Un rictus amusé se dessina sur ses lèvres tandis qu'il ouvrait une bouteille d'eau minérale.

— Disons que je travaille dans le domaine du service. J'ai besoin de garder les idées claires pour mériter salaire.

— C'est admirable, vraiment, murmura John sans quitter des yeux la bouche pulpeuse qui étanchait sa soif.

Elle reposa le verre et inspira profondément.

— Alors, John, que puis-je vous proposer ?

Le sourire refit son apparition, puis, en un bref instant, il se mordilla la lèvre inférieure. Bien qu'aucun signe extérieur ne permette à Lizzie d'en avoir la certitude, elle sut qu'il devenait déjà dur comme la pierre. Son aura masculine semblait grossir de manière subtile et imperceptible. Elle se l'imagina en démon, en monstre de la négociation, obtenant tout ce qu'il voulait en un claquement de doigts.

— Avant toute chose, si je puis me permettre, ma belle Bettie…, appelez-moi « maître ».

Ces mots la transportèrent dans un ascenseur sans fin dont le câble serait sectionné. Son âme plongeait, non pas de la hauteur de quelques étages, mais dans le virage étourdissant de montagnes russes dont le frisson du danger la paralysa instantanément. Le temps était venu d'entamer la partie. Soit elle jouait, soit elle lui rendait son argent et prenait ses jambes à son cou.

Plutôt mourir !

— Oui, maître, opina-t-elle, le souffle court.

Prenant son visage dans ses mains douces, John plongea son intense regard dans celui de Lizzie. Malgré ses vêtements, la jeune femme se sentit plus nue que jamais, révélant ses craintes et ses espoirs au grand jour. Il l'embrassa, d'abord tendrement, puis insuffla la passion dans son baiser. Son rôle de soumise la grisait, mais elle garda les lèvres immobiles, simple réceptacle passif de ses baisers, et les bras le long du corps, se laissant parcourir de caresses fébriles et de cette langue qui s'aventurait à l'intérieur de sa bouche. Par ces attentions, John s'appropriait la volonté de Lizzie, depuis son corps jusqu'à son âme.

— Bien, dit-il finalement, la libérant de ses transports. Très bien.

Délicatement, il promena son pouce sur sa joue, puis le fit doucement entrer dans la bouche de la jeune femme comme s'il s'agissait d'une tétine.

— Veuillez le sucer.

Alors qu'elle s'exécutait, il parcourut son corps de son autre main, de sa poitrine à ses cuisses, puis s'empara de sa fesse d'une poigne tenace. Il pétrissait sa chair sans relâche tandis qu'il y enfonçait les ongles. Après une seconde d'hésitation, il glissa les doigts sous sa jupe et entre ses fesses, titillant sa partenaire de mouvements brefs, tandis que son autre pouce caressait le coin de sa bouche.

— Ma délicieuse catin, chuchota-t-il tout contre ses cheveux, sans cesser de masser son anus à travers le fin tissu de son sous-vêtement. Petite coquine, tu aimes ça, pas vrai ? (Ses gestes fébriles gagnèrent en intensité.) Tu ne dirais pas non à sentir un sexe entrer par ici, n'est-ce pas ? Ou préfères-tu un plug, l'un de ces jouets larges et imposants ?

Lizzie sentit sa température monter subitement. Bon sang, elle transpirait malgré son déodorant à protection maximale ! Des images embrumèrent son esprit : elle était à genoux sur les draps de chintz, les fesses en l'air, généreusement lubrifiées, tandis que John s'enfonçait en elle avec obscénité. La seule pensée de cette scène affaiblit ses genoux tremblants.

— Réponds-moi ! la somma-t-il, le pouce encore dans la bouche de Lizzie.

— Oui… oui, j'adorerais cela.

— Lequel ? Le sexe ou le plug ?

— Les deux, pourvu que ça vous plaise.

Il laissa échapper un rire presque enfantin.

— Bonne réponse, ma chère, déclara-t-il en l'embrassant tendrement. Nous jouerons à ces jeux-là. Pas ce soir, mais bientôt.

Ses lèvres enfiévrées repartirent à l'assaut de celles de sa partenaire sans qu'il sorte les doigts de ses fesses.

— Ma beauté, susurra John en la libérant.

Il la parcourut du regard, ne manquant pas d'observer que sa jupe se remettait en place d'elle-même.

— Très joli tailleur, constata-t-il en frôlant sa poitrine à travers le tissu vaporeux de son chemisier. J'aimerais que vous le gardiez encore un peu.

La laissant là, il se dirigea vers sa boisson et en sirota quelques gorgées avant de reposer son verre.

— Vous voyez la chaise qui est là-bas ? Installez-la au milieu de la pièce.

D'un geste du menton, il désigna une chaise de bois brut qu'elle n'avait jamais remarquée avant. Était-elle ici la veille ? Non, elle s'en souviendrait. L'aurait-il fait apporter pour les desseins déviants qu'il lui réservait ce soir ?

Elle plaça la chaise au centre de la pièce, à quelques pas du lit.

— Asseyez-vous.

Légèrement tremblante, Lizzie prit place, les mains posées sur les cuisses. John se posta devant elle et baissa les yeux sur sa victime. Malgré ses efforts pour garder le regard baissé, elle ne put s'empêcher de contempler son sexe durci sous le tissu du pantalon.

— Non, ma petite cochonne. Ne regarde pas par là. Ce n'est pas pour tout de suite, bien que tu en mouilles d'impatience.

C'était effectivement le cas, et la transpiration n'y était pour rien ; la nouvelle petite culotte qu'elle avait payée une fortune pouvait témoigner de l'inutilité d'un quelconque lubrifiant synthétique.

— Reste assise, ne bouge pas. Le regard au sol et sans tricher.

Il se retourna vers la commode et ouvrit l'un des tiroirs. La curiosité la brûlait de regarder ce qu'il en sortait, mais elle parvint malgré tout à garder les yeux rivés sur ses pieds, ne discernant du coin de l'œil que quelques-uns des objets qu'il disposait sur le lit. Cela ressemblait à de belles écharpes de soie, très masculines, ainsi qu'à des cravates.

Du bondage, déjà ? Après tout, elle s'y attendait.

Muni de l'une des écharpes, il contourna la chaise pour se placer dans le dos de Lizzie et ramena un de ses bras puis l'autre derrière le dossier de bois. Ses gestes étaient fins et précis lorsqu'il attacha ses poignets par un nœud serré mais pas douloureux. La position la forçait à bomber le torse. Haletante, elle le regarda s'éloigner puis revenir avec une seconde écharpe.

Celle-ci était destinée à lui masquer la vue. Elle était d'un noir opaque et tissée de fils très fins ; Lizzie ne vit plus rien. Tout en nouant le tissu, John en profita pour passer la main dans ses cheveux doux.

Et maintenant que se passerait-il ?

Elle entendit qu'il bougeait et crut percevoir les pensées bouillonnantes de son ravisseur : il manigançait quelque chose.

John était tout près.

Deux mains larges se posèrent sur les cuisses de Lizzie : il était à genoux devant elle. Ce n'était pas correct ! N'était-il pas supposé la dominer et non se soumettre à elle ? Elle comprit ce qu'il comptait faire à peine une seconde avant d'en avoir la confirmation.

En remontant sa jupe, il lui demanda de se soulever du siège afin de retrousser le vêtement au-dessus de ses fesses. Puis il glissa les doigts sous l'élastique de sa culotte et la retira d'un geste précis. D'après le mouvement aérien de sa manche, elle devina qu'il la jetait à l'autre bout de la pièce.

— Magnifique, susurra John.

De nouveau ses pas s'éloignèrent, probablement pour récupérer d'autres écharpes. En effet, il s'en servit pour lui attacher les chevilles aux pieds de la chaise, genoux écartés, l'immobilisant dans cette position impudique et la laissant là, avec la sensation froide du bois sous ses fesses.

Oh, mon Dieu! Oh, mon Dieu!

La conscience de Lizzie se vit engloutir dans une spirale étourdissante. Elle avait la sensation de retourner plusieurs années en arrière, redécouvrant le monde des plaisirs charnels. Le cœur emballé, elle en pleurait presque… de joie.

—Belle comme un tableau, commenta John.

Elle sentait sa présence, à genoux devant elle, contemplant son sexe nu sans l'ombre d'une gêne. Au cœur d'un silence pesant, seule leur respiration saccadée se faisait entendre. Puis elle le sentit enfin.

Du bout du doigt, il écarta les mèches de son intimité et la frôla tel un souffle auprès du point le plus sensible qui soit. Lizzie ne put s'empêcher de rouler délicieusement des hanches contre son contact, mais déjà il ne la touchait plus. Elle l'entendit se redresser devant elle.

—Bien. Maintenant, je vais prendre une douche.

Ses pas s'éloignèrent.

—Sois sage pendant mon absence.

La porte de la salle de bains s'ouvrit, se referma, et elle se retrouva seule, confrontée au silence régnant dans la pièce.

4

Tel un démon dans l'obscurité

Lizzie força sur ses liens, mais rien n'y fit. Combien de femmes John avait-il attachées récemment ? Sans doute un certain nombre, car il était parfaitement maître de la situation.

La pièce était plongée dans un silence de plomb ; c'est à peine si elle percevait le bruit de l'eau ruisselant dans la pièce voisine. La tête ivre d'effluves – l'odeur de la chambre, de l'eau de Cologne de John, mais également l'aigreur de sa sécrétion féminine, soudaine et incontrôlable –, Lizzie eut l'impression de sentir encore le doigt de John se promener contre son intimité. Elle en désirait plus, c'en était d'ailleurs douloureux : il l'avait laissée à la frontière de l'orgasme avant de l'abandonner à ce plaisir inassouvi dont elle se trouvait incapable de détourner son attention.

Son clitoris cajolé puis abandonné geignait désespérément. Rejetant la tête en arrière, Lizzie était impatiente de l'entendre revenir pour la caresser jusqu'à l'extase.

Le calme de la pièce se fit de plus en plus pesant, d'autant que le bandeau sur ses yeux la plongeait dans l'obscurité de l'attente. Elle entreprit de visualiser mentalement chaque objet qui l'entourait. Le costume luxueux qu'elle avait remarqué pendu contre la porte de l'armoire. Les divers objets de John. L'ordinateur, le téléphone, le porte-document.

Elle se trouvait dans ce lieu de passage où il venait pourtant quotidiennement, et imagina la vie qu'il menait d'une pièce à l'autre : nu dans la salle de bains, séchant ses cheveux d'or face au miroir, allongé sur son lit, promenant sa main sur son sexe, le masturbant crûment. S'était-il adonné au plaisir solitaire depuis le départ de Lizzie la veille ? S'était-il touché en pensant à elle ?

D'autres images surgirent dans son esprit : tous les deux baisant violemment, mais pas seulement. Elle imaginait John l'utilisant comme une poupée pour son seul plaisir à lui. Un imposant fauteuil tapissé trônait non loin de là ; et s'il la rouait de coups tandis qu'elle s'accrochait au dossier, puis la prenait comme il venait de le lui promettre ? Quelles sensations cela lui apporterait-il ? Tant de violence, de danger… Son postérieur rouge sous ses assauts. À cette pensée, elle sentit son sexe se contracter spontanément.

Et s'il la bâillonnait, l'enduisait de lubrifiant et la prenait par-derrière, la menant au bord des larmes, envahie par tant de plaisirs interdits ?

Elle en avait tellement envie…

Elle voulait tout essayer.

Sous elle, son plaisir soyeux s'étala lentement sur le bois froid de la chaise. Créature à la merci de ses propres pulsions, elle suintait de plaisir.

Vice. Âpre volonté. Disposition.

Dans la salle de bains, le bruit de la douche mourut.

Que se passerait-il si un employé de l'hôtel entrait subitement dans la chambre ? S'il souhaitait apporter un quelconque service mais que ses coups frappés à la porte restent sans réponse, il pourrait utiliser sa clé et la trouver là, attachée, un bandeau sur les yeux, exposée dans toute sa faiblesse aux yeux d'un jeune employé d'étage, lui-même désireux de tirer avantage d'un tel cadeau offert à lui. Il pourrait la baiser comme elle désirait tant que John le fasse. Des doigts inconnus pourraient s'emparer de son intimité afin de voir s'il était possible de réveiller contre son gré le désir de la douce victime abandonnée.

Lizzie poussa un gémissement, s'agitant sur sa chaise avec une impatience grandissante. Un fantasme lui apparut dans lequel un inconnu souillait sa pureté pendant que John profitait du spectacle, tranquillement allongé sur le lit et lançant ses propres instructions : « Pince ses lèvres, fais-la jouir. »

— Oh, par pitié ! murmura Lizzie dans le vide, opprimée par le désir.

Lorsqu'elle distingua le bruit d'une porte qui s'ouvrait, chaque muscle de son corps se raidit. Était-ce la salle de bains ? Ou la porte menant au couloir de l'hôtel, comme elle le craignait… ou plutôt en rêvait ?

Des bruits de pas. Le son était sourd, comme produit par des pieds nus, et semblait provenir de la salle de bains.

John ?

La main tant attendue se posa contre son sexe, y plongeant un doigt. La pression exercée n'était délibérément pas assez ferme pour lui assurer l'accès à l'apogée du plaisir.

Au travers du parfum familier de l'eau de Cologne, un visage s'approcha du sien, puis une joue poussa doucement contre ses cheveux, tandis que les doigts inconnus poursuivaient leur besogne à l'orée de ses lèvres.

— Espèce de traînée libidineuse, chuchota John. J'observe le désordre semé sur ta chaise, ma coquine. Tu n'as donc aucun amour-propre ? À quoi pensais-tu ? À un pénis ?

Rendue muette par ses tremblements, Lizzie hocha simplement la tête, plus frustrée que jamais par les liens qui retenaient ses mains curieuses. John sembla lire dans ses pensées ; il se leva, abandonnant son intimité pour presser son sexe contre le bras de Lizzie. À travers le tissu de son chemisier et celui du pantalon de John – si c'était là ce qu'il portait – elle sentit qu'il était aussi dur qu'une barre en acier.

— Y pensais-tu ?

Il agrippa l'épaule de sa victime et se balança doucement, toujours contre son bras. Est-ce que cela lui procurait un plaisir physique ?

— Oui, maître. Je pensais à votre sexe, je ne pouvais penser qu'à ça.

Bien que sa vue soit toujours occultée, elle sut qu'il souriait. Malgré ses liens, elle parvint à mouvoir son épaule en petits cercles pour stimuler son ravisseur.

— Fais attention..., fais très attention.

Il leva la main contre la bouche de Lizzie, taquinant sa lèvre inférieure, et la jeune femme s'empressa d'y passer la langue et d'embrasser chacun de ces doigts qu'elle venait elle-même de souiller.

— Qu'aimerais-tu faire, ma Bettie ? s'enquit-il d'une voix douce.

La réponse ne se fit pas attendre.

— Je veux vous voir, mon maître. Si cela vous convient.

— Te voilà exigeante, ma chérie. Tu paieras cher ton insolence : je devrai frapper ton délicieux fessier.

— Cela m'est égal..., maître.

L'écharpe qui lui couvrait les yeux fut détachée en un mouvement vif avant d'atterrir gracieusement au sol. Toute l'attention de Lizzie se concentra sur cet homme. Tel un démon dans l'obscurité, il se révélait, à la lumière, plus angélique que jamais.

Les vêtements qu'il portait –bien qu'elle ne s'attende à rien en particulier– la surprirent plus que tout le reste. Généralement, les maîtres s'habillent de noir, n'est-ce pas ? Ils inspirent ténèbres et frustration… Parfois, ils portent même du cuir moulant.

Mais pas John. Lui portait un tee-shirt écru en lin, ou de ce même type de tissu flottant. Les premiers boutons étaient ouverts, dévoilant un généreux triangle de son torse musclé, légèrement hâlé et à peine velu entre les pectoraux. En bas, il avait enfilé un jean dont l'état d'usure marquée laissait des traces blanches par endroits et se déchirait aux genoux. John était pieds nus. À l'aide d'une serviette, il avait séché ses cheveux, qui tombaient en jolies boucles blondes, affinant son visage rasé de frais.

—Te voilà satisfaite ? l'interrogea-t-il en prenant la pose.

—Non.

—Comment ça, non ?

Face à l'incarnation même de la virilité, Lizzie ne songea plus qu'à explorer chaque parcelle de son corps, à le toucher, à le goûter…

— Vous contempler ne me comble pas, j'aimerais vous toucher et me convaincre de la réalité de votre existence.

Il haussa ses sourcils cuivrés.

— Fantasme intéressant. De toute évidence, je suis bien réel. Toutefois, s'il te faut une preuve je te laisserai me toucher, mais tu mériteras ensuite une correction pour tes caprices, ma belle captive, tu peux me croire !

Lorsqu'il s'approcha d'elle, un souffle d'eau de Cologne vint chatouiller les narines de la jeune femme.

— Penses-tu que je mérite ta souffrance ?

— Oui !

Il se pencha au-dessus d'elle, le tissu de lin frôlant la joue de sa victime, et dénoua les liens de ses poignets. Enfin libre, elle ne sut quoi toucher en premier. Après une brève hésitation, elle posa les mains sur les muscles de son torse, les doigts écartés, savourant la tiédeur de sa peau douce.

Alors qu'elle caressait du bout des doigts la texture soyeuse de son thorax, elle s'avança sur le bord de sa chaise et l'embrassa à cet endroit, incapable de résister à l'envie d'y promener sa langue.

— Oh, c'est délicieux ! ronronna John au contact humide sur son téton. Recommence.

Formant de petits cercles, Lizzie titilla le bourgeon rosé de petits coups de langue, savourant de le sentir durcir en même temps que les siens. John lui soutint la tête, la sommant par ce geste de ne pas s'arrêter en si bon chemin. Elle voulut taquiner son autre téton de sa main libre, mais il repoussa son bras, tirant doucement dessus lui-même. Du coin de l'œil, elle ne manqua rien de la scène qui l'enflamma plus encore. Il assumait de se satisfaire, sans se soucier de ce qu'elle pouvait en penser. Chose étrange : en faisant cela, il sortait de son rôle de maître de la situation. Mais il semblait que peu lui importait. À l'entendre soupirer et gémir, Lizzie trouva presque un raccourci vers le chemin du plaisir.

— Je suis certain que tu sais manier ta langue mieux que personne, déclara-t-il en s'écartant. J'ai hâte de le vérifier. Pour l'instant, je vais sévèrement te punir. Te sens-tu prête ?

Opinant furieusement, elle ne put répondre par des mots.

Avec un sourire, il se baissa afin de libérer les chevilles de la belle. Cela parut de nouveau étrange à Lizzie de le voir ainsi à genoux devant elle, mais à sa manière de se relever il prouva qu'il ne perdait rien de son aura. Étrangement, son approche inhabituelle de la domination le rendait plus fort aux yeux de sa victime.

Il l'aida à se remettre debout et l'attira contre lui, la tenant fermement par la taille, puis la dévora d'un baiser passionné qui eut raison de ses dernières traces de gloss. Les bras de Lizzie se levèrent d'eux-mêmes vers le visage de John qui répondit par un grognement. Contre son bas-ventre, elle sentit que leur étreinte le rendait dur comme la pierre.

Leur baiser prit fin aussi vite qu'il avait commencé. Se passant la langue sur les lèvres, John la prit par le bras et l'attira jusqu'au lit.

—Allonge-toi, le visage contre le matelas. Étends tes bras devant toi ; tu peux t'agripper au duvet, si tu veux.

La manipulant tel un objet, il la positionna à son goût, écartant ses cuisses, s'assurant de bien exposer ses parties : les seules découvertes puisque le reste de son corps était encore vêtu. D'ailleurs, cela procura à Lizzie le sentiment délicieux d'être à sa merci, de lui livrer son corps entier, dont seule une petite partie présentait un quelconque intérêt immédiat.

Elle sentit le lin de son tee-shirt frôler son dos ; il se penchait sur elle.

—Ne te sens pas forcée de rester de marbre, ma belle Bettie, susurra-t-il en faisant lentement courir un doigt entre ses fesses. Au contraire, j'apprécierais beaucoup de t'entendre pleurer…, voire crier, dans le meilleur des cas.

Son index titilla l'anus de la jeune femme.

—Il se dit que l'isolation acoustique de cet hôtel est parfaitement satisfaisante, tu ne dérangeras personne.

Ivre de désir, Lizzie commença à se frotter contre le duvet. Comment faisait-il pour l'électriser ainsi à la seule force de son contact mêlé à des paroles menaçantes ? Son corps de femme hurlait à la délivrance, elle souffrait de ne rien trouver pour soulager la tension stimulant son bas-ventre, où, déjà, une sensation humide prenait naissance.

Elle mourait d'envie de le sentir enfoncer un doigt en elle, mais il n'en fit rien. Pourtant, il ne faisait aucun doute que John était conscient de la torture qu'il lui imposait.

En silence, il s'éloigna et fouilla dans le tiroir de la commode, mais pour en sortir quoi ? Elle s'attendait vaguement à le voir revenir avec une sorte de raquette destinée à la fesser. Ou peut-être cherchait-il un objet plus extrême ? Elle en avait envie. Depuis son plus jeune âge, Lizzie était sensible à la douleur, mais, étrangement, ce soir elle en avait envie. Son côté pervers et curieux de nouveautés prenait le dessus. La demi-mesure n'était pas de mise avec John Smith, et c'était tant mieux. Après tout, il l'avait gratifiée d'une somme généreuse afin de s'octroyer tous les droits sur elle, et avait même anticipé les marques éventuelles laissées sur sa peau.

Oh, dépêchez-vous, mon maître ! Dépêchez-vous !

Elle entendit un sifflement et aperçut du coin de l'œil ce qui produisait ce son.

Une règle en plastique. Une simple règle d'écolier comme elle en avait chez elle et dont elle se servait pour mesurer ses patrons de robe.

— Tu as un mot de passe ?

Mais de quoi parlait-il ? Cela lui revint en un flash. *Zut !* Elle était pourtant censée maîtriser ce genre de protocole !

Elle le suivit du coin de l'œil, mais le duvet lui masquait la vue, ce qui lui donna une idée.

— Chintz !

— Très bon choix, observa-t-il.

Il s'assit à côté d'elle, qui était allongée obliquement, le visage collé contre le matelas.

Pour le voir, Lizzie devait se tordre le cou, mais le seul fait de le savoir si proche la rendait folle. Sa présence parfumée d'eau de Cologne, son poids sur le matelas juste à côté de son flanc…

— Ta croupe est superbe, Bettie. Mais elle le sera d'autant plus une fois rougie.

À ces mots, il abattit la règle sur le sommet de ses fesses, les claquant toutes les deux en un seul coup.

— Aïe !

C'était douloureux, bon Dieu, c'était si douloureux ! La règle n'était pas rigide, mais sa flexibilité rendait le fouet plus saisissant.

Une rougeur brûlante apparut aussitôt sur sa peau, la faisant frissonner.

— Ne bouge pas, ordonna-t-il tout en posant une main à plat sur son dos.

S'ensuivirent deux ou trois nouvelles claques d'affilée.

Agrippée au duvet, Lizzie s'efforça de rester immobile, mais cela lui demandait énormément de forces. La brûlure était furieusement lancinante, bien plus que ce qu'elle avait imaginé. Cela n'avait rien à voir avec les petits jeux auxquels elle s'était adonnée avec ses partenaires, par le passé. Cet instant était réel, cuisant et sérieux. John travailla l'ensemble de ses fesses avec la règle en plastique, sans en omettre un centimètre.

— Oh ! Oh ! geignait-elle, s'accrochant au duvet de chintz à pleines mains.

Elle se força à rester stoïque. En vain. Son clitoris était régi par sa propre dynamique et s'agitait en mouvements circulaires réguliers contre le matelas pour y trouver du réconfort.

John ne s'arrêta pas en si bon chemin et poursuivit ses assauts plus profondément en elle, proche de son anus.

Elle voulait qu'il lâche sa cuisse, qu'il maintenait d'une main posée au-dessus de son bas à jarretelle ; elle voulait qu'il s'en aille. Et puis elle voulait qu'il continue. La brûlure de sa chair était foudroyante. Toujours agrippée au drap, elle se hissa légèrement en avant puis se releva quelque peu sur les genoux afin de se mouvoir au rythme des coups. Le mouvement de son corps ne parut pas distraire John : il continuait de la fesser, rougissant toujours plus sa peau déjà écarlate.

— Relève-toi, ma Bettie. Parfait, comme ça.

Manipulant son corps affaibli, il la fit gémir en appuyant sur une trace particulièrement marquée.

— Je vais m'occuper de tes cuisses, maintenant, signala-t-il d'une voix douce, comme s'il lui annonçait qu'il s'apprêtait à étaler de la pommade rafraîchissante.

D'un geste parfaitement contrôlé, il fit glisser ses bas jusqu'aux genoux puis frappa de sa règle, encore et encore, jusqu'à accorder la couleur de cette peau fraîchement découverte avec celle de sa croupe généreusement rougie.

— Oh, bon sang ! Oh ! hurlait Lizzie, soulevée par les flammes d'une douleur lancinante dans les hanches.

Pourtant, son excitation, qui se traduisit par un léger écoulement le long de sa cuisse, ne faisait aucun doute. Alors que la règle, cessant de frapper, se reposait sur sa peau, ses fesses rosies ondulaient toujours.

— Ça te suffit ?

— Oui, je crois que ça me suffit, murmura Lizzie.

Se penchant légèrement pour la regarder dans les yeux, il jeta au loin l'instrument de ses tourments puis embrassa ses cheveux d'un geste empreint d'une infinie douceur.

— Vous êtes somptueuse, et sincère dans votre comportement vis-à-vis de moi. C'est à croire que vous n'êtes pas call-girl de métier.

Elle avait oublié. Encore une fois, son petit rôle lui était totalement sorti de l'esprit. L'intensité de leur rapport avait été trop prégnante pour lui permettre de garder la tête sur les épaules.

Lizzie sentit avec horreur une larme rouler au coin de son œil. John récupéra la goutte échappée.

— Je vous ai frappée trop fort, n'est-ce pas ? Vous n'avez pas pris tant de plaisir que cela, finalement.

Délicatement, il déposa un baiser en travers de la traînée qu'avait laissée la goutte sur la joue de Lizzie. Cette dernière se sentit flotter dans les airs. C'était étrange : même ses brûlures n'étaient déjà qu'un lointain souvenir. Une pensée la surprit : elle eut la sensation que, si elle se retournait vers lui pour attirer ses lèvres contre les siennes, elle pourrait oublier la douleur de la fessée.

— Non, vous n'avez pas frappé trop fort, John. Pas du tout.

Roulant sur le côté, un sifflement lui échappa ; finalement, elle n'oublierait pas si facilement ses rougeurs douloureuses. En un instant, le bleu cristallin du regard attentionné de son partenaire fit disparaître l'inconfort lancinant de sa délicieuse punition.

— J'ai aimé… J'ai même adoré. Navrée de vous apprendre que je ne suis qu'une prostituée lubrique capable de se réjouir de son travail.

Le sourire de John provoqua de petites rides au coin de ses yeux. Pourquoi n'avait-elle encore jamais pensé à mettre le grappin sur des hommes plus mûrs ? Pour peu qu'ils soient encore en forme, leur charme n'en était que plus dévastateur.

Tout particulièrement les quadragénaires aux cheveux d'or et à la beauté sophistiquée.

—Je ne m'en plains pas. (Il chassa du revers de la main une mèche de cheveux noirs qui venait chatouiller la joue de la jeune femme.) Pourquoi me plaindrais-je de recevoir plus que de raison, et ce pour une somme raisonnable ? Une réponse honnête vaut mille feintes. Vous êtes un bonus à vous seule, ma belle Bettie.

—Eh bien, au risque de transformer cette conversation en festival de congratulations, je dois admettre que vous êtes un client exceptionnel, monsieur Smith.

Ce n'était pas vraiment un mensonge : client ou non, faux-semblant ou sincérité, cet homme était un très bon coup au lit.

—Ah, mais cela ne fait-il pas partie des compliments que les escortes sont forcées de faire à leurs clients, d'après votre cahier des charges ?

Il avait probablement raison. Les hommes raffolent des compliments sur leurs prouesses, et s'ils paient des filles de joie ce n'est que dans cette optique.

—Si, c'est vrai. Toutefois, j'évite généralement d'avoir à le dire si je ne le pense pas sincèrement.

Lorsqu'il se pencha légèrement vers elle pour la regarder dans les yeux, elle eut un mouvement de recul, par peur de se démasquer. Le frottement de son tendre fessier sur le duvet la fit grimacer.

— *Touché**, s'amusa-t-il en posant sa main bien à plat sur le ventre de Lizzie, puis la faisant à peine glisser jusqu'à la naissance de ses poils pubiens. Je suppose que vous ne me répondrez jamais franchement et sans détour, n'est-ce pas ?

C'était le moment ou jamais de tout lui dire.

Mais les mots restèrent coincés dans sa gorge. Il avait une telle aisance en compagnie d'une escorte que lui apprendre qu'elle n'en était pas une ne ferait que compliquer les choses. Surtout pour ce qui était de l'argent. À cet instant précis, elle prit la résolution d'en mettre une partie de côté – gardant le reste pour ses frais personnels – en vue de le lui rendre si elle s'en voyait forcée. Et puis, si un homme aussi fortuné que lui avait séduit Lizzie dans les règles de l'art, il aurait dépensé bien plus encore en bijoux, en restaurants et autres fioritures.

— Mais à quoi pensez-vous donc ? Vous froncez les sourcils ! Si j'avais l'esprit mal tourné, j'irais imaginer que vous planifiez déjà les dépenses que vous destinez à l'argent gagné ce soir.

— Non, pas du tout ! Pardonnez-moi… J'étais dans la lune. Veuillez m'excuser.

Elle essaya de s'asseoir, mais la main ferme de John la retint en place. Dans ce cas… Elle passa alors les bras autour de son cou et l'attira à elle pour l'embrasser. Ses lèvres, pourvues d'une touche de velours délicieusement évocatrice, lui rendirent son baiser avec passion. Contre sa cuisse, Lizzie put constater que son membre était en érection.

— Souhaitez-vous que nous baisions, à présent ? suggéra John.

Ignorant les piques de brûlure sous son fessier, elle se lova contre lui, observant que la douleur commençait déjà à s'effacer. En ce qui concernait la fessée, il semblait en connaître un rayon. Savait-il comment l'administrer sans laisser aucune séquelle à sa victime ?

— Voulez-vous que j'ôte mes vêtements ?

Son torse nu lui faisait envie, et elle songea avec régal à la sensation de l'avoir contre sa poitrine dénudée.

— Non, ma chère. Pas cette fois.

Il lui caressa les cheveux, puis glissa les doigts dans le revers de sa veste de tailleur.

— J'ai très envie de vous posséder alors que vous portez ces vêtements. Les femmes en tailleur m'excitent beaucoup. J'aime leur sévérité apparente derrière laquelle se cache souvent une chaleur charnelle débordante. L'idée d'un sexe de femme tendu de désir sous la flanelle d'une jupe crayon me rend fou.

— Je ne porte pas de fla… Ah ! s'écria-t-elle lorsqu'il glissa la main sous elle, à l'orée de son intimité.

— Pas de flanelle, c'est juste, rétorqua-t-il avec un sourire avant de l'embrasser encore tout en la caressant.

Se tortillant sur les draps, Lizzie se délectait tant de la chaleur causée par ses brûlures que de celle que John faisait naître en elle. Les soupirs de la jeune femme eurent à peine le temps de s'exhaler de ses lèvres que déjà il les aspirait entre les siennes. Peu à peu, les soupirs se firent gémissements, puis cris, et ce jusqu'à l'orgasme.

— Ne bougez pas, je reviens, lui intima-t-il.

Pantelante, elle rit doucement ; bouger était une chose impensable pour le moment, l'onde de choc était encore trop manifeste pour le lui permettre. Elle ne put que le regarder se redresser devant elle. À sa grande surprise, il retira son tee-shirt d'un mouvement brusque avant de s'attaquer à son pantalon.

Nu. Il était totalement nu. Un véritable festin pour les yeux.

John Smith était doté d'un corps bien entretenu, aux contours parfaitement dessinés, sans forcément jouir d'une musculature sculptée en salle comme un jeune de vingt ans. Il avait ce qu'il fallait où il le fallait, et Lizzie se demanda ce qu'il faisait pour s'entretenir aussi bien. L'imaginant travailler avec une coach sportive, elle ressentit aussitôt une pointe de jalousie. La natation était, paraît-il, un très bon moyen de garder la forme.

— Voilà que vous froncez encore les sourcils. Pourtant, je ne suis pas si mal. Non ?

Avec un rictus, il se pencha par-dessus les oreillers de chintz afin d'attraper un préservatif posé sur la table de chevet.

— Au contraire, vous êtes superbe. Je me demandais justement quel était votre secret. J'aurais moi-même bien besoin de quelques séances de gym.

John marqua une pause, le petit emballage à moitié déchiré dans ses mains.

— Merci, Miss Bettie. J'imagine que cela fait également partie de votre manuel de phrases toutes faites, mais à mon âge je ne peux qu'être flatté.

La dextérité avec laquelle il libéra le contraceptif avant de l'enfiler était impressionnante, d'autant plus qu'il avait les yeux rivés sur les cuisses de sa partenaire.

— Je ne peux qu'observer que vous êtes vous-même dotée de formes parfaites, ma chère.

D'un mouvement vers l'avant, il se positionna entre ses cuisses et l'embrassa encore en lui caressant les cheveux. Son poids enfonçait le corps de la jeune femme dans le duvet, réveillant la douleur de ses rougeurs en les frottant contre le drap, en particulier lorsqu'il entreprit d'onduler doucement contre elle, pressant son pénis enrobé de latex entre ses lèvres.

— Pourquoi dites-vous « à mon âge » ? Vous n'êtes pas vieux, bordel !

Oh, bon sang ! Qu'est-ce qui m'a pris de dire une chose pareille ?! J'ai choisi mon moment…

Heureusement, le manque de tact de Lizzie ne sembla pas freiner la procédure entreprise par John, qui émit un petit rire avant de plonger délicatement en elle, avec une aisance déconcertante.

— Il faut bien admettre que ce n'est pas le genre de remarque dont on gratifie un homme qui vient de pénétrer sa partenaire. Mais, puisque c'est vous, je m'abstiendrai de commentaires. Oh, et à propos, j'ai quarante-six ans… et des poussières.

Saisissant son fessier sans autre forme de procès, il ajusta son angle, la faisant doucement gémir.

— Et je vous en prie, ne me dites pas que je ne les fais pas, finit-il en se penchant sur elle jusqu'à la garde et en plongeant le visage dans ses longs cheveux noirs.

— Je ne me permettrais pas, rétorqua-t-elle dans un souffle. Et puis quarante-six ans, ce n'est rien. Vous êtes encore dans la fleur de l'âge.

Le souffle court, elle commença à se mouvoir sous la sensation délectable de son pénis en elle, savourant même la douleur lancinante de ses fesses encore cuisantes tandis qu'il s'y agrippait sans finesse. Elle se cramponna à lui, désireuse de l'enrober tout entier, prête à s'enflammer d'un plaisir partagé avec cet homme qui la maintenait avec force de ses mains viriles.

— Ravi d'apprendre que c'est ce que vous pensez, lança-t-il gaiement mais d'une voix rauque tout en empoignant ses fesses endolories pour les soulever jusqu'à les coller à ses propres hanches.

La rapprocher de lui pour lui caler les chevilles au creux de son dos sembla alors la chose la plus naturelle au monde ; elle laissa échapper un petit rire, car elle portait encore ses talons hauts. Ils risquaient de blesser John, mais celui-ci ne semblait pas s'en soucier. Appréciait-il pour lui-même l'association de la douleur et du plaisir autant qu'il aimait l'infliger ?

Peu à peu, la température monta.

Leurs corps enragés tempêtèrent l'un contre l'autre ; elle se stimula contre lui, autant par la force de ses propres mouvements que par ceux de John.

Il était loin, si loin en elle. C'était comme s'il l'emplissait entièrement : pas seulement sur le seul plan physique mais également sur le plan psychique. Bien au-delà de son intimité, un vide sans fond semblait trouver enfin matière à se combler. Le vide de sa vie de femme, de ses échecs et de ses déceptions. Le vide de ces chemins jamais empruntés, à tort. Tout cela se vit expurgé en cet instant de complétude.

Dès que l'extase saisit tous ses sens, Lizzie se laissa aller à crier de plaisir, comblée par un bonheur pur et infini, qu'elle n'avait plus ressenti depuis l'enfance.

— Oh oui ! Oh ! Oh oui ! fredonna-t-elle tout bas.

Ses petits cris rebondissaient sur les murs de la chambre de chintz, se répercutant en écho dans la bouche de John, qui prononçait ces mêmes paroles tout en accentuant ses assauts répétés, les hanches emportées par un rythme effréné qui le mena, lui aussi, à l'orgasme.

Les quelques secondes qui suivirent l'orage les plongèrent dans un silence haletant. Lizzie ne pouvait plus penser ni ressentir quoi que ce soit.

Il m'a totalement dévastée…, et c'était si bon !

Allongée, mais les jambes encore accrochées à la taille de John, elle savoura le poids ressenti à cet instant et sentit, comme tout à l'heure, une larme perler au coin de son œil. *La tristesse post-coïtale*, se mentit-elle. Mais il était inutile de souhaiter que la situation soit différente.

Les choses resteraient telles qu'elles étaient.

5

La Princesse Charmante de personne

— Pardonnez-moi, j'ai recommencé, n'est-ce pas ?

Il se retira doucement de Lizzie et s'assit près d'elle sur le lit.

— Recommencé quoi ?

— À me comporter comme une brute épaisse. À vous accabler de mes assauts comme un animal.

Un sourire ironique aux lèvres, il se débarrassa de son préservatif.

— On ne peut pas dire que je sois le Roméo du siècle. Je me transforme en roi de la jungle dès l'instant où je vous pénètre.

— Je ne m'en plains pas. L'enthousiasme ouvre la porte à de puissantes saveurs. Et puis je suis payée pour ça.

Lizzie se redressa également en position assise, non sans une certaine difficulté. Effectivement, elle s'était sentie comme prise en chasse par un lion, mais cela avait été très loin de lui déplaire. Elle ajusta sur ses cuisses sa jupe remontée en plis et se demanda où diable avait pu disparaître sa culotte. C'était l'une de ses plus belles, et elle lui avait coûté cher. En subvenant aux besoins d'un client haut de gamme, elle avait trouvé une excuse pour se faire plaisir.

Assis les bras autour des genoux, il lui sourit.

—Alors, tant mieux. Mais la prochaine fois je ferai l'expérience d'un peu plus de finesse. Et j'essaierai de tenir plus longtemps. D'habitude, j'ai plutôt bonne endurance. Mais cela faisait longtemps, et vous êtes vraiment très belle. Il était difficile de réprimer mes pulsions animales.

—Hum… merci. C'est approprié, je crois.

Elle lui rendit son sourire et se délecta d'observer la douceur que laissaient transparaître les jolis yeux bleus de John. Sa sincérité au sujet de ses prouesses au lit était rafraîchissante. Et modeste. En cet instant de calme qui suivait la tempête, il était difficile d'imaginer que cet homme venait de la dominer sans la moindre retenue. Décidément, la complexité du personnage apparaissait peu à peu au regard de Lizzie.

Il y avait de cela quelques instants à peine, elle avait décidé de se permettre le caprice de jouer à ce jeu de rôle, et peut-être même de réitérer l'expérience pour de plus intenses sessions en compagnie de l'un des hommes les plus intrigants qu'elle ait jamais rencontrés.

Voilà qu'une autre réflexion refaisait surface, lui faisant regretter ce à quoi elle n'aurait jamais droit : que se serait-il passé s'ils avaient discuté au bar, puis décidé de passer la nuit ensemble, comme un couple normal ? Ils seraient peut-être tous deux nus à cette heure-ci, dans les bras l'un de l'autre, prêts pour une bonne nuit de sommeil.

John jouissait d'un corps superbe, mais il avait également une aura qui inspirait la sécurité et le réconfort. Cela faisait longtemps qu'elle n'avait pas passé une nuit entière aux côtés d'un homme. D'ailleurs, elle n'avait pas eu de partenaire depuis longtemps. À la suite de sa relation courte et décevante avec Brent, elle avait connu deux passades sans lendemain. Rien de plus. Ainsi, il n'était pas surprenant de la voir totalement éprise de John Smith.

Elle ouvrit la bouche comme pour dire quelque chose, mais John la devança ; il tendit le bras et promena son pouce sur la lèvre inférieure de Lizzie.

— Elles sont encore roses, remarqua-t-il. Comment faites-vous ? Les autres filles se débrouillent toujours pour m'étaler leur rouge à lèvres sur toute la figure.

Il passa un doigt sur sa propre bouche.

— Or, avec vous, c'est à peine si je garde une sensation sirupeuse. Quel est votre secret ?

— L'encre à lèvres, répondit spontanément Lizzie.

Le désir de mimer la stimulation orale en suçant le pouce qu'il lui présentait était difficile à combattre. Malgré ses orgasmes récents, elle découvrit qu'elle n'était pas rassasiée de lui.

— C'est une sorte de stylo ; la couleur ne part qu'à l'aide d'un coton démaquillant. Il suffit de l'appliquer, puis de le recouvrir d'une touche de gloss. Et puis mes lèvres sont naturellement très roses. Il est vrai que ça aide.

— C'est exquis, susurra John.

Le regard de Lizzie tomba plus bas. Aurait-il déjà une nouvelle érection ? Il fallait croire que oui.

— Lors de notre prochaine entrevue, je prendrai soin de goûter aux délices ésotériques de cette bouche pulpeuse.

Avec une lenteur accentuée, il fit sortir son pouce d'entre les lèvres de la jeune femme, puis le fit entrer de nouveau, puis ressortir...

— J'ose à peine imaginer ce que cela m'apporterait de glisser mon sexe entre de si belles lèvres rosées.

Elle inspecta discrètement la bosse de son pantalon, pour la seconde fois. Oui, effectivement, elle avait vu juste.

— Je... hum..., balbutia-t-elle. Je pourrais rester encore un peu et vous en offrir un avant-goût, si vous le souhaitez.

Il retira son pouce, les yeux légèrement plissés.

— Enfin... un cadeau de la maison, ajouta-t-elle.

Oh, bon Dieu, je passe pour une désespérée ! Aucune escort girl digne de ce nom ne proposerait une telle chose, même en appréciant vraiment son client. Surtout pas en appréciant vraiment son client !

L'idée était malsaine : ne jamais mélanger travail et sentiments. Elle en eut la confirmation en voyant le visage de John Smith. Il semblait réservé, voire distant. *Merde !* Elle l'avait rebuté.

À son grand soulagement, il lui sourit.

— C'est l'une des offres les plus adorables que l'on m'ait jamais faites. J'apprécie beaucoup, Bettie.

Il se pencha et déposa un rapide baiser à l'endroit même où son pouce reposait à peine une minute plus tôt.

— Cela dit, je ne passe jamais la nuit en compagnie d'une femme. Navré.

Les vannes de la déception s'ouvrirent en elle telle une douche froide. Une déception mêlée à la colère de s'être rendue aussi ridicule. Elle était une prostituée, et John était son client. Ou, du moins, telle était la règle du jeu. Leur rapport n'était qu'un joyeux interlude ; maintenant, il souhaitait la voir partir. Contrairement à elle, il ne trompait personne en jouant un rôle ; le client en avait eu pour son argent. Point final.

— Oubliez cela, se reprit-elle. Je n'aurais pas dû. Ce n'était pas très professionnel, n'est-ce pas ?

— Non, effectivement.

Sa voix était neutre, et pourtant légèrement taquine. Était-ce le moment de lui dévoiler la vérité ?

Les mots se formèrent dans sa gorge, mais, juste avant qu'elle puisse les prononcer, il se leva du lit et s'empara de sa robe de chambre.

— Je suppose qu'il est temps pour moi de partir, observa-t-elle.

Pourquoi cette voix de petite fille déçue ?! Bon sang, elle semblait presque acerbe, comme une enfant que l'on aurait privée de dessert.

En revanche, si John se sentait irrité ou fatigué, il n'en montra rien.

— Rien ne presse, prenez votre temps. À moins, bien sûr, que vous n'ayez d'autres choses de prévues.

En nouant la ceinture autour de sa taille, il haussa les épaules.

— Je serais moi-même ravi de faire encore appel à vos services, mais malheureusement il me reste beaucoup de travail à achever ce soir, tant que c'est encore frais dans ma tête. Si vous le souhaitez, vous pouvez boire quelque chose et prendre le temps de vous détendre.

Il se montrait poli, voilà tout. C'était étrange.

Une demi-heure plus tôt, il se révélait si entreprenant qu'elle l'aurait suivi à genoux jusqu'à l'autre bout du monde, salivant de désir.

Une demi-heure plus tôt, elle était prête à tout accepter, jusqu'aux douleurs imposées par la vie à deux. D'ailleurs, elle était prête à accepter la douleur de manière générale.

Maintenant, il avait hâte de se retrouver seul, et c'était parfaitement légitime. Il était temps pour Lizzie de faire une sortie théâtrale, digne d'une véritable escort girl.

— Je vous remercie, c'est très gentil, mais il est temps que je m'en aille. Puis-je simplement emprunter votre salle de bains ?

Elle se leva gracieusement, surprise de constater que ses fesses endolories se remettaient déjà de leur récent traumatisme. Bien. Et maintenant où était passée sa culotte ?

— Je vous en prie... Et peut-être aurez-vous besoin de ceci ?

John lui tendit le sous-vêtement. Comment diable était-il parvenu à la ramasser sans qu'elle s'en aperçoive ? En plus d'être un dieu du sexe, serait-il un sorcier, à ses heures perdues ?

Dans la salle de bains, elle repensa à l'expression stoïque de John et tenta de la décrypter. Était-ce le soulagement de la voir enfin partir ? Ou la déception d'avoir dû lui faire prendre congé ? Malgré ce sourire angélique, il devenait de plus en plus difficile de le cerner.

Ah, les hommes ! songea-t-elle, perchée sur la cuvette des toilettes.

Quelques instants plus tard, elle eut une mine surprise en le voyant qui lui tendait une autre enveloppe.

— Voici un petit quelque chose, vous l'avez largement mérité.

— Mais vous m'avez déjà très généreusement défrayée, John !

Lizzie tenta de repousser l'enveloppe. En vain : il referma les deux mains sur ses jolis doigts qu'il replia contre le papier blanc.

— Prenez-la, j'insiste. Cela me fait plaisir.

Avec un petit sourire en coin, il sembla presque embarrassé.

— Il me reste encore du travail, en effet, mais...

Son soupir enveloppa le cœur de Lizzie dans un écrin douillet.

— C'est une sorte de pathologie, chez moi..., le fait de refuser de partager mon lit. Seulement voilà, je dors seul. Pas de femme, ni d'escorte, ni personne.

Stupéfaite, Lizzie ne sut quoi répondre. Qu'était-il donc arrivé à John Smith ? Le temps d'une fraction de seconde, le visage désolé et adorable de son bienfaiteur s'était transformé, prenant une expression plus sombre, presque horrifiée. Voilà que, maintenant, Lizzie n'avait plus aucune envie de partir, elle désirait vraiment rester pour comprendre – voire réconforter – cet homme blessé. Mais c'était exactement ce qu'il craignait, elle en était consciente.

— Je devrais voir un psychologue pour me faire soigner, reprit-il. Un hypnotiseur, ou ce genre de charlatan qui vous guérit à la seule force des paroles.

Il haussa les épaules, chassant la pointe amère de son humeur dégradée, puis afficha un nouveau sourire qui fit presque croire à Lizzie qu'elle venait de tout imaginer.

— Enfin, j'en ai pris l'habitude, avec le temps. C'est une faille dans ma personnalité ; je suppose que je n'attends rien de plus que le jour où la Princesse Charmante m'offrira un baiser salvateur.

Lizzie fit un pas en avant, déterminée à l'embrasser sur les lèvres, mais dévia au dernier moment pour atteindre sa joue. Elle n'était la Princesse Charmante de personne, encore moins lorsqu'elle incarnait l'imposture.

Toutefois, un peu plus tard, alors qu'elle marchait seule dans le long couloir du *Waverley*, elle souhaita de tout son cœur être cette princesse, au moins aux yeux de John.

Le dimanche matin et son incontournable grasse matinée.

Généralement, ce sont les meilleures heures de la semaine : aucun travail imposé si ce n'est un brin de couture, le fameux repas du dimanche et une joyeuse soirée au pub en perspective. Aucune obligation à l'horizon, ou plus précisément – comme le stipulait un accord décidé à l'unanimité au cœur de la maisonnée – aucune obligation tolérée en cette journée de repos.

Repu de matchs et de vieux films à la télévision, Brent faisait généralement montre d'une humeur moins maussade quand arrivait le dimanche. Quant à Shelley et à Lizzie, elles redoublaient d'attentions envers lui afin de s'assurer qu'il reste dans cet état de passable gaieté aussi longtemps que possible, car, dès l'heure du coucher, elles ne pouvaient plus faire grand-chose contre les démons de son passé.

Le regard fixé sur les billets qu'elle avait entassés sur le lit dans le but de tout compter, Lizzie sirota son thé, consciente que ses sous-vêtements sexy trônaient sur le dossier de sa chaise, et ne put s'empêcher de penser à une « obligation » bien particulière. Une obligation représentée sous la forme d'un charmant et inaccessible – malgré toutes les tentatives du monde – inconnu du nom de John Smith.

— Bordel !

Il ne lui avait donné aucun autre rendez-vous, pas même la promesse d'un appel. Il s'était contenté d'accepter son baiser sur la joue, de frôler à peine perceptiblement la paume de sa main comme pour chasser une poussière de la sienne, puis de la laisser s'en aller.

Je ne suis qu'une escorte à ses yeux. Nous avons partagé de bons moments, mais n'importe quelle autre professionnelle peut prendre ma place. Il me voulait sans doute pour la durée de son séjour, avant de finalement changer d'avis en cours de route. Après tout, le client est roi. Brent l'avait pourtant prévenue. Les clients – qu'ils soient hommes ou femmes – sont toujours comme ça.

Lizzie reprit une gorgée de son thé, remarquant à peine qu'il y avait déjà trois tasses vides posées sur sa table de chevet. Elle fronça les sourcils.

Une nouvelle obligation s'ajouta à la liste du jour : elle devrait s'occuper de la Chambre à Ordures dans la journée. Cela prenait des proportions ridicules. Tout en se montrant tatillonne à l'excès en ce qui concernait sa personne, elle était capable du plus grand laxisme quant aux tâches domestiques.

Peut-être qu'en se plongeant tête baissée dans ses magazines de mode, ses livres ou autres travaux de couture dont les ébauches atteignaient divers niveaux d'inachevé, ainsi qu'en s'aidant de quelques tasses de thé, elle pourrait sortir de ses pensées un certain homme d'affaires blond, séduisant et totalement obsédant.

Impossible. Ce n'était même pas la peine de l'espérer.

En effet, John et elle avaient partagé de bons moments. On ne pouvait pas le nier. D'ailleurs, elle n'oublierait jamais les parties de jambes en l'air sous une fausse identité ; l'aventure avait été merveilleuse. Très peu de femmes pouvaient témoigner d'une expérience semblable.

En s'allongeant au milieu de ses oreillers et des billets de 20 livres appartenant autrefois à John, Lizzie se remémora les traits de son visage. Le souvenir de ses cheveux blond cendré, de son sourire en coin et de son corps de rêve resterait à jamais gravé dans sa mémoire. Sans parler de ses longs doigts fins et habiles, et de son membre érigé.

Et toutes ces choses qu'il lui avait faites.

Lizzie se tortilla sur les draps afin de glisser une main dans son pyjama et de tâter la peau sensible de ses fesses. Pourquoi n'était-ce pas plus douloureux ? Ce devrait l'être, pourtant. John était parvenu par un quelconque subterfuge à la corriger de telle sorte que la douleur, d'abord fulgurante, s'évanouisse bientôt. Cependant, consciente qu'elle n'en gardait aucune trace, elle sentit encore l'empreinte de ses doigts, tel un tatouage invisible et pourtant indélébile.

Là, tout de suite, elle avait envie de subir encore son châtiment si délicatement administré sur sa chair, encore et encore. Imaginant la présence de John et de sa règle de plastique flexible, elle perçut une soudaine moiteur au creux des cuisses.

— John, soupira-t-elle, les yeux fermés, pinçant la peau de ses fesses d'une main, tandis que, de l'autre, elle glissait ses doigts à l'orée de son sexe.

La porte de sa chambre n'était pas fermée à clé, mais Shelley était sortie pour acheter le *journal du dimanche*, et Brent était reclus dans son malheur et profondément endormi.

La veille, il était parti en soirée après avoir fait la fermeture de sa jardinerie. Mais, même s'il était réveillé et prêt à débouler dans la chambre de Lizzie, elle ne put s'empêcher de se toucher. C'était comme si John Smith était dans la pièce, debout devant elle, lui ordonnant de se masturber en pensant à lui.

Sous ses paupières closes, elle s'imagina avec lui, mais loin du contexte paré de chintz de la suite de l'hôtel *Waverley* : ils se trouvaient dans un lieu sombre et peu fréquentable.

Un donjon ? Elle n'en avait jamais vu en vrai.

Il lui était arrivé de se retrouver dans une boîte de nuit avec les châteaux forts pour thème décoratif, mais rien de plus.

Dans son fantasme, elle était enfermée dans une cave souterraine. Un braséro crépitait dans un coin, et sur les murs pendaient chaînes et équipements de martyrs. Des gens sans nom et sans visage se tenaient là pour assister à la scène : un public. John était évidemment présent, vêtu d'un costume sombre et d'un tee-shirt noir ; il arborait une expression à la fois lumineuse et menaçante. Lizzie se voyait en corset ajusté et talons hauts, le type de tenue qu'aurait pu porter Bettie Page dans l'une de ses séances photo déviantes ou pour un film pornographique indépendant. Ses bas résille étaient tenus par des jarretières. Son sexe était dévoilé, sans culotte ni aucun autre tissu pour conserver une ombre de pudeur.

Au centre de la pièce, une lourde chaîne était suspendue au plafond, au bout de laquelle pendaient des menottes de cuir. On l'y attacha, sans laisser de mou ; elle avait les bras tirés vers le haut.

Waouh ! D'où lui venaient toutes ces idées ? Glissant un doigt entre ses lèvres, elle découvrit que la seule introduction de son fantasme suffisait à déclencher en elle une vague d'excitation. Un soupir lui échappa lorsqu'elle titilla son clitoris.

— Oh, Bettie, ma petite coquine ! semblait chuchoter son maître d'une voix aussi distincte que s'il était vraiment dans la chambre avec elle, profitant du spectacle. Tu es si vite excitée, alors que personne ne t'a encore touchée. Tu mérites un châtiment, pour cela.

Alors qu'elle caressait son sexe du bout des doigts, le John de son fantasme était celui qui déclenchait ses pulsions, une main au creux de ses cuisses, calculant ses mouvements avec une puissante maîtrise. Dans le monde réel comme dans le fantasme, les jambes de Lizzie se débattaient.

Elle se tourna sur le côté et se cambra, une main toujours devant et l'autre qui se faufila derrière, introduisant un doigt en elle tandis que la première continuait de stimuler son clitoris comme le faisait John dans son rêve.

Un autre soupir lui échappa, et le maître fantasmé gronda d'un ton grave :

« Silence, ou je te ferai taire moi-même ! »

Elle poussa un gémissement, et aussitôt un personnage à peine matérialisé dans son esprit tendit au John de son rêve une écharpe ou un simple ruban de soie. Le maître déposa un baiser fébrile sur la joue de sa captive avant de la bâillonner à l'aide du ruban, nouant avec force les pans derrière sa tête.

« Voilà, je vais pouvoir te punir à la hauteur de ce que tu mérites, sans interruption ni droit à la parole. »

Aussitôt, il châtia sa prisonnière : tout en maniant son sexe d'une main, il promena la seconde sur ses fesses entièrement dévoilées par son petit corset.

« Je les ferai rougir jusqu'à la douleur. »

Sa menace était aussi douce que la soie qui traversait sa bouche. Le baiser qu'il déposa dans son cou était lui aussi d'un satiné presque insoutenable. Alors qu'il mordillait le lobe de son oreille, Lizzie poussa un gémissement à travers son bâillon.

« Ma belle perverse, chuchota-t-il, serais-tu déjà au bord de l'extase ? »

Elle ne l'était pas encore, mais cela ne saurait tarder, dans le rêve comme dans la réalité.

« Non, maître. Je vous le jure, je ne jouis pas encore », promit-elle dans un souffle, tout en sachant que cela deviendrait vite un mensonge.

Dans le songe de Lizzie, John lui tourna brusquement le dos alors que son acolyte lui tendait une redoutable cravache, que le maître se délecta de faire claquer dans les airs.

« Il est temps de commencer. »

La douleur était inimaginable. Vraiment. Lizzie n'avait pas la moindre idée du supplice que pouvait causer le fouet d'une cravache. En se rappelant la règle en plastique et le frôlement violent infligé par la paume de sa main contre sa peau, le souvenir suffit à l'enfiévrer. Le châtiment fut brûlant. Intime. Incessant. Sa paume heurtant sa fesse devint la cravache, claquant encore et encore contre la chair empourprée de ses reins.

Toujours allongée sur le côté, Lizzie se masturbait sans relâche, l'esprit foisonnant d'images de John et de ses magnifiques yeux bleus posés sur elle. Son poignet se pliait de plus en plus, à mesure qu'elle enfonçait son majeur aussi loin qu'elle le pouvait ; puis, ne trouvant pas de rémission, elle ajouta l'index, se tortillant autour de sa main.

— Tu n'es qu'une catin perverse ! lui répétait le John Smith de son fantasme. Une traînée, sale et suintante, qui ne fait preuve d'aucune dignité. Espèce de tapineuse libidineuse, tu mérites que je te punisse jusqu'à t'entendre crier!

Elle marmonnait ces mots elle-même dans son oreiller, mais John était bien présent dans son esprit, le visage déformé par un bouillonnement de sensualité qu'elle se reprochait à elle-même. Dans son fantasme, il provoquait une douleur sur sa croupe, qui la menait à l'agonie; dans la réalité, l'image de cet amant en action la fit jouir.

— Oh, oh, mon Dieu! soupira-t-elle dans son oreiller pour étouffer ses gémissements tandis que son corps se tendait tout entier autour de ses doigts.

Oh, si seulement John était là! Si seulement son corps – sublime, brûlant et de préférence nu – pouvait la rejoindre dans ce lit. Si seulement il pouvait s'allonger près d'elle, retirer sa main de son entrecuisse pour y glisser son propre sexe. Allant, venant…, tandis que son bras se glisserait par-devant pour la stimuler en même temps.

Oh, John!

S'agitant, se roulant sur les draps, elle évoqua chaque souvenir de lui…, puis soudain un bruit strident brisa le silence et l'arracha violemment à lui. Le voyant disparaître peu à peu du délicieux songe, elle eut presque envie de sangloter. Il s'évanouissait au fond d'un tunnel, l'abandonnant au triste sort de la réalité.

6

Téléphone rose

— Et merde, et merde, et merde ! grommela-t-elle, encore haletante, espérant que Brent n'avait rien entendu de sa petite escapade imaginaire.

En se tordant sur le côté, elle parvint à attraper le téléphone qui vibrait sur sa table de chevet. Elle s'apprêtait à le jeter contre le mur de sa chambre quand soudain elle se rappela qu'il s'agissait de son « téléphone de service » ; or, mis à part Brent – qui était dans la pièce d'à côté – et Shelley – qui utiliserait son numéro habituel –, il ne restait qu'une seule personne pour l'appeler sur ce nouveau téléphone.

— Hum… Allô ?

Elle avait encore le souffle court et le cœur emballé, et sentait son pouls battre entre ses cuisses.

— Bonjour, Bettie. Que faisiez-vous ? Vous semblez essoufflée.

En entendant son petit rire amusé, elle eut presque l'impression de sentir le regard moqueur de John sur elle. S'il était là, l'absence de couverture ou de drap sur elle lui montrerait clairement ce qu'elle était en train de faire.

Bon sang, sa main était même encore dans son pyjama !

La retirant d'un geste brusque, elle se redressa légèrement et chercha quoi dire au milieu des idées folles qui lui donnaient envie de sourire.

— Oh, rien du tout ! répondit-elle en cherchant à se redresser.

Mais sa voix trahissait son essoufflement.

— Je ne vous crois pas. Vous faisiez quelque chose, je l'entends au son de votre voix. Nous étions d'accord au sujet de l'exclusivité... Vous n'êtes pas avec un autre client, j'espère ?

La petite note joyeuse du ton qu'il prenait fit deviner à Lizzie qu'il plaisantait. Bien que séparés par des kilomètres, ils étaient déjà entrés dans leur petit jeu.

— Un dimanche ? Vous plaisantez ? Je n'ai pas de client le jour du Seigneur !

Il rit, ne faisant plus aucun effort pour paraître sérieux.

— C'est bien dommage, ma belle Bettie. J'espérais refaire appel à vos services, aujourd'hui, déclara-t-il non sans une pointe de malice. Un déjeuner suivi d'un « dessert maison », cela vous tente ? Le tout facturé, bien entendu.

Il marqua une pause pendant laquelle Lizzie resta aux aguets. Retenait-il sa respiration, lui aussi ? D'ailleurs, que faisait-il, exactement ?

— Bien entendu, si vous êtes occupée à votre piété pour la journée, je ne me permettrai pas de vous déranger.

— Non, j'ai terminé ! dit-elle soudain.

Ce jeu délicat auquel il jouait lui plaisait beaucoup, elle comptait le faire un peu durer.

— Oui, je l'avais deviné. Je dirais même que vous avez terminé très récemment, à en juger par votre souffle en décrochant le téléphone. J'aurais tant aimé être là !

Oh, moi aussi, John ! Moi aussi.

L'image de cet homme allongé sur son lit de chintz comme elle était étendue sur le sien prit forme dans son esprit. Portait-il un pyjama ou dormait-il nu ? Tenait-il son sexe, était-il proche de l'orgasme ? Ses cheveux blonds étaient sans doute désordonnés par la nuit de sommeil, et sa barbe de trois jours repoussait déjà.

— Vous savez, je ne suis pas vraiment présentable, pour l'instant. Je ne suis pas maquillée, mes cheveux sont emmêlés, et je porte un vieux pyjama miteux.

Sa tenue n'était pas si désastreuse, mais elle se concoctait une image bien spécifique pour John.

— À me voir maintenant, on ne croirait pas que je suis une escorte.

— Hum… c'est délectable. Vous êtes un peu comme la « fille d'à côté » : naturellement sexy et charmante. Je suis sûr que ça vous va à merveille.

— Eh bien, je vous remercie !

— Vous voyez parfaitement ce que je veux dire, Bettie. Vous ne savez pas être autrement que magnifique. À l'heure où je vous parle, je tiens mon sexe dans la main, vous imaginant dans votre vieux pyjama, avec vos cheveux étalés sur l'oreiller et les lèvres dépourvues de cette encre magique dont vous me parliez.

Il poussa un soupir. Serait-il aux portes de l'extase ?

— J'imagine vos lèvres, douces et d'un rose naturel… Oh, bon sang ! J'aimerais tant les sentir sur moi !

— Monsieur Smith, êtes-vous en train de vous caresser ? Je devrais vous le facturer : même au téléphone, cela compte, vous savez ?

Il laissa échapper un rire franc. Sa voix était si jeune, comme s'il se touchait en pensant à sa première petite amie.

— Ne vous inquiétez pas, je glisserai un petit bonus dans la prochaine enveloppe. Vous le méritez amplement.

— Eh bien, dans ce cas, poursuivons ! Y a-t-il quelque chose que vous aimeriez m'entendre dire, ou faire, pour ce rendez-vous improvisé ?

Il expira. Un soupir ? Un gémissement de plaisir ?

— Dites-moi où sont vos mains. Décrivez-moi ce que vous faites, ou plutôt ce que vous faisiez.

Devait-elle dire la vérité ? Ou étoffer son récit en vue de lui apporter un maximum de plaisir ? Finalement, elle opta pour une vérité presque totale. Elle prit le téléphone dans son autre main et se positionna confortablement sur le lit. S'il lui était resté un brin de lucidité, elle serait allée fermer la porte à clé. Shelley pouvait entrer d'un instant à l'autre avec son exemplaire du *Sunday Times* sans songer à toquer. Mais le magnétisme de la voix de John lui interdisait le moindre mouvement dans cette direction.

— Je suis adossée contre mes oreillers. D'une main je tiens le téléphone. De l'autre… je me caresse. Lorsque vous avez appelé, je venais de jouir et songeais à éventuellement recommencer. Je…

Lizzie se mit à bafouiller. Pouvait-elle tout lui dire ? Il la prenait pour une gagneuse sans réserve, mais en réalité elle était une femme ordinaire. Sans être une jeune vierge chaste, elle gardait tout de même un semblant de pudeur.

— Oh, Bettie, je vous en prie ! Ne vous censurez pas. Je paierai double s'il le faut, mais poursuivez. Rendez un vieil homme heureux.

Malgré son petit rire nerveux, elle perçut dans la voix de John une note plus aiguë ; il ne devait plus être très loin de jouir à l'autre bout du fil.

— Combien de fois devrai-je vous le dire : vous n'êtes pas vieux, mettez-vous cela dans le crâne ! répondit-elle, riant à son tour.

John était un homme droit et intelligent ; toutefois, même les hommes droits et intelligents avaient leurs doutes.

— Vous êtes dans l'âge idéal, et parmi les hommes les plus sexy que je connaisse, qui plus est.

Le plus sexy de tous, avait-elle envie d'ajouter.

— Bon, cessez les flatteries, ma belle Bettie. Pas d'hypocrisie avec moi. Décrivez-moi vos mains : où étaient-elles au moment où je vous ai appelée ?

La raison même de cet appel se faufila au milieu de leur badinage, l'air de rien. La voix de John prit un ton plus pressant, indomptable et autoritaire. Il redevint celui devant qui elle voulait se mettre à genoux.

— Eh bien, je... je me caressais d'une main et plongeais un doigt en moi de l'autre. Deux, en réalité. C'est ce que je préfère, lorsque je me touche ; j'aime sentir quelque chose en moi.

— Parfait. Vous masturbez-vous régulièrement, Bettie ? Combien de fois le faites-vous ? Dites-moi.

Elle marqua une pause. En temps normal, elle ne le faisait pas souvent. Ce n'était que depuis sa rencontre avec John qu'elle en avait constamment envie.

— Cela comprend-il les fois où je me donne en spectacle à mes clients ou parlez-vous seulement du privé ?

Une nouvelle pause. Elle l'entendit presque réfléchir à travers le combiné, pesant le pour et le contre, portant un jugement sur elle… L'enflure ! Qui était-il pour se permettre une chose pareille ? Un homme ayant choisi de payer pour du sexe ne valait pas mieux qu'une femme proposant du sexe contre de l'argent.

— Seule, en intimité. Cela me semble évident, jeune fille. Et puis vous n'avez pas d'autres clients, si je ne m'abuse.

Quoi ?! Se doute-t-il de quelque chose ? Il n'est pas idiot…

— J'ai vingt-quatre ans, je ne suis plus une jeune fille mais bien une femme.

Un léger rire résonna à son oreille.

— Cela ne fait aucun doute. J'ai moi-même pu l'observer.

Il y eut un silence pendant lequel Lizzie crut entendre un frottement de tissu. Que faisait-il ? Se touchait-il encore ? En était-il proche ?

— Mais vous êtes également obstinée et vous tentez de changer de sujet. Combien de fois vous masturbez-vous en moyenne ?

— Assez souvent… Disons plusieurs fois par semaine. Cela dépend de ma quantité de travail, vous savez.

À l'autre bout du fil, John poussa le soupir du professeur face à un élève entêté et récalcitrant.

— Quel est le problème ? lança-t-elle. Espériez-vous apprendre que ma libido me chahute sans interruption, pour la seule raison que je suis une escort girl ? Vous comprendrez que cela peut avoir l'effet inverse. Le sexe, c'est mon travail. Cela peut me plaire de faire autre chose de mon temps libre.

Un nouveau silence se fit pesant. Bon sang, elle avait pourri l'ambiance ! S'il était en bonne progression vers l'orgasme, Lizzie avait sans doute versé un seau entier d'eau glacée sur son humeur enivrée.

— J'apprécie votre sincérité, Bettie. Maintenant, dites-moi franchement. Lorsque vous étiez avec moi, avez-vous éprouvé un réel plaisir ? Sans aucune simulation ?

John parlait d'une voix douce, voire compatissante.

— Si ce n'est pas le cas, je n'en serai pas offensé, poursuivit-il. Il me semblait que oui. J'espérais que ce soit le cas. Mais j'imagine que le métier vous apprend à être très bonne actrice.

— Honnêtement ? Eh bien, oui, John ! En votre présence, j'ai apprécié chaque rapport avec sincérité. J'ai joui. Plusieurs fois.

Lizzie prit une profonde inspiration.

— Et j'admets n'avoir jamais eu pareil client. Vous ne me croirez sans doute pas, mais avec vous c'est différent.

C'était la stricte vérité, il était pour elle un client unique. À l'évidence, il était inutile de préciser qu'elle n'avait jamais eu d'autre client que lui, et que cela n'arriverait sans doute pas une seconde fois.

— Je vous crois, Bettie, répondit-il, assurément ravi de l'apprendre.

Bien que sophistiqué et doté d'une expérience étoffée, John n'en restait pas moins un homme, et il appréciait les compliments quant à ses prouesses et à son unicité.

— Et je ne vous mens pas en vous avouant que je pensais à vous, tout à l'heure, lorsque vous m'avez interrompue par ce coup de fil.

— Voilà qui est encore mieux... Hélas, je crains d'avoir rompu le charme !

— Non, pas vraiment, je vous rassure.

Elle disait vrai.

Le seul fait d'entendre sa voix voluptueuse au téléphone provoquait de douces vagues en elle. Dans son esprit, les murs de sa chambre se virent remplacés par le donjon, puis finalement par la chambre de chintz de l'hôtel *Waverley*, un décor ouvrant sur toute l'aura dominatrice de John. Elle avait envie qu'il lui donne un ordre, n'importe lequel ; elle l'exécuterait.

— Votre doigt est-il toujours où vous l'aviez laissé ?

— Sincèrement ? Non. Ce n'était pas une position très confortable, je n'aurais pas pu me concentrer pour vous parler. Or, j'aime écouter votre voix avec attention. Elle est suave, délicieuse. J'imagine ne pas être la première à vous le dire, n'est-ce pas ?

— Exact, je l'avoue. On a déjà fait l'apologie de mes cordes vocales. (Elle l'entendit sourire.) En revanche, ce n'était pas une jeune fille de joie comme vous, loin de là. Il s'agissait plutôt d'une dame du monde qui aimait m'écouter lui chuchoter des phrases graveleuses de temps à autre.

— Qui était-ce ?

Aïe, la voilà qui posait encore des questions déplacées ! Ce n'était pas digne d'une escort girl.

— Une femme mûre que je connaissais à l'époque. Je vous en parlerai un jour. Bien, pouvons-nous revenir à notre séance de téléphone rose ? J'appréciais beaucoup. Où sont vos mains à présent ?

Lizzie s'enfonça plus encore dans les oreillers et glissa une main dans son pyjama. Elle gardait les restes d'un désir tenace, encore palpitant malgré tout.

— L'une tient toujours le téléphone, et l'autre est à sa place habituelle, dans ma culotte.

— Magnifique ! Au risque de passer pour le cliché du correspondant téléphonique pervers... que portez-vous ?

Gardez-vous toujours votre culotte pour dormir ? Vous disiez porter un pyjama miteux, est-il si miteux que cela ?

Lizzie sourit. Effectivement, il parlait comme un pervers, mais d'une façon délicieusement affriolante.

— Je porte un short de nuit et un tee-shirt en coton blanc. Rien de glamour, c'est un simple pyjama.

— Mmh… je visualise la scène… Un tee-shirt en coton. J'imagine qu'il est serré et laisse apparaître la pointe de vos seins. Un petit short serré avec votre main glissée sous l'élastique, titillant l'orée de votre sexe… Vous êtes humide, je me trompe ?

— Non, vous avez raison.

Il pouvait difficilement être plus proche de la réalité : elle suait d'une fièvre sensuelle.

— En vous masturbant, tout à l'heure, à quoi pensiez-vous ? Dites-moi. À quoi pense une femme comme vous ? Quelles sont vos astuces secrètes ?

Une femme comme elle ? S'il savait… Peut-être savait-il, après tout. Il pouvait parfaitement avoir découvert son petit jeu, mais continuait de jouer avec elle malgré tout. En tant qu'homme mûr et infiniment plus sophistiqué que tous les autres hommes qu'avait connus Lizzie, il était difficile de lire dans ses pensées.

— Une femme comme celles de mon métier ? Eh bien, je fantasme en m'imaginant devant ma télévision, un après-midi, habillée d'un survêtement mauve en velours, en train de manger des chips tout en regardant *Des chiffres et des lettres*. C'est une vision très exotique pour moi.

— Bettie…

Sa voix palpitait d'une impatience manifeste. Exactement comme Lizzie se l'imaginait dans le donjon de son rêve éveillé.

— Bon, très bien. Je fantasmais en nous imaginant dans un donjon, vous me punissiez avec une cravache. Vous et votre esprit déviant avez eu raison de ma vertu.

Dans sa tête, elle était de retour entre les murs de pierre, enchaînée au centre de la pièce tandis que John rôdait autour d'elle, prêt à la châtier.

— Essayez-vous de me dire que je suis plus original et pervers que vos autres clients ? J'aurais pourtant pensé que vous étiez habituée à ce genre de pratiques.

— C'est vrai, mais, comme je vous le disais…, en termes de domination les hommes me demandent de les punir et non le contraire. Me retrouver de l'autre côté du fouet – si je puis me permettre l'expression – est tout nouveau pour moi.

Et exaltant au possible. Elle sentit son short trop serré se mouiller légèrement sous elle. Lasse de le porter, elle le retira d'un mouvement vif et le jeta à l'autre bout de la pièce, enfin libre d'écarter les jambes à loisir.

— John, je viens de retirer mon short. J'espère que cela ne vous dérange pas.

— Mais je ne t'en ai pas donné la permission !

Le ton de sa voix se voilait d'un velours bleu nuit. Elle était parfaitement entrée dans son jeu.

— Pardonnez-moi, maître. Dois-je le remettre ?

— Non… Laisse-le. Tes jambes sont-elles écartées ?

Comment faisait-il pour lui procurer cette sensation d'être présent avec elle dans la chambre ? Détenait-il le pouvoir de voyager dans le temps et l'espace, telle une sorte de sorcier ?

— Oui, maître.

— Bien. Maintenant, pose ta main libre sur ta cuisse, mais sans te toucher. Nous allons discuter un peu. Et si jamais tu me désobéis…, si jamais tu oses ne serait-ce que te frôler…, je me verrai obligé de te punir plus sévèrement encore lors de notre prochaine rencontre.

Oh non ! La punition ne lui faisait pas peur ; au contraire, elle avait hâte d'en découdre avec lui. En revanche, l'empêcher de se toucher équivalait à lui imposer le supplice d'une tentation insurmontable, car elle en avait vraiment, vraiment très envie.

— Tu m'as bien compris, Bettie ?

— Ou… oui, maître.

Sa main inutile reposait misérablement contre l'intérieur de sa cuisse, mais Lizzie était incapable de la bouger. La volonté de John était la plus forte.

— Revenons-en à ce donjon et à ce que tu portes. Il me semble que c'est un Bikini en cuir. Pour le haut, les bonnets troués permettent de laisser tes seins respirer. Pour le bas, il s'agit d'un string minuscule.

Lizzie rit aux éclats. C'en était presque un cliché. Était-ce vraiment ce qu'il souhaitait la voir porter ? La prenait-il pour une sorte de Marilyn Monroe en version pornographique ?

— Je vois que mes fantasmes t'amusent.

— Non, non ! Je suis surprise, voilà tout. Vous avez sans doute raison… Maintenant que j'y pense, je porte effectivement un Bikini en cuir. Il est très léger et ne dissimule rien aux regards indiscrets. Avec ce Bikini, je suis plus dénudée que si je ne portais rien du tout.

— Il me semble parfait, dans ce cas. La pointe de tes seins serait-elle fardée de rouge ? Un rouge vif, assorti à tes lèvres et aux marques que je m'apprête à laisser sur ta tendre chair ?

— Hum… oui, en effet.

Lizzie baissa les yeux sur ses seins ; fermement érigés sous son tee-shirt, ils poussaient contre le coton blanc et laissaient entrevoir leur couleur sombre. Elle commença à sentir des fourmis dans sa main désœuvrée ; cette dernière brûlait de toucher la pointe de ces globes tendus de désir. Mais c'était interdit.

— Excellent. Parlons un peu de ce string en cuir. Je l'imagine si fin…, presque inexistant. C'est à peine s'il est constitué d'un triangle à l'avant et d'une simple ficelle pour ta voluptueuse croupe, la laissant libre au toucher. Est-ce le cas, ma chérie ?

Son esprit formait l'image à mesure que John la lui dictait. Le corset qu'elle s'était vue porter s'était évanoui pour laisser place à ce Bikini à la limite du vulgaire. Accrochée à la chaîne, elle avait les tétons peints de rouge et les fesses nues, à peine séparées d'une ficelle de cuir tendue.

Oh, bon sang ! S'enfonçant les ongles dans la peau, elle s'efforça de maintenir ses doigts en place pour ne se donner aucun plaisir défendu. Si John était là et jouait avec elle…

Autour d'elle, le donjon disparut pour laisser apparaître son maître au pied du lit, avançant à genoux sur les draps, penchant son visage vers sa féminité…

— Bettie ! Que fais-tu ?

— Rien, maître. J'admirais vos choix élégants en matière de vêtements.

Un petit râle résonna dans le combiné. Ce n'était ni un soupir ni un rire… Se masturbait-il ? Elle pensa que oui.

— Le string de cuir te serre tant qu'il laisse apparaître ta délicieuse toison ébène, reprit John. Mais pourquoi ça,

Bettie ? Les travailleuses que j'ai connues ont toujours été scrupuleuses quant à leur brésilien. Certaines étaient même adeptes du rasage intégral. Alors que toi, tu es luxuriante, là en bas.

Il marqua une pause. C'était un défi qu'il lançait à Lizzie.

— Je ne m'en plains pas, poursuivit-il. Au contraire, ça te va très bien. Mais pourquoi ce choix ?

— Eh bien, il m'est arrivé un jour d'avoir un client au dernier moment. Ce n'était pas prévu, et je n'avais pas trouvé le temps de me raser. Étrangement, il a adoré. Il est devenu fou. (Se mordant la lèvre, elle laissa ses pensées bouillonner.) Alors, j'ai retenté l'expérience sur un autre client, et ça s'est révélé probant. Depuis, je me suis montrée moins… rigoureuse dans mon entretien intime. J'ai d'ailleurs deux clients prêts à me payer double pour que je la garde foisonnante.

— De vrais connaisseurs, commenta John.

— Si vous le dites.

— Oui, je le dis. Et tu ferais bien de me croire.

Derrière l'humour de John flottait un air de domination qui donna de légers vertiges à Lizzie.

— Et donc, ce donjon, continua-t-il, dis-m'en plus à son sujet. Y es-tu captive ?

— Oui. Des menottes sont accrochées au bout d'une énorme chaîne qui pend du plafond, j'y suis attachée, et mes bras sont tendus. C'est à peine si je touche le sol.

— Portes-tu des talons hauts ?

— Comment avez-vous deviné ?

Elle n'était pas encore allée jusqu'à imaginer ses chaussures, mais après le Bikini de cuir elle ne fut pas étonnée qu'il préfère la voir avec des talons aiguilles.

— J'ai certaines capacités de prédiction… Continue, donne-moi plus de détails.

— Des torches sont accrochées aux murs de cette cave humide et lugubre, ainsi que des fouets et autres instruments de torture. Un public est également présent. Je ne les vois pas très bien, mais ils sont dans l'ombre, ébahis par le spectacle que je leur offre. Certains ont même la main dans le pantalon.

— Ébahis, hein ? Je ne suis pas surpris. C'est le scénario idéal pour mon anniversaire.

Malgré son petit rire, il gardait son ton faussement autoritaire qui le rendait si sexy aux yeux de Lizzie. Sa manière de passer d'un tempérament à l'autre avec habileté était étourdissante.

— Et moi, dans tout ça ? Quelle est ma tenue ?

— Hum… vous portez du noir… J'ai du mal à vous voir…

— Tu sais, je crois que je porte aussi du cuir. Un pantalon de cuir serré avec des bottes qui montent aux genoux et une large ceinture. Rien d'autre. Quoi que… Un collier à clous ?

Lizzie ne put réprimer un éclat de rire. John Smith était l'homme le plus imprévisible qu'elle ait jamais connu, à la fois excitant et follement amusant.

— Et voilà qu'elle rit de nouveau. Tu cherches les ennuis, pas vrai, ma belle Bettie ? Tu ne fantasmes donc pas sur mon pantalon de cuir ?

Malgré la distance, elle perçut son si beau, son si charmant sourire.

— Tu penses que cet accoutrement me donnerait l'air d'un idiot ?

— Eh bien, disons que c'est un peu cliché, mais vous ne seriez pas si mal. Non, en réalité, ça vous irait à ravir.

Et c'était le cas dans son esprit. Le sublime costume s'évanouit pour laisser place à cette tenue fétichiste : la couleur noire contrastant magnifiquement avec ses cheveux d'or, ses fesses et ses cuisses moulées dans le tissu de cuir élastique, le collier de clous présent pour compléter l'ensemble. À le voir ainsi, ce n'était pas un cliché. Il était magnifique.

— Bonne réponse…, me semble-t-il.

Il marqua une pause, et elle crut discerner comme un froissement de tissu. S'installait-il plus confortablement afin d'aller jusqu'au bout de son fantasme ?

— Te voilà pendue au bout d'une chaîne tandis que je me pavane dans mon beau cuir. Ensuite ?

— Vous me fouettez avec une cravache, et c'est vraiment très douloureux.

— Oh, ma Bettie, tu racontes les plus belles histoires ! Je t'imagine déjà, te contorsionnant dans tes menottes, essayant de te débattre, d'éviter gracieusement les coups. Les larmes coulent sur ton visage. Les brûlures sont insoutenables. Tes seins pointent dans leur camisole. Derrière tes gémissements se cache une excitation sans égale. Tandis que ton fessier te martyrise, tu me supplies de te prendre par-derrière.

Il avait le souffle court ; sa main était forcément sur son sexe, il ne pouvait en être autrement.

Les restrictions de John furent vite oubliées ; Lizzie se caressa elle aussi, l'autre main fermement agrippée au téléphone, prête à le briser en mille morceaux. Son corps se souleva du lit pour pousser contre ses doigts habiles qui redoublaient de ferveur en retour, et ses talons s'enfoncèrent dans le matelas.

— Et je veux te baiser, ma Bettie…, mais d'abord je veux t'entendre pleurer et gémir encore un peu. Alors j'abaisse le fouet plusieurs fois sur ta croupe, croisant les assauts, découvrant des parcelles encore intactes. J'attaque l'intérieur de tes fesses et me délecte de tes cris de désespoir.

Se mordant furieusement la lèvre pour ne pas hurler, Lizzie exerça une ultime pression contre son clitoris, atteignant un plaisir aveuglant et si brutal qu'elle en resta pantelante, son pouls battant la chamade jusque dans son intimité.

John avait deviné son plaisir interdit, elle le savait. Il avait également deviné qu'elle se savait démasquée.

Malgré tout, il poursuivit de son côté, matérialisant son fantasme pas à pas.

— Alors que tu cries encore, je te libère de tes chaînes et te possède sur les dalles froides, tandis que tu es à genoux, les mains toujours menottées. Mes assauts sont violents et te projettent en avant, mais tu me supplies de continuer, malgré la douleur encore lancinante de ta chair rougie. D'ailleurs, lorsque j'enfonce mes ongles dans ta peau, tu atteins l'orgasme, hurlant et grognant comme un animal.

Si seulement…

Sentant le désir remonter en elle, Lizzie eut envie de jeter le téléphone contre le mur et de pousser un juron ; son sexe brûlait de l'absence de John, et elle dut le soulager, encore une fois. Garder le silence était plus pénible encore que de se faire fouetter jusqu'au sang.

— Tu n'as pas encore quitté l'extase que, déjà, je me retire pour entrer par-derrière. D'un geste brusque. Oh, c'est divin ! Si chaud, si exaltant ! Dès que je pose les doigts sur l'orée de ton sexe, je sens que tu te resserres autour de moi, que tu m'enveloppes de ta croupe voluptueuse… Oh, c'est si bon !

S'agitant une dernière fois, Lizzie sentit les vagues finales la quitter, ses doigts magiques effleurant les ultimes échos de son plaisir. Sa poitrine se levait sous sa respiration haletante.

Les mots sublimes et profanes de John l'avaient comme drainée de toute son énergie.

Maintenant, le silence était roi. Un silence de plomb. Jouissait-il ? Libérait-il sa semence sur les draps de chintz immaculés ?

Si c'était le cas, elle percevrait un souffle rauque.

— Vous êtes encore là ? demanda-t-elle, consciente qu'elle prenait le risque de lui faire entendre sa respiration saccadée.

— Bien entendu. Où serais-je parti ?

Sa voix était neutre, posée et imperturbable. Voilà qui était ennuyeux. Ses mots avaient un effet impérieux sur elle, même au travers d'un téléphone, mais cela ne semblait pas fonctionner sur lui-même.

— Avez-vous… S'est-il passé quelque chose ?

— Vous voulez dire : est-ce que j'ai joui ?

— Oui. De quoi d'autre voulez-vous que je parle ?!

John pouvait se montrer pénible, mais cela avait un étrange effet déclencheur sur la libido de la jeune femme. Lizzie avait envie de l'avoir près d'elle dans le lit afin de chevaucher son membre sublime.

— Non, Bettie. Je n'ai pas joui. L'objectif de l'exercice était de vous procurer du plaisir… Est-ce que ça a fonctionné ?

Elle se redressa sur le matelas, cherchant des yeux son short de pyjama. Son petit jeu manipulateur lui avait suffi pour la matinée. Laissant tomber le portable sur les draps, elle attrapa son vêtement et l'enfila en songeant à l'éventualité de lui raccrocher au nez. Mais ce serait un acte stupide, et elle le regretterait aussitôt. Ses émotions bouillonnaient en elle.

—Oui, ça a marché. Et vous êtes le pervers le plus détraqué que j'aie jamais rencontré, ajouta-t-elle dans un grognement, à peine eut-elle ramassé le téléphone. N'allez pas croire que vos petites manipulations psychologiques me pousseront à vous payer pour mon plaisir ; n'échangeons pas les rôles : vous restez un client sur mes heures de travail. Des heures précieuses, qui plus est !

—Ne vous inquiétez pas pour cela, Bettie. Je ne suis pas un escroc.

Après un court instant de réflexion, il énonça une somme pour cette conversation, qui fit tressaillir Lizzie.

—C'est ridicule, nous sommes séparés par des kilomètres !

—Faites-moi plaisir, je vous en prie. Parfois, l'orgasme ne fait pas tout.

—Vous êtes un homme définitivement étrange, monsieur Smith.

Elle ne put retenir un sourire. Lui tenir tête obstinément n'était pas chose aisée ; il était si facile de craquer sous son charme, et sans même le voir en personne.

—Vous n'avez pas idée, Bettie. Mais j'espère que vous en découvrirez très vite davantage. Un déjeuner avec moi, cela vous tente ? Ici, au restaurant du *Waverley* ?

Elle brûlait de lui dire oui. Il semblait presque l'inviter à un rendez-vous galant. S'imaginant en tête à tête avec lui, elle rêva de bon vin et de conversation légère. Toutes les autres clientes lui envieraient une telle compagnie. Qu'importe qu'elle soit payée au moment de l'addition ! Ce détail resterait leur petit secret. Les autres femmes se diraient qu'elle avait la chance d'avoir trouvé le plus beau parti de la région… ou du pays…, et d'au-delà.

Mais il y avait un « mais ».

— Ce serait avec plaisir, mais j'ai pour habitude de passer mon dimanche avec mes colocataires. C'est devenu une sorte de tradition qui s'est révélée très… importante ces derniers temps, à cause de la dépression de Brent, l'un de mes colocataires…

Bon sang, mais elle lui racontait sa vie ?! Et puis quelle escort girl vivait en colocation avec un homme ? Était-ce chose courante ? Après tout, elle n'en savait rien. Quant à Brent, ancien garçon de passe, il partageait le loyer avec ses amies depuis cette époque et jusqu'à aujourd'hui.

— Dans ce cas, pourquoi ne pas les inviter également ? demanda spontanément John sans sourciller. Je ne vous propose pas un rendez-vous professionnel mais bien un repas agréable ; bien que je tienne à vous payer, c'est évident. Sont-ils au courant de votre emploi actuel ?

— Hum… oui. Shelley est intérimaire en secrétariat, mais Brent travaille dans la même branche que moi, à mi-temps seulement, pour arrondir ses fins de mois. Nous ne sommes pas ensemble. Enfin, plus maintenant. C'était le cas il y a longtemps, mais nous sommes amis. Nous sommes amis tous les trois.

Pourquoi ?! Pourquoi racontait-elle tout ça ?!

— Dans ce cas, si vous êtes certaine qu'aucun de vous ne se sentira mal à l'aise, faites-leur part de mon invitation à déjeuner. Pour ma part, je garderai cette érection massive pour plus tard, en attendant notre prochaine entrevue à deux.

Le voilà qui se remettait à rire doucement.

— Oh non ! Vous êtes encore... ? Je pensais que... enfin... que vous ne l'étiez plus, puisque vous n'aviez pas...

— Ah, Bettie ! Sachez que j'aime parfois faire durer mon impatience. Le plaisir ultime n'en est que plus intense.

— Mais ça ne vous dérange pas d'avoir envie sans pouvoir vous soulager ?

Elle osa à peine imaginer le sentiment de frustration que cela devait lui procurer ; elle ressentait déjà la même chose pour lui alors qu'elle se remettait à peine d'un plaisir intense.

— Pas le moins du monde. Je suis un adulte ; je peux attendre. Pour le restaurant, je réserverai une table pour quatre. Si vos amis sont tentés, ils sont les bienvenus. Sinon, ce sera un tête-à-tête. Cela vous convient ?

Malgré ses doutes, Lizzie acquiesça. Il serait étonnant de voir Brent accepter l'invitation en de si étranges circonstances, mais elle le lui demanderait quand même. Quant à Shelley, elle aurait très envie de venir mais déclinerait l'invitation, car c'était un amour ; elle n'oserait jamais s'intercaler entre Lizzie et sa proie. John, convaincu de trouver une table disponible, proposa une heure, puis ajouta avec entrain :

— Tchao, ma belle Bettie ! À très vite.

Les yeux braqués sur son téléphone, Lizzie fit la moue, perplexe.

John Smith avait beau l'étourdir de son charme, il pouvait se montrer très étrange, parfois. La jeune femme ne savait pas vraiment comment s'y prendre avec lui.

Mais comment réagirait une véritable escort girl ?

7

En tête à tête

Pourquoi tant de nervosité ? Ce n'était pourtant pas son premier rendez-vous galant au restaurant. Les sentiments que Lizzie développait pour cet homme – certes intenses, et ce pour la première fois depuis des années – n'étaient pas une raison suffisante pour justifier qu'elle se mette dans un état pareil.

Mais tout le problème était là : c'était justement un rendez-vous « galant », rien à voir avec leurs précédentes entrevues. Là, une table installée entre eux empêcherait tout contact physique, à moins bien sûr que la réputation scabreuse du *Waverley* n'aille plus loin que ce qu'elle imaginait. Le temps de parole imposé pour un déjeuner impliquait plus de détours et de mensonges de la part de Lizzie.

Et si elle décidait de dévoiler toute la vérité entre les hors-d'œuvre et le plat principal ?

C'était décidé : elle improviserait. Si l'occasion se présentait, elle la saisirait. De préférence après que John se serait désinhibé au moyen de quelques verres de vin. Cela pouvait sembler égoïste, mais Lizzie était rassurée de ne pas s'y rendre accompagnée de Brent et de Shelley ; leur présence aurait rendu les choses plus compliquées qu'elles ne l'étaient déjà. Brent était parfaitement fiable : il aurait gardé la véritable identité de Lizzie secrète jusqu'au dessert. Mais avec Shelley c'était une tout autre histoire : aussi bien intentionnée soit-elle, la pauvre aurait sans doute dérapé et lâché le morceau accidentellement.

Lizzie se sentait toujours mal vis-à-vis de Brent. Le temps ne semblait pas panser ses blessures ; son ami n'avait même pas sorti la tête de sa chambre lorsqu'elle l'avait invité au restaurant. Pire encore : au son de sa voix, Lizzie avait senti qu'il venait de pleurer.

— Écoute, je reste avec toi. John ne m'en voudra pas, lui avait-elle dit. On ira tous à la brasserie pour notre repas habituel, et je le verrai un autre jour.

— Cesse de me materner, Lizzie ! Je peux prendre soin de moi. Toi et Shelley, arrêtez de me couver ! avait-il grommelé. Profite de ton restaurant avec ton richissime dieu du sexe et fiche-moi la paix. OK ?

— Parfait, c'est ce que je vais faire ! s'était-elle emportée.

Avec le recul, Lizzie soupira et ne put s'empêcher d'angoisser pour son ami, bien qu'elle sache que Shelley était avec lui et relevait l'humeur générale. Le reste de l'année, Brent s'efforçait de garder le sourire et y parvenait plutôt bien, mais la douleur était plus présente que jamais en ce triste dimanche : la date anniversaire de la perte de Steven – l'homme qu'il aimait – approchait à grands pas.

L'accident avait dévasté le pauvre Brent, et malgré tous les efforts de ses deux colocataires il peinait encore à sortir la tête de l'eau. C'est pourquoi Lizzie avait décidé de ne pas s'attarder en compagnie de son délicieux client, malgré l'intensité de la partie de jambes en l'air qui s'annonçait.

Heureusement, s'il refusait de quitter sa chambre pour parler à Shelley, Lizzie savait que Brent avait Mulder pour compagnie. Ce matin, posant une oreille contre sa porte, elle l'avait entendu parler au tendre félin et savait que le ronronnement de la boule de poils aurait un effet bénéfique sur l'humeur de son confident.

Tandis que le taxi se garait devant l'imposante façade habillée de lierre du *Waverley*, Lizzie tenta de s'orienter. Lors de sa dernière visite, elle ne se rappelait pas avoir vu de pancarte indiquant un restaurant. C'était la veille, mais il lui sembla pourtant qu'elle n'était pas venue depuis des siècles.

Le temps possédait l'étrange pouvoir de s'étirer à l'infini, armé de ses heures interminables, comme pour la séparer de John coûte que coûte.

Où est ce fichu restaurant?!

Sa nervosité était ridicule, songea-t-elle en entrant dans le hall chaleureux de l'hôtel. Ses yeux se baladaient autour d'elle, mais sans repérer le moindre signe indiquant un quelconque restaurant. Lors de son dernier passage au *Waverley*, Lizzie était consciente d'avoir dévoilé son statut de call-girl au personnel – bien qu'elle n'en soit pas vraiment une – et s'en était accommodée. Toutefois, elle ne se faisait pas encore à tous les regards tournés vers elle.

— Puis-je vous aider? lui demanda en souriant la réceptionniste, une jeune femme blonde aux yeux à la fois troublants et pétillants.

Zut, elle était repérée!

— Oui, merci. Pourriez-vous m'indiquer où se trouve le restaurant de l'hôtel? J'ai rendez-vous avec un ami.

— Bien sûr. Il est juste là.

La belle blonde pointa du doigt une immense enseigne indiquant «Restaurant», et Lizzie se retint de pousser un soupir gêné.

— Vous êtes l'invitée de M. Smith, n'est-ce pas? Je crois qu'il vous attend à votre table. Bon appétit!

— Merci.

Le clin d'œil complice de la réceptionniste sembla dire combien elle trouvait John Smith aussi appétissant que le menu du jour, mais, heureusement pour Lizzie, elle ne parut porter aucun jugement quant au goût manifeste du charmant blond pour les escortes.

Inspirant profondément, Lizzie se dirigea vers les grandes portes battantes d'un pas vif, prête à traverser les tablées que formaient les habitués du repas dominical traditionnel. Lesquels d'entre eux feraient montre d'assez d'imagination pour aller soupçonner le secret de John et de Lizzie ? À leurs yeux, elle serait une simple femme déjeunant en bonne compagnie, même si tout le personnel la croyait dans le métier de passes – à tort.

Sur le seuil, elle balaya la salle d'un regard élégant. Comptait-il venir, après tout ? Son cœur parut vouloir se détacher de sa poitrine lorsqu'elle s'efforça d'imaginer John lui posant un lapin. Mais elle l'aperçut, tranquillement assis à une petite table bénéficiant de la discrétion qu'offrait un renfoncement en alcôve. Il s'agissait sans doute de la meilleure table du restaurant ; l'intimité et la vue magnifique sur les jardins à la française du *Waverley* correspondaient parfaitement à un dîner en amoureux.

La meilleure table de la maison. Pour moi, alors que je suis une prostituée à vos yeux. Un geste admirable, John. Si j'étais vraiment du métier, vous me feriez malgré tout me sentir comme une princesse.

Dès qu'il tourna vers elle son sourire éclatant qui lui montait jusqu'aux oreilles, elle ne put se retenir de le lui rendre, non sans une pointe d'ivresse, et slaloma entre les tables pour le rejoindre.

Elle ne peut pas être réelle. Si belle, et si différente à chacune de nos rencontres…

John ne put retenir sa joie évidente en voyant Bettie traverser la pièce dans sa direction. Elle était belle comme le jour dans sa jolie robe d'été vintage ornée de pois bleus et assortie à une petite veste jetée sur ses épaules claires. La candeur qu'elle dégageait lui donnait un air innocent, mais il savait que dès qu'il posait les doigts sur sa peau douce son enthousiasme était sans limites. Ses cheveux noirs de jais étaient noués en une queue-de-cheval années 1950, et elle portait très peu de maquillage, si ce n'était sa fameuse encre à lèvres de marque. Jamais auparavant il n'avait rencontré pareille escorte. Ce qui tombait sous le sens, puisqu'il était prêt à parier une énorme somme – plus importante encore que celle qu'il lui verserait aujourd'hui – que la jeune femme était nouvelle dans le métier et qu'elle gardait en elle le candide espoir que cette situation était temporaire et qu'elle ne finirait ni piégée ni désabusée.

À quel point avait-elle besoin de cet argent ? se demanda-t-il. Bien qu'il ne la connaisse que depuis récemment, John devinait que Bettie était une jeune femme intelligente et futée. Ne pouvait-elle pas faire autre chose de sa vie ? Se lancer dans une carrière, par exemple ? Une idée surgit de nulle part : pourrait-il l'aider à financer un projet, être son mécène dans une entreprise professionnelle ou pour des études supérieures ? La soutenir autrement que physiquement. Ce ne serait pas la première, songea-t-il tandis qu'un frisson de remords lui parcourait l'échine.

Mais concrètement, s'il venait à la soutenir financièrement, le verrait-elle toujours comme un amant ? John fronça les sourcils. Il continuerait de la payer pour ses services, cela lui paraissait logique. Elle n'accepterait jamais de lui faire l'amour sans cette ombre pécuniaire planant au-dessus de leur tête. L'argent ne signifiait rien pour lui, mais il serait toujours là, entre eux, tel un éléphant présent dans la pièce mais qu'on refuse de voir.

Oh, cesse donc d'anticiper, mon vieux ! Profite de l'instant présent.

D'ailleurs, l'instant en question était délectable ; la vision de cette déesse tout droit sortie d'un vieux film muet était irrésistible et faisait remonter le souvenir des jeux qu'ils avaient partagés jusque-là. Cela faisait des années qu'il ne s'était pas autant amusé avec une femme, et l'impatience de recommencer ne soulevait pas seulement son cœur.

— Bettie ! Je suis si heureux de vous voir !

Les mots sonnaient juste et ils l'étaient, bien que cela paraisse déplacé étant donné leurs rapports. Bondissant sur ses pieds avant l'arrivée du serveur qui lui volerait cet honneur, il fit le tour de la table et tira la chaise sur laquelle elle s'assit en se mordillant la lèvre dans un mélange d'excitation et de nervosité. Ce simple geste eut un effet surprenant sur la libido de John, ce dernier résistant à l'envie de positionner son sexe qui grossissait dans son pantalon. Bon sang ! Déjà ? Et elle n'avait pas encore prononcé un seul mot !

Quelque chose dut alerter la belle ; ses longs cils noirs papillonnèrent justement dans cette direction, et elle se mit à rougir.

— Eh bien, John, vous êtes effectivement heureux de me revoir ! Ou est-ce un pistolet que j'aperçois dans votre poche ?

— Je vous le reproche, Bettie ; c'est la faute de votre beauté lascive. Voilà que mon appétit se ferme à la nourriture au profit d'autres plaisirs tout aussi gustatifs.

— Figurez-vous que moi, j'ai faim, rétorqua-t-elle d'un ton taquin, alors qu'il poussait doucement la chaise sur laquelle elle était installée.

John ne manqua pas d'observer les yeux de Bettie irrémédiablement attirés par la braguette de son pantalon, réflexe qui suggérait qu'elle partageait son trouble physique et émotionnel.

— J'en suis ravi. Commandez du gingembre ou du chocolat noir ; ainsi, vous serez dans l'humeur propice à ce que je vous réserve pour le dessert.

Elle soutint son regard tout en tripotant nerveusement sa serviette de table.

— Commandez tous les aphrodisiaques que vous voudrez, John, mais sachez que je n'en aurai pas besoin. Vous connaissez la passion que je voue à mon métier, et je n'ai besoin d'aucun artifice, culinaire ou autre.

Étrange. Il sembla à John que Bettie parlait d'une voix légèrement hésitante, comme si elle n'était pas sûre de ce qu'elle avançait. Cela allait dans le sens de son statut de débutante dans le métier.

Il aurait aimé lui en demander confirmation, mais ne sut comment s'y prendre pour ne pas sembler la juger. Et puis cela casserait sans doute l'ambiance ; le philanthrope qui se cachait en lui voulait en savoir plus, mais le mâle égoïste et en érection qu'il était grogna simplement en lui-même : *Ferme-la !*

— Pourvu que vous ne refusiez pas mon argent, tout me va, Bettie. Je n'ai qu'une parole : pour moi, tout travail mérite salaire.

Son doux visage était un tableau. Elle entrouvrit légèrement la bouche et passa doucement la langue sur sa lèvre inférieure avec une langueur qui donna envie à John d'arracher son pantalon et de se procurer le plaisir furieux qu'elle lui inspirait. Sous ses cils papillonnants, il discerna l'âme de la courtisane qui évinçait peu à peu la jeune fille inexpérimentée. Elle leva le menton et se transforma en séductrice voluptueuse.

Sous ses yeux ébahis, elle devint Bettie, l'aguicheuse accomplie – même s'il était prêt à parier le contenu de l'enveloppe écrasée dans sa poche intérieure que ce n'était pas là son véritable nom.

C'était donc cela. Il ne voulait que la prostituée. Il voulait Bettie, la call-girl, et non la femme ordinaire qui ne lui coûterait rien mais lui apporterait son lot de complications. Difficile de lui en vouloir. Il menait sans doute sa vie entière de cette manière : avec simplicité, chaque chose rangée dans sa boîte, y compris les parties de jambes en l'air, la porte demeurant fermée aux prises de bec.

Dans ce cas, c'est ce qu'elle lui offrirait. Et puis, quand tout serait fini et qu'ils ne se verraient plus jamais, elle pourrait même lui renvoyer son argent. Pour envoyer l'enveloppe, la réception de l'hôtel pourrait lui communiquer son adresse suivante, en temps voulu. Elle ne garderait que quelques billets pour ses frais personnels et un pourboire qu'elle s'octroierait dans le seul but de faire les pieds à ce John Smith.

— Oh, je suis parfaitement d'accord ! déclara-t-elle finalement. Qu'importe la satisfaction que l'on tire de son travail, cela reste toujours agréable de tirer un bon salaire de ses talents.

Lizzie scruta la coiffure de son interlocuteur, ses vêtements hors de prix et sa manière apprêtée de signifier sa fortune.

— Vous me donnez l'impression d'un homme d'affaires au portefeuille gonflé d'obscènes cartes de crédit. Ainsi, vous devez comprendre mieux que personne ce que je veux dire par là.

— Oh, mais tout à fait ! Et ça explique que je sois disposé à vous payer plus que de raison pour vos services, ma chère.

Il tapota doucement le lin soyeux de son veston bleu nuit dans la poche intérieure duquel devait se trouver ladite « enveloppe ».

— Vous êtes la petite gourmandise que je m'autorise pour la durée de mon séjour ici.

Il adressa à Lizzie son plus beau sourire, qui effaça toute possibilité pour elle de lui en vouloir, mais aussi de craindre d'être vue en public avec lui ou de porter un masque mensonger. Ce délicieux sourire devint le meilleur remède contre ses doutes.

— La petite gourmandise ? L'idée me plaît. Cela résume parfaitement ma vision de la vie. Je suis ravie que nous soyons sur la même longueur d'onde, John.

Sa voix était décidée, empreinte d'une assurance sans faille, et pourtant Lizzie se sentait tiraillée au fond d'elle par des pensées troublantes, par des désirs insensés.

Ne sois pas stupide, les choses n'iront pas plus loin. Profite de la promenade, belle jument, car c'est tout ce que tu en tireras.

— Excellent. Pouvons-nous manger, maintenant ?

Le sourire encore aux lèvres, John leva à peine le menton et agita les doigts vers le ciel. Aussitôt, un serveur apparut pour apporter les menus aussi prestement que dans une scène de film, comme s'il attendait sur des charbons ardents le moindre signe requérant son intervention de la part de son plus prestigieux client.

— Champagne, Bettie ? Poursuivons le cliché jusqu'au bout, voulez-vous ? proposa John en levant le sourcil, stéréotypant une version assombrie de Don Juan.

— Ce serait charmant ! Mais j'irai doucement sur l'alcool si nous devons ensuite faire un petit tour dans les jardins.

Plus tôt dans la matinée, John lui avait envoyé un texto spécifiant qu'elle devait porter des chaussures adaptées à la marche, car les jardins du *Waverley* lui donnaient très envie d'y faire une petite promenade de digestion.

— Voilà qui est sage de votre part. Nous ne voudrions pas vous voir tituber et trébucher dans les massifs, n'est-ce pas ? Et puis je pourrais accidentellement tomber sur vous, et qui sait ce qui arriverait ensuite ?

John se mordilla la lèvre sous le regard affamé de Lizzie.

Oh, c'était donc cela qu'il avait en tête : une promenade « à la fraîche » ! C'était soudain ce qu'elle espérait.

— Je pensais que vous allonger sur moi était justement ce que vous cherchiez à faire. N'est-ce pas la raison même de notre entrevue ?

Prise d'envies frivoles avant même d'être servie en champagne, Lizzie retira une chaussure et fit doucement courir ses orteils sur le mollet de John.

— Si, entre autres choses.

Son sourire se fit presque amer, et, par un adroit jeu de jambes, il évinça les caresses de la jeune femme pour titiller à son tour ses jolis tibias du bout de sa chaussure. Il monta, monta plus haut, juste sous le jupon qui donnait sa forme à la robe, et appuya doucement contre la peau douce de l'intérieur de son genou. Après un instant d'immobilité taquine, il retira son pied, ponctuant le geste d'un haussement d'épaules.

Lizzie ouvrit la bouche pour parler, mais le serveur surgit à leur table ; s'ensuivit la routine des commandes des plats et du champagne. Sa faim n'était pas aussi manifeste qu'elle l'avait clamé, au contraire. La seule chose qu'elle souhaitait dévorer, c'était l'homme assis en face d'elle, ce beau blond ébouriffé au visage d'ange, dont l'expérience sans égale transparaissait à travers son costume de lin bleu et sa chemise moulante.

S'il lui demandait, là maintenant, de lui faire l'amour sur la table du restaurant, elle répondrait sans doute par la négative..., mais serait tentée. Irrésistiblement, le fantasme prit forme dans son esprit.

— À quoi pensez-vous, Bettie? s'enquit-il quand le serveur fut reparti après les avoir servis en vin.

John savourait ces moments d'intimité dans leur petit cocon sous alcôve au cœur d'une salle bondée.

— Je m'imaginais simplement allongée sur cette table, sous votre corps agité entre mes cuisses.

John rayonna.

— Eh bien, buvons à cela!

Ils trinquèrent. Le champagne était divin, à la fois crépitant et onctueux. Lizzie en savoura la fraîcheur revigorante et en but la moitié d'un trait.

— N'oubliez pas les massifs...

— Ne vous inquiétez pas, je tiens bien l'alcool.

Table. Massifs. Peu importe l'endroit... pourvu que ce soit avec vous.

À la grande surprise de Lizzie, son partenaire entama une conversation. Il parlait d'un ton léger, de tout et de rien, et la jeune femme trouva cela agréable malgré la faim qui la tiraillait, plus pour l'homme que pour le plat. Autour de côtelettes d'agneau au romarin cuites à l'étouffée, elle pouvait aisément en apprendre plus sur lui et sur la raison de son séjour au *Waverley*. Ce fut sans surprise qu'elle apprit son poste de magnat ploutocratique, tel qu'elle le soupçonnait. Il possédait un certain nombre de complexes commerciaux dans le secteur et se voyait intéressé par quelques projets d'entreprises artisanales. Sa manière de parler de son métier avec un enthousiasme assumé et sans artifice de suffisance inspirait le respect. Le monde dont il parlait était à cent lieues de la vie que menait Lizzie, et pourtant elle se délectait d'en apprendre plus sur la passion qu'il vouait à son métier.

Une pause se glissa dans son discours, et John en profita pour contempler son interlocutrice, pour la première fois sans aucun signe de désir sexuel.

— Vos amis n'étaient pas intéressés par mon invitation à déjeuner ? Cela aurait pourtant été avec plaisir. Enfin, seulement pour déjeuner.

Il lui adressa un clin d'œil.

— Je leur en ai parlé… Shelley était tentée, mais elle est adorable et n'aime pas… s'immiscer.

Le terrain sur lequel Lizzie s'aventurait était glissant, mais elle s'en sortait plutôt bien.

— Quant à Brent, il n'était pas d'humeur. Pourtant, ça ne lui aurait pas fait de mal. Il traverse une période difficile, et il semble rechuter. Il a perdu quelqu'un l'année dernière dans un accident de voiture, et nous arrivons à la date anniversaire de la tragédie. Il se croit coupable. Enfin, vous savez ce que c'est…

Lizzie sentit sa langue se figer en voyant l'expression de John, dévastée en une seconde. Elle cherchait autre chose à dire pour ne pas rester sur ces dernières paroles, mais le visage de son interlocuteur s'adoucit.

— Que s'est-il passé ? demanda-t-il d'une voix douce et polie.

S'ensuivit le récit de l'histoire de Brent et de son amant Steven, et de leur accident auquel, soi-disant, Brent n'aurait pas dû survivre puisque Steven y était resté. D'après quelques sources, Brent n'avait rien à se reprocher, mais il était impossible de l'en convaincre. Il ne voyait qu'une chose : l'amour de sa vie était mort.

Tandis que la voix de Lizzie faiblissait, John tendit la main et caressa doucement son poignet. Bon sang, elle devait divertir son client, pas lui raconter ces histoires tristes ! Mais, quand elle s'apprêta à s'excuser, il la coupa dans son élan.

— Vous avez été une amie formidable pour lui, Bettie. Vous avez fait ce que vous pouviez.

Il était sincère et n'essayait pas de ramener la conversation à eux.

— Peut-être devrait-il consulter ? Je connais quelqu'un de très compétent. Sa clientèle est fortunée, mais il peut accepter de voir votre ami si je lui en glisse un mot. Bien que son cabinet soit à Londres, cela peut valoir le coup d'y faire un saut, si Brent le veut bien.

Une curiosité déplacée s'empara de Lizzie. Avait-il lui-même consulté ce médecin ? Était-ce au sujet de son obsession de dormir seul ?

Il sourit. Elle eut une folle envie qu'il se livre à elle.

Allez, parlez-moi ! Dites-moi tout !

— Aimeriez-vous appeler votre ami et vous assurer qu'il va bien ?

Lizzie haussa les épaules, consciente qu'une porte se refermait bruyamment sur ses espoirs.

— J'allais l'appeler quoi qu'il en soit, il est mon « garde du corps ».

— Je m'en doutais. Appelez-le, lui ou votre amie Shelley. Apaisons les craintes de chacun. Ensuite, nous pourrons profiter du repas.

Il leva un sourcil de cette manière qui lui était si propre.

— Entre autres choses.

John avait raison, c'est pourquoi elle se leva avec un hochement de tête et se dirigea vers le hall pour téléphoner sans déranger les autres clients.

— Tout va bien ? s'inquiéta Brent en décrochant.

Soulagée, Lizzie entendit un bruit de motos en fond, ce qui voulait dire qu'il avait repris du poil de la bête. Elle entendit également la voix de Shelley : « C'est elle ? C'est elle ? »

— Je vais très bien, c'est plutôt moi qui m'inquiétais pour toi.

— Te fais pas de bile, ma chérie. Tout baigne. J'ai passé une mauvaise matinée, mais ça va mieux. Désolé pour mon humeur. On regarde les rediffusions du Grand Prix moto avec Mulder. La chose que Shelley a préparée pour midi ne ressemblait à rien, alors j'ai préféré finir le plat chinois qu'il y avait dans le frigo.

Derrière lui, il y eut un cri de protestation : Shelley défendait ses prouesses culinaires.

— Je me gardais ce plat pour plus tard, ronchonna Lizzie.

— Je t'en commanderai un autre. Parlons de ton beau blond. Tout se passe bien ? Il ne te fait pas faire de choses trop étranges ? Tu te protèges, j'espère !

— Évidemment. Nous sommes à table. Il est un peu fougueux mais c'est un homme bien, je t'assure. Ne t'inquiète pas pour moi.

— Tu joues à un jeu dangereux, Lizzie. Tu devrais lui dire la vérité.

— Je vais le faire… bientôt. Passe-moi Shelley.

— Alors ?! Comment ça se passe ? s'exclama cette dernière. Toujours aucune trace de folie passionnelle ? Il t'a démasquée ?

— Non, rien de tout ça. Nous savourons un délicieux repas, et nous enchaînerons avec une petite promenade de santé.

Lizzie perçut la frustration de son amie à travers le combiné.

— Hey ! Je te croyais dans *Belle de Jour*, et tu me vends un déjeuner dominical chez tante Marthe ?! Tu me déçois. Je pensais que tu le chevauchais, à cette heure-ci !

— C'est une salle de restaurant pleine à craquer, idiote ! John a peut-être un penchant pour les prostituées, mais en public il se conduit comme un gentleman. Alors ne me mets pas de bâtons dans les roues.

C'est une autre sorte de bâton que Lizzie souhaitait voir dans ses roues, et elle raccrocha sur cette pensée en promettant à Shelley de tout lui raconter plus tard. L'humeur navrante de Brent l'inquiétait encore, mais Shelley semblait prendre les choses en main.

Ce qui laissa Lizzie libre d'approfondir son entrevue avec John Smith.

— Tout va bien ?

Il se leva de table lorsqu'elle s'approcha.

— Oui. Ils regardent le Grand Prix moto en compagnie du chat et de quelques cochonneries à grignoter. Tout est normal.

Elle se glissa sur son siège sans quitter John du regard. S'inquiétait-il encore pour ses amis ?

— Je propose que nous cessions ces banalités, suggéra Lizzie. Vous n'êtes pas ici à vos frais pour parler de gens que vous ne connaissez ni d'Ève ni d'Adam. Je me trompe ?

John lui décocha un sourire et sirota son champagne.

— Disons que je ne suis pas un fou du sexe au point de ne ressentir aucune compassion pour mon prochain. Mais, effectivement, si tout va bien à la maison, je serai ravi de parler affaires.

Du bout de la langue, il chassa une goutte de vin au coin de ses lèvres. Était-il conscient du caractère provocateur que pouvait avoir ce simple geste ?

— Pourrions-nous reprendre notre conversation de ce matin ?

— Oh, ça... Que voulez-vous savoir ? Je vous ai déjà tout dit.

Elle piqua un morceau de viande avec sa fourchette, toujours sans grand appétit.

— Ce qui m'a surprise, c'est que vous n'avez pas... conclu.

Elle jeta un œil autour d'elle. Les autres clients semblaient préoccupés par leurs propres assiettes, mais on ne sait jamais, les oreilles pouvaient rester ouvertes à leur conversation.

— C'est étrange, John. J'étais surprise que vous ne le fassiez pas, au moins pour me faire plaisir.

— Voulez-vous que je le fasse maintenant ?

La perçant de ses yeux bleus, il lui sourit tout en reposant sa fourchette et glissa doucement la main sous la table.

— Non !

Quel incorrigible ! Elle l'en croyait presque capable.

— Quel est le problème ? Craignez-vous que les gens sachent ce que je fais ?

Sa main était encore dissimulée par la nappe.

— Peut-être que je vous paie pour cela, poursuivit-il. Pour supporter d'être témoin de ce spectacle. Ce n'est pas forcément vous qui devez tout faire, Bettie.

Bouche bée, elle ne put décrocher son regard de lui. De son visage. De son bras et de son épaule. Après un court instant, il ferma les yeux, abaissant l'éventail de ses longs cils incroyablement foncés, et laissa échapper un gémissement.

Bon sang !

Mais il retira aussitôt sa main, reprit ses couverts et se remit à manger comme si de rien n'était.

— Je vous ai bien eue, n'est-ce pas ? Vous pensiez que j'allais le faire ?

Lizzie soupira de soulagement, soudain consciente qu'elle retenait sa respiration.

— Eh bien, oui ! Vous m'avez bernée. Excusez-moi de vous le dire, mais vous êtes un brin fou, John Smith.

— On m'a déjà traité de pire que cela, fit-il sagement remarquer en buvant un peu d'eau. Et si vous en aviez vraiment envie je l'aurais fait pour de bon.

Lizzie reposa soigneusement ses couverts dans son assiette. C'était très bon, mais la faim l'avait définitivement quittée. Elle n'avait plus envie que de lui.

— En privé, ce serait avec plaisir. J'aimerais tout voir ; vous êtes si bien doté.

Un rictus se dessina sur les lèvres de John.

— Puisque vous ne me verrez pas dans l'immédiat, vous pourriez au moins me faire l'honneur d'inverser les rôles. Et puis c'est plus facile pour une femme, avec une jupe…

La chaleur fit gonfler les veines de Lizzie. C'était de la pure folie. Mais elle en avait envie. Pas seulement pour tenter une aventure, mais parce qu'elle était véritablement excitée. Son cœur battait furieusement, et des nœuds se formaient dans son estomac, appelant ses doigts à quelques manipulations bénéfiques.

La bouche soudain sèche, elle but une gorgée de son eau. Les yeux de John la perçaient jusqu'à son âme.

— Allez, je vous prie ! Personne ne vous verra.

Il se pencha légèrement vers elle.

— Nous avons la table la plus discrète, et cette longue nappe permet de cacher bien des mystères.

Sa langue refit son passage sensuel sur sa lèvre inférieure.

— Vous n'êtes sans doute pas la première professionnelle à faire cela ici. Nous sommes dans l'antre du péché. Si vous saviez les programmes pornographiques que proposent les télévisions, dans les chambres…

— Vraiment ?

Momentanément distraite par ces paroles, Lizzie réfléchit. À en croire le récit de Brent à propos de cet hôtel, tout était possible.

— Vraiment. Maintenant… me feriez-vous honneur, magnifique demoiselle ?

Reprenant son souffle, Lizzie laissa innocemment tomber sa main sur ses genoux, puis se pencha au sol comme pour y attraper son sac et en profita pour ajuster la nappe afin qu'elle tombe généreusement sur ses cuisses.

Sous le regard attentif de John, qui jouait distraitement avec le brocoli piqué au bout de sa fourchette, elle entreprit de retrousser les différentes couches de jupons, de plus en plus haut. Avec une simple robe d'été, cela aurait été bien plus facile, mais elle assumait ses goûts vestimentaires et s'en accommoda.

Enfin, elle arriva à l'élastique de son bas, puis à la jarretelle qui la mena à sa peau nue. Affichant un calme olympien, elle glissa l'index et le majeur sous l'élastique de sa culotte, longeant le haut de sa cuisse jusqu'à sentir les premières boucles de sa toison.

— Avez-vous terminé votre plat ? s'enquit soudain John avant de se tourner vers le serveur qui venait d'apparaître de nulle part pour emporter leurs assiettes.

Des gouttes de sueur perlèrent sur le décolleté de la jeune femme, puis glissèrent entre ses seins et jusqu'en bas, se mêlant aux divers flux déjà présents. Elle se sentit rougir et se demanda si le serveur s'était rendu compte de quelque chose.

— Je pense que nous avons fini, déclara John en désignant leurs deux assiettes du menton. Pourriez-vous nous laisser seuls une dizaine de minutes avant de venir nous apporter la carte des desserts ?

— Bien sûr, opina le serveur tout en débarrassant avant de disparaître en cuisine.

N'avait-il eu d'yeux que pour sa tâche ? Ou avait-il remarqué les joues rosies de sa cliente, dont les mains étaient étrangement dissimulées sous la table ? Imaginait-il ce qu'elle en faisait ? Était-il aussi friand que l'était John de ces sublimes créatures se procurant du plaisir sous les épaisses nappes du restaurant de l'hôtel *Waverley* ?

Soulagée de le voir repartir, elle eut l'impression qu'il était affairé à leur table depuis des heures entières alors qu'il n'était resté que quelques secondes.

— Alors, où en étions-nous ? demanda John d'une voix traînante en grattant le pied de son verre à vin. Avons-nous atteint le cœur du sujet ?

— Eh bien, je ne sais pas pour vous, répondit-elle avec aigreur, mais pour ma part je n'y suis pas encore. J'aime prendre mon temps.

— C'est admirable. Mais je ne saurais trop vous conseiller d'y parvenir avant le retour de notre ami qui nous proposera gâteaux aux amandes, fraises et crème chantilly. (Il se pencha vers elle.) Touchez-vous maintenant, Bettie, ajouta-t-il sur le ton de la confidence. Faites-le pour moi.

Alors Lizzie agita les doigts dans ses poils pubiens ; cela aurait été plus aisé si son épilation avait été plus soignée, en un maillot brésilien net, mais John ayant évoqué ses préférences pour le naturel elle n'y avait plus touché.

Avec un soupir hésitant, elle parvint à son but et caressa doucement son point sensible. Bon sang, elle était plus humide que jamais ! Elle se félicita d'avoir opté pour un jupon dont l'épaisseur des diverses couches lui assurait une discrétion totale lorsqu'elle aurait à se lever.

— Avez-vous déjà traversé une forêt tropicale ?

La question inoffensive portait une tout autre dimension au travers du pli malicieux que prirent les lèvres de John en prononçant ces mots. Il demandait dans quelles dispositions elle se trouvait et souhaitait une réponse.

— Non, mais j'en imagine aisément l'atmosphère. Chaud. Humide. Chaque élément suintant d'une lourdeur sensuelle.

— Magnifique. J'aimerais m'y trouver à cet instant. Pourriez-vous me donner plus de détails ?

Elle ne voulait pas parler mais agir, manipuler l'objet de son désir tout en se plongeant dans les yeux bleus de son partenaire de tablée. Des yeux plus sombres qu'à l'ordinaire, aux pupilles dilatées ; il était dans le même état d'excitation qu'elle, sans doute dur comme la pierre sous la nappe blanche.

— Vous n'avez qu'à faire fonctionner votre imagination, John. C'est très facile si vous avez parcouru la région par le passé. Vous savez qu'il y fait sombre, que l'air y est chaud… et moite. Une créature étrange y vit, recluse dans une grotte noire.

John partit d'un rire franc, et Lizzie se surprit à s'amuser également. La scène prêtait effectivement à sourire. Pourtant, en passant par l'humour ils atteignaient le degré souhaité de sensualité. Il y avait un temps pour les choses sombres et mystérieuses, mais le sexe était un jeu qui se pratiquait aussi avec légèreté.

— Oh oui, j'ai rencontré cette créature ! acquiesça John. C'est un petit organisme demandeur et empreint de tendresse, capable de réactions enchanteresses.

— Oui, il répond positivement à vos stimulations, docteur Ushuaïa. Vous semblez doté des compétences requises pour le sortir de sa caverne.

Le visage de son interlocuteur sembla se crisper pour ne pas rire.

— Je ne suis pas en mesure de partir en exploration pour l'instant. Me feriez-vous le plaisir de me décrire la situation de la créature ? En testant ses réponses à la stimulation ?

— Si vous le souhaitez.

Les yeux bleus semblèrent l'inviter à l'évasion. Étourdie, elle ajusta l'angle de son poignet et reposa le majeur sur son clitoris, se délectant d'une sensation de besoin suppliant. Ce fut au tour de la jeune femme de se mordre la lèvre, emportée par un tourbillon brûlant la menant aux portes d'un plaisir encore inassouvi.

S'agitant doucement sur sa chaise en prenant soin de rester discrète, elle avança plus en profondeur dans ses investigations. De légers mouvements suffirent à la faire soupirer.

— Vous devez maîtriser la créature, Bettie, ordonna John. Prenez-la en main, mais ne la laissez pas encore s'envoler. Offrez-lui d'abord le traitement le plus délicat, mais ne cédez pas encore à ses caprices.

Facile à dire, idiot !

Il avait les deux mains posées sur la table, mais il serait si excitant de le voir dans la même situation périlleuse, la main autour de son membre sans doute déjà érigé. À peine quelques minutes plus tôt, elle l'avait arrêté dans son élan, mais le regrettait à présent.

— Il est trop tard pour ça. Vous avez laissé passer votre chance. Vous m'avez dit d'arrêter.

Qu'il aille au diable, lui et sa fichue télépathie!

Comment parvenait-il à lire dans ses pensées? Son expression béate devait trahir son excitation frustrée, au travers de ses joues empourprées et de ses yeux pétillants.

— Vous m'observerez plus tard, Bettie…, lorsque nous ferons une petite promenade. Je m'offrirai en spectacle pour vous seule. Seulement si je le désire.

Jusqu'à présent, John s'était montré taquin et joueur, mais dans son regard soudain sombre elle vit réapparaître le maître qui sommeillait en lui. D'une voix grave, rauque, uniquement destinée aux oreilles de la belle, il murmura :

— Caresse-toi… Fais-le. Je te l'ordonne.

Avec une maîtrise infinie, elle accéléra le rythme et garda une pression constante sur son sexe enflé de passion. La tête rejetée en arrière, elle se balança doucement, se laissant envelopper d'un voile revigorant, peinant pour ne pas tendre les jambes, et elle se mit à respirer par saccades. Elle avait une envie folle d'écarter les cuisses et de se masser contre le bois de sa chaise.

Mais c'était interdit. Elle ne pouvait que se plonger dans le regard azur de John et jouer de ses doigts.

— Fais-tu ce que je te demande ?

— Ou… oui.

— Es-tu proche de la délivrance ?

— Oui, très proche.

Son souffle était court. Elle semblait flotter, légère comme une plume.

— Ne succombe pas, poursuis ton labeur.

Les doigts s'agitant encore et encore, Lizzie voulut détourner son regard de lui lorsqu'elle sentit que ses joues s'empourpraient. Mais il désapprouva et tendit la main pour attraper celle de la jeune femme qui restait inerte, posée près de son assiette. Il referma les doigts sur les siens, puis toucha doucement son poignet pour sentir son pouls. Par ce seul contact, il lui était facile de sentir la tension qui régnait en elle sans avoir à lire dans ses yeux.

Autour d'eux, les nombreux clients semblaient emprisonnés dans une bulle de déni. Personne ne les regardait. Jouaient-ils leurs propres jeux, dans leurs propres sphères parallèles ?

— Fais de petits cercles avec le bout de ton doigt, ordonna-t-il dans un souffle. En rond, encore et encore, mais ne cède pas !

Le délice se mêla peu à peu à l'agonie. Le corps entier de Lizzie se crispait pour maîtriser la pression exercée sans s'abandonner à un orgasme fulgurant. Tenant toujours son poignet d'une main, John se servit de son autre main pour boire une gorgée de vin. Elle ne put que contempler l'humidité des lèvres de son maître et l'ondulation de sa pomme d'Adam lorsqu'il déglutit. Son désir se vit décupler.

—Arrête. Maintenant, ne bouge plus. Tes doigts restent immobiles sur ton intimité.

Puis, tout en sirotant encore son vin, il tourna son pouce posé sur le pouls de la belle dans le sens des aiguilles d'une montre, tout doucement, et ce fut comme s'il prenait le relais entre ses cuisses. Le mouvement fut plus efficace encore que si elle s'y prenait elle-même.

—Maintenant… enfonce ton doigt. Pars à l'exploration. Comme ce matin.

Elle lui obéit, tordant son poignet, le corps frissonnant d'impatience, et poussa un soupir.

—J'aimerais y être, susurra John. J'aimerais être en toi… si loin en toi…

Ses cils papillonnèrent. Cet homme était l'incarnation même de la volupté. Sa voix chuta encore d'une octave, si basse qu'il mima presque ses paroles.

—J'aimerais être dans ton cocon douillet, enfoncé jusqu'à la garde, entouré de ta soie incandescente.

Les mots, le contact sur son poignet, c'en était trop. Elle appuya à peine plus fort du bout du pouce et laissa son corps glisser dans les ténèbres de l'orgasme. Sa colonne vertébrale tout entière menaça de s'effondrer, mais la main fermement agrippée à son poignet lui procura la force de se tenir droite malgré le poids écrasant du plaisir.

Ses yeux bien fermés ne pouvaient en aucun cas s'ouvrir pour regarder John. Pourtant, elle se sentit plus proche de lui que jamais, plus proche qu'elle ne l'avait été de quiconque jusqu'à présent.

— La carte des desserts ? Oui, nous allons la consulter. Merci.

Lizzie rouvrit brusquement les yeux et découvrit avec effroi que le serveur se tenait juste à côté d'elle. Depuis combien de temps était-il là ? Qu'avait-il vu ou entendu ? S'était-elle évadée longtemps, une main dans sa culotte et l'autre serrée par celle de John ? Étrangement, le jeune homme demeura impassible. Soit il n'avait rien vu de la scène, soit il était habitué à ce type de tripotage parmi la clientèle libertine du *Waverley*. Le suivant du regard alors qu'il s'éloignait, Lizzie retira vivement sa main de l'emprise de John et l'autre de son sous-vêtement, puis elle essuya fébrilement ses doigts sur sa serviette de table dans l'espoir de recouvrer un semblant de raffinement.

— Pourquoi faites-vous cela ? s'indigna John. Je pouvais vous demander de vous délecter de votre plaisir ou de me laisser vous savourer moi-même.

Le doux son de la voix de son compagnon lui fit soudain tourner la tête vers lui. Il observa brièvement les doigts de la jeune femme reposant encore sur la serviette. Malgré la propreté nouvelle de sa main, Lizzie eut la sensation de sentir encore au creux de sa paume la semence de l'acte qu'elle avait accompli sous les ordres de son maître.

— Ce n'était pas hygiénique, se défendit-elle finalement. Après tout, je n'ai pas terminé mon repas.

En prononçant ces mots, elle prit conscience de la note guindée et vieux jeu que prenait son ton. Presque affolée, elle imagina les reproches de sa grand-mère : « Ce n'est pas correct ! Les jeunes filles ne se tripotent pas là, en bas, et encore moins à table ! » Chose idiote, puisque l'aïeule n'aurait jamais accepté l'idée qu'il existe un « là, en bas » chez une femme ; c'était proscrit et tabou.

Le comportement de Lizzie n'était certainement pas digne d'une escorte professionnelle qui se serait volontiers adonnée aux petits jeux imposés par son client et serait allée bien plus loin que ce que la jeune femme osait se permettre. Hélas, peu importaient ses qualités de call-girl improvisée, c'était là une fausse identité, et elle ne pouvait se défaire de certaines valeurs profondément ancrées en elle.

— Pourtant, pour quelqu'un d'obstiné je vous trouve plutôt docile, insista John avec un sourire rusé. Plus tard, je vous ferai sévèrement regretter votre manque de discipline. Nous en avions pourtant parlé au téléphone.

L'envie de voluptés charnelles germait de nouveau en elle. Déjà !

Sa peau la chatouillait, s'inventant les sensations délicieusement douloureuses de la punition promise par John. Lizzie baissa les yeux sur les mains de cet homme. Il les avait pour l'instant reposées sur la table, mais elle savait qu'il était capable de les doter d'une force implacable le moment venu. S'agitant sur son siège, elle imagina leur rigueur appliquée sur sa croupe.

— Sachez que je ne suis docile que lorsque je le veux bien. Lorsque le compteur tourne. Mais, en dehors de mes heures, je suis mon propre patron. Je fais ce que je veux.

— Mais le compteur tourne, Bettie. Je vous paie à cet instant même. L'enveloppe est juste là, si vous la voulez.

Il tapota sa veste à l'emplacement supposé de sa poche intérieure.

— C'est pourquoi vous êtes sous mes ordres.

La tentation de danser selon les règles de John Smith était irrésistible. Il était si simple de céder à ses envies, et si compliqué d'y résister. Le fantasme prit forme dans son esprit : elle se toucha encore, pour lui, et lui présenta ensuite la preuve de son plaisir, lui tendant la main en inclinant la tête en signe de soumission.

Mais où vas-tu chercher toutes ces idioties, Lizzie Aitchison ?!

— Eh bien, c'est plus compliqué qu'il n'y paraît ! Ne vaut-il pas mieux éviter d'échanger des enveloppes remplies de billets dans un restaurant ?

Intrépide, elle soutint le regard de John, en s'efforçant de ne pas se laisser éblouir par ses merveilleux yeux bleus.

— Si je comprends bien, vous vous masturbez en public mais refusez d'être payée pour le faire. Voilà un système de fonctionnement bien surprenant pour une femme de votre métier.

Il lui adressa un bref clin d'œil avant de faire signe au serveur qui avait apporté la carte des desserts.

Je dois lui dire la vérité, ça a assez duré.

Les desserts listés dans le menu semblaient peser des millions de calories chacun, mais la diversion fut bienvenue aux yeux de Lizzie. Le sucre l'avait toujours aidée à réfléchir, et il y en avait assez sur une seule page pour l'élever au rang de génie intellectuel.

— Oh ! Je prendrai de cela, s'il vous plaît, ça a l'air divin !

Elle tapota la ligne décrivant une mixture insensée de chocolat, de gâteau, de caramel et de crème Chantilly.

— L'Antre aux Mille Chocolats ? Très bon choix, il s'agit de la spécialité du chef, commenta le serveur, rayonnant de joie comme s'il était lui-même le créateur de ce dessert.

— La même chose pour moi, annonça John sans même regarder son menu. Le titre suffit à me mettre l'eau à la bouche.

Sa voix était posée, voire détachée, mais Lizzie capta la pointe de tentation suggestive qu'il adressait à elle seule.

Quelques instants plus tard, ils se retrouvèrent de nouveau en tête à tête dans leur alcôve isolée, chacun faisant face à son Antre aux Mille Chocolats.

—Je suis ravi de voir que vous n'êtes pas de ces femmes qui fuient les calories.

Plongeant sa cuillère dans le chocolat fondant, il en porta un morceau à sa bouche avec un plaisir évident.

—Les femmes qui se privent sont si tristes. C'est pourtant un plaisir aussi sensuel qu'un autre.

Lizzie plissa les yeux. Derrière le charme époustouflant de cet homme se cachait un esprit macho dont il venait de dévoiler un aspect.

—Ah bon ? Vous jugez ainsi la gent féminine entière pour la seule raison que certaines d'entre nous préfèrent manger équilibré plutôt que de s'empiffrer jusqu'à l'obésité ? Reprochez-nous le déficit de la Sécurité sociale, tant que vous y êtes !

Les doigts de John se crispèrent soudain sur sa cuillère. L'avait-elle vexé ? Il ne s'attendait sans doute pas à une telle repartie venant d'une femme dont il finançait la compagnie.

—Ce n'est pas ce que j'ai dit. Simplement, certaines femmes de ma connaissance ne peuvent se trouver à moins d'un mètre d'une calorie sans paniquer. Je suis heureux que vous savouriez votre dessert, voilà tout. Parce qu'il est véritablement divin.

—Je ne suis pas de ces femmes-là, John.

Surtout si les connaissances dont il parlait étaient de vraies professionnelles.

— Effectivement, vous êtes différente des autres femmes…, des autres call-girls que j'ai connues.

Il se pencha en avant, plongeant son regard dans les yeux sombres de son interlocutrice ; de toute évidence, il avait déjà oublié son coulis de chocolat.

Je devrais lui dire. C'est le moment idéal.

Lizzie ouvrit la bouche, s'apprêtant à prononcer la célèbre phrase : « Je dois vous avouer quelque chose… »

— Allez, Bettie, mangez, l'encouragea-t-il, subitement repris d'un accès de folie pour son Antre aux Mille Chocolats. J'avais très envie d'une promenade, mais le ciel me paraît soudain menaçant.

Suivant son regard qui scrutait maintenant par la fenêtre, Lizzie observa les jardins du *Waverley* et son parc foisonnant. Un peu plus tôt, le soleil illuminait la verdure, mais les nuages faisaient peu à peu leur apparition. Il ne faisait pas sombre ; enfin, pas encore.

Toutefois, en compagnie de John Smith, le soleil semblait briller de ses plus beaux feux.

8

Un temps de chien

Pourquoi ne lui ai-je encore rien dit ?

Est-ce un rendez-vous galant ?

Allons-nous le faire dehors ?

Pleuvra-t-il ?

Les questions bouillonnaient dans l'esprit de Lizzie tandis qu'elle sortait des toilettes des dames pour se rendre dans le hall de l'hôtel et y retrouver John. Elle pensait faire vite, mais fut retardée par un nombre incalculable de vérifications et de rectifications de sa coiffure, de sa tenue, de sa toilette. Était-elle munie de préservatifs, de lingettes et d'une culotte de rechange ? En bref, de son kit de prostituée ?

En marchant dans le hall, elle ralentit le pas et le chercha du regard. Et s'il n'était plus là ? Après tout, le client est roi ; il était en droit de changer d'avis.

C'est peut-être un rêve. J'ai tout imaginé. Ce qui m'arrive est trop fou pour être bien réel.

Il était pourtant là, sur la terrasse de pierre, les mains enfoncées dans les poches de sa veste de costume bleu nuit et le regard perdu sur la pelouse qui s'étendait devant lui. Lizzie s'attendait presque à le voir se prélassant sur un banc, fidèle à son esprit de relaxation, mais il arborait au contraire une mine légèrement inquiète, comme s'il voyait au-delà de l'herbe, des arbres et du ciel de plus en plus nuageux.

Sur le point de tout annuler, elle eut envie de reculer, mais John se tourna soudain vers elle, plus rayonnant que le soleil malgré la grisaille surprenante de ce début d'après-midi. Son sourire rassuré laissait croire qu'il avait craint, l'espace d'un instant, que son rendez-vous ne prenne ses jambes à son cou.

Les yeux levés au ciel, il déclara à Lizzie qui s'approchait :

— La pluie devrait nous épargner. Au pire, quelques gouttes d'eau n'ont jamais tué personne. Seriez-vous tentée par une petite promenade ?

Elle saisit avec plaisir le bras qu'il lui offrait d'un geste d'une courtoisie presque désuète. Le seul fait de le toucher conférait à Lizzie un sentiment étrange d'équilibre qu'elle ne ressentait qu'avec lui.

Flânant bras dessus bras dessous, ils se dirigèrent vers un petit chemin de terre qui sillonnait jusqu'à l'entrée d'un bosquet. Avançant vers les arbres, Lizzie se demanda s'il arrivait régulièrement que des amants flânent par ici dans le but de changer d'air après être restés trop longtemps enfermés entre les quatre murs des chambres de chintz.

Au moment où ils s'apprêtaient à franchir la limite entre les jardins rassurants et une aventure dans les bois, John marqua une pause, dégagea doucement son bras de celui de Lizzie, puis plongea la main dans sa poche intérieure.

— Au cas où l'effervescence me la fasse oublier.

Il lui tendit une épaisse enveloppe.

Maintenant ! Dis-lui maintenant !

— John, je dois vous avouer quelque chose.

Elle saisit nerveusement l'enveloppe. Bon sang, elle était vraiment lourde ! Combien de billets avait-il glissés là-dedans ?

— Ah non ! Pas de conversation sérieuse maintenant, s'il vous plaît. (Ses sourcils froncés accentuèrent les petites rides qui commençaient à se former sur son front.) J'attendais cette petite excursion avec impatience, ne me gâchez pas mon plaisir. (Avec un nouveau clin d'œil, il arbora cet air de Don Juan dépravé dont il avait le secret.) Vous me comprenez, j'espère ?

— Oui, je vois… Seulement, je…

L'index qu'il posa sur ses lèvres lui coupa la parole.

— Chut ! Rien de sérieux. C'est moi qui décide.

Sa voix rauque comme le grondement d'un moteur lui fit comprendre qu'elle n'avait pas à discuter. Le maître était de retour.

— Oui. C'est vous qui décidez. Désolée.

— Inutile de vous excuser. Pour l'instant.

Sans lui laisser le temps de réagir, John s'empara de son sac et jeta un coup d'œil à l'intérieur.

Lizzie se mit à rougir. Les préservatifs et la culotte de rechange étaient bien en évidence, et John sourit, mais sans faire aucune remarque. Il lui prit simplement l'enveloppe des mains, la rangea à l'intérieur, puis tira la fermeture Éclair avant de rendre le sac à sa propriétaire.

— Voilà qui est réglé.

Fier de lui, il prit Lizzie par la main et l'emmena sur le petit chemin de terre.

Le sentier était trop étroit pour les laisser marcher côte à côte, mais la manière dont John tenait fermement la main de Lizzie lui apporta un étrange sentiment de sécurité ; pourtant, un homme qu'elle connaissait à peine l'emmenait au cœur d'un bosquet à l'abri des regards indiscrets. Les vieux arbres, qui les dominaient de leur hauteur imposante, cachèrent bien vite l'accès aux jardins du *Waverley* derrière eux. C'était comme de s'aventurer dans une longue expédition vers l'inconnu. Les oiseaux chantaient, les branches bruissaient, mais les craquements qui commencèrent à les entourer ne rassuraient pas la jeune femme, qui serra plus fort la main de son partenaire.

—Vous n'avez pas peur, si? Il n'y a pourtant aucune créature sauvage à l'horizon.

—Je n'en vois qu'une: vous, monsieur Smith.

Il sourit.

—C'est vrai. Mais avançons-nous un peu plus loin. En venant courir par ici ce matin, j'ai repéré un très joli coin.

« En venant courir » ? Aussitôt, Lizzie l'imagina parcourant le sentier au pas de course, vêtu d'un survêtement de sport. Voilà la raison de sa forme physique.

Ils arrivèrent très vite à ce qui était sans doute ledit « très joli coin »: c'était une petite clairière isolée au cœur des vieux chênes et où un seul tronc était coupé auprès d'une mare ceinte de mauvaises herbes. Sous leurs pieds, la mousse foisonnait. Lors de belles journées, le soleil devait illuminer l'endroit, le rendant magique et propice à toutes sortes de rites, sacrés comme charnels.

Ne perdant pas une minute, John se retourna vers Lizzie, retira le sac qu'elle portait à l'épaule et le laissa tomber à terre. Puis il la prit dans ses bras et l'embrassa langoureusement tout en la serrant avec force contre lui. Elle l'étreignit à son tour afin de lui rendre son baiser et le sentit dur, très dur contre son ventre.

John savourait cette bouche qu'elle lui offrait tout en pressant son membre rigide contre elle.

— J'ai eu cette envie dès l'instant où vous êtes entrée dans le restaurant, susurra-t-il dans son cou, brisant leur baiser pour couvrir à présent de ses lèvres la peau douce de sa nuque. L'envie de vous embrasser, et de vous faire bien d'autres choses encore.

Il mordilla doucement le lobe de son oreille.

— Tout le temps du repas, j'ai eu envie de vous allonger sur la table et de faire courir mes mains sur vous jusqu'à vous entendre crier.

Les hanches de Lizzie ondulèrent sous lui, contre la bosse formée par ce pantalon qui renfermait sans doute de quoi, effectivement, la faire crier de plaisir.

Mais John avait encore d'autres moyens de la mener à l'extase, des moyens plus sombres, plus discutables. Avait-il l'intention de la posséder sans cérémonie ou comptait-il jouer un peu avant de lancer les hostilités ?

S'emparant de nouveau de sa bouche, John poussa un gémissement tandis que Lizzie se mouvait savamment contre lui. Leur baiser dura longtemps, les menant à l'agonie tant leur désir charnel se faisait pressant.

S'écartant brusquement, haletant, il posa sur elle un regard sauvage.

— Non, ça va trop loin, trop vite. J'ai besoin de ralentir le rythme pour prendre le temps de vous faire ce que j'ai en tête.

Sa main se posa lourdement sur l'épaule de la jeune femme et la força à se baisser.

— Mets-toi à genoux. Maintenant.

Lizzie était prise de vertiges, mais elle s'exécuta et ne fit pas attention à l'humidité de l'herbe sous ses genoux. Seul comptait John, lui et ses mains qui ouvraient fébrilement son pantalon afin de dévoiler son érection aux yeux de la jeune femme.

Sans l'ombre d'une hésitation, il posa la main derrière la tête de Lizzie et ramena ses lèvres contre le bout de son sexe, imposant l'entrée d'un geste impérieux.

— Au travail, catin, chuchota-t-il d'une voix rauque.

D'un bref mouvement, il pénétra dans sa bouche soyeuse et la gratifia de balancements impitoyables. La position pouvait sembler inconfortable, pourtant Lizzie se sentait vivifiée et avait envie de hurler de joie, se sentant délicieusement utilisée pour le seul plaisir de son ravisseur.

John poussa des grognements presque sauvages, la tenant fermement et s'assurant un plaisir sans réserve en s'agrippant à ses cuisses pour se garantir de meilleures sensations. Lorsque les premiers signes de l'extase approchèrent, elle se délecta de voir cet homme jusqu'à présent si distingué, si élégant, se mettre soudain à gémir et à jurer avec vulgarité.

Dans un accès de fureur, John se balança contre les lèvres de Lizzie de plus en plus violemment, puis la délivrance se fit foudroyante, et il ne lâcha la tête de sa victime qu'après en avoir fini avec elle.

Son torse se soulevait au rythme de sa respiration, et il tanguait, à bout de forces, mais Lizzie l'aida à tenir debout, ne libérant son sexe emprisonné dans sa bouche qu'après un instant de silence.

Entre ses cuisses se fit sentir l'impatience de rencontrer de nouveau le sexe de John, mais ce n'était qu'une question de temps avant qu'il soit prêt à recommencer.

— Oh…, c'était délicieux ! commenta John d'une voix redevenue douce et avenante.

Sa main se faisait plus câline et caressait les cheveux de Lizzie, titillant le ruban qui les gardait noués. Elle prit alors conscience que dans sa folie il avait à moitié défait la queue-de-cheval qu'elle avait soigneusement arrangée.

— C'était exceptionnel…

Enroulant le ruban autour de son poignet, il le glissa ensuite dans sa poche, comme s'il le gardait pour plus tard, et contempla la chevelure noire cascadant autour de son visage de porcelaine.

Elle ne fit pas un geste ; il ne lui en avait pas donné la permission, or c'était lui qui tenait les rênes, à présent.

La manière dont il avait assailli ses lèvres pulpeuses avait momentanément défini leurs rôles respectifs.

Encore tout proche de Lizzie, il passa doucement la main dans ses cheveux de jais et les fit retomber sur son sexe temporairement au repos. Au doux contact de sa chevelure, il tressaillit, son désir se ravivant peu à peu.

— Pardon de parler aussi crûment, mais permettez-moi de vous dire que vous êtes une suceuse hors pair.

Dans la paume de ses mains, il saisit le délicat visage, laissant ses doigts courir encore un peu dans ses cheveux.

— La meilleure que j'aie jamais connue.

— Ne m'attribuez pas tous les honneurs, je n'étais pas le parti le plus actif de notre interlude, mais plutôt le vaisseau dont vous étiez le pilote.

Il lui lança un regard taquin et légèrement plissé.

— La réceptivité et la passivité requièrent des qualités pointues dont vous êtes dotée, cela ne fait aucun doute.

Lui caressant la tête une dernière fois afin de ponctuer son discours, il porta ensuite son attention sur ses propres vêtements et rangea proprement son membre dans son pantalon. Légèrement déçue, Lizzie regretta de ne pas se voir offrir l'opportunité de lui montrer encore ce dont elle était capable.

— Retirez tous vos vêtements, Bettie. Je veux voir votre corps lascif totalement dénudé.

Bien que sa requête ne soit pas une surprise, elle ressentit tout de même une pointe de gêne. L'hôtel n'était pas loin, et, s'ils avaient pu trouver ce chemin, n'importe quel autre client parti en promenade le pouvait également. Levant les yeux au ciel, Lizzie remarqua que les nuages noircissaient dangereusement et annonçaient une pluie diluvienne.

— Mais… il fait sombre. Il risque de pleuvoir d'une minute à l'autre.

— Ah, mais c'est justement mon souhait, ma belle Bettie ! Et je me fiche qu'il ne fasse pas soleil. C'est vous, mon soleil.

L'espace d'un instant, il posa sur elle un regard étrange, presque gêné, puis reprit ses esprits et lui sourit.

Je ressens la même chose pour vous, John Smith. Tel un astre, vous illuminez ma vie…

Même dans l'obscurité que leur imposaient les nuages, John était pareil à un ange, ses cheveux auréolant son visage coquin d'une aura de sérénité. Un sentiment soudain la fit frissonner de doute : pour lui, elle était prête à tout. Et le fait de se dénuder en plein cœur de l'après-midi, avec une très forte probabilité de se faire surprendre par un promeneur, n'était rien en comparaison de ce dont elle était capable pour lui.

En plus, il te paie pour le faire. Alors n'hésite pas une seconde.

Le souvenir de sa double identité et du dilemme qui la tiraillait lui revint comme une gifle et la fit hésiter pendant une seconde, mais le regard impatient de John balaya rapidement tous ses doutes.

Dans un effort de grâce et de volupté, elle se dévêtit devant lui. L'air était doux, mais elle tremblait malgré tout en retirant ses chaussures, sa veste, puis sa robe à jupons. Elle jeta les vêtements sur le côté sans leur accorder un seul regard, sans se soucier des heures de couture passées à les créer. Le menton haut, elle plongea dans les yeux bleus de John, le mettant au défi de trouver le moindre défaut à son corset de dentelle et à sa culotte assortie.

— Sublime, mais retirez le tout, je vous prie. Je veux vous voir nue telle une nymphe des bois.

Elle entreprit alors de dégrafer ses bas, les roulant jusqu'aux pieds avant de les retirer, puis fit subir le même sort à son corset, qui atterrit sur les vêtements entassés non loin de là. Quant à sa culotte, à peine l'eut-elle quittée que John lui tendit la main pour la réclamer. Lizzie lui donna le bout de tissu.

— Celle-ci, je la garde, déclara-t-il. Vous n'en aurez plus besoin de la journée, car je passerai les heures qui vont suivre à vous fesser et à vous posséder sauvagement. Le reste du temps, je vous regarderai jouer avec vous-même pour mon bon plaisir.

Ses paroles étaient brutales et sans pitié ; pourtant, il lui faisait comprendre d'un regard la légèreté de leurs rapports. Lizzie sentit sa poitrine durcir.

Se faufilant derrière elle, John lui murmura à l'oreille :

— Caresse tes seins, ma déesse. Je veux les voir pointer de désir.

Il semblait prendre plaisir à parler sans détour. Et elle aussi. Cet homme avait prouvé son intelligence et son raffinement, et il était d'autant plus excitant d'entendre ses mots crus. S'humectant les lèvres, Lizzie leva doucement sa main droite et titilla la pointe de son sein entre ses doigts.

Ce bout d'elle-même semblait représenter le déclencheur d'une suite de pulsions animales. Une énergie cinétique se forma dans son bas-ventre, et, tandis qu'elle continuait de caresser sa poitrine, il lui fut de plus en plus difficile de ne pas onduler des hanches dans une danse obscène.

— Tu as envie de te balancer, en avant, en arrière, n'est-ce pas ? lui chuchota-t-il contre sa nuque. Tu veux t'agiter vulgairement, telle une prostituée de bas étage… Tu veux jouer à la vraie Bettie, celle qui exhibe son corps, son entrejambe, celle qui se donne en spectacle devant un public gonflé d'excitation.

Lizzie peina à rester immobile et essaya discrètement de cesser la stimulation de sa poitrine.

— Oh non, non et non ! Pas de triche. Repose tes doigts sur la pointe de tes seins, taquine-les, mais ne bouge pas d'un millimètre. Si je te vois onduler, je te battrai… Tu en es consciente, n'est-ce pas ?

Elle opina, sachant qu'elle brûlait d'envie de sentir la punition qu'il lui promettait. C'était étrange, mais elle en avait pourtant envie. Elle voulait lui offrir sa croupe afin qu'il y déclenche un feu, qu'il la fouette sans aucune pitié. Allant à l'encontre de tout sens moral, elle souhaitait souffrir, pleurer de douleur comme de plaisir, et ce de la main même de John Smith. Elle souhaitait qu'il lui inflige les deux, sans la laisser en mesure de les différencier.

Son téton durcissant sous les assauts de son pouce et de son index, elle laissa échapper un soupir, et ses hanches tressaillirent soudain.

— Vilaine, tu vas souffrir pour m'avoir désobéi !

Amusé, John passa le bras autour d'elle pour atteindre son sein lésé et entreprit d'accroître à son tour le désir de la jeune femme, la faisant gémir et se contorsionner dans ses bras.

Le souffle court, elle s'abandonna à ses pulsions et sentit John se presser dans son dos, le sexe dur contre ses fesses nues. Tandis que d'une main il s'obstinait à exacerber sa frustration en titillant son mamelon, il glissa la seconde entre ses cuisses accueillantes.

— Quelle délicieuse traînée tu fais, si accomplie et assumée ! susurra-t-il contre les cheveux de sa victime. J'aime te sentir si impliquée. Tu rends la chose bien réelle et non simulée.

De quoi parlait-il ? Ah, c'est vrai !... Elle avait encore oublié ! Pourtant, aux yeux de Lizzie, c'était réel. Le désir, le rapport obscur et hors des sentiers battus, le plaisir, tout était bien réel. Une envie foudroyante de lui lancer la vérité au visage la fit tressaillir, mais elle ne pouvait pas… Si elle arrêtait maintenant, cela couperait court à la délectation charnelle de cet instant.

La sensation était trop exquise pour y mettre fin ; une main créait la beauté même à l'orée de ses lèvres, tandis que l'autre blessait son sein, le tout soulageant l'intensité d'un appétit vorace.

Arriva enfin l'instant tant attendu de l'extase pure et assouvie, pendant lequel Lizzie cria vers le ciel ; sans le soutien du corps de John derrière elle, ses genoux se seraient dérobés.

— Eh bien, tu as bougé de bien plus d'un millimètre ! fit remarquer John.

La belle, encore tout affaiblie, peina à reprendre ses esprits ; finalement, elle agrippa les cuisses musclées de John et y prit appui pour se redresser sur ses pieds.

— Je dirais que tu t'es accordé un véritable orgasme, ma vilaine. Tu n'en avais pas l'autorisation. Pour cela, je vais devoir frapper ton adorable croupe.

Un gémissement s'échappa de la bouche de Lizzie, partiellement feint, car tout de même sincère. Les traces de sa jouissance suintaient encore entre ses cuisses, mais elle se sentit animée d'une soif nouvelle. D'un geste provocateur, elle frotta doucement ses fesses contre l'érection que son maître ne pouvait lui dissimuler.

— Oh, ça aussi, tu y auras droit, ma coquine ! sourit-il en agitant ses hanches en retour. Mais pas aujourd'hui. Ce type d'activité requiert un minimum de préparation.

Il avait beau avoir raison, Lizzie se sentit un brin déçue.

— Ne t'inquiète pas… Bientôt…

Encore une fois, John semblait lire dans ses pensées. Cette réflexion la ramena brutalement sur terre.

— Ça ne va pas ?

Sa voix se fit soudain grave et inquiète, totalement hors de tout contexte sexuel. Il semblait se faire du souci pour elle, comme un amant ou un ami.

— Si, tout va bien… Merci. S'il y a un problème, je crierai : « chintz ». Ne vous inquiétez pas.

Avec un petit rire rassuré, John promena ses mains sur le corps de la jeune femme.

— Ta peau est si douce…

D'un geste vif, il l'attrapa par les épaules et l'obligea à se retourner pour la regarder dans les yeux. Puis, sans prévenir, il fit glisser sa veste de ses épaules carrées et l'étala sur le tronc d'arbre.

— Assieds-toi.

Prise au dépourvu, Lizzie s'exécuta, stupéfaite de le voir si attentionné. Dans le jeu de dominant et de dominé auquel ils s'adonnaient, elle était sa créature. Pourtant, tel un preux chevalier, il avait déposé sa cape pour le confort de sa damoiselle.

— Tout va bien, c'est sûr ?

Sa voix laissait encore transparaître une note d'inquiétude tandis qu'il prenait le joli visage de Lizzie d'une main et son poignet de l'autre.

— Je vous ai vue frissonner. Ce que nous faisons est intense, je ne voudrais pas que vous en souffriez.

— Je vais bien, je vous assure.

Un petit rire menaçait dans sa gorge, pourtant elle voyait bien qu'il était sérieux.

— Pourquoi vous faire tant de souci ? Seriez-vous infirmier ?

John lui adressa un sourire apaisé, puis serra doucement sa main avant de la relâcher.

— Du temps où j'étais jeune scout, on m'a discerné le badge des premiers secours. Je sais de quoi je parle.

En un instant, elle l'imagina jeune garçon. Un adolescent au visage d'ange et aux jolies boucles blondes. Il devait être adorable. C'était le cas encore aujourd'hui, son charme divin n'étant que magnifié par les nombreuses saisons qu'il avait vues passer.

— Me voilà rassurée, déclara-t-elle. Je ne plaisante pas ! ajouta-t-elle devant la mine dubitative de John. Et puis je ne doute pas que le short vous allait à ravir.

— Petite insolente !

D'un geste hésitant, elle posa la main sur la cuisse de John, se délectant de ses muscles toniques, puis la glissa un peu plus haut. Ses phalanges frôlèrent la bosse formée sous le lin de son pantalon, aussi ferme et tonique que les muscles de sa cuisse. Lorsqu'elle appuya légèrement, elle le sentit réagir, mû par un instinct animal.

— Que faites-vous, belle Bettie ? susurra-t-il en levant un sourcil, mais sans rien faire pour la repousser.

Les mains posées négligemment sur le tronc d'arbre, il semblait la mettre au défi d'entreprendre quelque activité impudente.

— Je pensais… suivre notre programme habituel.

Incapable de résister à la tentation, elle courba le poignet et enveloppa de sa paume l'érection glorieuse et brûlante, même à travers le tissu de lin et de son sous-vêtement.

— Je tenais à m'assurer de votre endurance, après la petite gâterie de tout à l'heure. Voyons si votre engouement reste intact.

D'un toucher délicat, elle poursuivit son exploration.

— En votre présence, mon engouement est insatiable. Je ne résiste pas à votre audace. D'ailleurs, elle mérite châtiment, vous en êtes consciente ?

Avec vous, tout mérite châtiment. Je finis par vous connaître.

Pour toute réponse, Lizzie ouvrit sa braguette et plongea la main à sa rencontre. Devant tant de tension et d'impatience, elle eut envie de le réjouir une seconde fois, mais cette fois en y apportant son savoir-faire et ne pas être un simple réceptacle au plaisir de John. Elle s'imagina suçant délicatement la couronne de son sexe, massant simultanément ses testicules.

Mais, dès que Lizzie fit le geste de descendre gracieusement du tronc d'arbre pour s'agenouiller devant lui, il la retint et murmura :

— Non… J'ai envie d'autre chose. Gardons cela pour plus tard, à l'hôtel par exemple.

Docile face aux volontés de John, Lizzie attendit calmement ses instructions, tout en gardant la main dans son pantalon, comme pour le provoquer. Un éclair scabreux transparut dans le regard que John promenait sur elle, puis de lourdes gouttes de pluie s'échappèrent des nuages noirs pour venir s'écraser entre leurs corps échaudés.

La pluie qui mouillait le visage de John ne sembla en rien l'affecter. Seule la poigne de Bettie enveloppant son membre occupait ses pensées. Dans un mélange paradoxal de fermeté et de légèreté, ce geste assumé lui donnait un sentiment de bien-être. Il aimait son toucher. Maîtrisé. Propre.

Malgré son envie de la laisser s'agenouiller devant lui, il fut gagné par le désir que faisait naître en lui la vision de son corps nu, des courbes de sa croupe reposant délicieusement sur sa veste. La tentation était irrésistible. La vision prit forme dans son esprit : le visage de la belle collé au tronc d'arbre tandis qu'elle s'offrait aux envies de ses mains habiles, voire aux impacts d'un objet se prêtant idéalement à la punition. Autour de lui, la nature lui offrait la possibilité de trouver de tels instruments. Il imagina les fesses immaculées de la jeune femme rayées d'une strie rouge et se mouvant frénétiquement dans l'espoir de surmonter plaisir et douleur. Elle répondait si divinement à la discipline. Le don était inné en elle, malgré le manque d'expérience qu'elle prenait tant de soin à lui cacher.

Peu lui importait qu'elle soit novice ou non, son goût pour ces pratiques était évident ; elle semblait l'assumer pleinement. La situation se prêterait à de plus amples confidences de la part de sa belle soumise, plus tard…, et ils pourraient ensuite convenir d'arrangements différents. Pourquoi pas ?

La pluie se fit plus dense et tomba en gouttes de cristal sur la peau soyeuse de Bettie et sur ses cheveux de jais qui descendaient en cascade sur ses épaules nues.

— Nous devrions rentrer, suggéra-t-elle, les yeux levés vers les nuages menaçants qu'elle discernait entre les branches d'arbres, au-dessus de leurs têtes.

Fermant les paupières, elle parut savourer la pluie qui mouillait son visage, mais ne lâcha pas pour autant sa douce prise sur le membre érigé en son honneur. Son contact était électrique. Rien de semblable aux éclairs qui menaçaient de les foudroyer à tout instant si le temps se détériorait encore, mais plutôt telle une énergie vivifiante, lui procurant un sentiment de puissance et de réconfort comme à l'époque où il était ce scout dont il lui avait parlé.

La présence de Bettie, assise à ses côtés, sous la pluie, avait ce pouvoir étrange de balayer les obstacles et les coups durs qu'il avait dû surmonter pendant toutes ces années. Son regard était neuf et frais sur le monde de possibilités qui l'entourait.

— Non, restons encore un peu. Vous n'êtes pas en sucre, rassurez-moi, la taquina-t-il en saisissant son poignet pour, à regret, le retirer de son pantalon.

Vous n'avez pas froid aux yeux, avec moi.

D'un mouvement gracieux, il porta la douce main à ses lèvres pour l'embrasser avant de la reposer sur les genoux de la belle.

De ses yeux émanait un désir affamé, presque sauvage, qui confirma les soupçons de John : comme lui, elle était saisie par cet instant magique.

De nous deux, belle Bettie, je suis le plus anxieux. J'ai peur de mes sentiments pour vous.

Toutefois, cela n'allait certainement pas l'empêcher d'aller plus loin encore dans cette aventure exquise qu'il partageait avec cet ange tombé tout droit du ciel pour débarquer dans sa vie.

— Bien sûr que non, je ne suis pas en sucre ! Et puis je ne porte rien que la pluie ne puisse abîmer, n'est-ce pas ?

Sur ces mots, Lizzie baissa les yeux sur son corps entièrement nu et rit aux éclats. Voilà qu'elle était assise, dévêtue, au milieu d'un bois et sous une pluie battante, et se sentait totalement épanouie. L'enveloppe humide recouvrant sa peau se mêlait au regard brûlant que posait John sur elle, formant un aphrodisiaque d'une intensité sans pareille. Elle le voulait plus que jamais, que ce soit directement en elle ou par le biais d'un châtiment dont la nature restait à déterminer.

— Rien ne saurait abîmer votre beauté, observa John en faisant courir ses doigts sur sa peau mouillée, se délectant du contact de leurs chairs. Je suis d'accord pour que nous revenions à notre « programme habituel », comme vous dites. Une envie soudaine me saisit de fouetter votre glorieux fessier. Maintenant, veuillez vous mettre en position sur ce tronc d'arbre parfaitement approprié à nos envies, en attendant que je choisisse mon outil.

Un outil ? Quel outil ? Elle parcourut d'un bref regard la fine ceinture de cuir qu'il portait autour de la taille. L'objet pouvait blesser cruellement, il n'y avait aucun doute. À part cela et la main de John, elle ne voyait pas d'outil à l'horizon.

Lui prenant le bras afin de l'obliger à se lever, il la somma ensuite de s'allonger sur le tronc, sa poitrine et son ventre se pressant de tout leur poids sur le bois qui n'était couvert que du fin tissu de la veste de costume. La tête de Lizzie pendait de l'autre côté, mais, heureusement, il y avait là une légère déclivité du bois qui permit à la jeune femme d'oublier la possibilité de trouver quelque scarabée coincé dans ses cheveux. Elle songea à demander à John de lui nouer les cheveux, mais il réserva un dessein différent à son joli ruban : il s'en servit pour attacher les poignets de Lizzie dans son dos.

— Magnifique, commenta-t-il sous la pluie battante.

Marquant une pause, il caressa doucement ses fesses offertes.

— Ne bougez pas et ne faites pas de bruit. Je ne serai pas long.

Oh non, il va me laisser seule ?!

John disparut entre les arbres par le chemin d'où ils étaient venus, laissant Lizzie là, seule et dans son plus simple appareil, face aux éléments d'une nature déchaînée.

9

Sous la pluie battante

Mais où êtes-vous ? Où êtes-vous ?

Les minutes passèrent avec une telle lenteur que c'en était un supplice. Sa peau et ses cheveux étaient gorgés d'eau. Au creux de son bas-ventre, un désir inassouvi la tordait de frustration. Malgré la volonté de John, Lizzie peinait à rester en place.

En corrigeant sa position sur le tronc, parviendrait-elle à se stimuler délicieusement contre le bois dur protégé par la veste ? Elle agita peu à peu les hanches, ajustant l'angle de son corps, écartant les cuisses, se balançant légèrement, mais le résultat n'en fut que pire. Elle était plus excitée que jamais et, si John n'avait pas lié ses poignets, elle se serait déjà soulagée.

En forçant sur le ruban, elle ne put que remarquer combien le nœud était solide, sans que sa position soit trop inconfortable. John maîtrisait parfaitement ce qu'il faisait. Combien de femmes avait-il attachées avant elle ? Combien de pécheresses avait-il punies ?

Des dizaines, sans doute. Qui pourrait lui résister ? Même si le BDSM n'a jamais attiré ma curiosité avant de le connaître, je ne peux faire autrement que d'adorer ces pratiques en sa présence.

Elle remua encore, cherchant le plaisir tout en sachant que l'effort était vain. À moins qu'elle n'y parvienne par la seule force de la pensée ? Impossible, même les délices que lui inspirait John Smith ne pouvaient parvenir à un tel résultat.

Malgré tout, Lizzie s'agita sur son tronc d'arbre, imaginant son maître la châtiant avant de la posséder. Elle eut beau percevoir le bruit de pas annonçant le retour de John, elle ne cessa pas de gigoter pour autant.

— Ne vous ai-je pas ordonné de rester immobile ?

En tournant la tête autant que sa position le lui permettait, elle découvrit le généreux sourire que lui adressait John avec indulgence. Mais, pour une fois, ce n'était pas son visage angélique qui retint son attention, mais la fine branche fraîchement coupée qu'il faisait claquer dans les airs d'un coup de poignet connaisseur. La flore recélait des secrets obscurs pour Lizzie qui ne sut deviner de quel arbre il avait cueilli son arme, mais l'objet semblait capable de provoquer d'intenses brûlures. Ignorant sa remarque, elle s'en autorisa une également.

— Comment êtes-vous parvenu à couper cela ? Est-ce une autre de vos qualités de scout ?

Il s'approcha d'elle prestement, faisant encore claquer son nouvel instrument d'une main, tandis que, de l'autre, il chassait une mèche qui lui tombait dans les yeux. Comme elle, John était trempé de la tête aux pieds, mais il ne semblait pas s'en soucier. Au contraire, le tissu de lin gorgé d'eau se collait à son entrejambe, dévoilant les autres pensées qui occupaient son esprit.

— J'ai toujours un couteau suisse sur moi, on ne sait jamais.

Il glissa une main dans la poche de son pantalon et en sortit l'objet en question. Il était compact, mais manifestement très efficace.

— Cela doit vous dépanner pour retirer les cailloux coincés dans les sabots de vos juments, rétorqua Lizzie.

— Vous ne croyez pas si bien dire, puisqu'il fut un temps où je l'utilisais à cette fin, répondit-il calmement en rengainant l'arme pour retourner son attention sur son fouet improvisé.

Sa réponse dérouta Lizzie. John savait monter à cheval ? Quel genre de vie avait-il mené, par le passé ? Elle ne savait rien de lui et se demanda soudain pourquoi. Généralement, lorsqu'elle rencontrait quelqu'un, son premier réflexe était de taper le nom de la personne sur Internet afin d'en apprendre le plus possible sur elle. Mais cette fois-ci, alors même que la découverte du passé de l'homme en question était rigoureusement conseillée, elle n'en avait rien fait.

Vous me faites perdre pied, monsieur Smith. Je perds le sens des priorités.

Tandis qu'il faisait reposer la branche sur le sommet de ses fesses, elle décida de bientôt rectifier cette importante omission. Elle découvrirait l'identité de cet inconnu qui l'avait ensorcelée.

— Bien. Combien de coups désires-tu, ma belle soumise ?

Il promena l'instrument sur toute la longueur de son dos, maniant la baguette comme un pinceau sur le canevas de sa peau mouillée.

— Ce n'est pas une décision qui m'appartient, fit remarquer Lizzie, frissonnant soudain.

Malgré le temps pluvieux, l'air était doux, mais la chair de poule visible sur ses bras trahissait ses craintes ; l'outil naturel qui lui infligerait bientôt l'apprentissage de la discipline semblait bien plus menaçant que la main de John ou la règle en plastique.

Mais il était maître de la situation. Dans tous les sens du terme. Au fond d'elle, Lizzie n'avait aucun doute quant à la maîtrise de son ravisseur. Il ne la blesserait que dans la limite du plaisir et n'irait pas au-delà, s'assurant ainsi de son bien-être.

— Non, en effet. Je semais simplement le doute dans ton esprit.

Son sourire éclatant rayonnait à travers les gouttes de pluie.

— Une demi-douzaine, implora-t-elle. Pas plus d'une demi-douzaine. Cette branche a l'air trop vicieuse pour que je puisse en souffrir davantage.

— Te voilà bien effrontée ! Pour la peine, je t'en ferai souffrir le double.

Menteur !

Quelque part, elle sut qu'il ne la fouetterait pas plus de six fois.

— Tu es prête ?

Elle opina, bouleversée par l'appréhension… et l'impatience.

— Garde ton calme, montre-toi docile. Je veux être fier de toi. Penses-tu en être capable ?

Elle acquiesça, doutant fortement d'y parvenir.

— Parfait. Que la fête commence.

Sans plus attendre, un sifflement retentit dans les airs, suivi du premier coup. Rien ne permit à Lizzie de tenir bon. Heureusement, ce ne fut pas si terrible. C'était presque léger…

Puis son cœur se mit à battre la chamade, et un feu électrisant l'atteignit à l'endroit même où la branche venait d'atterrir.

La douleur était terrible. Elle vida l'esprit de la jeune femme. Un cri s'échappa de ses lèvres, résonnant dans la petite clairière. Elle prit conscience que son corps se balançait de lui-même sur le tronc, ses pieds battant follement l'air.

Oh, bon sang! Et ce n'était que le premier!

Le deuxième fut meilleur... ou pire, elle ne sut choisir. C'était une deuxième ligne flambante, parfaitement parallèle à la première.

—Oh, mon Dieu! Oh, mon Dieu! scandait-elle en tordant ses poignets pour tenter de les libérer de leurs liens.

—Arrête ça, ordonna John dans un souffle.

Elle s'arrêta aussitôt.

Un autre coup claqua, cette fois plus près de son entrejambe. Il projeta le corps de Lizzie vers l'avant tandis qu'elle laissait échapper un nouveau cri.

La voyant panteler de douleur, John posa sa main fraîche sur les brûlures rougeoyantes.

—Garde ton calme, ma jolie, chuchota-t-il.

La délicatesse de son toucher la réconforta. Puis il enroula ses doigts autour de ceux de sa victime, juste un instant. Une vague de courage se répandit dans le corps entier de Lizzie grâce à ce contact bénéfique. Elle trouva ainsi la force de reprendre le dessus.

Puis il se remit à la fouetter, enchaînant les trois derniers coups. Ils étaient plus violents que les précédents, amenant leur victime aux limites du supportable. Elle garda pourtant le silence et ne bougea pas d'un centimètre, tandis que son fessier la faisait souffrir comme s'il se trouvait dans une fournaise et qu'elle ne savait où commençait et où finissait une strie.

La branche siffla encore dans les airs, mais cette fois Lizzie l'aperçut du coin de l'œil : elle volait de l'autre côté de la clairière.

Seulement six coups. Pas un de plus, exactement comme elle l'avait demandé. Elle eut envie de rire en découvrant ce qui se révélait à elle.

Bon sang, c'est vraiment moi qui tiens les rênes, alors ?!

— Tu es douce, chuchota John à son oreille.

Il se glissa près d'elle, se fichant bien de se rouler dans l'herbe et dans la boue, et plongea le visage dans les longs cheveux soyeux de sa belle victime, cette dernière se délectant de cette proximité tout en poussant un gémissement lorsqu'il s'allongea tout contre sa croupe endolorie.

— J'ai envie de vous, lui susurra Lizzie, le souffle encore court après une telle rossée.

Déposant un baiser passionné au creux de sa nuque, John en profita pour délier le ruban qui emprisonnait les poignets de Lizzie. Enfin libre, elle s'agenouilla et prit son ravisseur dans ses bras dans une étreinte fougueuse, sans se plaindre des brûlures que chaque mouvement réveillait sous elle. Au contraire, les rayures rougeoyantes formaient un lien entre elle et lui.

—Oh, et puis zut ! Baisons ! grogna John, à bout de patience.

Tirant sur sa chemise, il finit par arracher les boutons qui volèrent dans la boue, puis il se leva, se débarrassa de ses chaussures avant de s'attaquer à son pantalon, s'en extirpant pour le jeter sur le tronc d'arbre.

Une fois que son caleçon eut subi le même sort, il se tint droit devant elle, en dieu des quatre éléments. Attirée par son membre turgescent, elle s'approcha de lui, mais John posa une main sur son épaule afin de l'arrêter dans son élan.

—Non, je veux que vous preniez du plaisir aussi.

Il se mit à genoux à son tour et plongea la main dans la poche de son pantalon nonchalamment jeté sur le tronc.

—Je veux que vous me chevauchiez jusqu'à l'oubli, belle déesse des abîmes, déclama-t-il en tirant un préservatif de sa poche. En jouissant, je veux me plonger dans vos yeux noirs.

Sur le dos, il s'allongea parmi les branches mouillées et autres choses rampantes, et fit signe à Lizzie de le rejoindre. Puis, avec un sourire, il lui lança le petit emballage.

Non sans une certaine fébrilité, elle libéra le contraceptif en s'efforçant d'oublier son fessier douloureux. John souhaitait-il la voir opérer le fameux tour de la prostituée enfilant le préservatif à son partenaire avec la bouche ? Puisqu'elle n'avait jamais essayé, elle préféra s'abstenir de passer pour une idiote et positionna l'objet avec délicatesse, le faisant doucement rouler jusqu'au bout. Elle devina qu'il rassemblait toute sa volonté pour se retenir, car il se balançait légèrement en arrière le visage levé vers le ciel et les paupières closes. Lorsqu'elle l'enroba du morceau de latex, il ouvrit la bouche, comme s'il essayait de boire les gouttes de pluie qui tapotaient ses lèvres.

Se mouvoir de la sorte dans la boue alors que la douleur sous ses fesses était fulgurante n'était pas chose facile. Pourtant, cela ajoutait un étrange lustre à tout le processus. Lizzie se positionna à cheval sur John, une jambe de chaque côté, puis guida le membre à l'orée de son propre sexe. Son partenaire était si bien doté qu'il parut presque trop important aux yeux de la jeune femme, mais la pluie abondante ajoutait un lubrifiant efficace à l'expérience, et il entra en elle sans difficulté.

— Oh oui ! susurra-t-il entre ses dents tout en posant les mains sur les hanches de la belle.

Ses doigts pressèrent une zone sensibilisée plus tôt, ce qui la fit gémir, mais, pour une fois, il ne sembla pas le remarquer tant il était étourdi par ses propres sensations.

Oui, oui ! lui répondit-elle en elle-même, s'agitant et désirant presque le voir réveiller ses blessures. Les rainures rouges étaient des médailles d'honneur décernées par le plaisir charnel. La douleur et le plaisir que John lui procurait étaient indivisibles et se nourrissaient l'un l'autre. D'ailleurs, elle eut presque envie de l'inviter à la fesser pendant leur rapport.

Les yeux bleus de John s'ouvrirent subitement.

— Que se passe-t-il, Bettie ? À quoi pensez-vous ? Dites-le-moi… Tout de suite, ordonna-t-il en se mordillant la lèvre inférieure.

— Je… je voudrais que vous me fessiez. Maintenant.

— Vraiment ?

— Oui.

En un instant, il plaqua violemment la paume de sa main sur la fesse de sa soumise, la faisant hurler dans un mélange de martyre et d'extase. Elle s'agrippa aux épaules de John et glissa une main entre eux pour se procurer l'ingrédient qui parachèverait son ultime délectation. Leurs corps se lancèrent dans une course folle qui donna l'impression à la jeune femme de véritablement chevaucher son partenaire.

L'extase pointa le bout de son nez, et elle se laissa enivrer, la tête rejetée en arrière et les cheveux cascadant sur les épaules. John poussa un grognement rauque et féroce, se souleva au rythme de leur valse et accompagna Lizzie dans sa jouissance. Ses mains accrochées à elle lui procuraient une souffrance sans pareille, mais les brûlures l'élevèrent plus haut encore. Tandis qu'elle se laissait emporter, ses ongles s'enfoncèrent dans la peau musclée de John sans qu'elle y prête attention.

La folie ne pouvant durer éternellement, elle se laissa doucement enlacer par ses bras protecteurs. Pendant quelques minutes d'un silence essoufflé, elle ne bougea plus, pas plus que lui d'ailleurs. Ils restèrent ainsi, sous la pluie qui ne cessait de tremper leurs corps emmêlés.

Finalement, Lizzie cligna des yeux et chassa les cheveux mouillés qui étaient collés à ses paupières. Le visage de John était encore enfoui au creux de son épaule, et, lorsqu'elle abaissa le regard sur sa peau bronzée, elle découvrit les marques que ses ongles y avaient laissées.

— Je vous ai blessé, John, chuchota-t-elle en posant les lèvres sur les traces rouges et en gouttant la saveur cuivrée de son sang.

Tout contre elle, Lizzie le sentit se secouer dans un petit rire. La sensation intime et tendre de John se retirant d'elle déclencha l'apparition de petites gouttes au coin de ses yeux, qui n'avaient pas de rapport avec la pluie.

— Ce sont mes blessures de guerre, déclara-t-il fièrement en posant la main sur la joue de Lizzie.

Le sourire qu'il lui décocha était sublime.

— Oui, mais c'est une vraie blessure, sans vocation aux délices.

En s'écartant définitivement, elle savoura la caresse de ses mains viriles qui se promenaient une dernière fois sur ses fesses rosies avant qu'il revienne à d'autres rapports plus courtois.

—Ne vous en faites pas, jeune damoiselle.

Il déposa un tendre baiser sur ses lèvres.

—Je les exhibe avec fierté après l'expérience que nous venons de partager. Si vous aviez griffé mon dos entier, je sourirais encore.

—Tout de même, douta Lizzie en s'asseyant près de lui, grimaçant à la rougeur encore sensible sous elle.

—Il n'y a pas de « tout de même » qui tienne.

Il se redressa et tourna les épaules de la jeune femme pour évaluer l'étendue de son châtiment.

—Vous ai-je frappée trop fort ? Était-ce plus que ce que vous vouliez ?

Du bout du doigt, il caressa l'extrémité d'une strie rouge, la faisant grincer des dents.

—Non, ce n'était pas trop…, mais plus que ce que je permets, en général.

Ce qui était vrai, après tout. Elle n'avait jamais permis à aucun homme de la faire souffrir autant, car elle n'avait encore jamais joué à ce jeu-là.

—Je vous gratifierai d'une petite compensation.

Il lui prit la main et y déposa un nouveau baiser.

—J'adapterai nos tarifs, et y ajouterai une sorte de prime de risque.

— Ne soyez pas ridicule, John. Vous me payez déjà plus que de raison.

Elle marqua une pause. Était-ce le moment de tout lui dire ? Fallait-il profiter qu'il soit détendu par son récent plaisir ?

— Écoutez, je dois vous dire quelque chose…

Il posa un doigt en travers des lèvres de la jeune femme et leva les yeux vers le ciel, laissant la pluie tomber sur ses joues.

— Ce n'est pas le moment. Nous devrions rentrer à l'hôtel et profiter d'une douche bien chaude et de serviettes propres. Et pourquoi pas d'un bon thé.

D'un mouvement souple, il se remit debout et retira le préservatif usagé sans l'ombre d'une gêne.

— Auriez-vous un mouchoir dans votre sac, ma chère ? Je suis pour l'écologie… et tout ça.

Se hissant sur ses pieds avec une moindre grâce que lui, Lizzie chercha son sac du regard, le repéra à peine protégé sous un arbre et en sortit un paquet de mouchoirs.

Leurs vêtements avaient été plus ou moins épargnés par la tempête sous l'auvent arboré, mais ils ne resteraient pas secs bien longtemps. L'air de rien, la pluie tombait de plus en plus fort. Avec une grimace, Lizzie s'apprêta à agrafer son corset.

— Non…, pas encore, la retint John. Roulez tous vos vêtements en une boule aussi serrée que possible. Nous marcherons jusqu'à l'orée du bois, enfilerons nos habits là-bas, puis courrons aussi vite que possible à travers le parc. Ainsi, ils seront moins mouillés.

Lizzie ouvrit la bouche comme pour protester, mais finalement se mit à rire. Aussi fou que son plan puisse paraître, John avait raison. Il opina du chef, fier de son idée.

— C'est une manière originale de voir les choses, vous ne trouvez pas ? ajouta-t-il en souriant.

Vous êtes un Monsieur Je-Sais-Tout, John. Mais cela ne me dérange pas le moins du monde.

Après avoir rassemblé toutes leurs affaires, ils prirent le petit sentier en suivant les instructions de John qui indiquait les meilleurs endroits où poser leurs pieds nus. Aucun doute : Lizzie vivait l'un des épisodes les plus étranges de sa vie, sans parler des séances de bondage. En suivant les règles de John, elle se sentait étrangement en sécurité. Bien qu'elle ait mieux fait de regarder ses pieds, elle préféra poser les yeux sur les fesses musclées et viriles de l'homme qu'elle suivait.

— Je sais ce que vous regardez, lança soudain John en se retournant brusquement pour la prendre sur le fait. Si je ne tenais pas tant à épargner à vos pieds les cailloux, les branches et autres obstacles, je vous sommerais de passer devant afin d'admirer à mon tour votre croupe et ma sublime œuvre d'art rougeoyante.

— Vous en aurez sans doute l'occasion plus tard, rétorqua Lizzie, étrangement excitée à cette idée.

Malgré tout ce qu'elle subissait, elle avait ce désir surprenant d'exhiber ces marques qui comme des trophées prouvaient la domination de l'un et le courage de l'autre.

Enfin arrivés au parc, ils firent halte à l'abri des derniers arbres et se vêtirent derrière les buissons. Lizzie n'enfila pas ses sous-vêtements, qu'elle préféra ranger dans le sac afin de n'avoir que son haut à sécher, une fois qu'elle serait arrivée dans le sanctuaire de John.

— C'est parti, belle Bettie. Une petite course, cela vous tente ?

La mine joyeuse comme celle d'un petit garçon, il attrapa ses chaussures d'une main, les jolis doigts de la belle de l'autre, et l'entraîna à le suivre au pas de course jusqu'à l'autre bout du parc.

Pataugeant sur la pelouse humide et manquant de trébucher à chaque pas, ils se précipitèrent tout en riant follement à l'absurdité de la situation. C'était si grisant que Lizzie en oublia presque ses fesses meurtries. La poussée d'adrénaline avait-elle un pouvoir de guérison sur la douleur ?

Elle n'était sûre que d'une chose : à cet instant, elle aurait suivi John à l'autre bout du monde. Et en courant.

Je t'en prie, ne tombe pas amoureuse, Lizzie, se dit-elle lorsqu'il se retourna vers elle le sourire aux lèvres, illuminant d'un soleil radieux cette journée de pluie torrentielle. *Tu ne peux pas l'avoir pour toi seule, tu es pour lui une parenthèse temporaire…*

Mais il était trop tard, maintenant. Le mal était fait. Tandis qu'ils couraient sur le gazon humide, la jeune femme était déjà tombée sous le charme.

10

Une question de confiance

Les traces étaient visibles en travers de son postérieur, mais Lizzie se dit qu'elles étaient moins écarlates que ce qu'elle craignait. Elle leva les pans de son peignoir blanc afin de les inspecter dans la glace une dernière fois avant de rejoindre John dans la chambre. La douche qu'elle venait de prendre lui avait fait un bien fou. Dans les films, les protagonistes se douchaient souvent ensemble, mais elle n'était pas mécontente de se retrouver un peu seule.

La façon dont la chambre de John était meublée répondait aux besoins d'un seul habitant, et d'un homme de surcroît. Toutefois, il avait suffi d'un appel téléphonique pour réclamer à la réception une pile de serviettes de bain supplémentaire, des peignoirs, ainsi qu'un panier rempli d'affaires de toilette féminine et de produits de beauté. Grâce à tout cela, Lizzie s'était pomponnée encore davantage qu'à l'ordinaire, après s'être évertuée à se débarrasser des feuilles et autres bouts de nature restés accrochés à elle malgré la pluie battante.

Hésitante, elle frôla les marques pourpres au bas de son dos. La chair était encore sensible, mais cela devenait supportable. Il n'y avait rien à dire : cet homme savait ce qu'il faisait ! Même armé d'un morceau de bois cueilli au hasard dans le bosquet, il avait l'art et la manière de maîtriser son geste, retenant le coup à la seconde où il frappait, allégeant les répercussions sur sa peau tendre.

En laissant retomber les pans de son vêtement, Lizzie poussa la poignée de la porte de la salle de bains.

John était assis sur le lit, lui aussi emmitouflé dans un peignoir, son ordinateur portable posé sur les genoux. Il était plongé dans son écran. Sur la table de chevet était posée une tasse de thé, à côté d'une pâtisserie à moitié entamée sur une petite assiette. Pendant qu'elle se douchait, le service de chambre avait apporté le plateau idéal pour accompagner l'instant typique du thé anglais.

— Cela vous a fait du bien ? Voulez-vous une petite tasse de thé ?

Il tapota les touches de son clavier et prit congé de son ordinateur, puis se leva du lit afin de s'approcher de Lizzie.

Ne serait-ce pas délicieux de vivre cette scène au quotidien ? se dit la jeune femme.

Il l'enlaça, l'embrassa sur la joue et la conduisit jusqu'au lit.

— Voulez-vous un coussin ? Je ne vous ai pas trop gravement blessée, j'espère ?

Comment serait la vie aux côtés de cet homme sublime ? Il est charmant, intelligent, mature…, et, bon sang, il est même riche !

— Non, ça va. Merci. Vous maîtrisez votre affaire, John Smith. Je suis bien moins endolorie que je ne le craignais. Vous avez des doigts de fée.

— Oui, on me le dit souvent.

Il lui décocha un sourire, puis arrêta Lizzie dans son élan tandis qu'elle s'apprêtait à s'asseoir où il était lui-même installé un instant plus tôt.

— Attendez, j'ai un baume aux plantes qui devrait apaiser vos douleurs. Je l'utilise lorsque mon genou me lance – une vieille blessure de rugby… C'est une pommade qui fonctionne très bien sur les brûlures aux fesses.

— Vous jouiez au rugby ?

Elle se laissa aider par John qui l'allongea sur le ventre. L'information attisait la curiosité de la jeune femme. Lui, un joueur de rugby ? Après tout, il avait la carrure d'un ailier, ou quelque chose comme cela. Le genre de poste occupé par la flèche de l'équipe, celui qui court le plus vite.

— Oui, dans mes années de lycéen en établissement privé, pour expier mes péchés.

Lorsqu'elle eut trouvé une position confortable, il remonta le peignoir jusqu'à ses hanches. L'instant était curieux, dénué de toute sensualité ; c'était un geste entrepris par un proche avec qui elle se sentait en confiance, rien de plus. Une personne dont la présence ne l'embarrassait en aucun cas.

Cet homme qui avait été lycéen dans une école privée… Voilà qui était de plus en plus mystérieux.

— Ce sera un peu froid. Je range toujours le tube au frigo, ça fonctionne mieux ainsi.

Un instant plus tard, il étalait une première couche. Son toucher était léger, réveillant d'abord la douleur, puis l'apaisant grâce à la lotion rafraîchissante. Les plaies les plus sensibles semblèrent se changer doucement en une légère irritation. Elles rappelaient à Lizzie ces instants délectables de mise à l'épreuve. John prenait grand soin de couvrir chacune des marques avec méthode, si bien qu'au fond d'elle-même Lizzie crut sentir le renouveau d'une pointe de désir pour cet homme. Mais ce n'était pas lancinant. S'il réclamait de la posséder à cet instant, ce serait agréable. Mais s'il ne le faisait pas cela le serait tout autant.

— Voilà, c'est terminé.

Le tissu éponge de son peignoir fut remis en place. Ainsi, plus de sexe pour aujourd'hui ? C'était très bien comme ça. Elle roula sur le côté et regarda John qui essuyait la crème oubliée sur ses doigts à l'aide d'un mouchoir en papier.

Il jeta ensuite le déchet dans la poubelle, puis se tourna vers le plateau.

Délicieux… Il avait effectivement une érection. Lorsqu'il surprit le regard de Lizzie dans cette direction, il lui adressa un clin d'œil.

— Vous ne me croyiez tout de même pas capable de rester de marbre en massant vos fesses, si ?

— Je ne sais pas… Vous êtes un homme plein de surprises, je ne sais jamais à quoi m'attendre avec vous.

— Je vous désire, Bettie. C'est évident. Je vous désire tout le temps.

Lui adressant un sourire par-dessus son épaule, il inspecta la théière et commença à lui verser une tasse.

— Du lait ? Du sucre ?

— Un nuage de lait, merci.

Lizzie le regarda lui préparer son thé en bonne maman, lui tartinant même un *scone* avec du beurre. C'était étrange d'observer un homme en érection s'affairer autour de tâches aussi domestiques.

— Ce doit être embarrassant de me désirer en pleine réunion d'affaires. Les gens ne remarquent rien ?

Il s'approcha d'elle pour lui apporter les sucreries.

— Disons que, dans ce genre de circonstances, je connais quelques techniques de rétroaction qui me permettent de garder l'animal sous contrôle. Hélas, elles ne fonctionnent pas aussi bien sur mon esprit.

— Mince, alors ! J'espère ne pas vous avoir fait manquer une affaire en or.

Il sourit.

— Ne vous inquiétez pas pour ça, je redescends toujours sur terre au moment crucial de la négociation.

John déposa le plateau sur la table de chevet et tendit la tasse de thé à la jeune femme.

— Buvez, vous l'avez bien mérité. Je vais prendre une douche. Malgré le désir flambant que vous m'inspirez, vous sentez bon comme la rose, tandis que moi, je suis encore crasseux après notre escapade.

— Ça ne me dérange pas.

Secouant la tête, il s'éloigna vers la salle de bains. Sur le seuil, il se retourna et désigna du menton l'ordinateur posé sur les draps à côté d'elle.

— Vous pouvez taper mon nom dans la barre de recherche, pendant que je prends ma douche. Je sais que vous en avez très envie.

— Qu'est-ce qui vous fait croire que je ne me suis pas déjà renseignée sur vous ?

Sans sourciller, il répondit :

— Je le sais, c'est tout. Il y a des choses que vous auriez probablement déjà mentionnées. D'ailleurs, je suis surpris : dans votre branche, les femmes vérifient toujours l'identité de leur client sur Internet.

Les escortes le faisaient sans doute, puisqu'elles étaient vraiment du métier.

— Me faites-vous assez confiance pour me laisser fouiller dans votre ordinateur dont les dossiers regorgent sans doute d'informations personnelles ?

Il eut un léger tic au coin des lèvres, mais ce n'était pas un sourire… Ou en était-ce un ?

— Oui, répondit-il finalement, avant de disparaître dans la salle de bains.

Mais pourquoi ai-je fait une chose pareille ?!

Pourquoi ? Pour la simple raison que les documents les plus confidentiels étaient verrouillés. Sans douter de l'intelligence de la jeune femme, John ne la soupçonnait pas d'être dotée de talents de pirate informatique aussi affûtés que ceux de prostituée nouvellement arrivée dans le métier. Toutefois, il restait des informations révélatrices sur lesquelles Bettie pouvait parfaitement tomber.

Mais il lui faisait confiance. Sans savoir vraiment pourquoi, il savait qu'elle ne le trahirait pas. Était-ce parce qu'elle-même faisait preuve de confiance envers lui ? Elle avait peu d'expérience, il en était certain, et ne disposait pas d'un protecteur au cas où John se révélerait être un dangereux psychopathe. Elle était venue à lui malgré tout, et lui permettait de la toucher comme de la fesser.

Bettie n'était pas idiote, mais elle avait un côté naïf qui la rendait adorable. Ce trait qui lui était propre avait d'ailleurs tendance à déteindre sur lui ; John avait le sentiment de redécouvrir la vie avec un regard neuf, sans se laisser malmener par le passé et tous les regrets qu'il portait avec lui.

Entrant dans la cabine de douche, il se mit à rire et ajusta la température de l'eau. C'était fou comme elle le faisait se sentir rajeuni et aussi inexpérimenté qu'elle. Muni d'un univers de ressources informatiques au bout des doigts, il aurait pu découvrir qui était Bettie, où elle vivait, quelles circonstances l'avaient menée là où elle était aujourd'hui, bref tout, et ce en une demi-heure. Mais il n'en avait rien fait. Il n'avait même pas vérifié si elle possédait un site Internet pour faire la publicité de ses services.

Je veux profiter de l'instant présent et de notre petit jeu, Bettie. Si c'est là votre vrai nom. Je ne veux ni le passé... ni le futur. Mais une simple parenthèse, comme nous le faisons. C'est tout.

Tout en se savonnant et en hésitant entre la possibilité de satisfaire l'urgence de son érection et celle de la garder pour la jeune femme qui l'attendait de l'autre côté de la porte, il se demanda pourquoi sa manière habituelle de procéder l'oppressait ainsi soudainement ?

Pourquoi se sentait-il troublé et charmé par cette jeune femme ? Pourquoi voulait-il plus ?

Par où commencer ? Des John Smith, il devait y en avoir des milliers, voire des centaines de milliers sur la toile, sans compter les personnes qui utilisaient ce nom en pseudonyme.

Avant même de prendre la peine de taper ce nom dans la barre de recherche, Lizzie cliqua sur la croix pour fermer la fenêtre de Google. Ce serait une perte de temps.

L'écran la narguait. Aucun fond d'écran ni aucune personnalisation de la mise en veille. Rien d'autre que cette pellicule mat d'un bleu uni, ne révélant autre chose que l'outil de travail haut de gamme d'un simple homme d'affaires. Devant la petite icône de la messagerie, Lizzie fit la moue. Non, elle ne devait pas cliquer. Ses mails étaient privés. John lui faisait confiance.

Puis, tandis qu'elle s'apprêtait à ouvrir encore Google Chrome, elle aperçut un logo dans le coin supérieur gauche de l'écran : « JS Intranet ».

« JS » ? S'agissait-il du nom de son entreprise ? Sobre mais efficace.

De retour devant la barre de recherche, Lizzie tapa « John Smith entreprise ». Bien loin d'être une spécialiste de la Toile, elle choisit de sélectionner le lien de Wikipédia, tout simplement.

Durant quelques minutes uniquement bercées par le bruit rassurant de la douche dans la pièce d'à côté, Lizzie poussa de petits cris de surprise au fil de ses découvertes. La page consacrée à John était bien maigre, mais suffisait amplement à laisser la jeune femme pantoise.

Je n'arrive pas à le croire ! Ce n'est pas étonnant de vous voir jeter l'argent par les fenêtres en compagnie d'une escort girl !

John Smith était un homme riche. Vraiment très riche.

Ce n'était pas un pseudonyme mais bien son vrai nom. Enfin, disons plutôt que c'était un raccourci de son vrai nom ; les particules et autres prénoms étaient passés à la trappe. Sans compter le titre de noblesse dont il avait volontiers fait abstraction, à la suite de complications familiales à peine mentionnées par le site Web.

John Smith avait été marié, mais ne l'était plus aujourd'hui.

Oh non ! Et s'il avait été encore marié ?

Un frisson la parcourut : elle ne s'était même pas posé la question. De toute évidence, une escorte professionnelle se ficherait bien de savoir s'il avait une femme ou non. Et puis les hommes mariés faisaient souvent appel aux femmes de cette branche. Mais Lizzie ne jouait qu'un rôle, et, au fond d'elle, il était hors de question de batifoler en compagnie du mari d'une autre. Cela lui rappelait l'attente angoissante de sa mère pendant que son père allait voir ailleurs. Aujourd'hui, ils avaient fait table rase du passé et semblaient plus heureux que jamais. Mais les larmes de sa pauvre mère restaient tout de même gravées dans sa mémoire.

Vous me faites tourner la tête, John Smith. À cause de vous, j'en oublie des choses que je me suis promis de ne jamais faire.

Une fois calmée, Lizzie fronça les sourcils sur de nouvelles informations plus saisissantes encore que les précédentes... Beaucoup plus saisissantes.

Une condamnation pour conduite au volant dangereuse, si bien qu'il avait écopé de quelques années de prison. Était-ce grave au point de mériter l'incarcération ? Bon sang ! Avait-il heurté quelqu'un ?

Les faits étaient mentionnés sans donner de détails, mais avait-elle vraiment envie d'en savoir plus ? Elle n'avait aucun droit de le juger. Cela ne lui ressemblait pas de renverser délibérément un innocent. John n'était pas une brute, au contraire. Depuis leur rencontre, il s'était montré particulièrement soucieux du bien-être de la jeune femme. Il était difficile de penser du mal de lui. Toutefois, plus de vingt ans en arrière, il avait pris des risques derrière un volant et avait mérité la prison.

Lizzie décida qu'elle ne voulait pas en savoir plus. Le John qu'elle connaissait était un homme bon. Elle en était intimement persuadée. Quoi qu'il ait pu faire dans le passé, il en avait payé le prix et regrettait ses actes sans doute encore aujourd'hui.

À partir de là, elle ne lut plus que des suppositions futiles quant à sa vie privée. Ces trivialités parurent idiotes aux yeux de Lizzie. Elle écarta l'ordinateur et reprit sa tasse de thé. Agréablement surprise, elle constata qu'il était encore chaud.

Voir son client sous un éclairage nouveau – ou plutôt sous des éclairages nouveaux – ne lui avait pris que quelques instants.

La porte de la salle de bains s'ouvrit soudain sur un John torse nu, une serviette autour de la taille et une autre, plus petite, qu'il utilisait pour frotter ses cheveux encore humides. Grignotant sa pâtisserie, Lizzie le regarda approcher d'un pas tranquille. Il jeta la petite serviette et libéra les boucles blondes qui entouraient son visage angélique, ce qui lui donna l'air bien plus jeune que ses quarante-six ans.

— Oh, oh ! fit-il en voyant la mine de Lizzie.

— J'ai fait une simple recherche sur Google. Ne vous inquiétez pas, je n'ai pas fouiné dans vos documents personnels.

— Je ne m'inquiétais pas pour ça, mais je crois comprendre que vous avez fait quelques découvertes sur Internet.

Il récupéra sa tasse posée sur la table de chevet et la remplit de thé avant de se tourner vers la jeune femme. Puis il approcha une chaise et s'assit, le visage grave.

— Bien, parlons-en une bonne fois pour toutes. Que voulez-vous savoir ?

— J'ignore par où commencer… Vous êtes un homme plein de surprises.

Et de tentations.

Face à ce visage radieux, encore humide dans sa beauté fraîchement savonnée, aucune révélation ne semblait importer. C'était sans doute un tort, mais elle s'en fichait. Toutes ces informations, aussi véridiques soient-elles, semblaient concerner une autre personne vivant à des milliers de kilomètres de là. Sans se laisser aller à penser à « son » John, elle décida que ce qu'elle venait d'apprendre s'appliquait à « un » John et n'avait aucune influence sur le cocon qu'ils s'étaient créé ensemble. Peu importait ses activités ou sa véritable identité, Lizzie ne pouvait se résoudre à ternir l'image qu'elle gardait de lui. Il restait celui qui lui faisait tourner la tête et auquel elle s'attachait de plus en plus. Ce n'était pas sa richesse exorbitante, son titre de noblesse, son ex-femme, ni même un séjour derrière les barreaux qui allaient lui faire changer d'avis. Elle le voulait, un point c'est tout.

Ses beaux yeux bleus restaient rivés sur elle, voilés par une vague appréhension, dans l'attente de sa réponse. Finalement, elle opta pour l'aspect le moins problématique de ses récentes découvertes.

— Vous savez, je me doutais que vous étiez riche, mais j'étais loin d'imaginer à quel point. Vous possédez un compte en banque gonflé de milliards de livres et plus de quarante entreprises… Mais que fichez-vous dans un hôtel comme le *Waverley* ? Enfin, c'est mignon, ici. J'ai rarement connu de chambres aussi cosy, mais c'est petit. Et puis, si je comprends bien, vous possédez un hôtel beaucoup plus grand à quelques kilomètres d'ici. (Une pensée lui traversa l'esprit.) Vous n'envisagez tout de même pas d'acheter le *Waverley*, si ?

Sans dire un mot, John l'observa pendant une longue minute. Lizzie eut la sensation qu'il lisait en elle bien plus de choses qu'elle-même n'en avait apprises de lui sur Internet. Conscient des omissions qu'elle faisait volontairement sur certains sujets, il hocha la tête en signe de respect pour ce choix délibéré.

Puis il haussa les épaules et lui lança :

— J'aimerais beaucoup acheter le *Waverley*. D'ailleurs, je leur ai fait une offre, mais ils n'ont pas l'intention de vendre. C'est une entreprise familiale, et ils tiennent à garder les choses ainsi. D'ailleurs, je ne peux pas leur en vouloir.

— Moi non plus. Je suis heureuse qu'ils ne vendent pas. Cela ne peut que vous faire du bien, à vous les ploutocrates, de ne pas obtenir tout ce que vous voulez.

L'expression interdite qu'il affichait jusqu'à présent laissa apparaître un sourire, qui semblait la remercier en silence d'avoir ramené la conversation à des notes plus légères. Il leva le menton et lui lança un regard taquin.

— Parfois, vous aimez me laisser obtenir ce que je veux. (Il marqua une pause et but une gorgée de son thé.) Que se passe-t-il ? Regrettez-vous à présent de ne pas m'avoir fait payer plus cher ?

Oh, voilà que revenait sur la table le sujet de sa petite mascarade ! Si seulement elle lui en avait parlé plus tôt. Si seulement il n'y avait aucune zone d'ombre entre eux, car ils semblaient tous deux avoir leur part de secrets. La vérité lui brûlait les lèvres, et pourtant elle se ravisa. Encore une fois. Leur relation restait détachée de toute implication émotionnelle, et c'était justement cette particularité qu'appréciait John. Si Lizzie lui dévoilait la vérité maintenant, elle passerait pour une profiteuse qui l'escroquait pour son argent, quitte à égratigner ses sentiments au passage.

— Non. Figurez-vous qu'à l'instar de Sherlock Holmes je pratique des tarifs constants. Je me considère comme une prostituée milieu de gamme de choix et ne compte pas changer de statut. Le fait que vous soyez riche ne me donne pas le droit de vous faire payer plus.

— Voilà une façon honnête de voir les choses, Bettie. Vous m'impressionnez. Dans une telle situation, je doute fort qu'une autre aurait fait un choix aussi rationnel.

Peut-être, mais personne ne se trouvait dans cette situation.

— Je veux pouvoir assumer mes choix.

— Vous avez bien raison. (John marqua une pause et la regarda d'un air circonspect.) Vous n'avez pas d'autre question ?

Malgré les résolutions prises à peine un instant plus tôt, des centaines de questions bourdonnèrent dans sa tête.

L'accident de la route était-il grave ? Qui d'autre se trouvait dans la voiture ? Pourquoi avait-il divorcé ? Partageait-il sa vie avec une autre, actuellement ? Que faisait-il dans cet hôtel alors qu'il avait grandi au sein de la majesté d'un lieu tel que Montcalm ? Ce n'était qu'à vingt minutes du *Waverley* en voiture… Était-il froissé avec sa famille ? Lizzie connaissait ce que cela faisait, ayant elle-même déçu ses parents qui lui réservaient un tout autre avenir ; pourtant, l'amour était toujours au rendez-vous, qu'importent les différends.

Mêle-toi de tes affaires, Lizzie. Ses histoires ne te regardent pas. John n'est qu'une parenthèse, tel le paquebot qui ne fait que passer, sans s'attarder dans aucun port.

Pinçant les lèvres, elle retint les questions qui menaçaient de lui échapper. De toute évidence, John n'avait pas vraiment envie de se voir questionner. Il était sans doute conscient que leur relation ne durerait pas, alors pourquoi gâcher l'instant au lieu d'en profiter ?

— Non, je n'ai pas de question. Vous êtes tel que vous êtes, John. Cela ne change rien à mes yeux. Vous êtes un client extraordinaire, un point c'est tout.

Devant les yeux plissés de John, Lizzie hésita de nouveau à lui dire toute la vérité, mais il lui adressa ensuite un sourire éblouissant. Cela n'eut soudain plus aucune importance d'aborder ou non le sujet de sa fausse identité. Elle n'avait plus qu'une idée en tête : le toucher et savourer sa présence. Toutes les interrogations sur son passé se virent enfermées dans un coin de son esprit… pour ne plus jamais en sortir.

La situation étant mise à plat, ils pouvaient passer à autre chose. Leur accord silencieux était toutefois établi.

— Et vous, Bettie, vous êtes une magnifique escorte et une amante hors pair, déclara John en se levant de son siège pour reposer sa tasse de thé avant de faire le tour du lit.

Il referma consciencieusement son ordinateur et le reposa plus loin pour s'asseoir près d'elle sur les draps, se laissant reposer sur un coude.

— Étrange. Je me croyais repu après cette douche apaisante. Pourtant, voilà que je vous désire encore.

Sans la quitter des yeux, il dénoua la ceinture de son peignoir et lui révéla l'évidence, dressée sous ses yeux.

Si belle, si familière après seulement deux jours passés ensemble. Elle tendit la main, refermant ses doigts sur sa peau si douce.

Il poussa un soupir en souriant, les paupières battant doucement en réaction aux timides massages du pouce de la jeune femme.

— Vous êtes-vous caressé sous la douche ?

Si c'était le cas, il faisait preuve d'une impressionnante faculté de récupération. En particulier après sa prouesse… ses prouesses dans les bois. D'un geste de la tête, il répondit par la négative. Lizzie s'humecta la lèvre inférieure au souvenir de son goût et de la manière dont il s'était accordé du plaisir sans la laisser intervenir. Elle se mit à genoux sur le lit, cherchant une position propice, afin de lui montrer de quoi elle était vraiment capable. Posant la main sur sa cuisse, John l'arrêta.

— Non… C'est à votre tour. S'il vous plaît.

Il la repoussa doucement sur le dos et ouvrit les pans de son peignoir, découvrant le corps nu de la jeune femme. Avant toute chose, il saisit une bouteille d'eau posée non loin de là et en but une gorgée.

— Pour m'éclaircir le palais, expliqua-t-il avec un clin d'œil.

La vue de sa langue se délectant de l'eau claire fit frissonner Lizzie à l'idée de ce qui l'attendait. Peu importaient ses fesses endolories contre les draps, la chaleur encore saisissante ne faisait qu'accentuer son impatience à l'idée du festin qui s'annonçait.

John se dressa sur les genoux et se débarrassa de son vêtement. Les formes parfaitement dessinées de son corps étaient divines : il n'était pas musclé à l'excès, mais se montrait tonique avec ce qu'il fallait où il fallait. Son sexe se mouvait lourdement dès que John bougeait.

— Qu'allons-nous faire de cela ? s'enquit-elle en désignant son membre du menton.

— Ne vous inquiétez pas, nous nous en occuperons en temps voulu. Maintenant, écartez un peu les cuisses, je veux profiter du spectacle.

Elle s'exécuta, laissant ses jambes reposer de chaque côté des genoux de John. La température de la pièce était douce, mais une légère sensation de froid la fit frissonner. Déjà en position, John glissa une main sous les fesses de Lizzie, caressant ses blessures du bout des doigts. Lorsqu'elle tressauta, il la regarda dans les yeux, lui demandant en silence si ce n'était pas trop pour elle. Trop de douleur, trop de violence.

En réponse, elle ajusta sa posture entre ses mains, l'invitant à poursuivre en frottant ses fesses contre sa paume.

John ne se fit pas prier ; de sa main libre, il écarta délicatement les boucles brunes, approcha son visage et la caressa du bout de la langue.

Un gémissement lui échappa, et elle fut elle-même surprise de la rapidité de son propre désir. Lors de leur conversation, ce n'était qu'une idée diffuse, vaguement présente en toile de fond. Or, un seul contact avait suffi à ranimer la flamme qui dormait en elle.

Le ronronnement de John tout contre elle créa une vibration, et elle recroquevilla les orteils. Peu à peu, elle se souleva sur les talons et empoigna ses cheveux blonds. Sa manière d'enfoncer brusquement les doigts à la racine de sa chevelure était sans doute plus douloureuse pour John que ne l'étaient pour elle les doigts qui se promenaient sur les brûlures encore fraîches de sa croupe. Mais pour elle il était impossible de ne pas le saisir de ses deux mains tant il maîtrisait chacun de ses gestes.

Ses assauts se répétaient, tantôt doux, tantôt vifs. Il promenait sa langue en petits cercles délectables, plus ou moins larges, marquant de courtes pauses avant de reprendre de plus belle.

Encore et encore, il revint au point sensible de son plaisir, soufflant légèrement pour l'attiser encore, puis finit par y déposer ses lèvres, l'embrassant et le stimulant avec une exquise maîtrise.

— Oh ! s'écria Lizzie, saisie par un orgasme si puissant qu'elle fut prise de vertiges, enveloppée dans une tornade de sensations.

Au cœur des ultimes stimulations de John qui ne s'arrêtait pas en si bon chemin, elle prit vaguement conscience qu'elle tirait sur ses cheveux et donnait des coups presque violents à ses épaules et à ses bras en se tortillant de plaisir. Mais elle ne pouvait faire autrement sous l'intensité de son extase.

— Oh…, je vous en prie, ça suffit ! haleta-t-elle tandis que John poursuivait. Oh, John, John, John !… Arrêtons une minute. Vous êtes trop doué, je… je crois que je vais devenir folle.

— Vraiment ? murmura-t-il dans un souffle qui porta encore pleinement ses fruits.

Dépossédée de toutes ses forces, Lizzie n'eut plus assez de vigueur pour s'accrocher à lui et se laissa flotter, plus légère qu'une plume, puis son corps retomba lourdement sur les draps comme dans une scène au ralenti. John déposa un chaste baiser sur son ventre avant de se redresser.

— Reprenez-vous vos esprits ?

Penché à son oreille, il lui chuchota ces mots, l'envoûtant de son eau de Cologne par la même occasion.

— Pas encore.

Sa propre voix était étrange aux oreilles de Lizzie. Elle semblait si faible, à peine murmurée. Avec son adresse, John avait balayé toute la volonté de la jeune femme. Cette dernière ouvrit les yeux et se délecta de la vision qu'il lui offrait : son visage aux traits à la fois fins et virils, ses cheveux encore humides et en bataille, et son corps, son superbe corps visiblement inassouvi, contrairement à celui de Lizzie.

— Pensez-vous pouvoir laisser un peu de place en vous pour satisfaire un vieil homme ?

Il rayonnait, littéralement. Lizzie ne sut dire ce qui lui donnait cette impression, ses yeux, ou sa bouche, ou son être entier, mais il rayonnait, et elle en eut le souffle coupé.

— Eh bien, s'il y avait en effet une file d'hommes âgés devant la porte de la chambre, pourquoi pas ? Mais puisqu'il n'y a que vous, sublime étalon dans la fleur de l'âge, je dirais plutôt que c'est pour moi un devoir.

Elle se positionna sur le lit et écarta les cuisses. Son fessier la faisait souffrir, mais la sévérité de la brûlure s'amenuisait avec le temps ; bientôt, elle oublierait presque la douleur grâce au baume rafraîchissant autant qu'au pouvoir de guérison détenu par ses précédents orgasmes.

— Réveillez-moi lorsque vous aurez terminé.

— Petite effrontée !

Il pinça sa poitrine d'un geste taquin et plongea la main sous l'oreiller afin d'attraper un préservatif. De toute évidence, il prenait l'habitude de dissimuler son stock de fourniture là-dessous, c'était plutôt malin.

Allongée en odalisque langoureuse, les bras posés sur l'oreiller derrière sa tête, Lizzie le regarda enfiler le contraceptif. Même dans ce geste vulgairement commun, John faisait preuve d'une incroyable maîtrise : à la fois élégant et précis, il savait également donner une note routinière à la préparation de l'amant qui s'apprête à s'adonner au plus basique des plaisirs de l'homme.

De dangereuses pensées traversèrent l'esprit de Lizzie. Et si la scène devenait leur quotidien de couple ?

Non, cela n'arriverait jamais. L'homme d'affaires surmené et voyageur qu'était John ne permettait pas la sédentarité. Il avait un pied-à-terre, puisqu'il était le fils d'une longue lignée d'aristocrates, mais, d'après ce qu'il avait laissé entendre, John n'y était plus le bienvenu, et cela n'avait pas l'air de le déranger.

Son caractère était bien trop complexe et son passé pesait trop lourd pour que cela fonctionne entre eux. John n'était pas du genre à rentrer le soir pour retrouver sa petite femme et lui faire l'amour chaque jour après souper. Ce n'était pas ce type d'homme cliché, et Lizzie n'avait de toute façon jamais fantasmé sur ce genre d'individu banal. D'ailleurs, elle n'était toujours pas sûre d'avoir envie de ce genre de relation, sauf si cela lui permettait de voir John tous les jours et de se laisser manipuler par ses doigts magiques au quotidien.

Arrête ça tout de suite !

Soudain, elle s'aperçut que John en avait terminé avec son préservatif et la regardait en fronçant les sourcils ; Lizzie se débarrassa aussitôt de ses pensées parasites. Il était si vif d'esprit qu'il était capable de deviner ce à quoi elle songeait.

— Que se passe-t-il ? s'alarma-t-il tout en prenant place entre ses jambes.

Il prit appui sur un bras et commença à la caresser de sa main libre. Du bout du doigt, il la fit frissonner avec délices et prépara son entrée auprès de son intimité soyeuse.

— Rien, seulement quelques pensées idiotes qui traversent mon esprit habituellement très peu encombré. Ce n'est rien d'important et rien qui puisse vous intéresser.

L'espace d'un instant, John sembla chercher ses mots, puis reprit d'un ton amusé :

— Oh, je vois que vous prenez le temps de rêvasser, en m'attendant !

Sur ces mots, il entra délicatement en elle dans un gracieux mouvement des hanches.

— Ce n'est pas très flatteur pour moi, Bettie. Vous n'êtes pas d'accord ?

Incapable de répondre dans la minute, elle se laissa tout d'abord envelopper par la sensation dorénavant familière de cette proximité qu'elle appréciait de plus en plus. Sa corpulence, sa chaleur, son intimité qu'elle étreignait de la sienne.

— Je vous avais prévenu que je pouvais éventuellement faire une sieste.

Elle ajusta légèrement sa position pour le confort optimal de son partenaire.

— C'est vrai, admit John, se lovant plus encore grâce à la nouvelle pose de sa partenaire. Mais je vous gratifierai d'un généreux pourboire si vous faites en sorte de rester présente avec moi. Et je le doublerai si nous jouissons d'un plaisir partagé.

— C'est entendu !

Elle ferma les yeux et emprisonna de ses jambes la taille svelte de son « client ». Pour sa part, John était parfaitement en droit d'évoquer un accord purement matériel avec sa call-girl pendant qu'il la possédait. Leur relation relevait du professionnel, or le client est roi. Si Lizzie se laissait dérouter par des pensées absurdes sur l'éventualité d'une histoire plus sérieuse, c'était entièrement sa faute, et elle ne pouvait rien reprocher à John.

Sous la menace de quelques larmes, elle ferma très fort les yeux et se concentra sur le rythme entêtant adopté par John tout contre elle, dans un angle parfaitement confortable. Chaque balancement éveillait un peu plus ses pulsions endormies, et plus encore lorsque, toujours en appui sur un bras, il caressa son visage et ses cheveux, puis déposa de tendres baisers sur son front, ses joues et dans son cou, sans jamais cesser ses va-et-vient. Lizzie posa les mains au creux des hanches de John, accompagnant son mouvement et se délectant de la chaleur de sa peau, de la douceur de ses muscles.

— Bettie, vous êtes si belle, lui murmura-t-il le souffle court. Vous êtes une femme…, une amante exceptionnelle. La meilleure que j'aie jamais connue.

Il embrassa ses paupières, puis le coin de sa bouche.

De toute évidence, ce n'étaient que des paroles en l'air, produites par le désir charnel, mais le fait qu'il prononce ces mots la toucha plus profondément encore que son membre durci en elle. C'était un homme au charme dévastateur, au portefeuille scandaleusement fourni, un homme intelligent, malin et influent. Il pouvait avoir toutes les femmes qu'il voulait – et ne s'en privait sans doute pas –, que ce soient des beautés dévastatrices, des intellectuelles ou des courtisanes de luxe dont la maîtrise des ficelles du métier dépassait de très loin la connaissance limitée de Lizzie dans ce domaine. Pourtant, il prenait le temps de lui exprimer combien il la trouvait spéciale en comparaison de toutes les autres, et ce à l'instant même de sa propre délivrance.

Le cœur de Lizzie se gonfla d'émotions dangereuses et prohibées, qui furent à elles seules – malgré la qualité divine des assauts de John – à l'origine d'un nouvel orgasme sombre et puissant.

11

L'Invitation

— Quoi ?! Tu veux dire que tu as déjà fait des recherches sur lui sans m'en parler ?

De retour à la maison, Lizzie dut affronter Brent. À en croire son teint livide, ses yeux rouges et ses gestes peu précis, il avait passé son temps à boire tout en partant à la pêche aux informations sur le mystérieux « client » de sa colocataire. Dans le dos de Brent, Shelley haussa les épaules, visiblement inquiète.

— Il fallait bien que quelqu'un le fasse ! aboya-t-il. Tu fonces tête baissée sans prendre aucune précaution ; or, dans ta situation, n'importe quelle escort girl – et n'importe quelle personne sensée, d'ailleurs – chercherait un maximum d'informations sur ce type. Tu as l'air de lui faire une confiance aveugle.

Oui, j'ai confiance en lui !

Après seulement trois jours, il était insensé et presque idiot de se fier librement à John ; pourtant, Lizzie était persuadée que c'était un homme honnête, malgré les découvertes qu'elle-même avait faites sur Internet. Toutefois, l'animosité de Brent était parfaitement légitime, étant donné son état fragile depuis l'accident tragique dont il s'estimait coupable. Si une personne pouvait faire preuve d'indulgence envers John, ce n'était certainement pas Brent.

Je dois me montrer compréhensive. Après tout, John sera sorti de ma vie dans quelques jours et m'aura aussitôt oubliée, tandis que moi, je resterai auprès de Brent et de Shelley, mes fidèles amis et confidents. Ils importent plus que tout le reste.

Ses deux colocataires avaient toujours été là pour elle dans les moments difficiles. En particulier Brent, lorsque Lizzie avait arrêté ses études et s'était brouillée avec ses parents dans une période de doutes quant à son avenir professionnel. Ainsi, aujourd'hui, elle devait garder cela en tête. Et puis elle l'avait aimé ; du moins, elle avait cru l'aimer pendant un temps. Si elle l'aimait encore, c'était comme le grand frère qu'elle n'avait jamais eu et qui était là pour veiller sur elle, alors que ses sœurs carriéristes voyaient d'un mauvais œil le manque d'ambition de leur benjamine.

— Oui, j'admets avoir pris un risque en ne m'interrogeant pas sur sa vie. Cela dit, je pensais que ça ne durerait qu'un soir… ou deux, tout au plus. Ce n'était pas sérieux, je ne voyais pas l'intérêt de faire des recherches.

D'ailleurs, je doute fort que ça devienne sérieux un jour.

À cette pensée, Lizzie se sentit soudain abattue…, pire qu'abattue. Son cœur se serra comme s'il tombait en chute libre. Lorsque le domestique était venu lui apporter sa robe et sa veste nettoyées et séchées, John et elle s'étaient quittés sur une note étrange, tous deux mal à l'aise. Il ne trouvait pas les mots, et elle non plus ; leur dernier rapport avait été si intense, si… intime, que c'en était presque trop.

Elle voulait aller plus loin. Mais pas lui. Ou du moins il n'en donnait pas l'impression. C'était comme si des centaines de confessions, de supplications et de prises de conscience avaient fait surface sans que ni l'un ni l'autre se trouve capable de prononcer un seul mot.

John l'avait embrassée, empreint d'un vague sentiment de mélancolie, avant de lui dire au revoir. Il n'avait parlé d'aucun autre rendez-vous, et elle n'avait pas demandé.

Et voilà que Brent était dans tous ses états, lui aussi.

En plein cœur de son aventure avec John, Lizzie estimait que l'anniversaire de l'accident tombait mal. La tragédie avait emporté Steve, le compagnon de Brent, laissant son ami endeuillé et plongé dans un désespoir de culpabilité qui régnait encore aujourd'hui, alors que Shelley et Lizzie savaient pertinemment qu'il n'avait rien à se reprocher.

Elle posa une main réconfortante sur le bras de son ami et ignora le frisson qui le secoua.

— Je ne le reverrai sans doute plus, de toute manière. Tout est bien qui finit bien. Je ne tiens pas à perdre mon temps à surfer sur Internet pour en apprendre plus au sujet d'un fantôme. Ça, non merci !

Elle se força à sourire.

— Cela dit, je me serai bien amusée. Tu imagines ? Baiser un milliardaire, et aristocrate par-dessus le marché ! C'est un souvenir à garder précieusement pour mes vieux jours, quand je chercherai à impressionner mes petits-enfants.

— Tout le monde n'a pas ta chance, petite veinarde. Ça, c'est sûr ! lança Shelley.

Lizzie se tourna vers son amie qui préparait le thé. Avait-elle perçu une pointe de jalousie dans sa voix ? C'était possible. Lizzie savait que sa colocataire regrettait d'avoir une vie amoureuse si peu trépidante. Elle n'avait d'ailleurs aucune vie amoureuse. Et si la belle demoiselle s'ennuyant à mourir à la fête d'anniversaire et cherchant refuge au comptoir du *Lawns* avait été Shelley ? Avec ses cheveux blonds et ses traits angéliques, elle était d'une beauté délicate. Et puis elle était loin d'être une imbécile ; John aurait pu la prendre pour cible de ses fantasmes, elle aussi.

Tandis que Lizzie songeait au destin qui réservait d'étranges sorts aux uns et aux autres, le visage de Brent s'illumina, et il lui décocha un grand sourire.

—Non, il n'y a que toi pour te retrouver dans une telle situation, Miss Bettie Page. Sans aucune expérience du métier, tu es parvenue à mettre le grappin sur un si gros poisson que n'importe quelle call-girl digne de ce nom tuerait pour avoir ta place.

—Et là, je répète : espèce de veinarde, renchérit Shelley en posant la théière sur la table.

Derrière l'humeur joyeuse et taquine de son amie, Lizzie ne put s'empêcher de percevoir autre chose...

—Je sais, je sais. Cela dit, il a beau prévoir de rester encore un temps au *Waverley*, je pense que notre petit jeu touche à sa fin. Il a probablement senti que je tenais trop à lui et a préféré mettre un terme à tout ça. Avec un tel compte en banque, il doit être sans cesse harcelé par des femmes dont il ne désire pas la compagnie.

Son cœur s'écrasa un peu plus encore. Effectivement, Lizzie faisait sans doute partie de ces femmes, mais, à la différence des autres, elle n'était pas attirée par son argent. Avec ou sans cartes de crédit, John Smith restait l'un des hommes les plus sexy au monde.

— Ce qui est étrange, c'est qu'il t'ait demandé lui-même de faire des recherches sur son passé, fit remarquer Brent en fronçant les sourcils.

— Oui, j'imagine que c'est justement pour me faire comprendre que je ne suis qu'une passade.

— Je n'en suis pas si sûre, rétorqua Shelley tout en leur servant une tasse de thé. Peut-être qu'il tombe fou amoureux de toi et qu'il tient à savoir si tu le désirerais toujours malgré son passé sinistre.

— Cela dit, si son passé était si sinistre, il ne voudrait pas qu'elle soit au courant, souligna Brent.

— Oui, bon… je m'en fiche, maintenant. On s'est bien amusés, le sexe était génial, mais c'est terminé. Je lui renverrai son argent, en ne gardant qu'une petite part pour mes « petits achats » et pour couvrir une partie de notre loyer, un point c'est tout.

Haussant les épaules, Lizzie mena une lutte intérieure afin de repousser cette petite voix qui lui criait combien elle voulait plus, combien elle se fichait de l'argent.

— Et puis, reprit-elle, je suis sûre qu'il ne m'en voudra pas d'en donner une partie à l'association de protection des félins.

Elle lança un regard en direction de Mulder qui était couchée en boule sur la table au milieu des tasses et des soucoupes, où elle savait qu'elle n'avait pas le droit de se trouver.

— Et si nous commandions une pizza ? Reprenons goût aux plaisirs simples. J'ai déjeuné dans un somptueux restaurant et ai passé un après-midi tout aussi copieux…, mais je meurs encore de faim. Et puis je sais que Mulder ne dirait pas non à une part de pizza aux anchois.

Tout en lançant sa proposition, Lizzie gratta la chatte entre les oreilles, et cette dernière la gratifia d'un ronronnement satisfait.

Quelle ne fut pas sa surprise lorsque ses amis acceptèrent avec joie sa proposition alors qu'elle s'attendait à un discours anticalories de la part de Shelley et à un sobre « Je n'ai pas faim » de la part de Brent. L'humeur était au beau fixe.

Cela lui ferait le plus grand bien de partager un moment délicieusement banal avec ses amis après les quelques jours intenses qu'elle venait de vivre en compagnie de John Smith.

Les jours passèrent. Lizzie paya quelques factures et fit plusieurs dons à des associations, puis elle glissa soigneusement le reste de l'argent de John dans une enveloppe scellée qu'elle rangea dans les papiers officiels qu'ils gardaient dans un caisson de rangement. Si elle n'avait pas de nouvelles de John dans les prochains jours, elle se procurerait une adresse afin de lui renvoyer le reste des billets. Bien qu'au fond d'elle Lizzie soit consciente d'avoir apporté à John les mêmes services et à qualité égale que ceux d'une call-girl professionnelle, elle ne pouvait se résoudre à garder l'argent. Cela ferait d'elle une véritable prostituée, même s'il ne s'agissait que d'un unique client, or elle se sentait trop chamboulée par cet homme pour l'accepter.

Si elle s'en servait dans le but de se faire plaisir, elle verrait ses nouvelles affaires comme des objets que John aurait payés, elle se verrait elle-même comme un objet que John aurait payé. Tandis qu'en le lui rendant elle pourrait toujours se convaincre qu'ils avaient vécu un amour passager.

Ainsi, il valait mieux mettre proprement un terme à leur relation. Aucune attache ne devait subsister, si ce n'est quelques souvenirs qu'elle chérirait à jamais.

La vie reprit un cours normal. Shelley partit passer quelques jours chez sa tante Marthe. Ces derniers temps, la vieille dame était fragile, et les visites de sa nièce avaient toujours tendance à la requinquer. Malgré l'anniversaire de l'accident, Brent semblait reprendre goût à la vie. Il en donnait du moins l'impression. Son emploi à la jardinerie lui faisait du bien.

Pour la énième fois, Lizzie passa par son agence d'intérim afin de se documenter sur diverses formations : design, études de mode et autres cours par correspondance. Elle avait plus que jamais besoin de faire quelque chose. Elle devait à tout prix parvenir à oublier un certain charmant inconnu aux boucles blondes, capable de la faire crier grâce à son habileté sans pareille.

Passer à autre chose se révéla beaucoup plus complexe qu'elle ne le pensait. Souvent, elle se surprit à se caresser, seule dans sa chambre, en repensant aux scènes torrides qu'ils avaient partagées.

Un après-midi, alors qu'elle était justement au bord de l'extase, la main dans sa culotte, le téléphone se mit à sonner.

— Et merde ! jura Lizzie, la tête encore foisonnante des images qu'elle s'était formées de John la prenant en levrette et promenant ses doigts sur sa croupe rougie.

Le temps s'arrêta soudain. Son plaisir ne se fit pas oublier, mais resta comme suspendu dans les airs.

Il s'agissait de son « téléphone de service », le portable de Bettie.

Elle se redressa en tailleur sur son lit et s'essuya les mains à l'aide d'un mouchoir en papier. Puis, tirant sur ses vêtements par réflexe comme pour se rendre plus présentable, elle prit une profonde inspiration. Le téléphone continuait de chanter.

L'esprit enfin éclairci, elle décrocha.

— Allô ?

— Allô, Bettie ! Comment allez-vous ? Seriez-vous partante pour un week-end à la mer ? Au tarif habituel, cela tombe sous le sens.

Voilà, ce fut aussi simple que cela. Le silence pesant pendant des jours, puis une invitation. Lizzie s'apprêta à le rembarrer, mais finalement tourna sept fois la langue dans sa bouche. Elle ne pouvait pas lui en vouloir. Officieusement, elle travaillait dans l'industrie du service ; elle était donc à la disposition du client. Il ne lui devait rien et n'avait aucune raison de la prendre avec des pincettes pour ne pas heurter sa sensibilité.

Et puis un séjour à la mer la tentait. Cela faisait des siècles qu'elle n'était pas partie en vacances, et John lui assurerait un luxe cinq étoiles.

Sans parler du plaisir charnel cinq étoiles… non, six étoiles, que cela impliquerait.

Une seule chose la fit toutefois hésiter : Brent. Shelley était partie pour quelques jours, elle aussi, ce qui le laisserait seul. Certes, il semblait aller beaucoup mieux et s'était même remis au vélo de course, ce qui était très bon signe ; cela lui faisait du bien, physiquement comme moralement. Si Shelley et elle prenaient soin de lui téléphoner chaque jour, l'air de rien, il se sentirait moins seul. Non ? Et puis Mulder était toujours là pour lui tenir compagnie. Lizzie nota dans un coin de sa tête d'appeler des amis pour leur demander de proposer un verre à Brent.

— Bettie, vous êtes encore là ? Quelque chose ne va pas ?

— Non, ça va. Oui, avec plaisir. C'est une très bonne idée.

Les mots sortirent de sa bouche sans qu'elle puisse prolonger son débat intérieur concernant Brent.

John laissa échapper un petit rire.

— Pardonnez-moi, j'ai été un peu abrupt. Non ? Je suis désolé de ne pas vous avoir rappelée plus tôt. L'Écosse requérait ma présence pour d'interminables réunions plus rasoir les unes que les autres. Je ne pensais qu'à une chose : rentrer en Angleterre et vous kidnapper pour un séjour au bord de la mer. Vous viendrez ? C'est vrai ?

— Évidemment. J'adorerais aller à la mer. Pour combien de jours dois-je préparer ma valise ? Dois-je prévoir des vêtements chics ?

Il sembla réfléchir un instant.

— Vous êtes sublime quoi que vous portiez, Bettie. Oui, prenez des tenues élégantes, mais emportez également un jean. Je compte vous emmener faire un peu de tourisme et manger une glace en marchant sur la plage, ce genre de choses. (Il fit une nouvelle pause.) Et n'oubliez pas d'emporter également quelques dessous affriolants, reprit-il d'une voix basse et suave. Je prévois de vous faire l'amour des heures entières après avoir sévèrement giflé votre fessier. En salle de réunion, je ne pensais qu'à ça, ces derniers jours. L'optique de vous revoir m'a permis de supporter ces négociations interminables. Je vous assure que sans les images qui se formaient dans mon esprit – votre corps magnifique, l'impatience de revoir vos fesses rouges comme des cerises – je crois que j'aurais perdu la tête, et gâché de très intéressantes transactions.

— Si je comprends bien, je vous sers désormais de thérapie personnelle.

— Vous êtes le meilleur des traitements, Bettie. Et vous m'avez beaucoup manqué.

Ces derniers mots sortirent dans un souffle à peine perceptible, et Lizzie se concentra pour y discerner un quelconque signe de sentiments sincères à son égard. John donna quelques précisions, notamment sur l'horaire matinal où il viendrait la chercher le lendemain matin, puis raccrocha. Seule face à la tonalité du téléphone, Lizzie se répéta ces mots que John avait doucement susurrés, en quête de signification sous-jacente.

Finalement, elle décida qu'il avait dit cela sans arrière-pensée. C'était une simple affirmation mais aucunement une déclaration affective.

John Smith s'apprêtait à emmener en voyage une ravissante jeune femme qui était disponible pour lui et à la payer généreusement pour ses services.

Ni plus ni moins.

— Je suis le chauffeur de M. Smith, se présenta le charmant jeune homme aux muscles saillants sous son costume noir, qui se tenait devant la porte d'entrée. Puis-je récupérer vos bagages ?

Un chauffeur ? John avait un chauffeur ?

Évidemment, idiote ! C'est un millionnaire qui ne doit plus savoir quoi faire de son argent... Ou un milliardaire ? Peu importe.

Les hommes fortunés tels que John passaient leurs journées en voiture, d'une réunion à l'autre. Ainsi, il était pour eux logique de laisser le plaisir des bouchons et des dangers de la route à des employés subalternes pendant qu'ils se prélassaient sur la banquette arrière. John avait sans doute aussi un hélicoptère ou un avion, voire les deux, qui l'attendait sagement à l'aérodrome le plus proche. C'était un homme dont les moyens allaient au-delà du concevable.

— Oui, je vous en prie. Allez-y.

Tandis que le chauffeur entrait dans la maison, une pensée fit soudain irruption dans l'esprit de la jeune femme. Après ce qui s'était passé dans la vie de John, peut-être ne conduisait-il plus. Il pouvait s'être fait retirer son permis ou avait décidé qu'il n'était plus à l'aise derrière un volant, malgré les années écoulées.

Quelques minutes plus tard, ses pensées bouillonnantes se dissipèrent lorsqu'elle se trouva devant la portière arrière grande ouverte de ce qui ne pouvait être qu'une limousine. Elle prit toutefois le temps de faire signe à Brent qui secouait la main derrière la fenêtre à l'étage et qui semblait aussi excité qu'elle à l'idée de ce séjour. De là-haut, il pouvait aisément observer l'étalage capitaliste dont pouvait faire preuve le séduisant inconnu qui emportait sa colocataire.

Lizzie fouilla du regard le vaste habitacle : l'éclatant sourire de John l'accueillit, ainsi que le reste de sa personne.

— Bonjour, ma belle Bettie, susurra-t-il en se penchant afin de lui tendre la main et de l'aider à monter.

Elle put constater qu'il ne se tournait pas les pouces en son absence ; autour de lui s'étalait l'attirail complet du parfait businessman : un ordinateur portable installé sur une tablette pivotante avec porte-gobelet, des dossiers, des papiers divers, sa mallette…

— Vous êtes superbe, comme d'habitude. Impatiente d'arriver à destination ?

— Oui, très impatiente.

Lizzie s'installa à côté de lui. John était superbe, lui aussi. Ce matin encore plus qu'à l'ordinaire, il avait l'allure d'un magnat des affaires.

— Et vous… Eh bien, vous avez l'air d'un patron, monsieur Smith. Ce que vous êtes, je n'en doute pas. Sans doute à la tête de centaines d'employés.

— C'est juste, admit-il en repoussant quelques dossiers afin de l'aider à accrocher sa ceinture de sécurité.

La portière se referma dans un bruit sourd caractéristique des véhicules de luxe, scellant leur intimité face à une vitre teintée qui les séparait du chauffeur. En manipulant la ceinture, John frôla la poitrine de Lizzie, et elle eut un frisson.

Aussitôt, il posa sur elle son regard d'un bleu profond et empreint de malice.

— C'est ainsi qu'il faut faire, non ?

Il posa sa main curieuse bien à plat sur son sein, titillant du pouce la pointe qui durcissait déjà sous le tissu.

Cette caresse légère et sans plus de répercussions eut pourtant un effet palpable sur elle. Oui, c'était ainsi qu'il fallait faire. À 9 heures du matin, elle n'était auprès de John que depuis trente secondes, et déjà son corps brûlait d'un désir ardent. Qui pouvait dire dans quel état elle se retrouverait après deux heures passées tout contre le corps de John dans cet espace intime et confiné ?

D'autant qu'en cette matinée ensoleillée John était plus séduisant que jamais.

Le soir de leur première rencontre, elle l'avait remarqué entre autres pour son sublime costume trois pièces ; ce matin, celui qu'il portait était plus somptueux encore. Décidément, John avait le chic pour choisir les couleurs qui seyaient le mieux à son teint. Cette fois, il avait opté pour un gris tirant sur le bleu pâle, créant un subtil mélange des deux qui ne faisait que souligner encore ses yeux, d'un bleu azur et profond. Sa chemise, quant à elle, illuminait de son blanc immaculé le teint clair de son visage tandis que sa cravate, une nuance plus sombre et plus grise que le costume, se distinguait par un motif discret et raffiné.

En repensant à un livre qu'elle avait lu peu de temps auparavant, Lizzie sourit.

— Oui, bien sûr que c'est ainsi qu'il faut faire, répondit-elle enfin en s'efforçant de rester calme et posée. J'empiète sur votre temps de travail ; le mieux que je puisse faire est de rester disponible et prête sur commande.

Il valait mieux être claire dès le début. Inutile de faire passer le voyage pour un fantasme romantique hors de propos ; il s'agissait d'un homme d'affaires payant une jeune femme pour son corps le temps du séjour.

Leur relation était strictement professionnelle, même si le corps de Lizzie réclamait la moindre caresse de cet homme.

— J'apprécie cette attention, Bettie.

Il saisit encore sa poitrine avec légèreté et insistance. Dans ses yeux, elle lut le feu qui brûlait en lui, aussi vivace que celui qu'elle tentait elle-même de canaliser. Il l'embrassa ardemment, la main encore posée sur son sein. Son souffle sentait la menthe fraîche, comme s'il venait de se laver les dents, et son eau de Cologne l'enivrait d'un fumet exquis. Le baiser fut bref mais laissa Lizzie haletante.

Fier de son effet, John s'écarta.

— Vous inviter n'est pas bon pour mes affaires. Il me reste beaucoup de travail, or vous êtes une telle tentation…

Quel esprit contradictoire !

— Eh bien, il est encore temps pour moi de vous laisser partir seul ! Je n'aimerais pas savoir que ma présence vous trouble dans le cours d'une importante transaction financière. Ce n'est pas comme si je n'avais rien d'autre... personne d'autre à gérer.

Il l'observa longuement.

— Je n'ai pas autant de travail que cela, ma Bettie. Accordez-moi juste un moment, et vous verrez que vous ne le regretterez pas.

Elle n'en doutait pas un instant. Le simple fait d'être à ses côtés en voiture, sage comme une image pendant qu'il s'affairait entre sa paperasse et ses mails, lui procurait un sentiment d'euphorie. La proximité de son corps svelte et soigné l'excitait sans qu'il ait à la toucher. Son corps entier était en éveil. Aux yeux de John elle était consciente de n'être qu'une sucrerie qu'un homme riche s'offrait pour son propre plaisir, mais à ses yeux le plaisir était partagé. À sa place, une escorte professionnelle serait ravie d'avoir capté l'attention d'un homme aussi fortuné et aussi généreux, mais pour elle le véritable régal résidait dans l'homme lui-même.

— Mais j'y compte bien ! rétorqua-t-elle en lui décochant son plus beau sourire.

Le rire de John laissa penser qu'il lisait en elle comme dans un livre ouvert, mais elle s'en fichait. Au contraire, elle lui adressa un clin d'œil auquel il répondit en secouant la tête. Était-il au courant ? S'il savait qu'elle menait un double jeu et n'était pas une vraie call-girl, quand comptait-il lui dire qu'il l'avait démasquée ? L'incertitude, et le danger qu'elle impliquait, n'était qu'un facteur supplémentaire d'impatience sensuelle.

— Bien… J'imagine que vous avez des questions à me poser, spécula John en refermant son ordinateur avant de s'emparer d'un dossier. Vous étiez très peu curieuse au téléphone. Je vous ai trouvée détachée.

Alors même qu'elle s'attendait à se faire interroger, Lizzie se trouva pourtant quelque peu déboussolée. Cet homme était vraiment étrange.

— Vous êtes tel que vous êtes, John. Et je suis telle que je suis. Je pensais que nous pourrions savourer la situation comme nous le faisons, dans notre bulle, sans nous soucier du reste du monde.

Ses doigts se figèrent sur les touches du clavier, et il tourna la tête vers elle, l'air impressionné.

— Bettie, vous êtes une femme très raisonnable. À votre place, une autre brûlerait d'envie de tout savoir et en profiterait pour me tirer les vers du nez.

Mais je veux tout savoir ! Absolument tout. Et je veux que vous cessiez de me payer.

La pensée la traversa comme une flèche et sans prévenir. C'était pourtant la vérité. Après seulement quelques jours passés dans les plus étranges circonstances, elle en arrivait déjà à la conclusion qu'il était celui qu'elle voulait. Pourtant, elle devait à tout prix s'éloigner de ce terrain glissant.

— Peut-être, mais moi, je veux m'amuser, c'est tout. Nous pourrions jouer les rôles du businessman cruellement riche et sexy et de sa pauvre victime aux abois, qu'en dites-vous ?

John se remit à écrire quelques mots sur son ordinateur, plongé dans son travail.

— Pourquoi pas ? Toutefois, je vous imagine mal en victime. J'ai rarement vu une femme aussi assumée que vous.

Après un court silence, il frappa encore quelques touches du clavier.

— Enfin, mon ex-femme était du même genre, mais elle est de plusieurs dizaines d'années votre aînée, et sa fortune, combinée à son ouverture d'esprit, laissait penser que la force était naturelle chez elle.

Lorsqu'il tourna la tête vers Lizzie, elle put lire dans ses yeux qu'il demandait à être interrogé, mais elle préféra s'abstenir et garder enfouie la terrible curiosité qui la rongeait.

— Eh bien, je ne suis peut-être pas une victime aux abois, mais vous êtes certainement un businessman cruellement riche et sexy. Vous incarnerez facilement votre personnage.

— Tout à fait.

Sans même bouger autre chose que son sourcil levé, John replongea dans la peau du bourreau des cœurs qu'il mimait si bien.

— Dans ce cas, ma belle Miss Victime, je vous ordonne de retirer votre culotte et de me la donner. Je veux vous savoir littéralement disponible bien que le temps me manque et m'empêche de pousser plus loin mes investigations pour l'instant.

Lizzie jeta un bref coup d'œil vers la vitre teintée qui les séparait du chauffeur, puis vers le paysage qui défilait. Ce fut à cet instant qu'elle prit conscience des kilomètres déjà parcourus. La limousine avançait à une allure modérée, mais semblait presser les véhicules qui gênaient sa trajectoire.

— La vitre est parfaitement teintée, ne vous inquiétez pas. Personne ne nous voit et personne ne nous entend… à moins que nous ne le voulions. Cela dit, ce ne serait pas raisonnable de faire profiter Jeffrey de nos ébats. Derrière un volant il est imperturbable, mais on ne sait jamais.

« Nos ébats » ? À ces mots, Lizzie eut des palpitations. Il était si proche d'elle…

— Et cette culotte ? Allez-vous l'enlever ou dois-je m'en occuper moi-même ?

Ces paroles roulèrent dans sa bouche avec une sensualité déconcertante.

— Parfait.

Plongeant les doigts sous l'élastique de son sous-vêtement, elle tira doucement tout en se soulevant afin de libérer le morceau de dentelle beige. Elle s'efforça de ne rien montrer de sa nervosité, mais ce n'était pas une tâche facile. Tendant le bras, son ordinateur toujours sur les genoux, John récupéra son présent.

— Magnifique...

Le gardant pendu au bout de son doigt, il le fit balancer un instant, faisant rougir Lizzie devant une scène aussi embarrassante.

— Rangeons ce trésor dans un endroit sûr.

Il forma une boule avec le tissu et le fourra dans la poche avant de sa mallette en peau de porc.

— Voilà qui est parfait. Maintenant, relevez votre jupe afin de vous trouver en contact direct avec le cuir du siège. Ne font-ils tous pas ça dans les romans ? *Histoire d'O*, ce genre de choses.

D'une seule main, il referma sa mallette et la rangea à ses pieds.

— Vous avez lu *Histoire d'O*, j'imagine ?

Oui, elle connaissait ce livre. Il y avait des années, ses copines de lycée lui avaient lancé le défi de le lire. Elle ne s'attendait pas à cela. Certains passages l'avaient troublée, d'autres lui avaient paru incompréhensibles. Quel homme amoureux donnerait la femme qu'il aimait à un autre ?

— Bien sûr que je l'ai lu, répondit Lizzie en remontant son jupon pour libérer ses fesses.

Les désirs de John semblaient contradictoires ; elle préféra alors faire durer le plaisir. Doucement, elle s'ajusta sur son siège, dont le revêtement en cuir lui sembla froid au premier abord, avant de se réchauffer au contact de sa peau.

Heureusement que le siège était noir, car il aurait été dommage de le tacher, se dit-elle, plus excitée que jamais.

— Quelles sensations cela vous procure-t-il ?

— C'est délicieusement sensuel. Vous devriez essayer.

Le regard de John s'assombrit, et ses doigts semblèrent tiquer en direction de sa ceinture.

— Une autre fois, souffla-t-il finalement en reportant son attention sur son écran d'ordinateur.

C'est tout ?! Il avait démarré les hostilités, la laissant assise là, les fesses nues et exposées, et voilà qu'il retournait à ses occupations ?! Ah, les hommes !... Malgré son état de tension, elle eut envie de le provoquer et se força à regarder le paysage défiler par la vitre, ignorant John. Mais en vain. Le baiser du cuir sous elle était omniprésent dans ses pensées, c'était comme si la main de John la touchait en continu. Elle n'en pouvait plus d'impatience et désirait plus que tout sentir sa réelle caresse sur sa peau.

— J'imagine que vous êtes prise d'une envie folle de vous masturber.

Un petit bip annonça la réception d'un mail, et John le lut avec une grande attention, comme s'il n'avait rien dit d'extraordinaire ; cela ne l'était peut-être pas..., du moins pas pour lui.

— Non merci, ça va. Je préfère profiter du voyage.

— Menteuse !

Sa voix était avenante, mais il ne la regardait toujours pas ; il était trop occupé à répondre au mail qu'il venait de recevoir.

Se positionnant plus confortablement sur son siège, Lizzie l'observa. Pourvu qu'elle trouve de quoi s'occuper ! John était obnubilé par ses messages : il en écrivait quelques-uns, en supprimait d'autres...

— N'avez-vous pas un assistant pour se charger de cela pour vous ? Un homme parmi tant d'autres, prêt à réagir au moindre de vos claquements de doigts ? Je trouve étrange que vous gériez seul votre correspondance.

John marqua une pause pour se tourner vers elle.

— Oui, c'est vrai qu'ils sont nombreux sous mes ordres, admit-il avec un rictus. D'ailleurs, je voyage habituellement avec mon assistant, et parfois d'autres employés. Mais j'ai laissé Willis prendre quelques jours de repos pour retrouver un peu sa famille. Pour être honnête, je comptais profiter du voyage sans eux. (Il la regarda un instant.) En réalité, j'avais dans l'optique de mêler l'utile à l'agréable en vivant une aventure de mon côté.

Lizzie frissonna à l'idée d'être considérée comme « une aventure ». Au fond, tout au fond d'elle, évidemment, il y avait encore cette petite voix qui réclamait plus qu'une simple aventure. Toutefois, dans le monde semi-réel de ce qui lui était concrètement possible de vivre auprès de John, être son aventure lui suffisait.

Finalement, la sensation du cuir contre sa peau lui plut de plus en plus, et elle s'imagina qu'il s'agissait de la main de John… ou de son visage… Il voulait la voir soumise, mais Lizzie sentait qu'un jour il serait prêt à échanger les rôles.

Mais pas encore. Il fronça les sourcils. Ses petits mouvements sur le siège ne lui avaient pas échappé. Afin de se soustraire à ses reproches, elle posa la première question qui lui vint à l'esprit, et pas des moindres.

— Ainsi vous avez un assistant ? Comment est-il ? Aussi charmant que son patron ?

L'air impressionné de John laissa entendre qu'il avait compris son petit manège et applaudissait sa maîtrise.

— Willis ? Oui, c'est un beau gosse. Ce n'est pas sa femme qui dira le contraire.

Un beau gosse ?

Toujours empreinte d'étranges sensations provoquées par le cuir sous ses fesses, Lizzie laissa les images les plus folles se former dans son esprit. John avait qualifié son assistant de « beau gosse », comme s'il était lui-même attiré par le jeune éphèbe. Ce n'était probablement pas le cas, mais qui sait ? L'apollon installé à côté d'elle était doté d'une expérience indéniable des plaisirs charnels et s'était sans doute adonné à de nombreuses distractions par le passé.

Était-il bisexuel ? La vision de John enlaçant voluptueusement un autre homme tout aussi séduisant la laissa frémissante. Serait-il également dominant dans une telle situation ? Peut-être pas...

Oh ! John penché au-dessus d'une chaise, se laissant posséder par un inconnu, le visage contorsionné par un subtil mélange de douleur et d'extase !

Le rire de John arracha Lizzie à ses rêveries. Il secouait la tête, et sa coiffure impeccable laissa échapper une mèche rebelle sur son front. Lizzie fut prise d'une envie de la toucher.

— Vous êtes une femme mystérieuse, Bettie. Cela dit, je lis parfois en vous comme dans un livre ouvert. (Avant de reprendre, il se mordilla brièvement la lèvre inférieure.) Vous vous demandez si Willis et moi avons déjà baisé, n'est-ce pas ?

Elle lui rendit son sourire.

— John, vous êtes un homme particulièrement charmant, et si ce Willis est un « beau gosse », comme vous dites... C'est un fantasme typiquement féminin : deux hommes, aussi séduisants l'un que l'autre, aussi virils et aussi généreusement dotés…

—Vraiment ? Les femmes fantasment sur les relations entre hommes ?

—Peut-être pas toutes, mais moi, oui.

À l'époque de sa brève liaison avec Brent, Lizzie rêvait effectivement de le voir avec un autre partenaire. Ce n'était jamais arrivé, mais elle y pensait encore parfois. Cela lui parut étrange d'imaginer cet ami qu'elle ne désirait plus sexuellement depuis longtemps, dans une telle situation… En revanche, elle n'eut aucun mal à fantasmer sur son nouvel ami, John Smith, en présence d'un jeune assistant fougueux et incroyablement séduisant.

—Navré de vous décevoir, mais Willis est strictement hétérosexuel. Il serait pétrifié de me voir autrement que dans mon rôle de patron et démissionnerait sur-le-champ si cela devait arriver. Ce qui serait bien dommage pour lui, car son salaire est mirobolant, et pour moi, car il fait un excellent travail.

—Mais sorti de son contexte, seriez-vous prêt à lui faire du gringue ?

Pourquoi fallait-il qu'elle insiste ?

Il plissa les yeux.

—Si je comprends bien, vous me demandez si je suis bisexuel ? s'enquit-il d'une voix rauque et énigmatique. La réponse à cette question vous coûtera très cher, belle Bettie. Êtes-vous certaine de vouloir le savoir ?

Elle devait savoir. S'il ne répondait pas dans l'instant, la curiosité la rongerait jusqu'à son dernier souffle.

Sur des charbons ardents, Lizzie hocha simplement la tête.

— Dans ce cas, très bien. Je suis hétérosexuel et n'ai pas l'intention d'en changer. Cela dit, je ne dis pas que je n'ai jamais rien expérimenté.

Son ordinateur émit de nouveaux bips, mais cette fois John referma la messagerie sans y prêter attention.

— À l'époque où j'étais en lycée privé, j'ai testé des choses différentes. Qui n'a jamais eu le béguin à quinze ans ? Il n'y avait rien d'anormal à cela. (Il marqua une pause et détourna le regard.) La plupart du temps, les autres garçons me trouvaient séduisant plutôt que l'inverse. J'étais aussi charmant que vous me voyez à présent.

Derrière l'humour se cachait un trouble évident qu'il eut du mal à réprimer. Dans l'espoir de le mettre en confiance, Lizzie se mit à plaisanter à son tour.

— Et tout aussi modeste, je suppose ?

— Je ne peux nier mon charme de l'époque, ma chère. Un superbe éphèbe aux cheveux plus clairs encore qu'aujourd'hui. Ils étaient nombreux à vouloir me croquer.

— Vous êtes toujours bel homme, John.

Le sourire qu'il lui décocha rayonna d'une subtile reconnaissance. Il referma son ordinateur et le rangea à côté de lui avant de reprendre sa mallette pour en sortir une feuille et un stylo. À la grande surprise de Lizzie, le stylo en question était banal, un Bic noir comme elle en avait chez elle, acheté au supermarché du coin. Ne serait-il pas plus digne d'un businessman de se munir d'un Montblanc ?

— Vous me flattez volontairement, observa-t-il en griffonnant sur son papier. C'est à croire que vous cherchez à me faire raconter les anecdotes les plus aguichantes de mon adolescence rebelle. Cela vous coûtera beaucoup plus cher que de simples compliments sur ma personne.

— Cher comment ?

Peu importait. L'envie de savoir était irrésistible.

— Tout d'abord, je souhaite que vous vous caressiez jusqu'à l'orgasme, ici et maintenant, pendant mon récit. Ensuite, je vous fouetterai une fois que nous serons arrivés à destination. Enfin, je profiterai de notre séjour pour explorer votre si parfait fessier. C'est le prix à payer.

Il soutint le regard de Lizzie sans sourciller.

— Vous êtes rude à la négociation, John. Si vous étiez dans ma branche, vous feriez fortune.

Une expression triste réapparut sur le visage de son bel amant, et Lizzie se le reprocha aussitôt. Cela pouvait avoir un rapport avec son travail, mais elle en douta.

— Il fut un temps où je travaillais dans cette branche, où je vendais mon corps pour de l'argent, mais c'est une autre histoire. C'était il y a longtemps.

Son stylo se figea sur le papier.

— Acceptez-vous notre accord ? reprit-il.

Qu'avait-il fait ? Avec qui ? Quand ? Les questions se bousculaient dans sa tête, mais Lizzie savait qu'il ne mènerait à rien de s'engager sur une autre piste. Et puis elle brûlait d'en savoir plus au sujet du lycée privé.

— J'accepte. Dites-moi tout de vos sinistres exploits dans les dortoirs.

— Ce n'était pas sinistre. J'étais amoureux et lui aussi. Pendant trois semaines, nous croyions vivre le grand amour.

— Qui était-il ?

— Nous avions un marché, Bettie.

Il désigna du menton les cuisses de la jeune femme. Cette dernière plongea une main sous sa jupe. Il y faisait chaud, et elle dut retenir un gémissement en arrivant au point sensible. À cette allure, elle passerait aisément la première étape.

— J'ose espérer que vous êtes humide. Je serais déçu d'apprendre que mes histoires ne vous font aucun effet.

— Ne vous inquiétez pas pour ça... Je crains même de tacher votre siège en cuir.

— Parfait. Il s'appelait Benjamin. Benjamin Sherwood. Nous étions dans la même classe, et nos familles se côtoyaient.

Le regard azur de John se perdit dans le vague, comme si les souvenirs étaient encore frais dans sa mémoire.

— Il était svelte et d'une élégance sans pareille. Ses cheveux noirs bouclaient légèrement. Au grand dam du directeur, il les portait plus longs encore que les miens.

— Vous étiez jeunes ?

Cela procura une sensation étrange à Lizzie de s'imaginer deux jeunes garçons.

— À peine dix-huit ans. Les garçons expérimentent à tout âge ; pour ma part, je ne m'y suis mis que très tard. C'était mieux ainsi : cela laissait moins de temps à mon père pour tout découvrir et faire exploser un scandale, car c'était prévu quoi qu'il en soit.

L'envie la saisit de l'interroger sur sa famille ; ils semblaient avoir coupé les ponts depuis de longues années. John reprit son récit, balayant ainsi l'opportunité qui s'était offerte à Lizzie.

— Un après-midi où nous n'avions pas cours, il faisait une chaleur étouffante dans les locaux. Je l'ai vu partir pour une promenade dans les bois, alors je lui ai emboîté le pas.

— Oh, les bois ! Vous semblez amateur de décors naturels pour vos ébats.

Le sourire aux lèvres, John s'agita sur son siège. Les dossiers posés sur ses genoux empêchaient Lizzie de le confirmer, mais elle était persuadée qu'il était dur comme la pierre.

— En effet. Et lui aussi, d'ailleurs. Nous avions abordé le sujet lors d'une randonnée, sans pour autant faire quoi que ce soit. Quelques baisers volés, tout au plus.

Il poursuivit en lançant à la jeune femme un regard en coin.

— Ce jour-là, en le suivant dans les bois, je savais que j'étais prêt. Je savais mon amour pour lui réciproque et j'avais envie d'aller jusqu'au bout.

— C'est-à-dire ?

John secoua la tête.

— D'abord, offrez-moi un spectacle.

Doucement, elle explora sous sa jupe l'antre des délices, formant de petits cercles du bout du doigt. La seule pensée de John en action en compagnie d'un jeune apollon suffit à la stimuler. Les informations manquaient quant au physique de ce Benjamin, alors elle se l'imagina sous les traits d'un acteur grand et brun qu'elle trouvait séduisant.

— J'avais des préservatifs et du lubrifiant. Ces objets m'étaient encore peu familiers, mais je m'en fichais. Je voulais retrouver Benjamin et l'embrasser. Il embrassait divinement bien. Sa langue était presque aussi vive et délicate que la vôtre.

— Et ?

— Vous d'abord. Atteignez l'orgasme, tout de suite. Ensuite, je vous raconterai le reste.

Elle reprit ses mouvements circulaires, mais alors qu'elle était proche de son objectif tout désir s'évapora en un éclair. Elle écarta les jambes et insista un instant, mais rien n'y fit.

— Zut !

— Que se passe-t-il ?

Les sourcils froncés, John avait l'air inquiet.

— Parfois, ça ne fonctionne pas sur commande, balbutia Lizzie.

Un immense point d'interrogation apparut sur le visage de John. Il redevint le jeune garçon superbe et inexpérimenté, et pourtant curieux de tout découvrir.

— Pourquoi ne pas avoir simulé ? N'est-ce pas un moyen discret et efficace de satisfaire le client ?

Si. Pour les filles du métier, elle n'en doutait pas.

— Pas pour moi. J'aime offrir l'expérience de la sincérité. La simulation ? Très peu pour moi.

Reposant sa liasse de paperasse sur le côté, il se glissa plus près d'elle sur le siège.

— Dans ce cas, je pense pouvoir vous aider. J'aime votre côté prostituée honnête et fière de l'être.

Je ne suis aucun des trois, mais on s'en fiche.

John glissa une main sous le jupon de la jeune femme et en chassa ses doigts inutiles pour les remplacer par les siens. Ils étaient moins fins et n'avaient pourtant rien à envier à l'habileté instinctive des précédents. Sous les caresses réitérées par un autre, Lizzie sentit son désir refaire surface. Relâchant chacun de ses muscles, elle laissa reposer ses mains de chaque côté sur le siège et s'abandonna entièrement à la dextérité de John.

— J'ai rejoint Benjamin dans notre repaire, comme on l'appelait. C'était une cabane dans les bois. Une sorte de maison de vacances abandonnée et tombant en ruine. Pour nous, l'endroit était parfait, car il nous conférait ce qu'il fallait d'intimité.

Aux portes d'un plaisir inassouvi, elle se délecta de cet index qu'il apposait par touches et poussa un soupir.

— À peine suis-je entré dans la cabane qu'il est venu m'embrasser. Il me ravissait de sa langue curieuse tout en ouvrant fébrilement ma braguette pour s'emparer de mon sexe. Ses gestes étaient brusques, il ne savait pas vraiment comment s'y prendre, et moi non plus, mais sa brutalité était loin de me déplaire. Au contraire.

John se pencha tout près de Lizzie et déposa un baiser sur sa joue.

— Déjà à l'époque, j'étais adepte de plaisirs interdits.

Promenant son index inlassablement contre son intimité, il embrassa langoureusement la belle, comme Benjamin l'avait fait des années plus tôt, et mena Lizzie jusqu'à l'orgasme.

Des grognements de plaisir lui échappèrent sous l'autorité impérieuse de la bouche de John. Atteinte par le pic de son extase, elle manqua de le blesser en battant l'air de ses jambes et en se soulevant du siège. Ce fut court mais intense, et Lizzie maintint la main de John en place jusqu'à la dissipation des dernières vagues.

12

Une table en terrasse

— Voulez-vous entendre la fin de l'histoire ?

Reprenant doucement ses esprits, Lizzie cligna des yeux. Étrangement, elle était blottie dans les bras de John, la tête reposant sur son épaule, sans parvenir à se rappeler la manière dont elle était arrivée dans cette position. S'était-elle endormie sous l'intensité de son orgasme ?

— Bien sûr !

Elle se redressa et tira sur sa jupe pour la remettre en place. L'énergie débordante qui l'envahissait était sans nul doute le fruit de la main gracieuse de John.

— Tant mieux, nous en discuterons autour d'un café. Nous arrivons à une aire que je connais bien.

Il désigna la vitre d'un geste de la main tandis que la voiture quittait l'autoroute pour s'engager dans la petite cour de ce qui ressemblait à un vieux café de passage recouvert de lierre. Lizzie n'en revenait pas ; la présence de John l'avait tant hypnotisée qu'elle ne s'était pas rendu compte qu'ils avaient quitté la route nationale.

— C'est joli, observa-t-elle. Et bien plus accueillant qu'une station-service.

— Oui, j'aime beaucoup cet endroit, admit John le sourire aux lèvres, se passant une main dans les cheveux et chassant de l'autre une peluche inexistante de son pantalon de costume. Leur café est divin, et ils font les tartes au citron comme personne. Vous avez faim ?

La légère bosse encore présente sous son pantalon n'échappait pas à Lizzie, qui se demanda si cela ne le dérangeait pas. Aimait-il faire étalage de son désir en public ? Après tout, pourquoi pas ? Cet homme était aussi étrange qu'il était sexy.

Tandis qu'ils traversaient le petit jardin du *Bluebell Café* pour s'installer à une table en terrasse, Lizzie eut la sensation d'être plus consciente de son érection qu'il ne l'était lui-même. Quelques clients occupaient les tables alentour, mais personne ne sembla remarquer quoi que ce soit d'anormal. Lorsqu'il salua cordialement deux femmes à peine plus âgées que lui, ces dernières en frissonnèrent de joie. Elle ne pouvait pas leur en vouloir ; John slalomait entre les tables, rayonnant d'un charme masculin irrésistible et illuminant ceux qu'il croisait de sa présence divine. Lizzie sourit en se demandant si les femmes auraient l'idée de baisser les yeux un peu plus bas, mais son visage d'ange semblait accaparer toute leur attention.

— Bien, revenons à votre histoire, proposa-t-elle lorsqu'ils furent installés à bonne distance des autres clients tout en bénéficiant d'une vue magnifique sur la rivière en contrebas.

Le café se révéla aussi exquis que l'avait prédit John, et la tarte au citron était un véritable régal.

Avant de répondre, John jeta un coup d'œil alentour afin de s'assurer de l'intimité de leur conversation.

— Oui, donc…

Il marqua d'abord une pause, savourant une bouchée de sa pâtisserie, puis passa la langue sur le bout de ses doigts afin d'en chasser les miettes.

— Il me semble que nous nous sommes arrêtés à l'épisode où Benjamin s'empare de mon sexe, n'est-ce pas ?

— Exact. Et vous précisiez avoir apprécié la brutalité de ses gestes.

— C'est cela. J'appréciais sa présence ainsi que celle de sa main sur moi, bien qu'il s'agisse là de rapports inhabituels. Le fait d'être saisi par la main d'un autre homme était à la fois effrayant et merveilleux, à l'époque.

Sa voix détonna légèrement sur ces derniers mots, et Lizzie fronça les sourcils. Malgré les aveux de John insistant sur son hétérosexualité, elle eut envie de lui demander : « Et maintenant, trouveriez-vous toujours cela merveilleux ? »

Il avait clamé ne pas être bisexuel, mais après tout il pouvait la mener en bateau comme elle le faisait avec lui.

— Les minutes se sont écoulées, et je gémissais sous les assauts de sa main fébrile, parvenant par je ne sais quel miracle à ne pas déjà céder au plaisir. L'attrapant par les fesses, je l'ai rapproché de moi, et il s'est mis à se frotter contre ma jambe sans cesser de me masturber. Sous son pantalon, je sentais qu'il était plus dur que jamais. (John décocha un sourire à la belle.) Honnêtement, nous faisions tous les deux preuve d'une incroyable endurance, car nous parvenions à faire durer le plaisir au maximum.

Lizzie but une gorgée de son café délectable, dont l'arôme roulait doucement dans sa gorge. La caféine affûtait les sensations que lui procurait le récit de John, elle ne voulait pas en perdre une syllabe.

— Et ensuite ?

— Ensuite, nous nous sommes encore embrassés, puis je me suis emparé de son sexe, et nous avons commencé à nous frotter l'un contre l'autre. Bon sang, il était tellement imposant ! Ce qui était surprenant étant donné sa carrure frêle…

Dans l'esprit de Lizzie se multiplièrent les images de cet homme grand, brun et séduisant, occupé à caresser John. L'ange aux boucles d'or et le démon mélancolique : quel délicieux contraste ! Puis elle se vit les rejoindre dans le bois – qu'avaient-ils tous avec les bois ? – et les observer pendant qu'ils se touchaient l'un l'autre. Lizzie commença à s'agiter sur sa chaise et s'empara d'un morceau de tarte afin de porter son attention ailleurs que sur la chaleur qui se formait au creux de ses cuisses.

— À ce stade des choses, je ne pense pas que Benjamin ait anticipé ce qui pouvait arriver..., mais moi, oui. Dans les douches, j'avais vu d'autres garçons à l'œuvre. Je décidai donc que je voulais Benjamin en moi.

— Oh !

Marquant une pause afin de siroter son café, John lui lança un regard en coin.

— Pourquoi êtes-vous si surprise ?

En effet, pourquoi ? Ce n'était pas parce qu'il se conduisait en maître du monde avec elle qu'il était incapable de se montrer curieux et d'échanger les rôles.

— Pensez-vous vraiment que le seul fait d'aimer vous dominer implique que je ne saurais apprécier l'autre côté du miroir ?

Tout en parlant, John tripota sa cuillère à café, faute de ne pouvoir en faire autant avec Lizzie, ou avec le jeune Benjamin.

La jeune femme le regarda droit dans les yeux. Elle y lut de la douceur ; toutefois, elle perçut également comme un voile sombre. Que lui était-il arrivé ? Son flirt avec Benjamin n'y était pour rien... Le parcours de John était semé de zones d'ombre, Lizzie en avait conscience. Hélas, elle ne le fréquentait pas depuis assez longtemps pour lever le voile sur ses mystères.

—Non, je ne suis pas surprise. Si vous êtes si doué dans le rôle du dominant, c'est grâce à votre propre expérience de la soumission.

Hésitante, elle se demanda si elle pouvait se permettre de lui proposer…

—Vous savez, monsieur Smith, avant la fin de votre séjour, je vous recommande de me laisser tenir les rênes, au moins pour essayer. Il serait très intéressant – et très excitant – de vous voir à genoux subir le sort que vous avez l'habitude d'infliger.

John hocha la tête, visiblement impressionné par tant d'assurance.

—Je pourrais vous prendre au mot, Bettie. Ce ne serait pas difficile, pour moi. J'adorerais me soumettre à vos ordres.

—Parfait. Pour le moment, je vous somme de poursuivre votre récit.

—Vos désirs sont des ordres, ma douce Bettie, obtempéra John avec une désinvolture inappropriée au rôle de soumis.

Mais cela n'avait aucune importance aux yeux de Lizzie ; ce qui comptait pour elle était de connaître la suite de l'histoire au sujet de Benjamin, son amour perdu.

Marquant une pause, John sirota son café puis posa ses yeux bleus sur ceux de son interlocutrice, non sans une pointe de malice.

— Je lui ai demandé de retirer ses vêtements. Se déshabiller devant moi le mettait mal à l'aise, alors j'ai montré l'exemple. Pendant un instant, j'ai cru qu'il ne pourrait se retenir tant l'idée de ce qui se préparait l'excitait, mais il est finalement parvenu à se mettre nu. Il était sublime – et l'est sans doute encore aujourd'hui – : à la fois grand et mince, et pourtant doté de ce qu'il faut où il faut.

Les efforts que faisait Lizzie pour imaginer le jeune éphèbe se révélèrent vains : elle ne vit que John, son corps sublime avec quelques années de moins.

— Que s'est-il passé, ensuite ?

— Je lui ai expliqué ce que j'attendais de lui. Je lui ai donné des instructions. Sa surprise était évidente : il s'attendait à être celui qui se ferait prendre par-derrière.

La voix de John était basse et rauque, mais Lizzie regarda malgré tout autour d'elle. Personne ne semblait s'intéresser à eux. Les deux femmes émerveillées par John étaient déjà parties.

— Tandis que j'enfilais le préservatif sur son sexe, je lui conseillai de réfléchir à un exercice trigonométrique. Les formules mathématiques ont toujours eu le pouvoir de calmer efficacement mes pulsions.

— Lorsque vous me baisiez, étiez-vous en train de compter mentalement vos milliards ?

Il rit aux éclats.

— L'âge aidant, je sais désormais me contrôler tout seul. Et puis n'oubliez pas que je possède des techniques de rétroaction infaillibles. Elles n'ont jamais arrangé mes troubles du sommeil, mais sont redoutables en ce qui concerne la maîtrise de ma virilité.

— Vous m'en direz tant…

L'envie soudaine d'en savoir plus sur ce problème de ne pouvoir partager sa couche saisit Lizzie, mais ce n'était vraiment pas le moment de le questionner à ce sujet.

— Eh oui ! Enfin, bref, nous nous sommes installés sur le parquet de la cabane ; à quatre pattes, je lui ai demandé de me lubrifier…, mais il tremblait de la tête aux pieds. J'ai été obligé de m'en charger tout seul. Le produit a coulé partout, c'était une catastrophe.

Oh, bon sang ! La tentation était terrible pour la jeune femme de réitérer l'expérience du restaurant au *Waverley* ; cela la démangeait de glisser ses mains sous la nappe blanche… Regrettant de ne maîtriser aucune technique de rétroaction, Lizzie jeta son dévolu sur un morceau de tarte, qu'elle savoura à peine.

— Lorsque nous fûmes enfin prêts, je lui dis d'entrer en moi. Il hésita, il n'était pas sûr d'y arriver. Je fus contraint de l'y forcer, et lui ordonnai de le faire.

Ce ne fut pas une surprise pour Lizzie. Le goût prononcé de John pour l'omnipotence dans ses rapports sexuels n'était plus un secret pour elle ; il devait déjà aimer mener la danse, même dans ses jeunes années.

— Si je comprends bien, vous contrôliez la situation… d'en bas. C'est toujours vous le patron, n'est-ce pas ?

Le sourire aux lèvres, il haussa les épaules nonchalamment.

— Oui, j'imagine. En tout cas, ça a fonctionné puisqu'il est finalement parvenu à entrer son sexe dans mon anus.

La question de savoir quelles sensations cela lui avait procurées brûla les lèvres de Lizzie, mais elle garda le silence. En tant qu'escorte professionnelle, elle devait le savoir ; pourtant, elle n'avait aucune expérience de ce terrain-là. De plus, c'était sans doute complètement différent pour l'homme, dont l'anatomie était aux antipodes de celle d'une femme.

— Waouh ! lança-t-elle simplement.

— Exactement : waouh ! C'était si douloureux ! Benjamin ne faisait pas dans la finesse. Et puis nous n'étions que deux puceaux idiots ; tandis qu'il ne maîtrisait pas sa force, je ne savais pas me décontracter et flanchais sous l'effet de l'excitation. Autoritaire ou non, à cet instant précis, je ne faisais pas le malin.

Poussant un profond soupir et le regard dans le vague, John replongea dans la scène de son adolescence, crispé, ne sachant s'il prenait du plaisir ou s'il voulait prendre ses jambes à son cou.

— Après quelques instants laborieux, nous trouvâmes notre rythme et cela devint agréable…, très agréable. Je voulais que l'instant dure toujours, mais c'était impossible. Il commença à jouir en me martelant violemment. L'intensité fut telle que je fus projeté en avant, la joue plaquée au sol, et pourtant au septième ciel. Je pensais qu'il était totalement emporté par son plaisir et qu'il m'avait oublié, ne voyant en moi que l'objet provoquant sa jouissance ; pourtant, au moment où je m'apprêtais moi aussi à le rejoindre dans son extase, il glissa la main vers mon bas-ventre et attrapa mon sexe… Ce fut l'instant précis où je crus en l'amour. Il pensait à moi, à mon plaisir, et tenait à ce que nous savourions ensemble cet instant.

Dans un silence pesant se mêlèrent des pensées sombres et choquantes. John regarda au loin, par-delà le jardin, comme s'il observait la scène à distance, et Lizzie le regarda lui, à la fois terrassée par le degré d'intimité qu'ils venaient de partager et profondément enfiévrée par sa description.

— Avez-vous gardé contact avec lui ? s'enquit-elle après un instant de répit.

Bouleversée par un mélange d'ivresse charnelle et de confusion, Lizzie savait qu'ils devraient bientôt adopter un comportement socialement correct afin de reprendre la route.

John tourna vers elle son visage apaisé, comme si ce voyage dans le temps ne l'avait pas affecté. Toutefois, ses beaux yeux s'emplirent de tendresse lorsqu'il lui répondit :

— Je reçois une carte de vœux à chaque Noël, parfois accompagnée d'un petit mot. Aujourd'hui, il habite en Écosse avec sa femme. Il est plus hétérosexuel que jamais, et très heureux de l'être. Je suis content pour lui. C'est un homme bien ; il me fut d'un soutien précieux lorsque j'en avais besoin.

— Ce n'était alors qu'un amour de jeunesse ?

— Plus ou moins, oui. Comme je vous le disais, ça n'a duré que quelques semaines, mais j'en garde un merveilleux souvenir.

Ses relations finissaient-elles toujours ainsi ? Ni plus ni moins qu'un merveilleux souvenir ? Qu'en était-il de ce mariage mystérieux ? D'après Internet, l'épouse était une femme bien plus âgée que lui. Avait-il connu d'autres femmes ? Évidemment, il ne pouvait en être autrement. Combien ? À cet instant, elle regretta de ne pas avoir approfondi ses recherches ni prêté plus attention aux trouvailles de Brent sur Google.

Sa vie privée ne te regarde pas, Lizzie. Dans une semaine au maximum, tu n'entendras plus parler de lui. Tu n'es toi-même qu'une agréable passade. Ne te fais pas d'illusions.

John jeta un coup d'œil à sa montre fine mais visiblement hors de prix.

— Nous devrions reprendre la route. Vous êtes prête ?

— Je vais d'abord passer aux toilettes, si cela ne vous dérange pas.

Prostrée dans des pensées amères, Lizzie sentit pourtant son désir plus intense que jamais. Elle voulait se caresser, mais avait besoin de le faire seule dans un moment d'intimité, car les larmes menaçaient de surgir au moment fatidique : celui où elle ne pourrait plus se mentir.

Cela dit, une fois dans les sanitaires aux murs roses et immaculés du *Bluebell Café*, Lizzie ne put se résoudre à faire quoi que ce soit. Son excitation était bien présente ; pourtant, son esprit bouillonnait de pensées inavouables, la laissant troublée et mal à l'aise.

Elle ne voulait plus de ses propres mains. Elle voulait John. Elle voulait ses caresses, sa voix, son toucher. À la hâte, elle soulagea sa vessie puis se lava les mains. Dans le miroir, les traits de son visage étaient tirés, et ses yeux lui lançaient un regard vif et sauvage. Elle avait plus l'air d'une jeune fille innocente que d'une femme expérimentée. Lizzie n'avait qu'une envie : retrouver son homme, même s'il n'était son homme que pour une période très courte et pour une relation on ne peut plus frivole. Il était probablement en cuisine, occupé à discuter avec les patrons du café, pendant que le chauffeur Jeffrey – lui-même un ami de la famille qui tenait l'établissement – savourait son café et une part de tarte au citron faite maison.

Tandis qu'elle nouait ses cheveux devant la glace, la porte des sanitaires s'ouvrit à la volée. La pièce était petite, et Lizzie n'eut pas le temps de réagir à l'intrusion soudain d'une cliente… surtout lorsqu'elle s'aperçut qu'il s'agissait de John.

— Que faites-vous ici ?! Ce sont les toilettes des *dames*[*], John !

— J'en suis conscient, rétorqua-t-il.

Deux enjambées lui suffirent pour la rejoindre, l'attraper par la taille, saisir son sac à main et l'emmener dans l'une des cabines.

— Hélas, je ne suis pas sûr d'avoir envie d'une dame, là tout de suite.

Il ferma la porte à clé derrière eux. L'établissement du *Bluebell Café* datait de plusieurs décennies ; dans les sanitaires – dont les cabines offraient des proportions généreuses – trônaient des W.-C. aux cuvettes antiques imposantes, étincelantes dans leur porcelaine immaculée et surmontées de robustes lunettes en bois.

— C'est une femme que je veux, Bettie. C'est vous. Une délicieuse débauchée, impatiente de découvrir l'étendue de ce que je lui réserve.

Après l'avoir débarrassée de son sac à main, il épousa délicatement sa joue du creux de sa paume et plaqua le visage de la belle contre la paroi de la cabine. Avec des gestes fébriles, il l'embrassa langoureusement tout en glissant ses mains sous sa jupe. Lizzie n'avait aucune idée de ce qui avait provoqué en lui une telle poussée de désir sauvage, au point de l'amener à se confiner dans une enclave exclusivement réservée à ces dames. Une chose était sûre : la spontanéité de John la prenait par surprise et lui seyait à ravir.

Elle avait envie de lui. C'était un état qu'elle connaissait bien. De son côté, il poussa des grognements de satisfaction contre sa bouche en constatant à quel point elle était prête à le recevoir.

John se repaissait de sa bouche tout en la gratifiant de caresses fermes et si délicieusement brutales qu'elle s'agrippa à lui le souffle court. Il posa alors une main à plat contre la paroi pour prendre appui et se colla contre elle de plus belle.

Alors que, frémissant de tout son être, Lizzie approchait de la délivrance, au dernier moment John retira sa main et s'écarta, haletant. Il examina ensuite les lieux afin d'évaluer les possibilités qui s'offraient à eux.

— Vous allez devoir me chevaucher, ma jolie, déclara-t-il en prenant place sur la lunette abaissée avant d'ouvrir sa braguette.

Une fois son sexe libéré de sa prison, celui-ci s'érigea hors du sous-vêtement, impressionnant gourdin aux yeux de la belle. D'après lui, celui de son jeune amant, Benjamin, était particulièrement imposant, mais Lizzie peina à imaginer qu'il soit possible d'en avoir un qui soit plus colossal que celui de John. Sans y être invitée, elle tomba à genoux devant lui et le gratifia de ce qu'elle rêvait de faire depuis leur escapade dans les bois.

— Petite coquine !

Il passa la main dans ses cheveux, contrôlant ainsi le rythme de sa langue avide.

— En terrasse, je n'avais qu'une pensée en tête : vous toucher. Alors que je vous contais mes aventures avec Benjamin, c'était vous que je désirais. Et votre manière de vous agiter sur votre siège n'arrangeait pas les choses.

Vraiment, cet homme était plein de surprises. Pendant son récit, John semblait perdu dans ses pensées nostalgiques, se remémorant son amour de jeunesse ; et pourtant ce n'était qu'un masque parmi tant d'autres. L'état enfiévré de son membre, lui, ne mentait pas ; de toute évidence, son érection durait depuis un moment. Elle réitéra ses coups de langue, le faisant doucement gémir tandis qu'il tenait une poignée de ses cheveux, sans la brusquer, simplement pour l'encourager à ne pas s'arrêter en si bon chemin.

— Arrêtons là, je veux être en toi. J'aimerais te prendre par-derrière, mais pour le moment je me satisferai de ton sexe.

Son langage soudain cru provoqua un frisson de pulsions plus puissantes encore que celles qu'il provoquait en elle jusque-là.

— Tiens, souffla-t-il en lui tendant un préservatif qu'il venait de sortir de sa poche. Enfile-le-moi. Dépêche-toi. Quelqu'un pourrait nous coincer, or la seule chose que je veux voir coincée pour l'instant, c'est mon membre à l'intérieur de toi.

Tressaillant de plus belle, Lizzie parvint toutefois à mettre le contraceptif en place puis se tint debout devant lui, prête à exécuter ses prochaines instructions.

— Tourne-toi et remonte ta jupe. Montre-moi ta croupe magnifique.

Elle s'exécuta dans un mélange contradictoire de gêne et de fierté.

— Remue un peu... Écarte les jambes, montre-moi ce dont tu es capable.

Les joues rosies, Lizzie obéit et roula des hanches, non sans quelques gouttes de sueur qui perlèrent à son front. Sa position obscène eut un effet radical sur la libido de John.

— Bon sang, Bettie, tu es d'une beauté incroyable ! Il n'y en a pas deux comme toi. Dépêche-toi de t'asseoir sur moi, je n'en peux plus d'attendre.

Elle se retourna vers lui.

— Non, regarde par là-bas, pour que je m'amuse un peu.

Maintenant son jupon retroussé à la taille, Lizzie se remit face à la porte de la cabine et ajusta sa position sous l'urgence des doigts de son partenaire.

— Voilà, comme ça. Assieds-toi, ma coquine.

Son gland buta à l'orée des lèvres de Lizzie. Il était prodigieux et brûlant sous la couche de latex. D'un geste impétueux, John la saisit par les hanches et força son chemin jusqu'à la garde, donnant la sensation à Lizzie que ses yeux allaient sortir de leurs orbites.

Il l'emplissait entièrement, si bien qu'elle n'eut qu'à se mouvoir imperceptiblement sur lui pour se sentir enivrée sans même qu'il ait à la toucher. La peau nue de son ventre contre ses fesses conféra à Lizzie un sentiment étrange d'intimité. Tandis qu'elle commençait à aller et venir sur ses genoux, John poussa un grognement qui tenait presque du râle.

— Oui, comme ça. Enveloppe-moi autant que tu en es capable.

Cela semblait impossible d'embrasser son membre plus encore qu'elle ne le faisait déjà. Pourtant, elle s'y attela, se délectant de toute cette longueur qu'elle sentait plonger en elle et qui lui donnait envie de ne plus avoir de limite physique, et elle poussa le sol de ses pieds.

— Agrippe-moi, je sais que tu en es capable. Agrippe-moi de ta tendre chair, caresse-moi de ta douceur. Tu as le sexe d'une déesse.

Enfiévrée par ces mots, la jeune femme contracta ses muscles et se mit à trembler sous l'effort.

— Touchez-moi, idiot ! Vous m'aviez promis de me toucher !

Alors que John faisait glisser une main jusqu'à ses cuisses, la porte des sanitaires pour dames s'ouvrit, et ils entendirent des pas approcher des lavabos.

Lizzie se figea, flottant quelque part entre délectation et terreur. Leurs corps imbriqués ressemblaient à une toile – une nature morte –, et pourtant leurs cinq sens étaient en éveil. L'odeur du pot-pourri installé à la fenêtre était presque entêtante, car elle se mêlait à l'eau de Cologne de John et aux senteurs de pin provenant des produits d'entretien. Le cocktail explosif lui fit tourner la tête tandis qu'elle écoutait avec la plus grande attention les mouvements de la personne située juste de l'autre côté de la porte de la cabine. L'intruse sembla marquer une pause devant le miroir ; le temps se suspendit, et leur immobilité intensifia encore un peu plus leur crainte.

Dès que John posa la main sur sa bouche avec douceur et fermeté, Lizzie se sentit apaisée, mais le soulagement ne dura pas, car, déjà, il entreprenait de répondre à sa demande énoncée un instant à peine auparavant. Elle se débattit aussi silencieusement que possible, enfonçant ses ongles dans le jean de John, sous elle, mais en vain.

Doté d'une maîtrise à toute épreuve, il parvint jusqu'à l'orée de son plaisir et y apposa le bout de son doigt.

Son attouchement était divin, malgré la tension latente. D'ailleurs, celle-ci ajoutait de la délectation à son plaisir croissant. Des gémissements menacèrent de faire surface ; John s'empressa alors de refermer sa main plus fermement contre la bouche de la jeune femme. Il gratifia le point sensible de sa féminité de petites pressions par touches, et elle ne put s'empêcher de prendre entre ses dents la peau tendre située à la base du pouce de John.

Il ne fit aucun bruit, mais elle crut percevoir le juron qu'il poussait intérieurement sous l'effet de la douleur. Entre ses cuisses, il reprit son mouvement avec plus de ferveur.

Au moment où l'intruse toqua à leur porte, Lizzie fut prise d'une vague d'extase aussi puissante que silencieuse. Les relents de plaisir ne l'avaient pas tout à fait quittée lorsque John répondit « C'est occupé ! » d'une voix aiguë et pourtant convaincante.

Entre pouffer de rire ou soupirer de plaisir le choix était rendu difficile par l'incongruité de l'instant…

— Excusez-moi, répondit la voix.

Déjà, ils entendaient la porte de la cabine voisine s'ouvrir puis se refermer à clé. Heureusement, le bâtiment était très ancien, ce qui signifiait que des murs épais les isolaient, leur apportant ainsi un instant de répit.

Lizzie secoua la tête en délogeant la main de John puis se tortilla sur lui afin de se retourner pour l'apercevoir du coin de l'œil. Il arborait son sourire fier et coquin, et la contemplait de son regard aux pupilles encore dilatées par son désir qui demeurait insatisfait. Il répondit au regard noir qu'elle lui lançait en titillant encore son sexe rougi, mais elle referma les cuisses et retint un juron.

Espèce d'idiot!

Reprenant peu à peu le fil de ses pensées, elle s'assit fermement sur lui tout en crispant ses muscles afin de l'emprisonner en elle. Puis, s'agrippant aux cuisses de John, elle reprit un mouvement de balancier sans faire le moindre bruit. Elle jeta de nouveau un coup d'œil par-dessus son épaule : son triomphe fut total lorsqu'elle s'aperçut que, cette fois, c'était au tour de John de se retrouver dans de beaux draps.

Les dents serrées, le visage crispé, il était d'une beauté à couper le souffle et, alors que Lizzie accentuait son massage, il leva les yeux au ciel, battant des paupières.

*Touché!**

À cette pensée, elle ne put que se laisser emporter, elle aussi, par l'extase d'un nouvel orgasme.

13

Lourde est la tête

Elle dormait, bercée par le ronronnement du moteur ou assoupie par l'effet harassant d'un excès de jubilation ; il ne savait lequel en était la cause. Ce pouvait être un peu des deux. Ou feignait-elle de dormir afin de s'extirper de ses griffes et de s'octroyer un instant de répit ?

Quelle qu'en soit la raison, le sommeil sublimait sa beauté.

Ne lui reproche pas de feindre quoi que ce soit, toi qui as terminé ta correspondance depuis dix bonnes minutes.

Se séparant de son ordinateur portable, John croisa les mains sur son ventre sans quitter Bettie des yeux. La tête de la jeune femme reposait sur la ceinture de sécurité, et son téléphone gisait sur le siège à côté d'elle. Sa coiffure d'ordinaire très soignée laissait échapper une mèche sur sa joue. John eut envie de la chasser, mais ne put se résoudre à troubler le sommeil de la belle.

Pourquoi cette femme…, cette fille…, lui faisait-elle tant d'effet? Elle n'avait pas vingt-cinq ans, et il en avait presque le double; pourtant, Bettie arborait une telle dignité et un humour si maîtrisé qu'il avait la sensation de retourner plusieurs décennies en arrière, à l'époque où il côtoyait Benjamin et où la vie était plus simple, moins usée par le temps.

John voulait aller plus loin avec elle, mais c'était impossible. Il était de passage, arrivant bientôt à la clôture de la négociation qui l'amenait dans la région, tandis qu'elle avait sa vie ici.

Ne sois pas idiot, va. Cette liaison n'a aucun avenir. Il s'agit d'un agréable interlude en compagnie d'une femme différente de celles que tu as connues, rien de plus. Tu ne changeras jamais, garde cela en tête. La vie de couple, ce n'est pas ton truc, et encore moins avec une jeune femme fougueuse et rusée à peine entrée dans l'âge adulte, et avec qui tu te permets des folies coûteuses.

Bettie n'était pas une prostituée. En tout cas, pas à plein-temps, et c'était une information dont il avait eu la confirmation à l'aide de son adresse postale et de quelques contacts haut placés. La véritable identité de Bettie lui avait été révélée: elle s'appelait Elizabeth Aitchison, était âgée de vingt-quatre ans et travaillait comme secrétaire intérimaire. Shelley Moore et Brent Westhead étaient des amis de longue date et les colocataires avec lesquels elle partageait le loyer de la maison. Le dossier contenait de plus amples informations, mais il s'était montré réticent à l'idée d'en savoir plus. Certes, Bettie avait accepté son argent, mais elle était bien moins familière du métier que lui-même ne l'avait été. Cela dit, le rôle de call-girl semblait beaucoup l'amuser, et John n'y voyait aucun inconvénient. Au contraire, cela donnait du piment à leurs ébats.

Du reste, elle abordait la pratique du BDSM avec une aisance experte, alors qu'il la soupçonnait de la découvrir en sa compagnie. Les personnes inexpérimentées ne s'adaptaient pas aussi rapidement à la situation ; c'était pourtant le cas de Bettie.

Le sourire béat et les sens en éveil, il laissa son esprit divaguer au souvenir de leur petite escapade dans les toilettes du *Bluebell Café*. Comment se pouvait-il qu'un rapport précipité dans un tel lieu fut aussi excitant qu'une session longuement savourée sur les draps de soie d'un hôtel de luxe ? L'expérience l'avait transporté ; et pourtant il se demandait encore ce qui lui avait pris d'entreprendre une telle fantaisie.

Peut-être que, le prenant au dépourvu, Bettie avait de profondes répercussions sur lui. Elle avait réussi à passer outre les barricades derrière lesquelles il se protégeait et à provoquer, chez lui, des émotions dont il n'avait jamais voulu entendre parler. En l'amenant à une partie de jambes en l'air improvisée dans les sanitaires, John avait laissé son inconscient s'exprimer : il replaçait ainsi leur relation au stade temporaire du client et de sa prostituée, qui était pour lui si confortable et rassurant.

C'est mieux ainsi. Bien mieux...

De son côté, Bettie n'avait montré aucun signe de désir romantique, avec les fleurs et tout le tintouin. Malgré sa petite mascarade, elle avait su rester pragmatique et semblait se satisfaire de leur petite aventure ; et si l'aventure en question révélait une pointe de perversité ce n'était pas plus mal.

Son fameux colocataire compte beaucoup plus à ses yeux que toi, pauvre idiot.

John s'était efforcé d'ignorer la pique de jalousie stupide qui lui avait percé le cœur au moment où elle avait écrit un texto à son Brent en souriant.

« Il a l'air de bonne humeur, avait-elle observé lorsque John lui avait demandé des nouvelles. L'idée de m'en aller alors que Shelley était partie elle aussi ne me réjouissait pas vraiment, mais il semble se porter mieux et insiste sur le fait qu'il mange normalement. Regardez, il m'a envoyé une photo de notre chatte Mulder dormant dans une drôle de position. »

Inquiet par ce qu'il s'apprêtait à découvrir, John avait finalement posé les yeux sur la photo d'une petite boule de poils noire couchée sur le dos les quatre fers en l'air.

Effectivement, elle menait sa vie de son côté, avec ses amis et son chat, et leur portait un amour sincère. En particulier à ce Brent. Bon sang, voilà que ce fichu sentiment de jalousie refaisait surface ! Un de ces jours, la romance qui liait Bettie à son charmant colocataire reprendrait là où ils l'avaient laissée. John en était certain malgré l'évocation par la jeune femme du penchant de son ami pour les hommes. Ils se marieraient probablement et feraient de beaux enfants qui joueraient avec le petit chat.

John sentit comme un poids dans sa poitrine. Il inspira profondément. Une fois, il y avait très longtemps de cela, il en avait eu envie. Il avait même voulu de cette vie deux fois avec la même femme, et, lors de la seconde, il avait été parfaitement conscient que ce n'était qu'une illusion.

Quel idiot ! On ne l'y reprendrait plus.

Le regard perdu en direction des plantations d'arbres qui défilaient sans s'arrêter de l'autre côté de la vitre, John observa le décor avec amertume malgré le soleil radieux de cette fin de matinée.

Lizzie avait encore rêvé. Lorsqu'elle se réveilla, il lui restait quelques fragments de souvenirs du songe qui s'achevait à peine.

Dans une pièce aux murs blancs, elle était attachée aux barreaux d'un immense lit aux draps blancs et portait une nuisette tout en dentelle blanche, elle aussi. John la fouettait à l'aide d'une cravache ; en regardant par-dessus son épaule, elle apercevait l'instrument dans ses mains mais ne ressentait aucune douleur sur sa peau. En songe, Lizzie se délectait de l'image de John : son visage, ses cheveux soyeux, son costume ancien de l'époque victorienne. Lui souriant, il abandonna la cravache afin de s'allonger sur elle. Son pantalon et son caleçon disparurent comme par magie. Elle ne sut pas exactement par où il la pénétrait, mais cela n'avait aucune importance. Son être entier l'emplissait totalement, de la tête aux pieds, et des larmes se mirent à couler sur ses joues dans un mélange de soulagement et d'allégresse. Elle était comblée.

Se réveillant en sursaut, elle crut avoir poussé un petit cri et mit un instant avant de reprendre conscience de la réalité. En regardant à côté d'elle, Lizzie s'aperçut que John la contemplait. Ou plutôt qu'il posait sur elle un regard inquiet.

— Tout va bien, Bettie ?

Dans la voix de John, elle crut le sentir troublé. Il se gratta la joue.

— Vous avez crié. Faisiez-vous un rêve ?

— Hum… Oui, je crois, mais je ne m'en souviens plus, mentit Lizzie, elle-même perturbée par l'anxiété de John.

Elle détourna le regard vers la vitre et s'aperçut qu'ils traversaient un pont qui lui était familier, menant au centre d'une jolie ville. Ils étaient arrivés à destination : une station balnéaire où elle avait eu l'occasion de passer quelques jours de vacances en famille puis entre amis.

— Il faut croire que nous sommes arrivés, fit-elle remarquer en se retournant vers John qui s'empressait de ranger ses papiers.

Il fronçait les sourcils, l'air préoccupé.

— Quelque chose ne va pas ?

Pris au dépourvu, il lui lança un regard circonspect.

— Pourquoi cette question ? répondit-il en souriant.

— Vous paraissez tendu, ça ne vous ressemble pas.

— C'est le travail : la prochaine négociation me préoccupe. Quoi qu'il arrive, j'achèterai cet hôtel – toute la chaîne, à vrai dire – puisque le *Waverley* m'a glissé entre les doigts. Néanmoins, je tiens à y investir une somme raisonnable.

La situation la mit mal à l'aise ; elle était en présence de John l'homme d'affaires, alors que jusqu'à présent elle n'avait connu que John l'amant, John le sensuel, John le délicieusement dominant. Cela dit, aux yeux de Lizzie, cela ne faisait aucun doute : il maîtrisait aussi bien ses partenaires financiers que ses partenaires sexuelles.

— Êtes-vous vraiment aussi riche que cela ? s'enquit-elle, en observant le décor des quartiers les plus riches de la ville, où elle n'avait jamais eu l'occasion d'aller lors de ses précédents séjours.

En compagnie de Shelley, de Brent et d'autres compagnons de route –et de bars– elle ne s'était jamais rendue que dans les lieux touristiques de la région. À l'époque, leur programme n'avait rien d'original : des glaces italiennes en bord de mer, des petites locations de vacances partagées à six ou sept, et une ambiance bon enfant à toute épreuve. Son séjour en famille s'était révélé plus traditionnel, ses parents étant adeptes de pensions distinguées à la clientèle très collet monté ; ces lieux avaient toutefois leur charme, dans les souvenirs de Lizzie.

—Suffisamment, admit John quand la limousine s'engagea dans la cour en arc de cercle de l'un des quelques hôtels cinq étoiles de la cité. Rome ne s'est pas construite en un jour, et ma fortune non plus ; mais oui, on peut dire que je suis assez riche.

—Seriez-vous l'un de ces milliardaires arrivés au sommet par leurs propres moyens ?

John laissa échapper un petit rire.

—Ils sont à la mode, n'est-ce pas ? rétorqua-t-il avec un clin d'œil tandis que la voiture ralentissait. Milliardaire, je n'en suis pas sûr, mais ça ne doit pas en être loin. Et… oui, je me suis construit tout seul.

—Mais encore ? lança-t-elle avec curiosité tout en s'emparant de sa veste et de son sac lorsqu'elle entendit le « clic » sourd de la portière du côté passager.

Jeffrey apparut, prêt à l'aider à sortir de voiture. La conversation fut interrompue par l'arrivée soudaine de portiers s'affairant autour de leurs bagages.

— Mais encore ? insista Lizzie lorsqu'ils pénétrèrent ensemble dans le hall de l'hôtel.

Leur arrivée laissa croire qu'un maharadja venait de faire son entrée : ce fut un festival de têtes inclinées et de casquettes retirées. L'événement sembla en tout cas assez marquant pour faire tourner la tête dans leur direction à d'autres éminents clients ou leur faire lever le nez de leur tâche comme s'ils sentaient le voile du silence prestigieux que John imposait de par sa seule présence.

Son bras était posé autour des épaules de Lizzie, et il se pencha à son oreille sans ralentir le pas.

— Nous en reparlerons plus tard, vous saurez tout. Pour le moment, disons que vous n'êtes pas la première escorte grassement payée à vous présenter ici.

À ces mots, Lizzie se sentit trébucher ; mais heureusement la main bienfaisante de John la soutint comme si de rien n'était. Elle garda alors le menton haut, car elle ne voulait en aucun cas rompre le charme émanant de leur couple. Arrivés au comptoir de la réception, ils furent accueillis par le gratin du personnel de l'établissement.

John régnait ici en maître, et la déférence dont il était l'objet valait autant pour la jeune femme qui l'accompagnait.

Lorsque John la présenta à tous comme « Miss Page », sa compagne, Lizzie eut tout le mal du monde à ne pas glousser de bonheur. Elle prit alors conscience que son chaperon ne lui avait jamais demandé quel était son nom de famille, et qu'elle ne lui avait jamais rien donné d'autre que ce « Bettie ». C'est pourquoi elle s'amusa de le voir improviser en faisant appel au patronyme de la légendaire Bettie. Les plus jeunes membres de leur comité d'accueil ne s'aperçurent de rien, tandis que l'un des aînés de la bande – un homme élégant au regard malicieux – sourit discrètement, ne perdant pas une miette de la forme classique des cheveux noirs de la jeune femme, qui lui tombaient sur les épaules, et de sa tenue vintage composée d'une robe et d'une petite veste assortie.

Leur progression dans l'antre de l'opulence ne s'arrêta pas en si bon chemin : le manager les accompagna dans l'ascenseur et jusqu'à leur suite. Toutes ces effusions de bienséance dépassaient complètement Lizzie, qui restait obnubilée par les propos de John concernant son statut d'escorte en entrant dans l'hôtel. Il fut un temps où il s'était fait payer pour son corps, mais ce ne pouvait pas être un garçon de passes.

Et puis il avait été marié, non ? La page de Wikipédia n'allait pas dans les détails, et Lizzie avait préféré ne pas s'aventurer dans de plus amples recherches concernant l'épouse en question pour des raisons purement féminines. Ce mariage devait rester abstrait dans son esprit, même si sa relation avec

John n'avait pas d'avenir. C'était ainsi qu'elle procédait avec ses idoles ou ses flirts sans lendemain : en ne voulant rien savoir de leur vécu avec les femmes, elle pouvait prétendre que ce vécu n'existait pas. Ainsi, « ses » hommes n'appartenaient qu'à elle.

Pourtant, cette fois, c'était différent ; Lizzie savait qu'elle devrait accepter l'idée d'une précédente union, voire chercher à en savoir plus. Même si cela devait être douloureux.

Leur suite était somptueuse et immense, la plus belle de l'hôtel, cela tombait sous le sens. Lizzie se trouvait à cent lieues de l'ambiance kitsch et cosy de l'hôtel *Waverley*. Les chambres séparées contenaient chacune leur salle de bains attenante et se dévoilaient à leurs yeux dans un océan de lin beige et bleu. Quant au salon, il présentait plus de mètres carrés que toutes les pièces réunies de la colocation de Lizzie. Toutefois, à choisir entre les deux hôtels, elle pencherait plutôt pour le *Waverley*. Elle le préférerait toujours. Après tout, c'était l'endroit où elle avait baisé l'homme qu'elle aimait pour la première fois…

Oh non !

Affolée, elle détourna son regard de John. C'était absurde, il ne pouvait pas lire dans ses pensées. Pourtant, il la scrutait avec insistance en fronçant les sourcils, comme s'il était effectivement capable de lire en elle comme dans un livre ouvert.

— C'est magnifique, vous devriez l'acheter. J'ai une préférence pour le *Waverley*, toutefois, balbutia Lizzie en lui tournant le dos.

— Oui, c'est magnifique. En effet, j'y compte bien. Et oui, moi aussi.

Sur ces mots, il traversa la pièce et la prit par les épaules afin de la regarder droit dans les yeux.

— Vous êtes sûre que ça va ?

— Oui… Je suis un peu dépaysée, voilà tout. C'était un voyage… intéressant. Généralement, lorsque je vais à la mer, je me retrouve étriquée entre deux inconnus dans un train et je me satisfais d'un sandwich au bacon et d'un mauvais magazine. Rien de bien fascinant.

— Même avec Brent ?

Ce fut au tour de Lizzie de froncer les sourcils. Que voulait-il dire par là, exactement ?!

— Évidemment. Je vous l'ai déjà expliqué : nous sommes amis. Des amis de longue date, qui plus est, bien avant de nous mettre momentanément en couple. Et j'espère que cette amitié durera encore longtemps.

John l'examina un instant de ses beaux yeux bleus, puis son visage s'adoucit.

— Oui, c'est important d'avoir des amis.

En avez-vous, des amis ?

D'un geste lent, il l'embrassa tendrement, comme pour imprimer cet instant dans sa mémoire. Ce baiser enivra la jeune femme, qui se demanda quelle vie il menait ; John voyageait d'un contrat à l'autre en limousine ou en jet privé, se confrontait à d'autres hommes d'affaires aussi intransigeants que lui autour d'une table en verre poli, s'offrait quelques femmes dans sa chambre d'hôtel pour quelques heures de relaxation. Se sentait-il seul ?

—J'espère que vous n'avez pas oublié notre marché concernant l'histoire de mes ébats de jeunesse, lança-t-il en mettant fin à leur baiser.

—Non, je n'ai pas oublié. Cela dit, avez-vous le temps ? Ils semblent vous attendre pour un déjeuner au sommet.

Contredisant ses propres paroles, Lizzie se pressa tout contre lui. De toute évidence, John ne cachait pas son érection. Malgré ses quarante-six ans, son corps répondait aussi spontanément que celui d'un jeune homme.

—J'ai toujours le temps.

Dans le dos de la belle, John se mit à l'œuvre, relevant la robe et le jupon de Lizzie au-dessus de sa taille. Retenant les vêtements d'une main, il explora de l'autre les fesses nues qui s'offraient ainsi à lui, palpant délicatement la chair à la fois douce et ferme.

Lizzie commença à s'agiter sous son contact si délicat et qui pourtant déclenchait une réaction immédiate en elle. Chacun de ses gestes trouvait une réponse allant au-delà de toute proportion. Se délectant d'observer l'effet qu'elle lui faisait aussi, Lizzie se retourna et enfouit son visage dans l'épaule de John, s'efforçant de lui cacher tout indice qui pourrait trahir ses véritables sentiments pour lui.

— J'aime votre corps, Bettie. J'aime votre façon de vous mouvoir, lui murmura-t-il à l'oreille, saisissant ses fesses plus fermement encore. J'aime l'honnêteté de vos réactions à mes caresses.

— Et si je n'étais qu'une très bonne actrice ? le provoqua-t-elle.

Mais les mots s'évanouirent dans le tissu de sa fine veste de costume. Évidemment, les call-girls étaient toutes de bonnes actrices. N'était-ce pas là leur principale publicité ? Alors que Lizzie ne feignait pas le désir, au contraire : elle s'efforçait de masquer la conscience soudaine que ses sentiments pour John allaient au-delà de l'attirance physique.

— Votre sexe ne ment pas, lui.

Joignant le geste à la parole, John glissa ses doigts contre l'orée de sa féminité. Pas de doute, elle était sincère.

Incapable de prononcer le moindre mot, Lizzie se déhancha au rythme de l'exploration de ces mains divines, pressant en même temps son ventre contre l'érection de l'homme d'affaires. L'angle ne permettait toutefois pas à John d'exercer la pression qu'elle désirait ; un bras enlaçant encore son partenaire par la taille, elle entreprit alors de glisser sa main libre entre eux et de relever l'avant de son jupon afin de se caresser elle-même. Le bout de ses doigts rencontra ceux de John.

— Oui, parfait…, souffla-t-il. Caresse-toi… Fais-toi jouir pendant que je fesse ton délicieux postérieur. Allez, Bettie. Fais-le !

Le souffle court, elle s'exécuta, portant difficilement son attention sur elle-même tout en étant consciente qu'il la fouetterait bientôt. John resta immobile un instant, attendant de Lizzie qu'elle trouve son rythme, puis retira finalement sa main.

Se toucher en sentant le corps de John tout près d'elle donnait à la jeune femme la sensation que c'était lui qui lui apportait ce plaisir. L'esprit grisé par son parfum d'eau de Cologne, elle se laissa enfiévrer par sa présence, par la sensation de son membre durci contre son bas-ventre.

La paume de sa main, brûlante et sévère comme une claque de feu, percuta ses fesses nues.

Ce n'était pas un coup violent, car il était si proche d'elle qu'il ne pouvait pas prendre d'élan. Toutefois, l'impact fut immédiat sur son esprit fragile et sa libido enfiévrée. Lizzie avait la tête qui tournait, tiraillée entre un mélange confus de plaisir, d'attente, de jubilation et de douleur, mais n'arrêta pas de se coller contre sa propre main, elle-même plaquée contre l'érection de John.

Il la frappa, encore et encore. L'impact fusionnait avec ses propres gestes, si bien qu'elle y fut presque : elle fut au bord de l'extase, plus fébrile et fragile que jamais. John ressentit l'instant fatidique.

— Jouis ! ordonna-t-il d'une voix enrobée de velours alors qu'il la frappait encore une fois, touchant cette fois les doigts enfouis en elle de Lizzie afin de déclencher lui-même son plaisir. Jouis, Bettie, maintenant !

Et elle jouit. Une vague de délices, éclose au plus profond de son âme, enivra tous ses sens jusqu'à affaiblir ses genoux déjà tremblants. John l'étreignit tout contre lui, serrant tendrement ses fesses rougies, la gardant proche de son torse tandis que les derniers spasmes d'extase s'éloignaient peu à peu.

Privée de toute force, Lizzie manqua de s'effondrer dans ses bras, consciente qu'il la retiendrait quoi qu'il advienne. Son étreinte était immuable, il ne la laissait même pas tressaillir.

Son sexe était encore dur.

Refaisant peu à peu surface, elle repoussa doucement le nez de John avec la tendresse d'un chaton. La douleur de son fessier était saisissante, mais Lizzie était maintenant parfaitement consciente que cela ne durerait pas. Les assauts de la paume de sa main avaient été légers, touchant plus son esprit que sa chair.

L'érection de John, elle, n'était pas imaginaire, et il fallait régler ce problème s'il voulait se trouver capable de diriger convenablement une réunion d'affaires.

Lizzie esquissa un sourire satisfait et exalté ; il avait su faire preuve d'une influence puissante sur elle, et en ferait sans doute de même dans la salle de conseil. Cette influence était si débordante en lui qu'elle avait commencé à déteindre sur Lizzie, comme par procuration. Reprenant des forces, elle repoussa John, les deux mains à plat contre son torse. Il fut visiblement surpris, mais la laissa s'écarter de lui.

— Bettie !

Sa voix trahissait sa stupéfaction lorsqu'elle se mit à genoux devant lui tout en agrippant la ceinture de son pantalon.

— Bettie, vous n'êtes pas obligée... Je ne vous impose pas ce genre de choses.

Le sourire encore aux lèvres, elle posa sur lui un regard autoritaire qui concurrençait largement celui de l'homme d'affaires.

— Taisez-vous. Je me fiche de savoir ce que vous m'imposez ou non. Je tiens à le faire, un point c'est tout.

Soutenant son regard, elle entreprit de défaire la ceinture, puis le bouton du pantalon, et abaissa son caleçon jusqu'à ses chevilles.

Une envie de rire se forma dans sa gorge, mais elle parvint à la réprimer. Avait-elle envie de rire face à son membre rougi et érigé se libérant de sa prison de tissu juste sous son nez, ou était-ce l'expression stupéfaite d'un John totalement pris au dépourvu qui l'amusait tant ? Il ressemblait à un ange tombant des nues à l'érection massive et incontrôlable, c'était adorable.

Elle saisit son gland entre ses lèvres gourmandes et déclencha de furieux mouvements de succion.

— Oh, bon Dieu ! Bettie, je vous en prie !

Dans sa manière d'empoigner ses cheveux ébène, Lizzie percevait toute l'ambivalence de son hésitation ; il semblait d'abord vouloir l'arracher à sa besogne, pour finalement la maintenir en place.

— Bettie…, ce n'est pas… Oh !

Les légers coups de langue maîtrisés de la jeune femme lui firent onduler des hanches. Elle s'écarta de lui juste assez longtemps pour objecter d'un ton impérieux.

— Fermez-la et profitez !

Sans lui laisser le temps de répondre, elle reprit là où elle l'avait laissé avec une ardeur redoublée. Poursuivant ses assauts, elle glissa ses mains sur ses fesses et le titilla à l'endroit sensible où s'était aventuré Benjamin.

Dès lors qu'elle y plongea un doigt, John poussa un juron et la gratifia de sa jouissance.

14

Le temps des réflexions

— Vous pourriez m'accompagner pour le déjeuner. Après tout, vous êtes une invitée d'honneur au même titre que moi.

John était occupé à ajuster sa cravate sur le seuil de la salle de bains. Il avait rapidement pris une douche et avait changé de costume. Celui-ci était d'un bleu sombre à rayures blanches très fines. Il s'était métamorphosé en requin des affaires, en roi de la finance. À présent, il était difficile pour Lizzie de l'imaginer proférant des injures tout en laissant exploser son extase à son visage comme cela avait été le cas un instant plus tôt.

Les deux versions de John n'étaient pas si éloignées l'une de l'autre, mais tout de même.

— Merci pour cette invitation. J'apprécierais beaucoup de vous voir en pleine action dans votre costume de magnat des finances, mais je ne voudrais pas vous distraire à l'instant fatidique de la négociation.

Il lui décocha un sourire et s'approcha d'un pas assuré. Lizzie était nonchalamment installée sur un sofa couleur crème, vêtue d'un peignoir de bain. John se pencha pour déposer un bref baiser sur ses lèvres.

— Je pense que vous seriez surtout une menace pour la concentration du parti adverse, en particulier habillée comme vous l'êtes.

Il glissa une main sur sa cuisse entre les pans du peignoir.

— Risquerais-je de m'ennuyer ? s'enquit-elle avec un léger frisson.

Curieusement, sa caresse éveillait de nouveau ses sens.

— Oui, c'est bien possible…, admit-il en haussant les épaules. Je crains fort que les romans et autres mièvres téléfilms ne donnent une image très faussée de ma profession. Les personnalités à qui j'ai affaire ne sont que de vieux fossiles de l'ancien temps. Je dois faire partie des seuls parmi tous à avoir l'air présentable et à savoir encore utiliser mes attributs masculins auprès de ces dames.

— Et modeste, avec ça !

— Que voulez-vous, on ne se refait pas ! se vanta-t-il en se redressant.

— Dans ce cas, je ferai l'impasse sur ce déjeuner d'affaires. Je pourrais rester ici et me prélasser sur votre lit en attendant votre retour. Ou peut-être irai-je errer pour une promenade en bord de mer en mangeant une pomme d'amour et en cherchant des coquillages. Je me demande s'il y a toujours ces poneys que l'on peut louer pour une balade sur la plage.

Le visage adouci, John sembla perdu dans ses pensées.

— Merveilleuse idée, dit-il finalement. Votre programme est bien plus alléchant que mes millions prêts à s'envoler en un claquement de doigts pour ces quatre murs de béton, se désola-t-il en désignant d'un vague geste de la main la chambre – voire le personnel, et même la chaîne d'hôtels entière. Demain, pourquoi pas ? Nous pourrions profiter de notre temps libre.

— Il me tarde d'y être.

Une vision apparut dans l'esprit de Lizzie : John portant un jean et se promenant sur le sable avec elle, tous deux main dans la main, riant ensemble de tout et de rien. Aucune contrainte, aucune tension… et aucun faux-semblant.

— À présent, belle damoiselle, je crains de devoir vous quitter. En bas, une poignée de cadres rongés par l'impatience et deux éminents avocats – le leur et le mien – m'attendent de pied ferme.

Il sourit, fier de lui, comme si l'idée de les faire attendre le ravissait, puis sortit son portefeuille de la poche intérieure de sa veste.

— Si l'envie vous prend de faire un peu de shopping – et d'acheter des dessous affriolants, par exemple – voici une carte de crédit qui pourrait vous être utile. Le code PIN est le 4, 7, 9, 3. Si vous rencontrez le moindre souci, appelez à ce numéro.

John tendit à la jeune femme sa carte de crédit ainsi que sa carte de visite avec un numéro griffonné au verso.

— L'un de mes agents réglera votre problème quel qu'il soit.

Lizzie se leva brusquement du sofa. La carte de crédit était noire. Elle n'en avait jamais vu auparavant, mais savait pertinemment de quoi il s'agissait, et c'était bien trop pour elle.

— Je ne l'emporterai pas avec moi ! Enfin, je… Merci beaucoup pour tout ce que vous faites, c'est très gentil, mais vous m'avez déjà payée plus que de raison ces derniers jours. Si je veux faire du shopping, ce que vous m'avez donné est amplement suffisant.

Levant les yeux au ciel, John poussa un soupir d'exaspération.

— Vous n'êtes pas comme les autres call-girls, Bettie. (Il prit ses mains dans les siennes, qui tenaient les cartes, et serra doucement.) S'il vous plaît, faites-moi plaisir et acceptez de les prendre avec vous. Je n'aime pas l'idée que vous vous promeniez dans la rue avec une liasse de billets dans le sac, avec toutes ces agressions. (Déposant un baiser sur sa joue, il eut un mouvement de sourcil à peine perceptible.) Peut-être pourriez-vous acheter une jolie robe ? Une tenue spéciale… Une robe de cocktail. Ce soir, il y a cette fête à laquelle j'aimerais que vous m'accompagniez, si le cœur vous en dit. Je ne peux pas vous donner plus de détails pour le moment. En revanche, une fois que j'aurai apposé mon nom sur le bail de ce fichu hôtel, je promets de vous éclairer un peu plus.

Après avoir tendrement serré ses doigts une dernière fois, John la libéra et se munit de sa mallette. Il observa sa montre, puis se dirigea vers la porte.

— J'espère ne pas m'absenter trop longtemps. Chaque moment loin de vous est un supplice.

Sur le seuil, il marqua une pause et se retourna.

— Ciao !

— Ce contrat, vous l'avez dans la poche ! l'encouragea Lizzie, dans un murmure.

Mais il était déjà parti.

Chargée de ses immenses sacs de shopping pimpants et bien remplis ainsi que d'autres sachets moins glamour, Lizzie eut envie de rire d'elle-même en pénétrant dans l'immense hall de l'hôtel.

Je crois revivre Pretty Woman*! Il ne manque plus que le manager de l'hôtel d'abord désagréable qui finalement me décoche un sourire complice !*

Dans la réalité, il n'y avait que la jeune réceptionniste pour la gratifier d'un « Bonjour » impersonnel et courtois.

De retour dans la suite luxueuse, Lizzie s'affala dans un fauteuil afin de reposer un peu ses pieds endoloris par sa longue promenade.

Malgré la requête de John, elle s'était presque entièrement contentée du liquide qu'il lui donnait ces derniers jours pour régler ses emplettes. Bien sûr, elle avait acheté quelques jolis sous-vêtements de dentelle, comme il le lui avait demandé, mais également des accessoires, des magazines, de jolis hauts ainsi qu'une tasse à café souvenir pour Shelley et, pour Brent, des jeux vidéo. Elle était même parvenue à dégotter des souris en plastique pour Mulder au rayon animalier de l'une des boutiques.

En revanche, elle ne s'était pas rendue au bord de la plage. C'était une expérience qu'elle voulait partager avec John. Bien sûr, ce séjour n'était pas destiné à une quelconque idylle romantique mais plutôt à une petite sauterie entre adultes. Toutefois, Lizzie n'était pas contre l'idée d'une poignée de minutes passée à se bercer de l'illusion qu'ils partageaient une romance en carton et papier mâché.

Elle n'avait pas mangé non plus, mais un coup d'œil au menu proposé par le room service lui ouvrit aussitôt l'appétit.

Les yeux clos, la jeune femme tenta de se libérer l'esprit afin de savourer l'opportunité de passer quelques jours de vacances en compagnie d'un homme séduisant et sexuellement créatif.

Hélas, ce n'était pas si facile, car des pensées parasites refirent rapidement surface !

Après sa petite virée shopping, elle avait beaucoup réfléchi, et une décision lui était apparue comme une évidence : John devait connaître sa véritable identité, et le plus tôt serait le mieux. Tout avait commencé par une plaisanterie, une sorte de défi qu'elle s'était lancé, mais les choses avaient évolué bien au-delà de ses attentes. À présent, elle se retrouvait prise dans son propre piège. Son cœur battait pour John, et elle désirait faire preuve d'honnêteté envers lui, surtout en sachant qu'il sortirait probablement bientôt de sa vie.

Tout cela expliquait pourquoi Lizzie s'était refusée à toucher à la carte de crédit…, sauf pour un objet.

La robe de cocktail. Dès l'instant où elle avait posé les yeux dessus en vitrine, l'achat s'était imposé à elle, d'autant plus qu'il s'agissait d'une boutique où elle n'aurait jamais mis les pieds en d'autres circonstances.

Ce fut un nouveau remake de *Pretty Woman*. Bien que sa manière de s'habiller soit à cent lieues des tenues excentriques de Vivian, Lizzie s'était sentie comme une paysanne pénétrant dans la cour d'un palais. Le genre de lieu dont les femmes que fréquentait John – aristocrates et autres célébrités du petit écran – étaient sans doute clientes, mais certainement pas elle, sa camarade de jeux intérimaire. Pourtant, elle était entrée dans la boutique la tête haute.

En y repensant, Lizzie esquissa un sourire. Les gens se font si facilement leurrer ! Les vendeuses s'étaient comportées en club des meilleures copines, la gratifiant d'un « Oh oui, celle-ci vous irait à merveille ! » dès l'instant où elle demanda à essayer la robe dorée en vitrine.

Il s'agissait d'une robe fourreau réalisée à partir de matériaux subtilement manufacturés, qui épousait chaque forme de son corps sans la boudiner, ne faisant que souligner ses courbes sensuelles. L'instant méritait sa place dans un film à l'eau de rose : la robe lui seyait à la perfection, l'enveloppant d'un tissu de shantung couleur crème recouvert de fines dentelles assorties. Ce type de robe correspondait plus à Audrey Hepburn qu'à sa chère Bettie Page. Pour la touche finale, c'est en relevant ses cheveux rebelles en un chignon sophistiqué que Lizzie obtiendrait l'aspect sensuel et distingué qu'elle recherchait.

— Soyez prêt, John. Vous allez adorer, se dit-elle tout bas en sortant la robe de son cocon de papier afin de s'assurer qu'aucun pli ne viendrait gâcher sa mystérieuse soirée.

Le vêtement scintillait.

Vivian peut aller se rhabiller : ce soir, je serai dans la peau de Cendrillon au bras de son prince pour se rendre dans je ne sais quel bal outrancier où compte m'amener John.

D'ailleurs, comme pour Cendrillon, cela pouvait se révéler être sa dernière soirée au cœur du conte de fées. Si elle lui révélait effectivement sa véritable identité, le rêve pourrait même prendre fin plus tôt que prévu. Ainsi, Lizzie devait savourer chaque instant qui lui restait avant la transformation de la calèche en citrouille.

Faites de moi ce que vous voulez, John. Tout ce que mon corps vous inspire. Je ne rencontrerai sans doute jamais un homme qui sache aussi bien que vous se montrer maître de la situation.

En acceptant de lui raconter ses aventures sensuelles avec son jeune amant, Benjamin, John avait conclu un marché. La pensée de ce qu'elle avait accepté de lui donner en retour la fit frissonner ; quelle sensation cela lui procurerait-il ? Le sexe anal… : la sodomie. Curieuse de nature, elle avait envie d'essayer, mais n'avait jamais auparavant trouvé d'homme en qui elle ait assez confiance pour une telle expérience. Pas même Brent à l'époque où ils étaient amants.

En revanche, avec John, elle savait qu'elle était entre de bonnes mains.

La réunion avait été interminable. La négociation – supposée prendre quelques minutes – s'était transformée en un ridicule ballet de complications. Habituellement impassible en de telles circonstances, John s'était senti imploser ; il n'avait eu qu'une envie : leur hurler de cesser de lui faire perdre son temps, car il n'avait aucunement envie de rester plus longtemps dans cette pièce avec eux à marchander des sommes ridicules, quand à l'étage s'offraient à lui de délicieux moments en compagnie de Bettie.

Son corps sublime, sa façon d'être piquante, vive et adorable lui apparaissaient tel un mirage rayonnant au milieu de l'océan terne de la négociation.

Une fois le contrat signé, John avait poussé un soupir lourd de sens, s'attirant les regards obliques des avocats, des cadres et autres pions de la haute finance. Refermant son ordinateur à grand bruit, il s'était presque précipité dehors, ignorant les propositions de célébration autour d'un verre, qu'il trouvait absurdes.

Toutefois, en arrivant à sa chambre d'hôtel, il n'entra pas comme une furie. Bettie ne méritait pas qu'il se décharge sur elle de son trop-plein de frustration et d'agacement. En revanche, rechercher dans ses bras une source de réconfort – ou de distraction – lui parut être une excellente idée.

Le sourire aux lèvres, John posa sa mallette et la sacoche de son ordinateur sur la petite desserte. Heureusement, Bettie était profondément endormie. C'était bien la première fois qu'il rencontrait une femme dotée d'une telle facilité à s'endormir quel que soit le contexte. Il l'enviait pour cela. Pourtant, plus tôt dans la journée, alors qu'ils étaient encore en voiture, ne s'était-il pas assoupi, lui aussi ? Encore à cet instant, il ne parvenait pas à y croire. Avait-il pris ses désirs pour des réalités au point de se persuader d'avoir dormi ?

Non, tu t'es vraiment endormi, mon gars. Accepte-le une bonne fois pour toutes.

Or, depuis son séjour en prison, le sommeil ne lui était jamais venu naturellement, spontanément, ni sans appréhension. C'était toujours un calvaire innommable.

Son esprit refusait de se remémorer cet événement. La peur. La douleur. L'épuisement. La haine de soi. Il en était venu à se persuader qu'il le méritait. Rares étaient les occasions qu'il se donnait d'y repenser, car il avait appris à vivre avec, à s'accepter tel qu'il était. Plus ou moins. Consulter un psychologue était devenu inévitable, et John avait croisé de nombreux obstacles sur son parcours. La double trahison de Clara… lorsque à deux reprises il avait cru qu'elle tenait à lui ; par deux fois elle lui avait dit qu'elle l'aimait, juste avant de tourner les talons.

Avec le temps, John s'était peu à peu remis, mais les troubles du sommeil avaient toujours persisté. Ou, en tout cas, jusqu'à ce matin-là, où il s'était assoupi à l'arrière d'une limousine en compagnie de Bettie. Il avait sombré dans l'inconscient, ne serait-ce qu'une poignée de minutes, en présence d'une autre personne et sans aucune assistance médicale, pour la première fois depuis vingt ans.

Quant à Bettie, sa call-girl qui n'en était pas une, elle dormait à présent à poings fermés. Elle semblait si paisible, si angélique. Ses cils noirs retombaient en éventail sur ses pommettes saillantes, et sa bouche invitait à l'abandon sans avoir recours à aucune encre magique pour la teinter de ce rose exquis. Son corps était enveloppé d'un peignoir épais aux couleurs de l'hôtel. Ses formes étaient dissimulées, mais il les connaissait bien. L'image de ses courbes parfaites était imprimée de manière indélébile dans sa mémoire et opérait sur sa libido avec l'efficacité d'un élixir magique. Ses jambes étaient repliées sous elle dans le grand fauteuil. John devina sa hanche sous le tissu éponge et approcha la main, tout près de toucher la peau délicate et ferme, toujours si résistante à ses assauts impitoyables.

À la vue de l'arrondi de ses fesses, John se souvint du marché qu'ils avaient conclu en échange de son histoire avec Benjamin. Un récit à peine étoffé, dont les faits avérés ne nécessitaient presque aucune retouche. Serait-elle vraiment partante pour lui offrir ses fesses ? Ses doigts se recroquevillèrent au-dessus de sa hanche pour la caresser, mais il les retira aussitôt ; il ne voulait pas la réveiller, même si l'idée d'une sodomie voluptueuse l'avait rendu plus dur que l'acier.

Laisse-la dormir, mon vieux. La patience est une vertu.

En reculant, John chercha à oublier son érection. Des sacs de courses étaient posés sur l'autre fauteuil, sans doute le résultat de sa sortie shopping. Piqué par la curiosité, il se demanda si Bettie était finalement passée outre ses réticences à utiliser la carte de crédit.

Dans les sacs, il trouva de la lingerie fine, quelques accessoires de mode – des ceintures en cuir et un joli porte-monnaie à l'effigie de petits chatons qui le fit sourire –, des chemisiers et des tee-shirts féminins, une tasse souvenir et d'autres cadeaux. Des souris en plastique ?! Il y avait également des livres : des thrillers, quelques romances et des guides pratiques pour l'apprentissage de la confection de robes. Et un certain nombre de jeux vidéo.

Devant une telle disparité d'objets, John fronça les sourcils, intrigué. La plupart étaient sans doute destinés à elle-même, mais il devina qu'elle avait également acheté des cadeaux pour ses colocataires, humains comme félin ; Bettie n'avait pas le profil d'une joueuse.

Puisqu'il s'agissait de jeux de combat et de sport, il supposa que les boîtiers étaient destinés à Brent. L'homme de sa vie. Encore une fois, il chassa la nouvelle pointe de jalousie de son esprit. Bettie était entièrement dévouée à son jeune ami, or John craignait qu'elle ne porte à son Brent un amour plus sincère qu'elle ne le croyait. Pour le moment. L'heure viendrait où elle se verrait forcée de voir les choses en face, et, pour son bien, John espérait que cela arriverait bientôt. La jeune femme méritait une vie de couple stable et heureuse.

Alors que moi, non…

John poussa un soupir plus profond encore que celui qu'il s'était autorisé dans la salle de conseil.

Si j'étais un homme de morale, je renverrais Bettie chez elle sur-le-champ. Elle y retrouverait l'homme qui compte vraiment pour elle. Hélas, je n'ai aucune morale et je la désire trop pour m'en séparer.

Sa relation avec Bettie ne durerait plus très longtemps. Dans un élan d'égoïsme, il décida de profiter au maximum de chaque instant. De petits instants de bonheur qu'il garderait ensuite à jamais dans sa mémoire.

La laissant à ses rêves, John se dirigea vers sa chambre afin de répondre à l'appel d'une nouvelle douche plus salvatrice pour son âme que pour son corps. Il avait besoin de se laver du poids du passé comme du triste pressentiment d'une perte qui ne saurait trop tarder.

En se réveillant, Lizzie se sentit étrangement mal à l'aise, comme si quelqu'un l'avait observée pendant son sommeil. Lorsqu'elle ouvrit les yeux, elle s'attendit à découvrir John sur l'un des fauteuils, les yeux fixés sur elle, un verre de gin à la main et la tête fourmillant de nouvelles idées quant à leurs prochains ébats.

C'est parti, je suis prête.

Elle avait envie de se distraire, de s'adonner aux joies du sexe sans lendemain ni complications, malgré leurs petits jeux de rôle respectifs. Le plaisir intense procuré par John l'appelait, lui qui allait toujours droit au but.

Lizzie se félicitait de la transparence de leurs attentes l'un envers l'autre : elle savait à quoi s'attendre. Brent, par exemple, était imprévisible ; ce matin-là, au téléphone, il s'était montré tranchant, distant et de mauvais poil alors qu'elle appelait pour prendre de ses nouvelles. L'humeur de son ami était à mille lieues de celle du joyeux Brent qu'elle avait quitté à peine quelques heures plus tôt. Que s'était-il passé ?

— Arrête de me soûler, OK?! Je suis grand, Lizzie. Je peux me débrouiller tout seul. Shelley et toi me traitez comme si j'étais un gamin. Je ne ferai rien de stupide, alors fous-moi la paix !

Derrière sa colère, Lizzie avait perçu autre chose, un sentiment de profonde amertume qui l'inquiétait. Elle voulut lui proposer de rentrer immédiatement le rejoindre, mais à peine commença-t-elle sa phrase que Brent aboya :

— Écoute, laisse tomber, tu veux ? Profite de ta sauterie en bord de mer et occupe-toi un peu de toi. Oublie-moi. Je parie que tu ne lui as encore rien dit, c'est pas vrai ?

La conversation s'essouffla sur un sentiment amer d'inquiétude pour lui. Après tous les mois passés depuis l'accident, Brent ne cessait de se sentir coupable de la mort de son amour perdu.

Retour à la maison dès demain. J'avoue tout à John, et ensuite je retourne à la vie réelle.

Tout en gardant cela en tête, Lizzie décida qu'elle savourerait chaque instant qui lui restait avec John. Chaque moment partagé dans l'intimité d'expériences nouvelles, singulières ou délicieusement familières, chaque chose qu'elle lui donnerait et qu'elle recevrait en échange serait source d'une extase brûlante telle que John savait si bien la procurer. Armé de ses lèvres sucrées, de ses mains fébriles et de son corps divin, il lui ferait croire qu'elle était la seule, l'unique femme ; il la laisserait penser qu'il partageait le sentiment déjà naissant dans le cœur de Lizzie.

Se levant d'un bond, elle tendit l'oreille et entendit le bruit de la douche qui venait de la salle de bains attenante à la chambre de John. De toute évidence, il était de retour, fort de la fraîche acquisition de cet hôtel. Dans ce cas, songea Lizzie, il ne lui restait plus qu'à le rejoindre afin de fêter cela en lui offrant une chose qu'il n'osait lui demander qu'à demi-mot.

15

L'instant de vérité

Les gouttes d'eau lui chatouillaient la peau. John voulut en profiter pour faire le vide dans son esprit et repartir du bon pied. Le jet heurtait son dos en de petits massages circulaires, et l'odeur du savon avec lequel il s'était lavé enivra ses sens.

Son sexe était dur à la seule pensée de Bettie qui le caresserait bientôt de sa main, de ses lèvres ou de son sexe…, ou peut-être de l'étreinte d'une partie de son corps qu'il n'avait pas encore explorée.

Oh, ma belle, je sais que tu seras divine !

John imagina la jeune femme se débattant sous les tremblements que provoqueraient en elle de nouvelles sensations étrangères, des sensations qu'il fallait savoir dompter afin de parvenir jusqu'au paradis du plaisir interdit, dont l'intensité ne connaissait pas d'égale. Cet instant de doute panique était inévitable, que l'on soit habitué ou non à cette pratique.

Un frisson le parcourut lorsqu'il se saisit d'une main, l'esprit se remémorant soudain Benjamin lors de leur dernière entrevue, dans ce moment fatidique où chaque partie du corps tire la sonnette d'alarme dans un accès de peur enivrante. Cette fois-là, John n'en menait pas large ; il craignait de ne pouvoir le supporter, car le souvenir de la fois précédente était encore frais dans sa mémoire. Pourtant, son ami l'avait conduit aux portes de l'extase..., et John comptait bien en faire de même avec la jeune femme qui prenait la relève.

— Bettie, murmura-t-il sous le flot incessant de la douche sur ses lèvres et son torse qui se soulevait au rythme d'une respiration saccadée.

L'envie de se masturber était si forte qu'il eut toute la peine du monde à la contenir, mais il se réservait pour elle.

— Bettie...

Apparaissant comme une invocation, les courbes arrondies se dessinèrent de l'autre côté de la vitre dépolie de sa cabine de douche : ses contours délicats, sa peau crémeuse, ses cheveux noirs noués en un chignon improvisé, le triangle sombre de sa féminité qui déclenchait de nouvelles pulsions en son for intérieur de mâle en érection.

La jeune femme entrouvrit à peine la porte de la douche.

— Puis-je vous rejoindre ?

Il pouffa d'un petit rire résonnant dans la cabine.

— Je vais y réfléchir..., dit-il avec un petit rire tout en lui ouvrant le battant.

Se laissant tirer par le bras, Bettie le rejoignit dans son cocon d'humidité chaude et vaporeuse.

— Voilà, c'est tout réfléchi, ajouta John dans un souffle.

L'un de ses bras entourant la taille de la jeune femme, il referma, de l'autre, la porte de la douche et s'isola avec elle dans son univers de buée.

Avec des gestes naturels, ils bougèrent sous l'eau comme s'ils s'étaient douchés ensemble des centaines de fois, peau contre peau. La pointe des seins de Bettie était aussi dure que le sexe de John, et le triangle de son pubis vint caresser sa rigidité. Il referma ses doigts sur ses fesses fermes, irrésistiblement attiré par la cavité qui les séparait, et ne put s'empêcher de glisser sa main au plus près de son anus.

Bettie poussa un timide gémissement en se collant tout contre lui, se frottant doucement pour l'aguicher. Était-ce une provocation délibérée ou son corps répondait-il instinctivement à son toucher ? Il se fichait bien de le savoir ; c'était exquis, voilà tout ce qui importait. Avec de légères pressions, il poursuivit son exploration et sourit contre sa chevelure nouée au hasard en s'apercevant qu'elle se frottait plus fort contre lui, le souffle court.

— Vous êtes sublime, Bettie, susurra-t-il en déposant un baiser sur son sourcil, sa joue, puis dans son cou. Me donnerez-vous ce que je vous ai demandé ?

— Oui, murmura-t-elle entre deux grognements. J'en ai envie. Mais il y a d'abord une chose que je veux vous dire, John. C'est important.

Les tremblements qui la secouèrent soudain ne provenaient pas nécessairement de la perspective de s'adonner au plaisir anal, soupçonna John. D'ailleurs, il en connaissait très bien la raison : c'était dû à l'approche du moment de vérité. De son côté, l'homme d'affaires voulait la rassurer, lui dire que cela n'avait aucune importance. Escort girl ou non, Bettie était une perle rare à ses yeux. L'argent ne signifiait rien en comparaison de ce qu'elle lui apportait.

— Que se passe-t-il, Bettie ? Vous pouvez tout me dire, vous le savez.

La caressant de ses gestes fébriles, John était conscient qu'il ferait mieux de la faire sortir de la douche afin d'avoir avec elle une conversation calme et posée au salon. Cela dit, il ne pouvait pas s'empêcher de la toucher.

— Il se pourrait que ça ne vous plaise pas, annonça-t-elle tout contre sa nuque.

— Laissez-moi en juger par moi-même. Il n'y a rien chez vous qui puisse me déplaire.

Et c'était la stricte vérité.

Elle leva ses jolis yeux de biche sur lui. John y lut un désir évident teinté d'un voile d'appréhension. Désireux de la rassurer, il l'embrassa brièvement.

— Par où commencer ? murmura-t-elle sans le quitter des yeux.

La jeune femme faisait preuve d'un courage qui l'impressionnait autant que la chaleur humide de son corps l'émoustillait.

— Tout d'abord, reprit-elle, je ne m'appelle pas vraiment Bettie.

Ce n'était pas une surprise. C'était un nom d'emprunt correspondant parfaitement à son style vestimentaire et qui n'était peut-être qu'un prétexte pour rendre hommage à son idole des années 1950.

— Dans ce cas, belle mystérieuse, quel est votre véritable nom ?

Sous les caresses réitérées de John, elle peina à reprendre sa respiration.

— Je suis effectivement une « Elizabeth »..., mais on m'appelle Lizzie. J'ai choisi Bettie pour m'amuser, parce que je lui ressemble un peu.

Lizzie. Il testa le nouveau prénom mentalement avant de l'énoncer : « Lizzie ». C'était joli et pétillant, digne de la jeune femme qu'il désignait. En un clin d'œil, il sut qu'il s'y ferait très vite. La vraie Lizzie lui plaisait déjà plus encore que Bettie la call-girl.

— « Lizzie » : cela vous va bien… Je suis sûr de très vite m'y habituer.

Des mèches noires de ses cheveux attachés à la va-vite tombèrent sur son front ; d'une simple caresse, John dégagea son joli minois.

— Que vouliez-vous me dire d'autre ? Avez-vous d'autres révélations dramatiques à me faire ?

Ce ne fut qu'à cet instant qu'elle détourna le regard, mais seulement une seconde. Il sentit qu'elle se préparait à quelque chose, qu'elle se redressait dans ses bras, le dos droit, prête à assumer la conséquence de ses actes.

— Je… hum… je ne suis pas vraiment une call-girl, John. Ce n'est pas mon métier, ça ne l'a jamais été. On ne m'a jamais payée pour mes charmes. Vous êtes le seul. (Elle fit la moue, cherchant visiblement les mots justes.) D'ailleurs, je vous rendrai votre argent… Enfin, une majeure partie, car j'en ai un peu dépensé. Mais, si vous me laissez assez de temps, je vous rembourserai tout.

Abandonnant finalement ses caresses sensuelles, John la prit dans ses bras et l'étreignit avec tendresse sous le jet de la douche.

— Bett…, pardon, Lizzie. Je suis au courant. Je me doutais depuis un moment que vous étiez nouvelle dans le métier. C'est lorsque vous m'avez donné votre adresse que j'ai demandé à mes contacts de vérifier qui vous étiez, et ils m'en ont apporté la confirmation. Si j'ai joué le jeu jusqu'au bout, c'est uniquement parce que vous sembliez y prendre plaisir.

Prise d'une soudaine rancœur, elle se débattit et se mit à frapper son torse de ses poings.

— Ordure ! Vous m'avez laissée passer pour une idiote !

Tout en continuant de le frapper, elle leva un genou en direction de l'entrecuisse de John.

— Non ! s'écria ce dernier. Pas pour une idiote ! Disons plutôt pour une jeune femme intelligente et courageuse, prête à vivre sur le fil du rasoir pour échapper à la morosité du quotidien. (Il la serra plus fort dans ses bras.) Une femme sublime, sensuelle, qui a le cran de se servir d'un abruti pervers comme moi pour élargir ses horizons.

Elle se raidit légèrement contre son torse, puis se radoucit, plus docile, poussant légèrement le ventre contre son érection farouche.

Pouffant d'abord timidement, puis de plus en plus fort, Lizzie se mit à trembler à force de glousser.

— C'est vrai que vous êtes pervers, et arrogant avec ça ! Je devrais m'en aller en claquant la porte et emporter avec moi tout votre argent, ça vous apprendrait à me manipuler !

L'inquiétude envahit soudain John à l'idée qu'elle puisse le penser sincèrement, mais en s'emparant de son membre d'un geste à la fois excitant et vaguement menaçant Lizzie dissipa tous ses doutes.

— Cela dit, poursuivit-elle, vous êtes vraiment un bon coup, John. Pour cette unique raison, je vous pardonne… et je reste encore un peu.

Marquant une pause, elle le caressa plus délicatement que jamais avec une technique affûtée.

— Cela ne règle pas le problème de l'argent ; je tiens à vous rembourser, car sinon cela fait de moi une véritable putain, pas vrai ?

— Pourrions-nous garder les détails pécuniaires pour plus tard ?

Sur ces mots, John reposa ses mains sur les fesses de la jeune femme. Si elle s'amusait à le distraire armée de caresses, il pouvait en faire autant ; il décida alors de reprendre son exploration où il l'avait laissée.

— Mes compétences de négociateur sont légèrement émoussées. Le sang qui afflue habituellement à mon cerveau s'obstine à irriguer d'autres parties de mon corps.

Adoptant le rythme des mains de Lizzie, John ondula des hanches sous l'emprise de ses doigts de fée.

— Comme vous voudrez, mais je suis sérieuse, vous savez ?

Se dandinant de plus belle, Lizzie offrit à John la musculature de sa croupe, se crispant sous ses doigts comme pour l'encourager à aller plus loin.

— Je n'en doute pas, mais pour l'instant j'aimerais que nous revenions à notre marché. (Il glissa délicatement un doigt à l'orée de son anus, vérifiant ses réactions.) Vous voyez de quoi je parle.

— Je n'ai jamais expérimenté le sexe anal. C'est la raison pour laquelle je devais vous dire la vérité. Une escorte accomplie l'aurait fait des centaines de fois, mais pas moi.

De toute évidence, Lizzie était nerveuse, mais, à sa manière de respirer profondément, John voyait bien qu'elle essayait de se détendre afin d'épouser son doigt curieux.

— De ce point de vue, je suis encore vierge.

Des pulsions bassement primaires s'emparèrent peu à peu de John. Il n'avait jamais désiré apprendre qu'une jeune femme était encore pucelle, même dans les circonstances d'une rencontre classique ; pourtant, un frisson de fierté le parcourut à l'idée qu'il serait le premier, au moins pour cette seule chose.

— Tant mieux.

Il enfonça son index un peu plus loin, mais elle était trop crispée. Debout dans cette cabine de douche, ce n'était pas l'idéal. Le meilleur moyen serait de rendre la situation plus confortable pour elle.

Toutefois, son inconscient ne le voyait pas du même œil : il s'imagina surplombant le fessier rosi présenté à lui, et banda encore plus fort. Ce n'était qu'un type vicieux, elle avait bien raison.

John se mordit la lèvre en s'efforçant de garder la tête froide. Percevait-elle l'instabilité de son humeur ? Son attouchement se fit léger comme une plume, comme si elle comprenait effectivement les hésitations de son partenaire.

— Et si nous sortions de cette douche ? suggéra-t-il en tournant les robinets. Mettons-nous plus à l'aise ; nous nous adonnerons ensuite pleinement à ces plaisirs interdits. Vous allez adorer, je peux vous l'assurer. C'est un adepte de la pratique qui vous parle, et je connais la sensation que cela vous procurera.

Avec Benjamin, le plaisir avait été au rendez-vous, il s'en souvenait clairement.

— Quel vicieux personnage vous faites ! le railla-t-elle en faisant les gros yeux.

Toutefois, en sortant de la douche, elle ne put s'empêcher de sourire.

Lizzie souriait, mais son cœur battait la chamade, et elle avait la sensation de risquer l'évanouissement à chaque instant. John était au courant de la supercherie, et cela ne lui avait fait aucun effet. Son désir envers elle demeurait intact. En tout cas pour l'instant.

Évidemment qu'il te veut, idiote ! Tu es sur le point de le laisser se loger dans tes fesses ; il ne va pas te demander de débarrasser le plancher maintenant !

— Que trouvez-vous de si drôle, Miss Lizzie ? s'enquit John avant d'accaparer de nouveau sa bouche en laissant leurs corps se coller l'un contre l'autre de toute leur longueur.

— Rien du tout, se défendit-elle lorsqu'ils s'écartèrent. Je m'attendais à vous voir furieux en apprenant que je ne suis pas une vraie escorte… et puis j'ai compris qu'un homme normalement constitué ne refusait jamais une proposition de sexe anal.

John lui décocha un grand sourire, ses cheveux bouclés et humides gouttant sur ses sourcils.

— Même sans cette alléchante perspective, je ne vous aurais pas demandé de partir. Ne partageons-nous pas d'agréables moments ensemble ?

Ses yeux emplis de malice reflétaient un humour évident, mais y avait-il autre chose ? Peut-être pas.

— Nous sommes deux adultes heureux de savourer le corps de l'autre avec le même goût pour le BDSM, fit-il remarquer.

D'un geste vif, il chassa les mèches rebelles de son front, puis en fit de même sur le visage rond de Lizzie que des cheveux noirs osaient venir chatouiller.

— Et ne vous inquiétez pas pour l'argent. J'ai pour habitude de faire des cadeaux aux gens que j'apprécie, or je vous apprécie, Lizzie. N'en parlons plus.

Elle fit courir ses mains sur la peau brûlante de John.

— Si je comprends bien, notre relation de gagneuse à client se base à présent sur le principe temporaire du sexe entre amis ?

Avant de répondre, John marqua une pause à peine perceptible.

— Oui, je suppose que nous pourrions le voir comme ça. Le principe temporaire du sexe entre amis… Oui, ça me va. Qu'en pensez-vous ?

Elle pensait que c'était idiot et qu'elle n'aurait jamais dû en parler. D'un autre côté, elle ne pouvait pas lui avouer de sentiments amoureux après seulement quelques jours d'ébats torrides. Si ? Cela serait encore bien plus stupide même si c'était la pure vérité.

— Oui, c'est parfait. Revenons-en à nos moutons. Où… où voulez-vous que je me mette ?

Explorant la salle de bains, John aperçut les tapis de bain à poils longs et les piles de serviettes de bain fraîches, le tout entassé dans un coin. Son regard s'illumina.

— Ici, déclara-t-il en désignant l'endroit du doigt, arborant un sourire fier qui lui donnait un air de petit diable. Je veux vous prendre par-derrière sur ces couches épaisses de tapis, avec votre fessier en l'air entièrement dévolu à mes soins, annonça-t-il en attrapant fermement lesdites lunes de la jeune femme. D'abord, je vous fouetterai un peu. Je veux entrer dans un refuge préalablement rougi.

Une boule d'excitation se forma dans le ventre de Lizzie. C'était un mélange de désir et d'appréhension à l'idée de s'offrir ainsi à lui, obscène et disponible, marquée de sa main. En le regardant droit dans les yeux, elle s'aperçut qu'il ne souriait plus. L'humour était encore présent, mais il était désormais enflammé de résolutions indéfectibles. Il était redevenu le maître.

Elle avait tant envie de lui qu'elle croyait pouvoir flotter dans les airs, emportée au gré de son attente. La chose qui lui sembla la plus naturelle au monde fut de baisser les yeux, car elle était sa soumise.

— Bien, lâcha-t-il d'un ton grave qui confirma à Lizzie que leurs rôles étaient à présent distribués. Maintenant, à genoux.

Tremblante, Lizzie obéit au dieu qui la dominait de sa stature nue et encore ruisselante. En se positionnant tel qu'il le lui avait demandé, elle se sentit un peu gauche, mais le grognement de John témoigna de son entière satisfaction.

— Oh, ma chérie, tu es délicieuse ! Ta croupe est somptueuse, tu le sais, n'est-ce pas ? C'est une œuvre d'art. Et elle sera d'autant plus belle une fois rougie par ma main.

John se mit à genoux près d'elle, glissant ses doigts dans ses cheveux noirs qu'il libéra de leur chouchou, puis dans un geste tendre il ramena l'ensemble de sa chevelure sur une épaule.

— Ne bouge pas, précisa-t-il en reprenant son exploration.

Il caressa la peau douce de son dos, jusqu'à ses hanches, puis saisit doucement sa poitrine et serra ses mamelons entre son pouce et son index. Lorsque Lizzie commença à s'agiter en faisant de petits bruits, John retira sa main et se redressa, debout à côté d'elle.

— Reste dans cette position, ma belle. Tu es parfaite. (Il tourna autour d'elle pour finalement s'arrêter derrière.) C'est très bien. Toutefois, je veux te voir écarter un peu plus les jambes.

De son pied nu, il poussa doucement contre le creux du genou de Lizzie, la forçant à l'écarter de l'autre.

— Voilà qui est mieux. Maintenant, reste comme ça.

Lizzie entendit ses pas qui s'éloignaient en direction de la chambre.

Elle sentit qu'elle ruisselait légèrement dans la chaleur de la salle de bains, mais cela n'avait aucun rapport avec l'humidité de la pièce.

16

Au fond des choses

Lizzie resta en place, car tel était le souhait de John, mais ce n'était pas facile. Son corps entier tremblait d'excitation. Elle voulait les mains de John, ou les siennes, peu importait. Le désir était trop prégnant, accaparant toute son attention vers son entrejambe.

Il était facile d'obéir aux ordres de John. C'était bien plus simple que de réfléchir à des problèmes insolubles. S'agenouiller ainsi, toute frémissante, était la chose la plus naturelle au monde.

Crispant les muscles de son fessier, elle imagina qu'une main de John la claquait, provoquant une sensation, désormais familière, de douleur brûlante. Une douleur qui, par quelque réaction chimique, se transformait en extase, tel le plomb en or. Jusqu'à quel point cette extase se doublerait-elle d'une dimension mystérieusement aguichante si le sexe de John entrait en elle par-derrière ? Elle voulait le faire, elle se sentait prête… et à la fois loin d'être préparée. La seule sensation du bout de son doigt l'avait fait tressaillir.

Mais il s'agissait de John, et jamais il n'oserait la blesser ; elle lui faisait une confiance aveugle et savait qu'elle en retirerait du plaisir.

La porte s'ouvrit brusquement, et Lizzie entendit tinter du verre. Un instant plus tard, il était assis prêt d'elle sur le tapis, disposant son butin sur le sol. Du coin de l'œil, elle aperçut plusieurs tubes de lubrifiant – bon sang, en fallait-il vraiment autant ? – et une boîte de préservatifs. Ils étaient différents de ceux qu'il avait utilisés jusqu'à présent, d'une texture plus épaisse. La boîte indiquait « Au fond des choses », et, si le client avait la moindre hésitation quant à la spécificité de cette marque, les lignes pures du logo représentaient les fesses d'une femme – ou d'un homme, d'ailleurs – et dissipaient ainsi les doutes de son utilisateur.

Le tintement qu'elle avait entendu provenait de deux verres à eau que John posa sur le tapis. Ils contenaient un liquide clair à l'arôme balsamique qui ne faisait aucun doute : du gin.

— Un petit remontant vous aidera à vous décontracter, expliqua John en brandissant l'un des verres. Dans ce genre de situation, il vaut mieux rester maître de ses esprits, mais une goutte de gin ne vous fera pas de mal.

Avait-il l'intention de porter lui-même le verre aux lèvres de Lizzie tandis qu'elle restait ainsi à genoux ? Se tordant légèrement pour tourner la tête vers lui, elle lui lança un regard interrogateur.

— Oh non ! Je ne vous ferais jamais ça, c'est bien trop dégradant. Asseyez-vous un instant, ma chère. Buvez un coup.

Lizzie se glissa sur le côté et s'installa plus confortablement sur l'épaisse couche de tapis. Avant de connaître John, elle n'avait jamais vraiment aimé le gin ; à présent, elle trouvait que la chaleur argentée de cette boisson avait un impact parfait sur son corps. C'était un élixir cristallin dont les vertus correspondaient à la description qu'en faisait John : quelques gorgées suffirent à apaiser son angoisse.

En revanche, cela ne minimisa en rien son désir sexuel. Observant John qui lui rendait son regard par-dessus le bord de son verre, Lizzie prit conscience de l'intensité de son attirance pour lui. Le territoire inconnu sur lequel elle s'aventurait promettait d'offrir à John le plaisir de la dépuceler.

— Délicieux, susurra-t-elle en avalant la dernière gorgée avant de lui rendre le verre.

L'interlude touchait à sa fin, il était temps pour John d'endosser de nouveau son rôle de maître, et Lizzie se remit tant bien que mal en position avec toute la grâce dont elle se sentait capable.

— Délicieux, répéta John.

Les verres tintèrent de nouveau lorsqu'il les reposa de côté.

Les cheveux de Lizzie tombèrent en bataille devant son visage incliné tandis que John posait ses mains sur sa peau douce. Ses gestes se firent de plus en plus fermes, puis il commença à pétrir l'arrondi de ses fesses comme de la pâte. Il maîtrisait son geste tel le fermier manipulant son animal ; elle savait que cette impression était normale, délibérée même. Cela lui procura un sentiment de soumission qui lui fit pousser un gémissement.

— Délicieux, murmura-t-il encore en écartant doucement ses fesses, accroissant ainsi l'obscénité de son acte.

Ce geste impérieux la fit frissonner d'une surprenante envie qu'il la possède ici et maintenant, sans préparation ni aucune hésitation. Consciente de l'évidence de son désir qu'elle ne pouvait cacher aux yeux de John, elle laissa onduler ses hanches, participant activement à la manipulation de John, désireuse de s'ouvrir plus encore à lui.

— Lizzie, bon sang, tu es bien aguicheuse ! Tu en as envie, n'est-ce pas ? (Délicatement, il écarta un peu plus, et encore un peu plus.) Dis-moi ce que tu veux. De quoi as-tu envie ?

Ainsi exposée sans pudeur, elle eut un hoquet de surprise lorsqu'une légère brise la caressa : il soufflait sur son intimité.

Les joues soudain brûlantes, Lizzie comprit que le visage de John était vraiment très proche d'elle.

— Je veux que vous me baisiez, John. Aussi fort que vous le pouvez. Je vous veux par-derrière, peu importent la douleur et l'inconfort. Vous serez le premier…

— Autre chose ? s'enquit-il.

Il déposa un baiser sur une fesse, puis sur l'autre, comme s'il marquait ainsi son territoire.

— Oui, je désire d'abord que vous me fessiez jusqu'à la douleur. Je veux être rouge comme une pivoine au moment où vous déciderez de me prendre.

Mais d'où me viennent de telles idées ? À peine quelques gouttes de gin et voilà que je divague !

Toutefois, il était grisant de s'abandonner entièrement aux mains de cet homme magnifique qui était arrivé dans sa vie par accident, de manière abrupte, et qui en ressortirait tout aussi brusquement.

Elle devait profiter de l'instant, tout donner et tout recevoir.

— Oh, John, je vous en prie ! Je ne supporterai pas d'attendre plus longtemps.

— Je sais, ma belle. Je vois bien comme tu es excitée, et c'est divin.

Aussitôt, il disparut sous elle et déposa sa langue sur sa féminité, lui arrachant un petit cri de surprise. Il ne devrait pas faire une chose pareille ; après tout, il était censé la dominer.

Pourtant, John était penché sous elle, savourant son intimité avec précaution.

— Vous ne devriez pas…, n'est-ce pas ?

Pour seule réponse, John saisit ses cuisses, la maintint en place et enfonça la langue dans le sexe humide de la jeune femme. Puis, s'écartant finalement d'elle, il eut un petit rire.

— Est-ce bien moi qui décide, ici ? Je suis le maître, je fais ce que bon me semble, déclara-t-il en promenant ses mains sur la peau douce de son dos. Si cela me chante, je peux très bien te porter jusqu'à ma chambre, t'attacher au lit et satisfaire tes désirs avec ma langue jusqu'à ce que tu me supplies d'arrêter. Que penses-tu de cela, ma coquine ?

— Vous finiriez par attraper des crampes.

— Sans doute, admit John, avant de l'embrasser dans le cou. Mais je le ferais si je n'étais pas pris d'une envie bien trop forte de t'attraper par-derrière.

— Dans ce cas, allez-y !

Cambrant le dos, Lizzie frotta sa cuisse contre son membre durci, provoquant autant l'ivresse de John que la sienne.

— Scandaleuse friponne ! Tu crois que je n'ai pas compris ton petit jeu ? Tu essaies de me dominer malgré ta position désavantageuse, or pour ça tu mérites châtiment !

Se tournant tant bien que mal, elle lui fit comprendre d'un regard lancé par-dessus son épaule qu'elle le mettait au défi d'agir au lieu de parler. John secoua la tête, agitant ses boucles blondes comme la chevelure d'un ange, et lui décocha un sourire avant de déposer un baiser en haut de son dos, le nez dans ses cheveux de jais.

Ensuite, il prit place à genoux près d'elle, le dos bien droit ; sans prévenir, il flanqua une claque à sa fesse droite, puis à l'autre dans la foulée, la faisant crier de surprise.

— Tu es une jeune femme délicieusement amorale, Lizzie… Et d'ailleurs quel est ton vrai nom ?

Il la frappa encore et encore, comme s'il n'y avait pas d'autre moyen d'obtenir son patronyme que la manière forte.

— Aitchison. Je m'appelle Lizzie Aitchison…

— Est-ce la vérité ? articula-t-il en accentuant chaque syllabe d'un nouvel assaut sous la base de ses fesses.

Les brûlures devenaient intenses, à la limite du supportable, et menaçaient pourtant de déclencher un orgasme chez la belle. Lizzie reposa alors les coudes sur le tapis et y enfouit son visage, cherchant à retrouver son calme.

— Puisque vous avez demandé à vos chiens de garde d'enquêter sur moi, vous devriez déjà le savoir. Ce n'est pas vrai ? le provoqua-t-elle, sa voix se perdant dans le rideau de sa chevelure. D'ailleurs, quel est le vôtre, de nom officiel ?

Elle le connaissait, tout comme lui connaissait déjà le sien, mais elle tenait à lui poser la question.

— Tu le sais, je m'appelle John Smith.

Il posa la main sur les brûlures, légèrement surpris par le sujet qu'elle abordait.

— Non, je vous parle de votre vrai nom. Celui avec lequel on vous a baptisé.

— Si tu as fait quelques recherches sur Internet, tu devrais l'avoir trouvé.

— C'est le cas... Aïe !

Quelques coups supplémentaires administrés juste à la naissance de son sexe lui arrachèrent un nouveau cri.

— Très bien... Je suis Jonathan Llewellyn Wyngarde Smith, et je vais posséder ce somptueux et insolent fessier écarlate qui est le tien, Miss Aitchison. Je ne m'arrêterai pas tant que tu n'auras pas hurlé de plaisir, cela te convient-il ?

— Oui, c'est parfait, Sir John !

Elle grinça des dents lorsque, de la paume de sa main, il réitéra son exploration douloureuse.

— Tu devrais savoir que je n'utilise plus mon titre depuis plus de vingt ans. Cela ne signifie plus rien pour moi.

Lui offrant sa croupe, elle réclama plus, beaucoup plus.

— C'est bien dommage. J'espérais pouvoir raconter un jour à mes petits-enfants qu'il fut un temps où je me faisais prendre par un lord.

— Dans ce cas, juste pour cette fois, considère-moi comme un lord.

Il laissa échapper un petit rire et s'empara à pleines mains de ses fesses, les serrant vivement.

— Oui, lord. Merci, mon lord.

Malgré l'emprise lancinante de ses doigts autoritaires sur sa chair fragile, elle eut envie de rire à l'absurdité de la situation.

— Profite de rire maintenant, car ça ne durera pas, jeune effrontée que tu es ! la menaça John.

À sa voix, Lizzie devina qu'il souriait. Était-ce de l'affection ? Se penchant encore au-dessus d'elle, il la couvrit de tendre baisers, sur les épaules et sur le dos, sans pour autant relâcher sa prise douloureuse.

— Bon sang, je n'en peux plus d'attendre ! souffla-t-il.

— Eh bien, n'attendez plus ! lança Lizzie, soudain saisie par un puissant frisson de peur ou d'impatience, elle n'aurait su le dire.

La serrant une dernière fois à l'endroit de ses marques rouges, John s'écarta enfin.

— Désirez-vous un autre verre de gin ?

Il parlait d'une voix tout à coup tendue, retenant ses émotions palpitantes. Était-il aussi troublé qu'elle ? Le cœur de Lizzie fit un bond lorsqu'elle comprit que, malgré le contexte d'émoi sexuel, il trouvait le moyen de s'inquiéter pour elle et d'apaiser sa nervosité.

— Une petite gorgée, oui. Cela me fera du bien.

En s'asseyant sur le côté, Lizzie laissa échapper un juron au contact de ses fesses sur le sol, puis saisit le verre que John lui tendait. Une gorgée de la concoction suffit à lui redonner le courage de regagner sa position à genoux. Elle tourna la tête vers John qui la contemplait de ses yeux bleus avec une expression de désir enfiévré. Dans le silence de cet instant, ils consentirent ensemble à admettre la validité de l'accord conclu plus tôt dans la journée. Lizzie inclina la tête en avant dans un geste de soumission lorsqu'elle le vit ramasser le tube de lubrifiant.

John étala délicatement le gel dans le sillon de sa croupe, et à la fraîcheur que lui procurait cette sensation elle l'imagina aussi scintillant que du gin. La texture à la fois épaisse et soyeuse recouvrit entièrement l'orée de ses fesses, mais John continua de l'appliquer par couches successives.

Peu à peu, il alla plus loin en insérant le produit du bout des doigts à l'intérieur de son orifice anal. Saisie d'une soudaine confusion, Lizzie se remit à trembler.

— Relax… N'aie pas peur. Détends-toi.

Malgré la voix calme et posée de John, elle ne put retenir un élan de panique qui l'immobilisa un instant. Il se pencha alors doucement au-dessus d'elle et respira lentement contre son dos tout en appliquant le gel.

Sa douceur parvint à apaiser la jeune femme. Les lèvres embrassant tendrement son épaule étaient bien plus efficaces encore que le verre de gin. Le corps en alerte, Lizzie admit enfin le doigt de John en elle et la chaleur qu'il lui inspirait ; de même que les brûlures dues aux claques administrées un peu plus tôt ne faisaient qu'accentuer ses désirs charnels. Elle eut la sensation que son partenaire avait utilisé le tube entier de lubrifiant et crut presque entendre le son poisseux du produit lorsqu'elle remua légèrement les cuisses.

— Ne bouge pas, ma belle, ordonna-t-il en se redressant pour admirer son œuvre.

Le bruit reconnaissable entre mille du contraceptif que l'on retire de son emballage résonna dans la salle de bains, puis John l'enfila en silence. Elle ne se retourna pas une seule fois, le regard droit devant, car elle savait que la vision de John la ferait tressaillir ; cachée par son rideau de cheveux noirs, elle était en sécurité.

Respire... Respire...

Une nouvelle bouffée d'appréhension la saisit à la gorge, mais elle parvint à la surmonter en faisant le vide dans son esprit, uniquement concentrée sur sa respiration. Cela ne la mènerait à rien d'anticiper les minutes qui allaient suivre, ou les heures, ou même les jours et les semaines...

À cet instant précis, elle n'était qu'un corps prêt à l'emploi, prêt à accueillir John.

— Ouvre-toi à moi.

Retenant un gémissement, Lizzie reposa le front contre la pile de serviettes afin de garder l'équilibre puis glissa les mains derrière elle. Un bruit de liquide épais indiqua à la jeune femme que John recouvrait son membre d'une nouvelle couche de lubrifiant. Son cœur battait la chamade. Empoignant ses propres fesses, elle ne fit plus attention aux rougeurs des assauts subis juste avant.

Son esprit vagabonda, et elle se vit dans la position qu'elle offrait aux yeux de John afin de lui faciliter l'accès au plaisir. Un cliché de la scène vaudrait son poids en or ; une scène purement pornographique. Pourtant, ce n'était pas ainsi qu'elle le vivait. L'instant était intense, magique…, presque orgasmique. Elle se sentit frissonner de plaisir avant même d'être possédée par son dominant.

— Lizzie, vous êtes tout bonnement sublime. La plus sexy…, la plus incroyable…

Sa voix s'éteignit d'elle-même. Il luttait contre ses pulsions animales. Même s'il faisait preuve d'un sang-froid admirable, la perspective qu'il puisse perdre le contrôle de la situation était un stimulant supplémentaire. Aussi inexpérimentée soit-elle, Lizzie le désirait plus que jamais ; c'est pourquoi elle mit tout en œuvre pour titiller encore la ferveur de son partenaire.

— Lizzie, grogna John en la voyant ainsi onduler des hanches.

Il approcha alors de l'entrée interdite le bout de son sexe. Le membre plus imposant que jamais manqua de la faire flancher ; elle décida alors de pousser en retour afin de l'encourager, pour ne pas céder à la tentation de tout arrêter. Se guidant d'une main, il se servit de l'autre pour atteindre les lèvres de Lizzie et stimuler son désir.

— Oh !... Oh, bon sang ! soupira cette dernière.

— Détends-toi, ma chérie.

Tout doucement, il poussa contre son orifice, luttant visiblement contre l'étroitesse de sa belle soumise. Son esprit, son cœur s'offraient entièrement à John, mais il n'en était pas de même de son corps.

— Je sais qu'au début c'est un peu... étrange. Mais ne lutte pas. Tu n'auras pas mal. Jamais je n'oserais te faire aucun mal. Aie confiance en moi.

Il insista légèrement, plus fort, puis plus fort encore, mais cela paraissait impossible. De grosses gouttes de sueur perlèrent sur le front de Lizzie, puis coulèrent le long de ses joues. Une nouvelle poussée, et le bout de son membre entra enfin en elle, ce qui ne manqua pas d'arracher à la belle un petit cri proche du râle, qu'elle ne sut retenir.

Un nouvel émoi vit le jour dans un mélange de délectation et d'horreur. Il n'était plus utile de tenir ses fesses à la disposition de John puisqu'il était parvenu à ses fins. Lizzie reposa alors les bras sur les serviettes devant elle et y enfouit son visage.

— C'est ça. On se détend, c'est bien…

Le ton sécurisant de son dominateur fonctionnait comme un baume sur toutes les craintes de Lizzie, les balayant pour ne laisser place qu'au plaisir intense qui s'annonçait.

— Tu te débrouilles à merveille, ma jolie… Voilà, reste calme.

Son angoisse fondit comme neige au soleil, et ses peurs avec elle. Elles furent remplacées par un renouveau de volupté, une envie prégnante de se voir possédée et chérie. Toute trace de résistance avait disparu tandis que John se mouvait désormais sans entraves. La puissance de sa présence s'étendait bien au-delà de son postérieur ; il la possédait jusqu'à son âme, son cœur, jusqu'à des zones de sensibilité qu'elle n'avait jamais soupçonnées. Les doigts de John se promenaient habilement depuis son clitoris jusqu'aux marques rougies de ses fesses.

— Oh oui ! grogna-t-il.

Lizzie se laissa enivrer par un tourbillon de sensations nouvelles, resserrant légèrement ses muscles afin de l'accueillir en elle autant que le lui permettait son anatomie. Les lèvres de sa féminité ne se virent pas lésées plus longtemps, car John réitéra son exploration du bout de ses doigts puissants et délicats.

Des larmes gouttèrent sur son bras, provoquées par une intensité émotive que les mots ne pouvaient décrire. De la joie. De l'extase. Peu importait comment les gens décidaient d'appeler ce puissant frisson ressenti au moment d'atteindre un nirvana a priori hors de portée.

Dès l'instant où John poussa un juron en se secouant violemment contre elle, pris d'un orgasme frénétique, Lizzie sut qu'elle l'aimerait de tout son être, et ce jusqu'à la fin de ses jours.

Une poignée de minutes plus tard, John enveloppa sa belle dans un drap de bain et la porta jusqu'à la salle de bains attenante à la chambre de la jeune femme, obéissant ainsi aux désirs de Lizzie qui lui avait demandé un instant d'intimité. Ce n'était pas tant pour prendre une douche en privé ; il s'agissait plutôt d'un moment de tranquillité pour se recentrer et reprendre le contrôle de ses émotions.

Dans l'immédiat, une trop grande proximité avec un John avenant et inquiet pour sa fragilité risquerait de la faire chavirer et de la pousser à lui balbutier ses sentiments ridicules. Des sentiments qui ne mèneraient à rien. Après tout, l'idée même de s'adonner au sexe entre amis de manière temporaire venait d'elle, et John avait chaudement accueilli cette notion. Cela correspondait parfaitement à ce qu'il recherchait. Qu'il la paie ou non, Lizzie restait son passe-temps du moment.

Pour autant, cela ne faisait pas de lui un homme mauvais. Seulement un homme désireux de fuir tout engagement avec une femme.

Lizzie ferait mieux d'accepter cela une bonne fois pour toutes.

17

Au bal masqué

— Alors, Lizzie. Dites-moi quel est votre véritable métier.

Ils étaient tous les deux attablés au restaurant de l'hôtel. Lorsque John lui avait suggéré cette idée, elle avait accepté avec joie. En dépit des volumes importants de leur suite, l'atmosphère y était devenue lourde et angoissante. Entre ces murs, Lizzie avait le sentiment de devoir se frayer un chemin au milieu de ses aspirations stupides au romantisme, comme s'il s'agissait d'objets palpables. John, quant à lui, semblait se réjouir de ce sujet non abordé ; leurs conversations se résumaient pour l'instant à des sujets pratiques. Ce ne fut pas une surprise pour elle d'observer que John se conduisait encore avec une prévenance digne d'un gentleman.

S'il n'avait été qu'un égoïste mâle en rut, elle aurait moins de mal à gérer ses sentiments pour lui.

—Vous le savez sans doute déjà, mais je suis secrétaire intérimaire. Le travail en soi n'est pas palpitant, mais le salaire est correct, et cela me permet de changer de bureau et de patron régulièrement, chose pratique lorsqu'on s'entend mal avec son supérieur.

Elle baissa les yeux sur son assiette. Le poulet était exquis, sans doute le meilleur qu'elle ait jamais goûté, mais l'appétit n'était pas vraiment au rendez-vous.

—Et puis je couds énormément. Mon truc, c'est la confection de robes. Ce qui est pratique, car on ne trouve pas de tenues « Bettie Page » à tous les coins de rue. Je crée des vêtements pour mes amis, et puis les amis de mes amis. Ce n'est pas non plus une entreprise. Disons simplement qu'ils me fournissent leur matière première, et plutôt que de me payer pour le service ils achètent des tissus en plus pour moi.

Reposant ses couverts de chaque côté de son plat, Lizzie décida d'abandonner son poulet.

—J'ignore si c'est bien légal, mais le percepteur n'est pas obligé de le savoir. Vous ne me dénoncerez pas, j'espère !

John lui sourit avec une expression de tendresse, mais se ressaisit aussitôt.

— Non, bien sûr que non. Ne vous inquiétez pas. Cela dit, s'il vous faut un capital de départ afin de lancer votre propre boîte, n'hésitez surtout pas à faire appel à moi.

Elle voyait la situation d'ici ; après l'envoi d'une lettre formelle à M. Smith, elle recevrait une réponse tout aussi administrative de Willis, son adorable assistant. Pas de doute : John ferait un mécène rusé mais généreux, et il n'y aurait plus aucun contact rapproché entre eux, ce qui serait pire encore que de le voir sortir définitivement de sa vie.

— C'est une proposition très généreuse, John. Mais je ne suis pas vraiment créatrice de mode. Je ne fais que recopier puis adapter des patrons que je trouve jolis.

— Peut-être, mais c'est un don qu'il faut exploiter. Travailler derrière un bureau, et vous ennuyer à mourir, ne vous ressemble pas ; je vous vois plutôt dans un métier artistique et créatif.

— Vous n'avez pas tort. En plus, je ne suis pas très douée comme secrétaire. Il est possible que je sois bien meilleure call-girl qu'employée de bureau.

Un petit sourire vint illuminer le visage de John, et Lizzie se sentit soudain plus légère, elle aussi. Le sexe était un terrain bien moins glissant que les ambitions à long terme et autres projets professionnels.

— De ce côté-là, vos talents ne font aucun doute. S'il vous prenait un jour l'idée de poursuivre sur cette voie, vous deviendriez l'une des courtisanes les plus réputées du pays.

En s'hydratant le palais, il haussa un sourcil d'un air coquin.

— De mon côté, je vous construirais une solide réputation.

Voilà une conversation bien plus rassurante: le flirt sensuel. Lizzie lui lança un regard aguicheur.

— Je suis ravie de l'entendre. Mon côté perfectionniste me pousse à faire en sorte de mériter mon salaire.

Tout en discutant, elle posa sa main sur celle de John, qui reposait près de son verre sur la nappe blanche. Sa peau était chaude, et la vision de ses doigts fins lui rappela ce dont ils étaient capables.

— Si les rôles étaient inversés, j'estimerais vos services au double de ce que vous m'avez payée.

Un souvenir lui revint soudain en mémoire: John ne lui avait-il pas dit qu'il fut un temps où lui aussi avait été du métier? Il plissa ses jolis yeux bleus comme s'il lisait dans ses pensées.

— Il m'est arrivé de gagner bien plus que cela en échange de mon corps, observa-t-il d'un ton neutre.

La conversation déviait dangereusement vers des sujets sensibles plus graves, mais Lizzie était rongée par la curiosité.

— Pourriez-vous m'en dire un peu plus? Si vous n'en avez pas envie, je comprendrai. Après tout, ça ne me regarde pas.

John bougea doucement sa main sous celle de Lizzie, serra brièvement son index, puis la retira afin de les resservir en vin. Jusqu'à présent, ils n'avaient bu que de l'eau ; mais là, de toute évidence, John avait besoin d'un petit remontant.

— Je me suis marié pour de l'argent, Lizzie. C'est à la fois aussi simple et aussi compliqué que cela.

Il but une gorgée de vin.

— J'ignore ce qu'Internet vous a appris exactement, mais le moins qu'on puisse dire, c'est que j'ai bien profité de mes vingt ans. J'ai coupé les ponts avec mon père et le reste de ma famille. Ils avaient honte de moi...

Les traits de son visage se crispèrent et il pinça les lèvres, offrant à la jeune femme un aperçu du jeune John, un garçon révolté, troublé, honteux... et totalement seul.

— Ma vie n'avait plus aucun sens. J'étais conscient de mon potentiel dans le monde des affaires, mais je n'avais aucun capital à investir. C'est alors qu'une amie me vint en aide, unc amie que je n'avais encore jamais vue comme une femme... (Il haussa les épaules.) Je sais que ça peut paraître idiot, mais... c'est un concours de circonstances. Nous avons pris conscience de toutes les choses que nous avions en commun. Face à son esprit vif et à sa gentillesse, je me suis senti en confiance. (John tendit la main vers son verre, mais se ravisa au dernier moment.) Je lui ai fait part de mon ambition dans les affaires ; mon but était de me constituer une fortune absolument indécente pour le seul plaisir de donner tort à mon père. D'après lui, travailler dans le commerce était indigne de la renommée de notre famille ; seulement, c'était sans compter le déclin de ladite grande fortune familiale qui menaçait de s'écrouler jusqu'à la perte du domaine de Montcalm.

— Mais je croyais que votre famille était riche comme Crésus ; Montcalm est l'une des plus prestigieuses demeures d'époque de tout le pays.

— Aujourd'hui peut-être, mais à l'époque leur compte en banque était en chute libre.

Nul besoin d'en dire plus, constata intérieurement Lizzie : le clin d'œil de John en disait long sur l'anonyme qui avait dû mystérieusement sauver le patrimoine familial. Il restait encore tant de choses qu'elle ignorait de lui, et elle n'en apprendrait probablement jamais la moitié.

— Cette femme…, Caroline…, m'a proposé un marché, poursuivit John d'une voix monocorde. Après le décès de son premier mari, elle s'est sentie très seule. En particulier sur le plan sexuel. Puisqu'elle estimait que j'étais le plus bel homme sur terre et que je ne méritais pas ma misère… (Il marqua une pause, son petit sourire en coin exprimant une envie contradictoire de rire et de pleurer.) elle m'a déclaré que si je l'épousais, en échange de parties de jambes en l'air qui défiaient la raison, elle me financerait à la hauteur de la somme que j'estimais nécessaire pour me lancer.

— Mince alors !

—Oui, je sais. Lorsqu'elle est arrivée avec cette proposition, j'en fus cloué au sol. Et puis tout bien réfléchi, c'était un marché intéressant qui nous permettait de nous apporter ce dont chacun avait vraiment besoin. J'étais jeune, un peu perdu… et flatté, il faut bien le dire !

Il haussa nonchalamment les épaules.

Vingt ans plus tard, vous êtes toujours aussi séduisant, avait envie de lui dire Lizzie. *Vous êtes le plus bel homme que j'aie jamais connu.*

—Je dois avouer que je n'étais pas indifférent à son charme. Elle était… elle est toujours magnifique. Intelligente, sexy et de très bonne compagnie. Les circonstances étaient peu habituelles, c'est le moins qu'on puisse dire – vous n'avez pas idée à quel point –, mais ce n'était pas difficile d'avoir envie d'elle, précisa John en chuchotant presque de sa voix mielleuse avec un haussement de sourcils. Au lit, c'était incroyable. Je voulais lui offrir autant que ce qu'elle me finançait, et cela donnait des ébats à couper le souffle.

—Alors vous, franchement ! s'exclama Lizzie en riant. Je me trouvais indécente en jouant les call-girls, mais vous… Que s'est-il passé ? De toute évidence, vous n'êtes plus ensemble. S'est-elle lassée de vous ?

—Pas vraiment. D'une certaine manière, oui, mais de façon réciproque. Nous devenions de meilleurs amis que nous n'étions amants. Cela aurait pu durer ainsi, mais elle a rencontré quelqu'un.

Au sourire en coin de John, Lizzie comprit qu'il lisait sa stupéfaction sur son visage. Vraiment, comment était-ce possible de rompre avec John pour un autre ?! N'était-elle pas zinzin, son ex-femme ?!

— Je sais. Difficile à croire. Cet homme était l'amour d'enfance de Caroline ; elle a compris sur le tard qu'elle était amoureuse de lui, malgré ses deux maris consécutifs. C'était l'amour de sa vie. Il vivait depuis vingt ans sur la côte Est et avait fait son grand retour une fois devenu veuf.

— Et ensuite ? Était-ce si terrible ?

John lui décocha un sourire sans la laisser décrypter ses pensées.

— Non, bien au contraire. Dès le début, il était évident que ce mariage ne durerait pas. Nous nous sommes quittés en très bons termes. Caroline s'est montrée très généreuse. Ma « pension alimentaire », si on peut l'appeler ainsi, constitua le capital qui permit ensuite la construction de l'empire financier que vous me connaissez aujourd'hui.

Lizzie le regarda, bouche bée : voilà qui expliquait son détachement quant aux sommes astronomiques qu'il était aisément prêt à dépenser.

— Waouh !

Ce fut tout ce qu'elle put exprimer.

— Oui, je sais. Raconté comme ça, de but en blanc, notre arrangement peut sembler malsain, mais ce n'était pas du tout le cas. À une époque sombre de ma vie, elle a été là pour moi. Nous sommes devenus amis, puis avons partagé une liaison passionnelle pendant quelque temps. Encore aujourd'hui, il arrive que nous dînions tous les trois, avec son mari. En trois ans, je lui ai remboursé tout ce qu'elle m'avait donné.

— Cela risque de me prendre un peu plus longtemps pour vous rendre votre argent.

— Hors de question. Je comprends que cela vous tienne à cœur, admit John, les traits soudain tendus. Mais vous ne me rendrez rien du tout, Lizzie. Je suis un homme riche et j'aime faire des cadeaux à mes amis. Voyez cela sous cet angle. Si vous y tenez, faites-en don à des associations, mais ne me rendez rien. Je n'en ai pas besoin et je n'en veux pas.

Quelque chose clochait dans sa voix.

— Bon, écoutez, reprit-il en cherchant le meilleur moyen de lui faire garder son argent. Pourquoi ne pas emmener vos colocataires en vacances sous les tropiques ? Votre ami Brent semble en avoir grand besoin, s'il traverse une période difficile. Au début de notre relation, Caroline m'a emmené aux Caraïbes. Le soleil et le farniente m'ont ressourcé.

Lizzie plissa les yeux. Que cherchait-il exactement en faisant ainsi une fixation sur Brent ? Essayait-il de remettre leur ancienne liaison au goût du jour afin de ne pas avoir à s'occuper lui-même d'elle une fois ses affaires terminées dans la région ?

Pourtant…

— Ce n'est pas une mauvaise idée, lâcha-t-elle pour observer la réaction de John.

Hélas, ce n'était pas un maître de la négociation pour rien : il ne laissa rien paraître derrière la mine placide qu'il arborait, pas même une once de jalousie.

Idiote, tu ne pensais tout de même pas qu'il serait piqué par ta réponse !

— Voilà. Vous voyez ? Problème résolu, déclara-t-il vivement. Allons-nous à cette soirée, oui ou non ? C'est vous qui voyez, ma chère. Je tiens d'ailleurs à vous dire que cette robe vous va à ravir.

Il la dévora du regard sans la moindre gêne, se délectant à la fois de ce qu'il voyait et de ce qu'il imaginait sous le tissu.

— En Audrey Hepburn, je vous trouve aussi sexy qu'en Bettie Page. À votre bras, je ferai de nombreux jaloux.

Oui, une soirée ne lui ferait pas de mal, songea Lizzie. Loin de la tension grandissante qui régnait dans la chambre, loin du risque qu'elle encourrait si elle se dévoilait à lui autrement qu'en retirant ses vêtements.

— Oui, je suis partante. Mais de quel genre de soirée s'agit-il ? Vous vous êtes montré très mystérieux à ce sujet.

John ne répondit pas immédiatement ; il fit d'abord la moue, le regard vif.

— C'est une soirée libertine, l'informa-t-il enfin. Si cela vous tente, bien sûr. Il n'y a que des couples. Les célibataires emmènent généralement une escorte ; or, une compagne de « sexe entre amis » fera aussi bien l'affaire.

Bon sang, rien que ça ?! Aucun doute, cela coupait court à son interrogatoire au sujet de son mystérieux passé. Des images se formèrent dans l'esprit de Lizzie ; des corps emmêlés, des étrangers posant sur elle un regard enfiévré et réclamant sa participation. Elle se sentit envahie par une bouffée de chaleur. Avait-elle vraiment envie de cela ? Même pour faire plaisir à John ?

— Hum… je ne suis pas sûre… Qu'est-ce que cela implique ?

John partit d'un petit rire, tout en restant attentif aux réactions de la jeune femme.

— Du sexe, de toute évidence. Mais vous n'aurez qu'à regarder, ma chère. Rien de plus. Autour de nous, il y aura bien assez d'exhibitionnistes sans que nous ayons à les rejoindre. Avez-vous vu le film *Eyes Wide Shut* ?

Oui, elle l'avait vu. Elle acquiesça tout en se remémorant la scène déroutante de l'orgie dans un immense manoir isolé. Les images l'avaient excitée, mais de manière étrange, avec une sorte de recul. Le fait de savoir qu'il s'agissait d'une mise en scène pour le cinéma désacralisait la chose.

— Ce sera dans ce ton-là, à cela près qu'il sera moins question d'invocations, de rituels étranges et de meurtres sanguinaires. (Il prit la main de Lizzie.) En fait, il n'y aura aucun meurtre. Seulement un peu plus de BDSM que dans le film. C'est dans nos cordes.

Avait-elle envie d'y aller ? La proposition embrouillait ses pensées.

D'un côté, elle n'aurait jamais imaginé mettre les pieds dans une soirée privée où l'orgie se mêlait au luxe ; sa curiosité lui hurlait : *Oui, oui ! Ne fais pas ta dégonflée !* En incarnant le rôle d'une call-girl, elle avait vécu un véritable fantasme et vu défiler les plus sublimes instants de sa vie, alors pourquoi ne pas pousser l'expérience un peu plus loin ?

D'un autre côté, elle n'était que Lizzie, une jeune femme banale à l'expérience sexuelle modeste, qui n'avait jamais vécu de grande aventure avant ce fameux soir où elle avait posé les yeux sur le plus bel homme qu'elle ait jamais vu.

Elle avait simplement envie de retourner dans leur chambre d'hôtel et d'avoir John pour elle toute seule aussi longtemps que possible.

— Cela ne vous fait pas envie, n'est-ce pas ? observa-t-il d'une voix douce. Ce n'est pas grave, nous n'irons pas. Je ne veux pas vous forcer. Si vous n'y êtes pas à l'aise, je n'en retirerai aucun plaisir.

La sincérité de John était évidente, et il ne parut pas déçu le moins du monde.

Ce fut cet instant précis, où John faisait passer les envies de Lizzie avant ses propres pulsions instinctives, qui poussa la jeune femme à réfléchir. De quoi aurait-elle peur ? Il promettait de ne jamais lui faire de mal, ce qui signifiait que peu importaient les scènes sauvages et incontrôlées qui se dérouleraient dans cette antre charnelle, John serait là pour la protéger et garantir les limites qu'elle souhaitait fixer. Eh bien, que craignait-elle, bon sang ?!

Lizzie pouvait lui faire une confiance aveugle. Et puis cela lui ferait une sacrée histoire à raconter à ses amis !

— Non, en réalité… j'en ai très envie ! On n'a pas tous les jours l'occasion de tester l'expérience *Eyes Wide Shut*. D'autant qu'il n'y aura aucune scène de meurtre ni de chants religieux bizarres. Et puis je ne ferai que regarder. J'aimerais beaucoup que vous m'emmeniez, John.

Il rayonna, ce qui la convainquit qu'elle avait fait le bon choix, elle en était sûre. Ou presque sûre…

— Incroyable ! Vous n'avez pas froid aux yeux. Je vous promets que nous resterons spectateurs.

Plus décidé que jamais, il retira la serviette de ses genoux et la jeta en boule sur la table.

— En route ! De toute manière, vous n'alliez pas le terminer. Je me trompe ? (Il désigna du menton l'assiette de poulet à peine entamée.) Moi non plus, je n'ai pas très faim. Dans ce genre de soirée, il y a toujours un immense buffet. Certains aiment grignoter tout en profitant du spectacle, et les participants ont rapidement l'estomac creux.

— D'accord, allons-y.

Avant que je change d'avis, songea Lizzie en se levant de table.

La limousine s'engagea dans une longue allée sombre, bordée de haies immenses et de plus en plus resserrées, qui les mena ensuite à une grande clairière cernée d'arbustes. Au-dessus de leurs têtes, la lune ajoutait une touche féerique à cette vue pastorale.

Dans l'intimité de la banquette arrière, assis à côté d'elle, John semblait perdu dans ses pensées. De temps à autre, il tournait la tête pour lui sourire et serrait sa main qu'il tenait dans la sienne.

Après une vingtaine de minutes de trajet, d'imposantes grilles surgirent de nulle part, leur barrant la route. Jeffrey ralentit jusqu'à s'arrêter au pied de cet immense portail, bondit hors de la voiture et s'adressa à l'interphone incrusté dans le muret sur la gauche. De toute évidence, le seul nom de John Smith était leur passeport V.I.P., car les grilles s'ouvrirent aussitôt dans un mouvement lent et grinçant.

La limousine reprit sa route sur la longue allée sinueuse.

— Ce n'est pas aussi prestigieux que Montcalm, mais il est évident que les propriétaires ont les moyens, fit remarquer John tandis qu'ils se glissaient entre des rangées d'arbres massifs que Lizzie ne sut identifier.

— Retournez-vous souvent à Montcalm ? s'enquit-elle.

Les yeux dans le vague, John referma à peine les doigts sur la douce main de Lizzie.

— Non, pas depuis des années. Et je n'y allais que pour voir ma mère, à l'insu de mon père. Toutefois, peut-être qu'il va falloir y remédier : mon père n'est plus en grande forme. Il ne demandera jamais après moi, donc je suppose que je devrai me forcer à faire le premier pas. S'il accepte de me voir. S'il venait à mourir avant que nous fassions la paix, je ne me le pardonnerais jamais.

— Oh, je suis sincèrement désolée ! murmura Lizzie en percevant la frustration et la tristesse dont semblait souffrir John. Je ne peux pas non plus dire que mes parents clament haut et fort leur fierté à mon égard après l'épisode de ma rébellion contre les études que mon père tenait tant à me voir suivre, mais nous avons réussi à trouver un terrain d'entente récemment. Je vais les voir de temps à autre, et nous parvenons à rester courtois, tant bien que mal. Surtout pour Noël et les anniversaires.

— Tant mieux, vous avez beaucoup de chance. Personne ne devrait couper les ponts avec sa famille. Je m'en rends compte, à présent.

— Je suis sûre qu'il vous aime, au fond de lui.

D'un mouvement inconfortable du poignet, elle parvint à serrer la main de John.

— Je ne sais pas. Tout ce que j'ai pu faire, par le passé… C'est un homme qui a sa fierté, retranché derrière de vieilles valeurs aristocratiques. À ses yeux, la honte dont j'ai sali notre nom est irrévocable. J'imagine qu'il a raison… Après tout, je l'ai déçu sur tous les plans. Ma décision de ne pas rejoindre les rangs l'a rendu furieux, puis j'ai boudé le cercle noblaillon qu'il voulait me voir intégrer en me faisant épouser la fille de quelque camarade de l'armée. Tout ça pour tout envoyer balader et me marier à une dame qui pourrait être ma mère ; avec cette union, j'ai détruit l'espoir de mon père de transmettre le titre à une lignée de fistons.

Lizzie fronça les sourcils. John n'avait-il pas de frères ?

La mine grave, il la dévisagea dans la lumière vacillante des lanternes qui bordaient la route. Elle ne l'avait jamais vu aussi tourmenté. John répondit à sa question silencieuse sans qu'elle ait à la prononcer.

— Après la naissance de leur fille, la femme de mon frère aîné ne pouvait plus avoir d'autre enfant. Ma nièce est une femme merveilleuse et dégourdie, mais il est évident qu'elle n'héritera de rien. Pour ce qui est de mon petit frère, il est homosexuel. Mon père n'a jamais voulu le reconnaître, mais je pense qu'au fond de lui il s'est fait à cette idée.

— Oh mince, je comprends mieux sa colère !

Quel lourd bagage ! À côté de cela, Lizzie estima soudain ses problèmes bien moins graves.

Un millier de questions lui vinrent à l'esprit, et elle savait qu'elle aurait eu toute la peine du monde à rester à sa place et à ne pas se mêler de ce qui ne la regardait pas s'ils n'étaient arrivés à temps sur l'allée de gravier qui formait un arc de cercle devant l'entrée du manoir. *En effet, les propriétaires ne sont pas sur la paille*, pensa-t-elle. Les pierres apparentes luisaient sous le clair de lune, le toit s'ornait de créneaux comme celui d'un château, et les hautes fenêtres les écrasaient du haut de leur architecture aristocrate et dédaigneuse.

Ce n'était pas le moment de questionner John.

Encore moins sur ses projets de vie amoureuse.

Dans la tiédeur de cette nuit parfumée, John aperçut le frisson qui parcourut le dos de Lizzie lorsqu'elle glissa la chaîne délicate de sa pochette de soirée sur son épaule blanche comme l'ivoire.

Avait-elle froid ? Était-ce la nervosité ? Ou pire, trouvait-elle cruel et méprisable le récit de John sur ses actions passées ? Aux yeux de son père, il était la honte de sa famille, mais

John savait qu'il aurait pu –qu'il aurait dû– mettre fin à leurs anciennes querelles et se montrer mature, responsable et capable de quelques concessions. Pourtant, il n'en avait rien fait et avait campé sur ses positions, refusant à son père la moindre opportunité de réconciliation.

Elle me prend sans doute pour un salopard cruel et égoïste. Et elle n'aurait pas tort... Comment cette femme peut-elle me pousser à me remettre en question après toutes ces années ?

John avait toujours cherché à effacer cet épisode sombre de sa vie en menant son empire financier avec éthique et en se conduisant en bienfaiteur, certes extravagant mais tout de même philanthrope. Hélas, aucun de ses actes charitables ou de ses dons masqués destinés à la survie de Montcalm n'était parvenu à faire changer d'avis le vieil homme profondément déçu. Tant d'années s'étaient écoulées que les dommages étaient désormais irréparables.

—Qu'y a-t-il ?

John sursauta à la voix de Lizzie et s'aperçut qu'il s'était égaré dans ses réflexions.

—Rien... Je me demandais simplement si c'était une bonne idée de vous amener ici.

Un changement de sujet brutal et pourtant intimement lié à son questionnement intérieur. La confirmation définitive de ses soupçons concernant la jeune femme l'avait chamboulé. Pourtant, il s'attendait à apprendre qu'elle n'était pas de ces escortes sans vergogne qui n'auraient aucun scrupule à participer activement à ce type de soirée.

Un nouvel élan de culpabilité lui serra le cœur, cette fois vis-à-vis de Lizzie. Entre soupçonner quelque chose et en avoir la confirmation, il y avait un gouffre immense. L'univers de la prostitution était si loin d'elle ; ce n'était qu'une jeune femme vive et enthousiaste, dont le charme sensuel impressionnait John et provoquait en lui un bouillonnement constant de désir pour elle.

Et c'était bien plus que cela.

Les amis de John présents ce soir étaient des personnes adorables et branchées ; dans cette soirée BDSM, il n'y avait aucun danger, uniquement le plaisir intense et de plus en plus rare d'un instant partagé sans aucune barrière. Pourtant, John était saisi d'un besoin de protéger Lizzie, de l'emmener loin d'ici, dans un lieu douillet où il pourrait la chérir en toute sécurité.

— Êtes-vous certaine d'en avoir envie ? s'assura-t-il en prenant la main de sa protégée.

Il se sentait ridicule, tel un enfant le soir de son premier rendez-vous galant redoutant de voir la plus jolie fille de l'école changer d'avis et tourner les talons.

— Vous n'êtes pas forcée de m'accompagner juste pour me faire plaisir… Je pense que cela vous plaira, mais, si vous avez le moindre doute, nous retournons à l'hôtel.

Merde, maintenant elle te prend sûrement pour un naze !

— Puisque nous y sommes, rétorqua Lizzie. Et vous m'avez promis une expérience digne du cinéma. Tentons notre chance, vous n'êtes pas d'accord ?

Un brin arrogante, elle l'attira hors de la voiture avec un grand sourire, puis se tourna de toute sa grâce vers les agents de sécurité qui surveillaient l'entrée.

— Si je ne me sens pas bien, nous partirons aussitôt, proposa-t-elle. Cela vous convient-il ?

Les talents de négociateur de John n'étaient plus à prouver ; sans cette fibre de beau parleur persuasif, il ne serait jamais arrivé aussi loin dans sa carrière. Mais, cette fois, les mots lui manquaient face à la spontanéité, à la beauté et à l'élégance de cette femme de vingt ans sa cadette. Si Lizzie ressentait la moindre appréhension, non seulement elle n'en montrait rien, mais elle affichait en outre une assurance surprenante.

Le torse gonflé de fierté, John entra dans le hall au bras de sa belle. Les agents de sécurité la suivirent du regard, et même le majordome habituellement imperturbable la contempla, impressionné, tout en la débarrassant de son châle. Puis il leur présenta des masques sur un plateau d'argent.

John ne s'était jamais senti aussi content de lui. Il s'était rendu à de nombreuses réceptions au bras de sublimes créatures, y compris à des soirées comme celle-ci, mais n'avait encore jamais expérimenté un tel sentiment primitif d'exaltation. La plus belle femme de la soirée l'avait choisi, lui.

Oh, bon Dieu, mais qu'est-ce qui m'arrive ?!

Lorsque Lizzie tourna son joli minois vers lui, ravie par la découverte de son masque, John Smith plongea dans un mélange de confusion et de profond désir.

18

L'échappée belle

— Il est assorti à ma robe ! Comment avez-vous fait ?!

Le masque miroitait d'un or crémeux, recouvert de soie et de dentelle délicate. Les tons étaient à peine plus sombres que ceux de sa robe, mais ils n'étaient pas loin de s'y assortir parfaitement. Comment pouvaient-ils prévoir un masque correspondant à une robe qu'elle avait achetée l'après-midi même ?

— J'ai envoyé un texto à l'hôtesse avec une photo de votre robe, pendant que vous preniez votre douche. Et je lui ai expressément demandé d'en dénicher un qui soit le plus ressemblant possible.

Sur ce, il s'empara de celui qui lui était destiné : un loup de soie noir mat et sans rebord. L'accessoire ne manquait pas de classe pour autant. Tandis qu'il nouait les rubans derrière sa tête, le contraste saisissant entre le tissu sombre et les cheveux ambrés de John donnait l'impression d'un personnage dramatique et dangereux.

— Laissez-moi vous aider, proposa-t-il poliment en lui prenant le masque doré des mains et en se positionnant derrière elle pour le mettre en place.

L'objet lui seyait divinement bien, d'autant que John le manipulait avec une délicatesse inouïe sans même déranger la coiffure de la jeune femme, élaborée avec soin. Satisfait du résultat, le gentleman attira sa belle auprès d'un long miroir, accroché au mur dans le but de permettre aux invités de parfaire leur image avant de se mêler au beau monde.

Le souffle coupé, Lizzie sentit tous ses doutes s'envoler. Ils formaient un couple magnifique. Le costume noir de John, sa chemise immaculée et sa cravate unie accentuaient sa haute stature et faisaient de lui l'élégance incarnée. Nul besoin pour lui de se mettre sur son trente et un pour rayonner de son aura naturelle. À ses côtés, Lizzie aurait pu passer pour une femme ordinaire… Or, ce n'était pas le cas. D'ailleurs, dans cette nouvelle tenue, elle ne se reconnaissait pas. Une princesse au bras de son prince, plus élancée, droite et branchée qu'elle ne l'avait jamais été, malgré ses talons qui n'étaient pas les plus hauts qu'elle possède. Derrière le loup qui cachait les yeux de son charmant chaperon, il était difficile de deviner ses sentiments, mais Lizzie aurait juré qu'il était aussi abasourdi qu'elle en admirant leur reflet dans le miroir. Il s'apprêta à faire un commentaire, puis se ravisa et sourit.

Derrière elle, l'agent de sécurité la tira de ses pensées.

— Si vous le voulez bien, je récupère vos téléphones. Et d'éventuels appareils photo, naturellement.

Il leur tendit le plateau.

La soirée avait beau être masquée, il serait malvenu de voler des clichés de scènes compromettantes. Non sans un pincement au cœur, elle sortit son téléphone de son sac. Cela pouvait paraître idiot… Mais s'il arrivait quelque chose ? Si Brent essayait de la joindre ? La présence de John la ravissait, mais cela ne l'empêchait pas de se faire du souci pour son ami. Il lui avait dit de foncer, de prendre du bon temps, car sinon il se fâcherait contre elle. Menacée ou non, Lizzie s'inquiétait pour lui, et l'humeur détestable de Brent récemment n'arrangeait rien à l'affaire.

Elle se retourna vers John qui la dévisageait de derrière son masque, plus mystérieux que jamais. Comme si souvent ces derniers temps, elle eut la sensation qu'il lisait dans ses pensées.

— C'est parti ? proposa-t-il en lui tendant le bras.

Se délectant de son assurance virile, Lizzie s'empara de son coude avec plaisir. Ensemble, ils vivaient un rêve, mais lui était bien réel auprès d'elle. Cet homme qui avait su la toucher, la mener au-delà du plaisir et l'ouvrir à un nouvel univers. En sa présence, Lizzie n'avait aucun complexe d'infériorité ; toutefois, elle savait que, depuis leur première rencontre, il l'avait profondément changée.

Elle ne serait plus jamais la même, y compris après leur séparation inéluctable.

Ils pénétrèrent dans un hall immense, flanqué d'imposants piliers qui soutenaient un balcon au-dessus de leurs têtes. Un air classique – que Lizzie ne parvint pas à reconnaître – accompagna leur entrée dans un murmure lointain et se mêla peu à peu aux bavardages. Ils rejoignirent la foule d'invités dans la grande salle, et ces derniers les gratifièrent de sourires en coin et de timides « bonsoir, ravi de vous revoir » destinés à John. Visiblement, les masques n'étaient qu'une simple formalité : tout le monde se connaissait. La main de John posée sur celle de Lizzie qui s'accrochait à son coude procura à cette dernière un sentiment de sécurité. Elle n'était pas intimidée.

Parmi les convives, on trouvait de tout. Nombreuses étaient celles qui avaient opté pour une tenue de soirée, mais il y en avait tout autant en robe de cocktail. Les hommes étaient pour la plupart vêtus de ce type de costume trois pièces devenu un véritable aphrodisiaque pour Lizzie, depuis quelques jours. Un serveur surgit de nulle part, leur offrant une sélection de boissons sur un plateau. Du champagne, des verres contenant sans doute du whisky, d'autres du gin, mais également des boissons non alcoolisées telles que de l'eau et des jus de fruits. Lizzie s'empara d'une coupe de champagne, fermement décidée à n'en boire qu'une dans la soirée, juste pour se détendre. En jetant un coup d'œil par-dessus le plateau, elle esquissa un sourire. Le serveur masqué était torse nu et portait un pantalon de cuir. Si l'homme le plus séduisant de la soirée n'avait pas déjà été à son bras, elle aurait sans doute eu des vues sur ce charmant inconnu.

Sirotant son verre, elle balaya la salle du regard.

— Tout va bien ? s'assura John, en caressant la peau douce de son avant-bras avec le dos de sa main.

— Oui, très bien… Nous sommes au cœur des strass et des paillettes, n'est-ce pas ? (Ne sachant où poser les yeux, Lizzie eut un frisson que la caresse de John accentua.) Et puis, hum… c'est intéressant, ajouta-t-elle, les yeux grands ouverts.

Tout compte fait, les convives ne portaient pas seulement des tenues de soirée. En y regardant de plus près, elle découvrit de nombreux accessoires fétichistes, des hommes et des femmes en cuir et en vinyle, des corsets, des colliers à clous, des chaînes… Ainsi que des masques plutôt obscènes représentant des bourreaux et leurs victimes, des dominatrices et maîtres en tout genre.

— Il est bon de vous revoir, John, susurra une voix suave derrière eux.

En se retournant, ils se trouvèrent nez à nez avec une sublime inconnue, grande et élancée, qui les gratifia d'un sourire éclatant. Ses cheveux blond platine retombaient en boucles sur ses yeux, et elle portait une tenue curieusement inspirée des années 1980 avec sa robe aux larges épaulettes, ses gants de satin assortis qui lui montaient jusqu'aux coudes et son masque orné de pierres précieuses.

— Tout le plaisir est pour moi, Joanna.

Piquée par la curiosité, Lizzie chercha sur le visage de John un quelconque indice vers des anecdotes croustillantes. Cette Joanna était-elle l'une des conquêtes qu'il comptait à son tableau de chasse ? Aucun doute, elle avait la prestance époustouflante et les critères physiques requis pour y figurer.

— Laissez-moi vous présenter Bettie, une amie proche.

L'utilisation de son *nom de scène** fit sourire Lizzie, qui perçut la douce caresse de sa main virile au creux de ses reins comme un geste vivifiant. Elle se sentit de nouveau gonflée d'assurance ; John était fier d'elle, et il était évident qu'il tirait une sorte d'excitation de sa manière de la présenter au beau monde, comme s'il s'agissait d'une déesse vivante aussi fascinante que la sublime Joanna.

— C'est un plaisir de vous rencontrer, Bettie. (La belle nymphe aux cheveux d'orge l'étreignit avec une affection déconcertante.) Êtes-vous une habituée de ce type de soirée ? Je suis à peu près sûre de ne jamais vous avoir rencontrée.

— Non, en effet. C'est une première pour moi. John m'a appâtée en me promettant une expérience digne du film *Eyes Wide Shut*, c'était bien trop tentant.

Joanna lui décocha un grand sourire qui la fit soudain paraître beaucoup plus jeune et moins intimidante.

— Ah, je me souviens de ma première fois !... Une soirée digne d'*Alice au pays des merveilles*. Heureusement, un homme sage et charmant – tout autant que votre John – a su me guider. Ma vie a changé.

Dans ses yeux apparut une lueur de tendresse. Une lueur d'amour.

— Où est-il, d'ailleurs ? s'enquit John en regardant autour de lui.

— Oh, il est sans doute occupé à fouetter un esclave quelque part dans le manoir ! Ou à le baiser, je ne saurais dire. Je l'ai regardé faire pendant un moment, et puis je suis partie faire un petit tour.

Lizzie but son vin à grandes gorgées sans prendre le temps de le savourer, ce qui était bien dommage étant donné sa qualité. De toute évidence, Joanna n'était pas du genre jalouse. Cette dernière lança à Lizzie un regard curieux. Lisait-elle sur son visage le choc qu'elle venait de provoquer chez la jeune première ? Quel faux pas ! La partie ne faisait que commencer, ce n'était pas le moment de se conduire en jeune prude outragée.

— Toutefois, je devrais le rejoindre, reprit la jolie blonde avec entrain. Kévin est capable de se laisser emporter par ses pulsions ; je ferais mieux de le surveiller. (Elle leur fit un clin d'œil.) Et pourquoi ne pas lui administrer un aperçu de ses propres sanctions ? Profitez bien de ce bel étalon, ma jolie, ajouta-t-elle en serrant le bras à Lizzie. Ciao !

En silence, ils la regardèrent s'éloigner d'un pas gracieux avec l'assurance d'une reine.

— Serait-ce une dominatrice ? demanda Lizzie tout en s'efforçant de garder elle-même le menton haut.

Certes, la belle blonde était un véritable canon de beauté, mais n'était-ce pas son cas, à elle aussi ? De temps à autre, elle surprenait les regards admiratifs de quelques inconnus dans sa direction.

Tout sourires, John referma légèrement sa main au creux des reins de Lizzie, comme s'il captait ses doutes et voulait la rassurer.

— Parfois, oui. En tant qu'adepte des plaisirs douloureux, elle change régulièrement de rôle. Il lui arrive de se montrer divinement soumise, à l'occasion.

Ce n'était pas étonnant. Lizzie avait appris que les apparences sont trompeuses et que la soumission n'empêche en rien le sentiment de puissance. Et puis les envies évoluent selon les occasions. Toutefois, une question lui brûlait les lèvres.

— L'avez-vous déjà punie ?

— Oui, ça m'est arrivé quelques fois lors de scénarios impromptus, admit John en plissant les yeux. Au cas où vous vous poseriez la question : non, je ne l'ai jamais possédée à proprement parler. Toutefois, Kévin et elle expérimentent effectivement ce qu'on appelle un mariage libre.

Me croit-il jalouse de Joanna ? Et même si c'est le cas, en quoi cela l'intéresse-t-il ?

Les deux partenaires déambulèrent parmi les convives. La soirée se déroulait dans une ambiance conviviale et décontractée… jusqu'au moment où ils franchirent une porte menant à une autre pièce, plus petite. Dans cette seconde salle de réception, les invités se délectaient d'un spectacle que John et Lizzie ne purent découvrir qu'en se joignant au cercle de joyeux voyeurs.

Une femme vêtue d'une robe bleue somptueuse était penchée au-dessus d'une table, le jupon relevé sur le dos pour offrir ses fesses nues aux yeux de tous. Rayée de traces rouges, sa peau blanche subissait les assauts d'un homme entièrement nu à l'exception d'une cagoule de cuir lui recouvrant entièrement le visage. Le bourreau masqué avait lui-même les mains attachées derrière le dos – ce qui ne l'empêchait visiblement pas de punir sa jolie soumise – et les fesses rougies, ainsi qu'un collier auquel une chaîne était accrochée, tenue par une autre femme qui se tenait assise sur la table près du couple.

Lizzie sentit son pouls s'accélérer devant le spectacle que lui offrait la femme gémissante sous les assauts d'un esclave enchaîné. Ses émotions étaient aussi troublées qu'émoustillées. Avait-elle envie de prendre la place de la belle soumise ? Ou de la dominatrice, avec sa robe courte entièrement noire et sa chaîne à la main ? Derrière son masque, celle-ci lançait des regards électriques à l'assemblée. Il n'était pas difficile d'imaginer ses requêtes auprès d'un adepte de ses pratiques.

Ou d'une adepte.

Après tout, songea Lizzie, tout avait cours dans ce monde de sensualité exaltée. Elle ne se sentait pas intimidée, mais n'était pas prête non plus à foncer tête baissée. En se retournant, elle s'aperçut que John n'était pas intéressé par la performance qui se jouait devant lui, car il la regardait, elle. Leurs regards se croisèrent un instant.

Qu'attendez-vous de moi ? Que je me mette ainsi en scène ?

Il ne répondit pas à ses questions silencieuses et se contenta de la scruter jusqu'au fond de son âme, puis lui décocha un sourire en lui prenant le bras.

— Et si nous partions à la recherche du buffet ? Nous n'avons pas fait honneur à notre dîner ; or, je meurs de faim.

— Moi aussi.

C'était la vérité, elle était affamée. Sa faim se mêlait à un sentiment de légèreté, comme si un poids venait de quitter ses épaules : John n'attendait rien d'elle, si ce n'était de la voir s'amuser. Si cela devait impliquer une simple observation sans jamais prendre part aux diverses scènes érotiques, il s'en accommoderait très bien.

Ils se dirigèrent ensemble vers la pièce attenante, puis vers la suivante. Décidément, cette demeure était un véritable dédale où l'ameublement luxueux et les œuvres d'art antique se mêlaient subtilement à des tableaux vivants. Des hommes fouettant des femmes. Des hommes possédant des femmes. Des femmes confortablement installées dans des fauteuils baroques tandis que leurs partenaires les comblaient de leur bouche. Des hommes à genoux, un peu partout. Ce soir, Lizzie put observer que les dominatrices étaient plus nombreuses que leurs homologues masculins. En revanche, rien ne prouvait que ce soit le cas chaque fois.

Une fois qu'ils furent parvenus jusqu'au salon spacieux où trônait le buffet – composé de succulents hors-d'œuvre, de petits-fours et de bacs à glaçons –, elle posa la question à John.

— Cela dépend, répondit-il. Parfois, le rôle de dominé est réservé aux femmes, tandis que d'autres soirées – comme celle-ci – leur offrent l'opportunité de tenir les rênes.

À ces mots, la jeune femme se figea alors qu'elle s'apprêtait à engloutir une crevette finement apprêtée. Dans la voix de John, elle avait capté une sorte d'invitation au défi.

— Et vous, que préférez-vous ? lança-t-elle d'un air détaché avant de porter son attention sur les petits-fours en attendant sa réponse.

Tranquillement, John sirota sa boisson en faisant onduler sa pomme d'Adam. Plus tôt dans la soirée, il avait retiré sa cravate pour la ranger dans sa poche ; Lizzie raffolait du style indolent que lui conférait cette apparence d'homme masqué au col ouvert. Tout en conservant son aura, John revêtait une sorte de vulnérabilité de par ce petit triangle de chair nue.

— Vous connaissez mes goûts : la domination reste ce que je préfère. C'est un peu une seconde nature. (Il marqua une pause afin de boire une autre gorgée, puis posa son verre sur la table.) Toutefois, il m'est arrivé de passer de l'autre côté de la barrière… lorsque je rencontrais la partenaire idéale.

C'était un défi qu'il lui lançait, aussi clairement que s'il avait sorti un gant blanc de sa poche pour le laisser choir au sol.

Au cœur de cette pièce bercée par les chuchotements des uns et des autres, par la musique de fond et par les tintements de coupes de champagne, un voile de silence les isola du reste du monde. Lizzie se demanda si son cœur n'avait pas même cessé de battre.

Les yeux de John, plus bleus et profonds que jamais, portaient le message en étendard.

Saisissez les rênes. Prenez-les, je vous les donne.

— Vraiment ? susurra-t-elle sans le quitter des yeux, gonflée d'une assurance nouvelle.

— Oui.

Il baissa le regard une fraction de seconde, signifiant par ce geste une approbation aussi claire que s'il s'était mis à genoux devant elle pour baiser ses escarpins.

D'un hochement de tête, Lizzie scella leur pacte silencieux. Elle reposa son assiette. À présent, nul besoin de nourriture, d'eau ou de vin : elle était prête à tout.

— J'ai assez mangé. Allons marcher un peu.

La jeune femme se leva de sa chaise et prit la direction d'une porte à l'autre bout de la pièce. Peu importait où celle-ci menait : elle était la Princesse du Bal Masqué, ce qui lui conférait le devoir de se trouver un lieu propice à l'assouvissement de ses désirs.

Le menton haut, elle se faufila entre les convives d'un pas leste et gracieux comme l'avait fait Joanna avant elle, à la différence qu'un homme lui emboîtait le pas docilement.

Ils se retrouvèrent dans un large couloir aux portes nombreuses et dont le tapis persan courait sous leurs pieds. Une porte sembla se distinguer des autres, comme répondant au désir d'intimité de Lizzie. À l'intérieur, ils découvrirent une petite pièce encadrée d'une bibliothèque en bois. Devant le foyer d'une cheminée trônaient deux fauteuils en cuir. Ce bureau était manifestement le sanctuaire d'un homme, mais la jeune femme se sentait capable d'y régner en maîtresse. Elle avança jusqu'à la cheminée, consciente que John la suivait de près.

— Refermez la porte, lui ordonna-t-elle dans un souffle.

La sensation d'isolement en présence de John fit légèrement fléchir son assurance, mais un coup d'œil au bureau en bois de chêne lui apporta un regain de confiance.

Parmi les journaux, romans et autre attirail de papeterie étalés sur le sous-main en cuir, elle repéra une règle d'écolier. C'était une simple règle en bois, moins douloureuse que le morceau de plastique flexible que John avait su manier avec brio, mais tout de même parfaite pour l'usage qu'elle comptait en faire.

Lizzie n'avait pas posé le regard sur John une seule fois depuis leur entrée dans le bureau, mais elle savait qu'il avait également repéré l'objet.

En se retournant, elle risqua un coup d'œil dans sa direction, espérant prendre un air sévère sans passer pour une idiote. Le masque l'aidait beaucoup ; toutefois, elle s'aventurait en terre inconnue. L'instinct était la seule carte à jouer.

John resta immobile près du bureau, le visage neutre, ne laissant rien paraître de ses propres émotions derrière son masque noir.

— Que regardes-tu ? Baisse les yeux !

D'instinct, elle s'efforçait de suivre le chemin que John empruntait dans ce type de situation : tutoyer, parler avec autorité, observer un calme olympien et éviter toute effusion débordante. Cela semblait marcher pour les conquérantes présentes à cette soirée, mais ce n'était pas un comportement habituel pour Lizzie.

Aussitôt, John baissa les yeux et se tint droit, les mains derrière le dos. En jeune lycéen, il devait être charmant. Un adonis aux cheveux d'or.

— Je préfère ça.

Elle s'approcha de lui, mais pas trop près. Malgré ses talons hauts, elle faisait quelques centimètres de moins que John. C'est pourquoi la distance qu'elle maintenait entre eux ajoutait une perspective qui jouait en sa faveur. Le souffle court, elle réfléchit à toute vitesse afin de trouver un élément autour duquel construire leur mise en scène. Une idée lui apparut comme une évidence.

— Tu m'as manipulée, John. Tu savais que je n'étais pas une escorte, mais cela ne t'a pas empêché de te jouer de moi.

Il opina en silence. Lizzie comprit alors qu'il attendait la permission de parler. Sa manière d'incarner son personnage était d'une spontanéité désarmante. Ce n'était qu'une façade, elle le savait ; après tout, n'était-ce pas le principe même de leur relation ? Elle eut une pointe au cœur. Si seulement ils pouvaient partager ne serait-ce qu'une minute de sincérité, hors de tous les artifices théâtraux qu'ils aimaient expérimenter !

Toutefois, elle reprit possession de ses moyens.

— Tu peux parler... mais seulement à genoux.

Il leva brusquement la tête, visiblement choqué. Le regard sévère qu'elle lui lança l'obligea à s'exécuter, dans un mouvement empreint d'une beauté gracieuse et élégante.

— Oui, maîtresse, j'étais au courant.

Une bouffée d'excitation lui provoqua des palpitations plus intenses encore que lorsqu'elle avait bu son champagne d'une traite.

« Maîtresse. »

Soudain, cela devenait possible : elle pouvait être dominatrice.

— Depuis combien de temps ?

— Quelques jours, maîtresse. Je soupçonnais votre manque d'expérience et sentais que vous jouiez un rôle.

La voix de John ne portait aucune trace d'humour ; il parlait avec calme et passivité.

— Tu te moquais de moi ?

— Non..., non, pas du tout, maîtresse. Vous me fasciniez, je brûlais d'en découvrir davantage.

Il leva la tête un instant, le temps de plonger son regard dans celui de Lizzie. Il disait la vérité. Lorsqu'il bougea légèrement pour ajuster sa position, sa veste glissa sur le côté, et la jeune femme s'aperçut que son sublime soumis était en proie à une impressionnante érection. Elle ne put détourner le regard, tiraillée entre le désir charnel et l'envie de sourire. Bon sang, quel acteur hors pair ! John parvenait même à feindre la gêne en s'apercevant de l'attention qu'elle portait à la bosse formée sous son pantalon.

— Je ne t'ai donné la permission ni de m'admirer ni de durcir de désir.

Maintenant qu'il était à genoux, elle put s'approcher de lui, plaçant son bassin juste devant le visage de son bel assujetti.

— Je suis navré, maîtresse, murmura-t-il.

C'était plus fort qu'elle, Lizzie passa la main dans ses cheveux blonds et se délecta de ce contact doux et soyeux. Puis elle lui caressa la joue et lui fit lever le menton, et John plongea le visage dans la paume de sa main, tel un chiot en quête d'affection.

— Mais que vais-je faire de toi ?

Ce n'était pas une question en l'air : Lizzie ignorait ce qu'elle allait faire. Toutefois, le ton qu'elle prit faisait penser à une institutrice face à un élève récalcitrant, et cela sembla fonctionner, car John inclina un peu plus la tête en signe d'obédience.

— Des suggestions ? s'enquit-elle en saisissant une mèche de ses cheveux blonds afin d'accentuer sa position dominante.

— Vous pourriez me battre, maîtresse. J'ai cru apercevoir sur le bureau un instrument qui conviendrait à merveille.

— Tu veux que je te batte ?

En le faisant répéter, elle accentuait encore le caractère oppressant de la situation.

— Je… je ne sais pas, balbutia John. Seulement si vous le désirez, maîtresse.

Dans son hésitation, Lizzie lut une foule de sentiments qu'elle trouva exaltants : elle parvenait effectivement à décontenancer son beau charmeur.

— Oui, il se pourrait que je le désire, murmura-t-elle en continuant d'entortiller son doigt autour de la mèche de cheveux. Mais d'abord tu dois me faire une faveur.

En faisant un pas en arrière, elle attrapa l'ourlet de son jupon doré, le souleva au-dessus de ses cuisses, par-delà l'attache de ses bas, et découvrit le triangle de soie de son string beige comme le café.

— Embrasse-le, ordonna-t-elle. Un simple baiser, aucune fantaisie.

Se penchant en avant, il pressa les lèvres contre son pubis qu'il ne touchait qu'à travers le tissu délicat du sous-vêtement de soie.

— Votre esclave demande la parole, souffla-t-il contre elle.

— Je te l'accorde, mais tu devras payer pour cela. N'oublie pas que mes mains ne manieront pas l'instrument avec adresse, faute d'expérience. Cela pourrait faire très mal.

Dans le doute, elle resterait prudente pour ne pas le blesser, mais la menace fit son effet, car il poussa un grognement.

— Votre esclave demande la permission de vous flatter de ses lèvres et de sa langue.

Lizzie eut un frisson ; elle était parfaitement consciente des capacités de John Smith dans ce domaine ; il savait mieux que personne la mener au-delà du simple plaisir en quelques secondes seulement. Lizzie devrait garder la tête froide, mais la tentation serait terrible.

— Tu peux procéder.

Sur ce, elle se positionna face à lui.

Avant toute chose, John pencha la tête en avant, tel le guerrier se préparant au combat, puis il glissa les pouces sous l'élastique du sous-vêtement et le fit doucement glisser sur ses bas, puis jusque sous ses genoux. Réclamant la permission de sa belle afin de poursuivre, il leva le visage et posa sur elle ses yeux azur, dont les pupilles étaient déjà dilatées.

D'un hochement de tête, elle l'autorisa à lui retirer le string, dont elle se libéra en posant les mains sur les épaules de John pour garder l'équilibre tandis qu'elle dégageait un pied, puis l'autre.

19

La volonté de Sa Majesté

Le bureau était installé juste derrière Lizzie ; elle put s'y appuyer, laissant John s'approcher, toujours à genoux. Écartant doucement les jambes, elle plongea les doigts dans ses cheveux, l'attirant plus près encore. Dans cet instant d'exaltation presque hystérique, elle se souvint d'une pièce de théâtre à laquelle elle avait participé, étant plus jeune. Elle jouait la reine d'une contrée exotique et devait crier : « Tu dois me servir, esclave ! » Heureusement, John était trop occupé pour constater qu'elle retenait difficilement son envie de glousser.

Lorsqu'il commença à s'acquitter de sa tâche, tous les souvenirs de Lizzie et de son passé d'amatrice de théâtre s'envolèrent au contact délicat de ses doigts contre l'orée de son sexe, de son souffle chaud et de ses lèvres divines. Malgré son talent maintes fois prouvé, il redoublait encore d'adresse et dépassait de loin toutes ses précédentes performances.

D'abord doucement, puis d'une manière plus soutenue, plus rythmée, John fit courir sa langue sur le sexe de sa belle dominatrice, semant au creux de son bas-ventre la promesse de plaisirs encore jamais éprouvés. Le bureau la soutint, ce qui empêcha Lizzie de flancher sous l'intensité de telles caresses.

Au cœur d'une euphorie grisante, une petite voix résonna dans sa tête.

Tu es un véritable démon... Même dans ton rôle de soumis, il faut toujours que tu aies le dessus.

Un rire s'échappa de ses lèvres tandis qu'elle réprimait les premiers signes d'un puissant orgasme pour retirer le visage de John en tirant sur ses cheveux, juste à temps. Dans le cri de douleur que poussa John, elle perçut une note de triomphe et de fierté.

— Non, pas encore, mon prince des ténèbres ! s'exclama Lizzie en le tenant encore par les cheveux, à quelques centimètres à peine de sa féminité trempée de satisfaction. Tu crois que je ne vois pas clair dans ton petit jeu ? Tu essaies de me mener à l'extase trop facilement. C'est mal me connaître. (Il protesta d'un mouvement de tête frénétique.) Je jouirai quand bon me semblera, John Smith. Tu m'as bien comprise ? Maintenant, relève-toi, laisse-moi un peu respirer.

En relâchant sa chevelure soyeuse, elle le regarda se redresser et laissa retomber sa robe afin de se voiler à son regard.

La tête baissée, John garda ses distances. Il retenait sans doute un petit rire – tout comme elle, d'ailleurs –, mais parvenait toutefois à incarner son personnage avec brio.

Que devait-elle faire, à présent ? S'efforçant de garder son sang-froid, elle regarda autour d'elle et aperçut la règle en bois. C'était le moment où jamais. En revanche, elle espérait sincèrement ne pas lui faire de mal, car elle n'avait aucune idée de la manière dont il fallait procéder avec l'objet.

— Bien. Penche-toi sur le bureau, exigea-t-elle en s'emparant de l'instrument.

Les yeux écarquillés derrière son masque, John hésita une seconde. Lisait-il encore une fois en elle et percevait-il le doute qui s'emparait soudain de sa maîtresse ?

Mais Lizzie soutint son regard avec toute l'autorité dont elle se sentait capable, heureuse d'être masquée, elle aussi, afin de cacher son manque d'assurance. John baissa de nouveau la tête, prêt à exécuter ses moindres désirs.

— Attends. Retire ta veste.

Il fit glisser au sol le sublime ouvrage de textile. Comme à son habitude, il portait un costume trois pièces. Tandis qu'il se penchait au-dessus du sous-main en cuir, Lizzie put observer que son gilet soulignait parfaitement l'arrondi de ses fesses dans son pantalon haute couture.

Nu ou vêtu ? Quel était le meilleur choix ? Étant donné sa propre ignorance de la pratique, Lizzie songea qu'il était préférable de lui laisser quelques couches de tissu. Tout l'intérêt était dans le symbole de l'acte ; elle n'avait pas l'intention de lui faire de mal ni de lui assener plus de quelques coups. D'ailleurs, ses pulsions sensuelles ne lui permettraient pas de s'attarder trop longtemps sur ces pratiques préliminaires.

Malgré sa position a priori inconfortable, John parvenait à maintenir sa dignité et sa force de caractère. Le visage tourné vers elle, il laissa pendre ses bras dans le vide et se reposa sur sa joue collée au bureau. Elle ne put lire ni crainte ni appréhension dans son attitude. Il était calme et fermait les yeux, laissant ses longs cils balayer ses pommettes comme de sombres éventails.

Son statut de dominatrice lui épargnait d'avoir à dire quoi que ce soit. Pourtant, elle parla.

— Tu es prêt ?

— Oui, maîtresse, répondit John d'une voix douce.

Ces mots à peine susurrés eurent le même effet que s'il s'apprêtait à la posséder de toute sa virilité imposante.

De nous deux, c'est moi qui ai peur, c'est moi qui ai les nerfs en pelote.

L'ironie la fit sourire intérieurement, car cela la soulageait d'assumer ses craintes. Elle s'approcha de son charmant esclave et fit reposer la règle en bois sur ses fesses, rongée par l'hésitation. N'ayant aucune idée de la force à administrer, elle frappa une première fois à l'endroit exact où la règle reposait. John n'émit pas un bruit, mais les muscles de ses avant-bras se tendirent sous le tissu de sa chemise.

Jusque-là, tout se passait bien.

Étrangement, le plus difficile était de maîtriser sa force. Concentrée sur le même point d'arrivée, Lizzie fit siffler la règle encore une fois, puis une autre, avec un brin plus de puissance. Le sommet de ses fesses était l'endroit le plus sûr, le plus rassurant, car elle ne voulait pas manquer sa cible et le blesser à un endroit trop sensible.

À l'origine, elle ne pensait pas lui infliger plus de quatre ou cinq volées, mais, une fois lancé, le processus devenait hypnotique ; sans compter que les réactions subtiles mais visibles de John – un grincement de dents, un léger grognement – provoquaient en elle une poussée de puissance malsaine.

Après le dixième coup, l'intensité de ses gestes devint trop difficile à gérer, s'étendant jusqu'à un désir irrépressible de saisir ses fesses rougies et de l'obliger à satisfaire la volonté de sa reine.

— Et merde, j'en ai assez ! Relève-toi, et finissons-en ! s'exclama-t-elle en jetant la règle au loin.

En poussant John sur le côté, Lizzie lui arracha un petit cri de douleur. Tandis qu'il se redressait laborieusement et s'éloignait du bureau, la jeune dominatrice en profita pour s'asseoir sur la surface plane et releva son jupon.

— Rends-toi utile, esclave. Baise-moi !

L'invitant en écartant les cuisses, Lizzie ne put retenir un gloussement.

— Vos désirs sont des ordres, maîtresse, répondit-il en souriant à son tour.

Le regard sauvage et les pommettes roses, il semblait toutefois plus excité que jamais. Ses « autres » joues étaient-elles aussi roses ? Lizzie espéra que oui.

— C'est ridicule, souffla-t-elle en tirant sur sa chemise. Vous savez pertinemment que c'est vous le véritable maître de la situation, imbécile !

Elle lui décocha un sourire en le voyant sortir un préservatif de la petite poche de son gilet.

— Pas vraiment, rétorqua John en jetant nonchalamment le petit sachet sur le ventre de sa belle avant d'ouvrir sa braguette. Avais-je l'air de maîtriser quoi que ce soit ?

À ces mots, il lui tourna le dos, souleva les pans de sa chemise et baissa pantalon et caleçon afin de lui révéler l'arrondi de son derrière rouge comme une pivoine.

— Oh, n'allez pas me faire croire que vous n'aimez pas ça, vous l'ancien élève vicieux d'établissement privé ! argua Lizzie.

Il fallait bien avouer que la vision de son œuvre ne la laissait pas indifférente.

— C'est vrai, j'admets que j'aime ça.

En se retournant vers elle, il était dur comme la pierre ; c'était le signal que chacun attendait. Sans aucune forme de pudeur, il resta face à elle, s'exhibant presque avec fierté, et enfila le contraceptif.

— En tout cas, une partie de moi semble apprécier, ajouta-t-il en s'approchant entre les cuisses de la jeune femme.

— Qui tient les rênes, à présent ? balbutia Lizzie en saisissant ses cuisses musclées.

Lorsqu'il se fraya un chemin dans son intimité, elle laissa échapper un cri de plaisir et ondula délicieusement des hanches en enfonçant les ongles dans ses marques écarlates, se délectant du grognement de John à cette douleur ravivée.

— On s'en fiche, répondit-il finalement avec un petit rire tandis qu'il trouvait déjà son rythme. Match nul. Nous sommes tous deux maîtres de nos actes.

Glissant une main entre eux, il trouva le point sensible de sa belle partenaire. Quelques caresses suffirent à la faire hurler le nom de John.

— Oui ! cria-t-il à son tour comme s'il s'agissait de son propre plaisir.

Au cœur de son orgasme, Lizzie avait la tête qui tournait, et ses cris se transformèrent en un rire hystérique. Quel comédien ! Tout se passait exactement comme il l'avait prévu, et elle en était parfaitement consciente.

Laissant peu à peu les vagues de délice la quitter, elle saisit plus fermement la chair enflammée de son bel étalon et se cambra en arrière, comme pour rapprocher leurs corps au maximum. Était-ce la douleur ou la puissance de leurs ébats ? Lizzie n'en savait rien, mais John poussa un cri rauque et s'élança dans une course folle vers l'extase, qu'il finit par atteindre largement. Le vieux bureau en chêne protesta en grinçant sous leurs assauts et glissa de quelques centimètres sur le parquet.

Tandis qu'il crissait une dernière fois, John et Lizzie poussèrent un dernier soupir ensemble, ponctué de syllabes indistinctes et de baisers fougueux.

— Bon sang, je boirais bien un petit quelque chose ! Pas vous ? lança John d'un ton joyeux, quelques instants plus tard.

Il jeta le préservatif dans la poubelle du propriétaire de cette magnifique demeure. Lizzie était à quatre pattes par terre. Elle avait retrouvé son string de soie mais ne parvenait pas à mettre la main sur la règle en bois. Elle avait dû la lancer plus loin qu'elle ne le croyait.

— Bon, je ne la trouve pas, se résigna-t-elle en se redressant. Pensez-vous qu'ils soupçonneront quelque chose ?

Remettant son gilet en place, John s'avança, l'embrassa sur la joue et chassa une mèche de son visage adorable. Leurs baisers passionnés avaient eu raison de leurs masques. Lizzie se passa la main dans les cheveux afin de constater l'étendue des dégâts sur sa somptueuse coiffure, puis récupéra son sac – abandonné il y avait de cela un bon moment – et en sortit un peigne. Ses cheveux resteraient lâchés pour le reste de la soirée. Après tout, étant donné les activités auxquelles s'adonnaient les autres convives, un chignon libéré n'attirerait l'attention de personne.

— Je pense que nos hôtes seraient profondément déçus si quelques-uns de leurs instruments laissés en évidence à droite et à gauche ne disparaissaient pas subitement. (Lui prenant le peigne des mains, John se glissa derrière elle et entreprit de dénouer ses cheveux avec douceur.) Si cette règle était posée là, c'était certainement pour déclencher une scène comme celle que nous venons de partager, observa-t-il.

Rassurée, Lizzie poussa un soupir. Les doigts de John maniaient le peigne avec une habileté surprenante et délicate, comme s'il avait fait cela toute sa vie. Lorsqu'il eut terminé, il repassa devant elle et lui rendit l'objet. Lizzie observa son reflet dans son miroir de poche.

Elle avait les pommettes roses et les lèvres foncées plus par les baisers que par la magie d'un quelconque maquillage, mais ses cheveux étaient parfaitement coiffés comme si elle s'en était chargée elle-même.

— Si les affaires tournent mal, vous pourrez toujours faire carrière dans la coiffure, s'amusa-t-elle.

Avec un grand sourire, John se passa la main dans les cheveux, parvenant également à les remettre en place.

— J'en prends note. Il est toujours utile de se connaître d'autres compétences pour une éventuelle réorientation. (Le visage soudain sérieux, il se tourna vers le bureau.) D'ailleurs, vous feriez une excellente dominatrice, si vous décidiez de changer de voie, ajouta-t-il d'une voix grave.

— Je n'étais pas sûre de mes gestes… ni de votre plaisir. Faites-vous cela… souvent ?

Lizzie rangea son miroir dans son sac et observa John qui revêtait sa veste et époussetait ses épaulettes. Le gentleman au charme ravageur et au costume parfaitement ajusté était de retour.

— Non, pas vraiment, admit-il en retirant une petite bouloche imaginaire du revers de sa veste. Et je ne suis même pas sûr d'en avoir déjà tiré un tel plaisir, précisa-t-il en la regardant soudain avec insistance. Comme je vous le disais, vous êtes douée. Allez, venez… Allons prendre un verre.

Sur ce, il fronça les sourcils d'un air tracassé. Le cœur de Lizzie se serra en constatant à regret la distance qui reprenait sa juste place entre eux. Elle était consciente du gouffre qui les séparerait bientôt, mais ne pouvait s'empêcher d'en souffrir.

— Et rejoignons ce somptueux buffet. Je me suis encore creusé l'appétit.

Effectivement, Lizzie avait un petit creux ; après tout, la nourriture était connue pour ses bienfaits réconfortants.

Elle voulut rire, mais se contenta de lui décocher un sourire en coin.

— Tout va bien, Lizzie ? s'inquiéta John d'une voix douce.

— Oui, très bien. C'est juste que… tout ça, c'était très intense, murmura-t-elle avec un geste vague de la main. Et puis je meurs de faim.

— Moi aussi, allons-y. Remettez votre masque, ma chère.

Il combla le vide qui les séparait en l'aidant à ajuster le domino doré. Lorsqu'il eut remis le sien en place, il la guida vers la porte.

Dans le couloir, il saisit sa petite main et l'accrocha à son coude. Lizzie n'avait aucune idée du chemin qui menait au buffet tant le manoir était vaste. En revanche, John marchait d'un pas assuré tout droit dans le long couloir, le front haut et l'air fier. Après quelques minutes de marche silencieuse, Lizzie commença à reconnaître les tableaux accrochés aux murs et entendit des voix non loin de là. Tandis qu'ils approchaient de la porte menant au buffet, le majordome tiré à quatre épingles fit irruption d'un angle du couloir. Se tournant brusquement vers eux, il les rejoignit prestement.

— Miss Page ? Pourriez-vous m'accompagner dans le petit salon ? Votre téléphone a sonné, il semblerait que ce soit important.

Le cœur de Lizzie manqua un battement. Elle se sentit fléchir, mais le bras de John la maintint debout.

Brent !

C'était forcément Brent.

Oh, mon ange, qu'as-tu encore fait ?

Craignant déjà le pire, elle emboîta le pas au majordome, avec John à ses côtés.

20

Retour à la réalité

Le distributeur automatique proposait une mixture tiède qui tenait plus du jus de chaussette que du café, mais Lizzie le sirota, pour s'occuper l'esprit. Près d'elle, John avait déjà jeté son verre en plastique dans la poubelle.

Retour à la réalité.

L'ambiance qui régnait dans la salle d'attente de la clinique était lugubre. Le vieux bâtiment dans lequel elle se trouvait n'avait rien à voir avec l'antique bâtisse qu'ils venaient à peine de quitter, ce palace de la luxure et de la perversion dont les riches invités maniérés poursuivaient leurs ébats fantaisistes sans eux.

Une infirmière pénétra en trombe dans la salle, et Lizzie leva la tête, folle d'espoir. Mais ce n'était pas pour elle. On lui avait promis de la laisser voir Brent une fois son état stabilisé, mais cela prenait une éternité.

— Voulez-vous que j'aille m'informer ? suggéra John en saisissant sa main libre et en la serrant avec force, le visage grave.

Impossible de savoir comment il prenait la chose. Son inquiétude était évidente ; pourtant, il ne connaissait pas Brent. Dans ce cas, s'inquiétait-il pour elle ? Lizzie ne perdait pas de vue le caractère passager de leur petite aventure et le fait que John ne nourrissait sans doute aucun sentiment profond pour elle. Toutefois, au travers de son sens des affaires et de son goût pour les fantaisies sexuelles, elle avait également eu l'occasion d'observer la nature altruiste de son businessman ; ainsi, il ressentait peut-être de la compassion pour elle et Brent.

— Tout à l'heure, pourquoi pas ? accepta Lizzie.

Cela ne faisait pas si longtemps qu'ils étaient plongés dans l'attente, mais elle semblait durer infiniment.

— Pas encore, vous êtes sûre ?

Elle hocha la tête, triste d'observer qu'elle était incapable d'entretenir une simple conversation avec lui. Soudain, elle se trouvait parachutée dans la triste réalité ; or, John était une créature tout droit sortie d'un rêve, le prince régnant sur le monde enchanté des plaisirs interdits.

Il lui serra la main encore une fois et lui adressa un sourire timide et presque confus, avant de détourner le regard dans le vide et de se plonger lui aussi dans ses sombres pensées. En le voyant froncer les sourcils, la jeune femme décida de reporter son attention sur son café peu appétissant.

Au manoir, on lui avait préconisé de répondre à un appel qui n'était en fait que l'un des nombreux autres appels manqués. Le téléphone n'avait cessé de sonner, des messages avaient été laissés sur son répondeur, et le majordome avait fini par décrocher à la place de Lizzie avant de se précipiter à sa recherche.

Sur la boîte vocale, Brent balbutiait des mots à peine compréhensibles. Il semblait soûl, mais il n'y avait pas que cela. « Je voulais simplement te dire adieu… » Ces mots avaient figé Lizzie sur place. Toutefois, elle s'était vite reprise en main pour passer à l'action. Tout d'abord, elle avait appelé leur vieille concierge qui vivait à côté, puis les urgences, le tout en poussant des jurons, car elle se sentait coupable de ne pas être aux côtés de son ami. Enfin, elle avait appelé Shelley et lui avait annoncé la nouvelle aussi calmement que possible pour ne pas l'alarmer – ce qui n'empêcha pas cette dernière de paniquer. Elle lui promit cependant de sauter dans le premier train.

J'aurais dû le voir venir. Pourquoi l'ai-je laissé tout seul ?!

Brent n'avait-il pas insisté pour qu'elle s'en aille ? Bon sang, il avait peut-être justement l'intention de profiter de leur absence à toutes les deux ! Son chagrin après le décès de l'amour de sa vie était profond, Lizzie en était consciente.

N'aurait-elle pas pu prévoir qu'il chercherait l'ultime réconfort ? Celui qui l'apaiserait plus que tous les mots et tous les gestes sur terre ?

Tandis qu'elle passait tous ses appels, John n'avait pas chômé non plus. Après avoir sommé Jeffrey de revenir les chercher, il avait également appelé d'autres personnes en fronçant les sourcils. Lizzie le voyait à peine s'affairer, comme s'il était loin, très loin d'elle. Lorsqu'elle avait voulu se lever, des vertiges l'avaient saisie, et John l'avait rattrapée de justesse, la forçant à se rasseoir. Puis il lui avait mis un verre de whisky dans les mains.

— Buvez ça, lui avait-il murmuré. Restez assise un instant. Jeffrey ne va pas tarder, mais je dois tenter de retrouver quelqu'un dans la grande salle. Il pourrait nous aider à trouver un transport plus rapide. Attendez-moi ici.

Il lui avait déposé un bref baiser sur le front avant de disparaître dans le couloir au pas de course.

Dix minutes plus tard, ils se trouvaient tous deux assis à l'arrière d'un superbe hélicoptère.

— Il est à vous ? avait demandé Lizzie à peine consciente de ses propres paroles tandis que John l'aidait à boucler sa ceinture.

— Hélas, non, et c'est bien dommage ! Il appartient à un ami présent à la soirée qui a la gentillesse de le laisser à notre disposition aussi longtemps qu'il faudra. Tenez, vous en aurez besoin.

Il lui avait tendu un casque, et l'hélicoptère avait entamé son décollage.

Dans d'autres circonstances, l'expérience aurait été grisante : c'était la première fois que Lizzie volait. Elle aurait sans doute inondé John de questions au sujet du mystérieux propriétaire du véhicule. Cependant, en l'occurrence, elle ne put que le remercier vaguement et rester assise, rongée par l'angoisse et espérant arriver le plus vite possible à destination. Peu importaient les détails logistiques. Dans son esprit envahi par l'écho de l'adieu de Brent, il ne restait plus de place pour la curiosité.

Elle prit soudain conscience qu'elle avait la veste de John sur les épaules et son écharpe autour du cou. En sortant de l'hélicoptère, elle avait dû grelotter, et John l'avait couverte de ses vêtements, mais Lizzie n'en avait aucun souvenir.

Ils avaient atterri sur le parking du *Waverley.* Malgré l'heure avancée, les fenêtres étaient presque toutes illuminées, et des visages curieux apparaissaient pour voir ce qui causait tout ce raffut. John avait ensuite conduit Lizzie jusqu'à une voiture avec chauffeur qu'il avait fait venir pour les mener à la clinique.

En tout et pour tout, seule une heure s'était écoulée, et ils ne patientaient dans la salle d'attente que depuis vingt minutes.

Lizzie se pencha en avant sur son siège pour poser le verre en plastique par terre, mais John le saisit et alla le jeter à la poubelle. En revenant, il reprit sa main dans la sienne.

— Ne vous en faites pas. Je vous rappelle que, grâce à votre réactivité, ils l'ont trouvé juste à temps, lui susurra-t-il à l'oreille en caressant doucement ses doigts. Tout ira bien, vous verrez.

Dans un mélange de vertiges et d'hystérie, Lizzie eut envie de rire en observant le cliché de la scène mélodramatique qu'ils vivaient à cet instant.

La voix de John était si calme et posée, et ses yeux étaient si bleus, qu'elle se sentit plus légère et eut envie de plonger tout entière dans son regard azuré. Tentait-il de l'hypnotiser ? Non, c'était impossible. Quelle idée idiote de croire que, parce que John le disait, Brent irait soudain mieux ! Pourtant, elle se sentit rassurée.

Des pas prestes et légers résonnèrent jusqu'à eux, rompant le charme.

— Mademoiselle Aitchison ? Souhaitez-vous voir Brent une minute ? Comme vous pouvez l'imaginer, l'aspiration gastrique l'a beaucoup affaibli, et il est très fatigué, mais je pense qu'il aimerait vous voir.

L'infirmière au visage avenant posa ensuite les yeux sur John.

— En revanche, seul l'un de vous peut y aller. Il a besoin de calme et de repos.

— Je vous attends ici, dit John en glissant la main sous le coude de Lizzie lorsqu'elle se leva, anticipant les vertiges qui la saisirent encore une fois.

— Hum... merci. Mais vous pouvez partir, si vous le souhaitez.

Quoi ? Non ! Pourquoi lui dis-je de s'en aller ?!

— Je préfère vous attendre, insista-t-il en lui serrant doucement le bras.

Son expression faisait penser à celle d'un oncle un peu vieux jeu qui lui ferait la morale. Ce sentiment était étrange, après les instants passionnés qu'ils avaient partagés. Leur dernière étreinte semblait remonter à des milliers d'années.

— Très bien. Merci.

Crispée par l'angoisse, elle lui décocha ce qui ressemblait plus à une grimace qu'à un sourire et suivit l'infirmière jusqu'à la chambre de Brent.

En approchant du lit, Lizzie songea au bras réconfortant de John qui lui manquait déjà, mais elle prit une profonde inspiration et parvint à se ressaisir. Branché à des écrans et à des perfusions, Brent ressemblait à une poupée désarticulée. Ses cheveux noirs emmêlés offraient un contraste saisissant avec son visage qui était aussi blanc que l'oreiller. Était-il endormi ? Elle ne sut le dire. En tout cas, il ne bougeait pas.

Dès qu'elle arriva à son chevet, son ami ouvrit les yeux avec peine, visiblement fébrile.

— Tu es magnifique, murmura-t-il d'une toute petite voix.

Profondément rassurée, Lizzie le contempla tandis qu'il lui adressait un sourire en coin, puis elle baissa les yeux et se rappela qu'elle portait sa somptueuse robe de cocktail.

— Je ne peux pas en dire autant de toi, lâcha-t-elle brusquement.

— Eh bien, je te remercie ! rétorqua-t-il.

Cela lui demandait toute la force qui lui restait, mais Brent parvenait à plaisanter.

— Tu m'as très bien comprise... Comment tu te sens ?

L'envie la prenait de lui en vouloir, de lui hurler : « Mais à quoi pensais-tu, idiot ?! » Mais c'était bien trop cruel étant donné son état fragile.

— Mal. Vas-y, dis-moi ce que tu as sur le cœur. Je suis un idiot, je le sais.

Confuse, Lizzie ne sut que répondre. La fatigue commençait à se faire sentir.

— Bon sang, Lizzie, assieds-toi ! Ne reste pas debout comme ça !

Brent essaya de se redresser sur son oreiller, mais abandonna très vite et se recoucha.

En approchant une chaise du lit, elle marmonna :

— Oui, tu es un idiot, Brent. Mais, de mon côté, je me suis montrée égoïste. Je n'aurais jamais dû te laisser tomber pour une histoire de fesses, encore moins en sachant que Shelley était partie aussi. J'aurais dû voir que tu allais mal. C'est ma faute, j'étais obnubilée par John.

— Ne sois pas ridicule. (Brent parvint à récupérer un semblant d'énergie.) Tu sais, ce n'était pas… Enfin, c'est arrivé comme ça, d'un coup. J'ai commencé à picoler et à prendre d'autres… trucs. Et puis j'ai reçu ce mail d'une vieille connaissance, un type qui n'était pas au courant pour Steve. Il prenait des nouvelles et écrivait : « Alors, toujours pas mariés, tous les deux ? » Le monde s'est écroulé autour de moi… J'ai perdu les pédales.

— Oui, mais si j'étais restée à la maison… Si Shelley…

— Ça n'aurait rien changé du tout, crois-moi. Prémédité ou non, c'était stupide, et je n'en ai pas pris assez pour me ficher en l'air. Le seul effet à observer, c'est que ça t'a poussée à vivre une course follement excitante pour quitter ton bal, ou je ne sais trop quoi.

Il marqua une pause pour la scruter du regard.

— Bon sang, ma belle, tu es renversante dans cette robe ! Tu sors d'une soirée de décérébrés ou quoi ?

— Oui, on peut dire ça.

L'état fébrile du patient ne l'empêcha pas de froncer les sourcils. Brent était capable de renifler un scandale à des kilomètres à la ronde. Visiblement, ce don n'était pas près de le quitter.

— Allez, raconte-moi tout ! Je suis un pauvre malade, ne l'oublie pas. Tu peux bien me faire cette faveur !

Lizzie regarda nerveusement autour d'elle. La porte était encore ouverte, mais l'autre lit installé dans la chambre était vide. Et une infirmière pouvait faire irruption d'un instant à l'autre.

— C'était une véritable orgie, raconta-t-elle finalement. Dans la même veine que *Eyes Wide Shut*, mais en plus sociable.

Brent partit d'un rire faible mais sincère, dans un mélange de surprise et d'amusement, ce qui ne manqua pas de rassurer la jeune femme.

— Eh bien, rien que ça ! Des détails, des détails ! (Il jeta ensuite un coup d'œil en direction de la porte.) Mais d'ailleurs où est-il, ton pervers de milliardaire ?

— Il est resté dans la salle d'attente.

Son cœur se serra soudain. Elle s'en voulait et désirait plus que tout le rejoindre au plus vite. La chaleur de ses bras autour de ses épaules, et son corps musclé… Avec lui, Lizzie s'aventurait en terre inconnue ; elle ne savait plus comment se comporter, après tous ces rebondissements. Brent revenait d'une tentative de suicide, et pourtant il revêtait le masque de la bonne humeur. Cela la démangeait de lui demander d'arrêter son petit jeu et de lui ouvrir son cœur pour qu'elle l'aide à guérir. Mais l'idée d'aller trop loin dans les confessions la mit mal à l'aise. À sa place, John saurait trouver les mots justes pour aider son ami. Il avait derrière lui une expérience de la vie telle qu'il saurait quoi faire.

Mais c'était hors de question : Lizzie devait gérer cette situation toute seule. Et si Brent dissimulait une sorte de jalousie envers cet homme ? Une jalousie non pas physique mais sentimentale envers ce type plus mûr que lui, qui avait emporté sa tendre colocataire ? C'était possible.

— Quand tu l'as sorti de force de votre partie de jambes en l'air grandeur nature, il n'a pas trop fait la tête ? s'enquit Brent.

Lizzie lui lança un regard noir. Aurait-elle vu juste ? Difficile à dire. Il semblait plus fatigué que jaloux, mais cela n'excluait pas la possibilité qu'il cache bien son jeu. Brent avait toujours été meilleur acteur qu'elle.

— Non, pas du tout.

Malgré sa panique, elle avait remarqué les petites attentions de son bel amant. John avait su mettre de côté la soirée, leurs plaisirs partagés et les jeux de rôle auxquels ils s'étaient adonnés pour se concentrer uniquement sur le meilleur moyen de la mener à la clinique.

— Il s'est montré incroyablement efficace dans la précipitation. Sa carrière éblouissante n'est pas étonnante quand on observe sa capacité à gérer les situations précaires.

— C'est un modèle pour nous tous, ton John !

— Tu es jaloux ?

Voilà : la question était posée.

Les yeux clos, Brent poussa un soupir. Les quelques minutes accordées à Lizzie devaient toucher à leur fin, car le malade s'affaiblissait de plus en plus.

— Peut-être un peu, oui, admit-il dans un souffle. Je ne devrais pas… Oh, je ne sais plus !

Comme alertée par l'état de son patient, l'infirmière fit irruption dans la chambre et commença à vérifier les différents écrans.

— À présent, lança-t-elle à Lizzie par-dessus son épaule, je vais vous demander de le laisser, mademoiselle. Vous pourrez revenir plus tard dans la journée. J'ai bien l'impression qu'un peu de sommeil ne vous ferait pas de mal non plus. Votre ami peut vous ramener chez vous, nous nous occupons de Brent. Il doit se reposer.

— Très bien, marmonna Lizzie.

Quitter Brent ainsi ne fut pas chose facile.

— Sois sage et épargne ces pauvres infirmières, plaisanta-t-elle en lui tapotant le bras.

— Ne t'inquiète pas, je serai sage. À demain… ou à tout à l'heure, ou à je ne sais pas quand.

Lorsqu'elle quitta la pièce, il fermait déjà les yeux, et dans les siens elle sentit monter les larmes.

La voiture se gara devant la maison de Lizzie, et cette dernière se tourna vers John.

— Tout va bien, ne vous inquiétez pas. Vous n'êtes pas forcé de m'accompagner à l'intérieur. Je pense me coucher, de toute façon. Vous devez avoir des tas de choses à faire, des hôtels à acheter, tout ça.

Son regard se perdit à travers la vitre. Il faisait déjà jour. Elle n'avait aucune idée de l'heure qu'il était, mais le soleil de l'aube brillait déjà haut dans le ciel.

— Je sais que vous devez repartir, et Shelley ne devrait pas tarder. Je ne serai pas seule longtemps.

John arbora son expression de Monsieur Mature-et-Rationnel.

— Vous ne croyez tout de même pas que je vais vous abandonner là comme un vulgaire sac de vêtements sales ?!

Il la serra affectueusement avec le bras dont il entourait ses frêles épaules.

— Soit nous retournons ensemble au *Waverley*, soit je reste ici avec vous. C'est vous qui voyez.

— Mais…

— Il n'y a pas de « mais ». Ce n'est pas mon genre de forcer les gens, mais en l'occurrence je ne vous laisse pas le choix. Si vous voulez, vous pourrez redevenir Mademoiselle Autonome demain, une fois que vous vous serez reposée, mais, pour l'instant, c'est moi qui décide. Alors, chez vous ou au *Waverley* ?

21

L'instant des délibérations

Lizzie avait choisi de rester à la maison, et John n'en était pas mécontent. La pauvre tenait à peine debout et aussitôt rentrée avait sombré dans son lit.

Étrangement, il y était aussi. Avec elle. Dans cette chambre mal rangée.

— Je croyais que vous refusiez de dormir avec une autre personne, s'était étonnée Lizzie en fermant déjà les yeux tandis qu'il la bordait avant de se glisser à ses côtés, torse nu.

— Oui, c'est vrai. Et je ne compte pas dormir. Mais je vais rester un moment allongé avec vous, le temps de réfléchir un peu. C'est une manière comme une autre de me reposer.

— Réfléchir à quoi ?

Il avait souri. Quelle adorable curieuse ! Toujours têtue comme une mule, quelle que soit la situation ! À peine eut-il le temps de réfléchir à sa réponse qu'elle dormait déjà.

Le lit était légèrement étroit pour deux, mais John parvint malgré tout à se détendre. À sa grande surprise, il ne se laissa pas encore distraire par la présence de ce corps délicatement vulnérable dans son haut de pyjama trop grand. Pourtant, il ne serait pas bien difficile de se laisser tenter ; le désir qu'elle provoquait en lui était une tension à présent latente et constante. Mais, pour l'instant, il était bien plus important à ses yeux de la réconforter, de rester auprès d'elle, que de nourrir des pensées lubriques à son égard.

Les rayons du soleil parvinrent à se frayer un chemin entre les épais rideaux et traversèrent la pièce, dévoilant au regard de John les effets personnels de la joyeuse locataire : des livres, des vêtements et tout un attirail dédié à la couture.

Quelle heure était-il ? John avait perdu la notion du temps. La soirée qu'ils avaient précipitamment quittée avait débuté sur les coups de minuit. Ensuite, ils y avaient amplement participé, tous les deux en privé, puis s'était ensuivi le vol à travers toute la région, et enfin l'attente interminable à l'hôpital. Désormais, la matinée était bien entamée, une nouvelle journée de travail commençait, et son emploi du temps était plein à craquer. Pourtant, il était plus important qu'il reste auprès de Lizzie, pour la regarder dormir et se tenir prêt au cas où elle aurait besoin de son chauffeur pour retourner voir son ami à la clinique.

Son ami ? Non, c'était bien plus qu'un simple ami. Les yeux rivés au plafond, il laissa sa tête retomber sur l'oreiller. Pourquoi était-il jaloux ? Pourquoi ?! D'un commun accord, Lizzie et lui partageaient une passade, un interlude dans leurs vies respectives. Elle-même avait très justement qualifié leur relation de « sexe entre amis » destiné à une période définie.

Alors pourquoi est-ce que tu t'évertues à en vouloir plus, bordel ?! Après Clara, tu y as renoncé, tu ne te rappelles donc pas ? Et ça a marché… Non ? Espèce d'idiot, tu sais pertinemment que ça ne mène à rien, que cette jeune femme a d'autres choses en tête que toi !

D'un geste nerveux, il se gratta la tête et se tourna doucement sur le côté pour la contempler, en prenant soin de ne pas la réveiller.

Sans encre à lèvres ni eye-liner, avec ses cheveux noirs désordonnés étalés sur l'oreiller, elle n'avait plus rien de Bettie Page ni d'Audrey Hepburn, et pourtant, aux yeux de John, un charme certain émanait d'elle. Ses traits fins lui donnaient l'air si jeune. Il se rappela alors qu'elle était réellement jeune, en comparaison de lui : vingt-quatre ans pour elle et quarante-six pour lui. Ce n'était pas non plus insurmontable. Bien des couples s'aimaient comme au premier jour tout en assumant de plus grands écarts que celui-ci. Toutefois, Lizzie ne serait pas forcément partante pour s'engager à long terme.

John s'assit brusquement dans le lit.

Quoi ?! Bordel !

Des envies, des notions sans pertinence ni fondement surgirent de nulle part, et il dut se battre pour les refouler. Des idées vaines et idiotes. Seule la relation qu'il partageait avec sa femme Caroline pouvait lui convenir : ni plus ni moins qu'une forme d'affection basée sur l'opportunisme. Lorsqu'il avait voulu plus… cela s'était soldé par un désastre.

— Bordel de merde !

Tu n'es qu'un idiot ! Un gros débile ! Tu sais que ça n'est pas pour toi.

Troublé jusqu'au fond de l'âme, il s'allongea de nouveau dans le lit. Il avait prévu de rester un moment allongé et de réfléchir un peu, et c'est ce qu'il ferait, couché sur le côté, tout en contemplant ce doux visage posé sur l'oreiller, ces paupières closes et cette bouche… Derrière ces traits adorables régnaient un esprit vif, un humour subtil et un caractère bien trempé, le tout mêlé à une loyauté à toute épreuve pour ses proches. Elle n'était pas sans défauts ; paradoxalement, c'étaient justement ces derniers qui la rendaient si séduisante.

Incapable de gagner son cœur, il pouvait toujours penser à elle, l'imaginer dans ses plus beaux fantasmes. Ce serait une torture, mais il ne pouvait tenir tête à son imagination.

Il posa sa main avec précaution sur la hanche de la belle endormie et retint son souffle, prêt à la voir réagir, mais elle poussa simplement un soupir et enfonça le visage de plus belle dans son oreiller moelleux.

Son corps était chaud à travers le tissu fin du pyjama, ce qui ne manqua pas de l'exciter. John ne pouvait rien faire pour repousser ses envies, mais il était hors de question de les satisfaire dans de telles circonstances.

Pour le moment, il devrait se contenter de rêves ; ceux-ci ne tardèrent pas à emplir son esprit, le débarrassant de toute pensée négative, de tout recul inutile sur les regrets et les mauvais choix qu'il avait opérés dans sa vie.

Ses paupières se firent de plus en plus lourdes, et il sombra peu à peu dans l'obscurité d'un monde de tendresse, où le paradoxe même d'une lumière l'éblouit soudain. Une lumière sublime et charmante, du nom de Lizzie.

Les rayons du soleil traversaient les rideaux. Quelle heure était-il ?

John !

Lizzie cligna des yeux, l'esprit encore embrumé mais obsédé par une chose..., par une personne. Avant même de se réveiller, elle avait senti sa présence. D'autres tracas avaient voulu se frayer un chemin dans son esprit, mais dans son demi-sommeil elle les avait chassés, fronçant les sourcils, pour se délecter de ce corps chaud tout près d'elle, de son toucher délicat.

John.

La réalité ne tarderait pas à la rattraper, mais, pour l'instant, elle se tourna vers lui, portant son esprit nébuleux vers l'optimisme avant l'arrivée de craintes et de tracas. La lumière du petit jour les repoussait avec peine, pour illuminer une vision merveilleuse.

John profondément endormi, et Mulder en boule contre son torse.

Vous dormez. Comment est-ce possible ? Je croyais que vous ne dormiez qu'à la condition d'être seul. Et toi, ma boule de poils adorée, je croyais que tu détestais les inconnus.

Lizzie garda ses pensées silencieuses, de peur de réveiller son prince au bois dormant et son compagnon à quatre pattes. Le visage légèrement caché par son bras ramené au-dessus de sa tête, John avait l'autre main posée sur la fourrure de l'animal et esquissait un sourire en coin, les cils couvrant lourdement ses pommettes rosies. Le sommeil le rajeunissait d'au moins dix ans.

Lizzie se souvint de sa première réaction, en l'apercevant à l'autre bout du comptoir du *Lawns*. Il ressemblait à un ange. Elle inspira avec délices la fragrance de son eau de Cologne mêlée à une pointe de son odeur si particulière, si sensuelle. Leurs corps étaient proches l'un de l'autre, et, même s'ils ne s'adonnaient pas aux plaisirs charnels, une forte chaleur émanait de leur proximité. Elle plissa le nez, consciente qu'elle-même aurait à se rafraîchir bientôt.

Finalement, elle redescendit de son petit nuage pour faire face à la dure réalité.

Brent… *Oh, pauvre Brent!* Elle l'avait laissé seul, et il avait tenté de mettre fin à ses jours.

Lizzie s'assit dans le lit et prit une profonde inspiration. Il était temps de reprendre ses esprits, car la raison était tout ce qui lui restait pour faire face à ce sentiment atroce d'être partagée en deux par un destin cruel, ce même destin qui lui avait offert une chose pour lui en retirer une autre presque aussitôt. Son cœur balançait douloureusement entre deux hommes auxquels elle tenait profondément, et de deux façons totalement différentes.

En baissant les yeux sur John, elle eut envie de le toucher, de l'embrasser, et de lui faire bien d'autres choses encore. Elle voulait le connaître et le comprendre pour l'aimer plus encore. Et si le temps qui s'écoulait leur permettait de faire évoluer leur relation, contre toute attente ? Les contes de fées survenaient rarement dans la vie réelle, mais cela pouvait leur arriver. John faisait preuve de tant d'attention qu'il dissimulait peut-être des sentiments plus profonds. Hélas, c'était pour le moment impossible à confirmer !

Brent avait besoin d'elle. À une période de doutes et de remise en question, il avait été là pour elle. Il lui avait même redonné confiance sur le plan sexuel à l'époque où ils sortaient ensemble. Aujourd'hui plus que jamais, il avait besoin de sa loyauté et de son soutien. Shelley était une très bonne amie qu'ils appréciaient tous les deux, mais elle n'avait pas ce lien puissant qui unissait Brent à Lizzie.

Je dois être présente pour lui, pour le soutenir, sans faille et sans réserve.

Elle n'offrirait plus jamais à Brent l'occasion de se morfondre tout seul tandis qu'elle serait ailleurs avec un autre.

L'homme allongé près d'elle remua soudain, comme s'il pressentait la décision de Lizzie, et dérangea Mulder dans son mouvement. L'animal se redressa, étira ses pattes et sauta du lit, laissant un terrible doute saisir la jeune femme.

Et si sa décision blessait John ?

Oh, bon sang ! La vie pouvait être si injuste et poignarder les pauvres mortels de coups du sort au moment où ils s'y attendaient le moins. Elle eut soudain terriblement envie de se lover dans les bras de John. Pas pour lui faire l'amour – aussi tentant que cela puisse paraître – mais pour le toucher, pour se sentir près de lui et saisir l'occasion de papoter avec lui un instant afin de mettre les choses au clair.

Arrête de rêver, Lizzie. Grandis un peu ! Fais le bon choix, et ensuite assume-le !

Se reprochant ses incertitudes, elle se glissa sous les draps et ferma les yeux, puis resta immobile lorsqu'elle sentit que John se réveillait. S'il apprenait qu'elle l'avait vu dormir avec elle, les choses prendraient une tournure bien trop complexe. Cette petite part d'intimité qu'elle lui avait volée tandis qu'il clamait ne vouloir l'offrir à personne, et encore moins à elle…

Elle s'autorisa toutefois le fol espoir, tandis que John se redressait avec la même stupeur qu'elle-même avait ressentie à peine un instant plus tôt, qu'il ne remarquerait pas la larme solitaire qui glissait à présent sur sa joue.

22

Le fruit de la patience

— Ça ne te dérange pas, si je couds à côté de toi ?

Brent leva les yeux de son ordinateur portable et sourit.

— Pas du tout, ma puce. Je t'en prie, vas-y. D'ailleurs, si tu veux bien, la poche de ma chemise bleue mériterait de passer dans tes doigts de fée.

— Je m'en occupe. Autre chose, tant que j'y suis ?

Elle se tourna vers Shelley qui était absorbée par un documentaire un tantinet morbide mais toutefois fascinant sur les crashs aériens.

— Eh bien, tu pourrais faire l'ourlet de mon nouveau jean et recoudre un bouton de ma veste noire ! répondit cette dernière en quittant le canapé au grand dam de Mulder, assise sur ses genoux. Je vais les chercher… Enfin, si ça ne te dérange pas. Je te paierai, évidemment. Et Brent devrait en faire autant ! ajouta-t-elle en lançant un regard noir au principal concerné.

Lizzie partit d'un petit rire ironique tout en installant la machine à coudre devant elle, puis piocha un premier vêtement dans le panier à linge. Dans le mois qui avait suivi l'épisode de « Brent contre les somnifères » puis celui du départ de John dans la foulée, Lizzie avait rompu son contrat avec l'agence d'intérim et s'était lancée dans des petits travaux de couture pour une ligne de vêtements branchée basée en ville, en parallèle de ses retouches et de ses créations habituelles pour ses amis et les amis de ses amis. L'activité devenait routinière et ne payait pas des sommes extravagantes, mais elle préférait amplement travailler avec les tissus et sa vieille machine à coudre que dans un bureau derrière un ordinateur. Cela impliquait également qu'elle exerce chez elle, ce qui lui conférait la possibilité de garder un œil sur Brent.

L'unique inconvénient du métier de couturière à plein-temps résidait dans le fait qu'elle utilisait tout son temps libre pour penser à John et à la tournure des événements. Jusque-là, Lizzie était brillamment parvenue à le cacher à Brent et à Shelley. C'était sans compter Brent qui prenait un malin plaisir à parler de John dès que l'occasion se présentait, comme s'il était lui-même obsédé par cet homme. Son intérêt pour John était très surprenant, car Lizzie s'attendait à ce genre de comportement plutôt de la part de Shelley.

Au souvenir des présentations entre John et sa colocataire qui rentrait de son séjour chez la tante Marthe, elle ne put s'empêcher de sourire. Shelley était restée bouche bée comme si elle rencontrait une légende du cinéma.

Je sais, ma chérie. C'est l'effet qu'il me fait chaque fois.

Depuis leur dernière entrevue, Lizzie avait plus ou moins gardé contact avec son sublime flirt. Chose très peu recommandable, car, sur le plan émotionnel, il aurait été moins compliqué de couper définitivement les ponts.

— Je resterai aussi longtemps que vous aurez besoin de moi, lui avait promis John. Si je peux faire quoi que ce soit, n'hésitez pas.

Oh, cela avait été si tentant ! Presque irrésistible. Dans ses yeux aussi bleus qu'envoûtants, elle avait lu l'honnêteté de sa promesse, loin des paroles en l'air qu'un homme poli pourrait prononcer dans les mêmes circonstances.

— Merci, mais ça va… Vous avez déjà beaucoup fait pour moi. Tout ira bien, à présent. De votre côté, vous devez avoir des tonnes de choses à faire. Après tout, les affaires qui vous retenaient ici sont terminées, n'est-ce pas ?

— Tout juste. Mais je resterai si vous me le demandez.

Oh, je vous en prie, restez !

Les mots demeurèrent coincés dans sa gorge, luttant pour résonner à ses oreilles, mais Lizzie parvint à les retenir et déclina poliment son offre, sans oser le regarder dans les yeux. Elle craignait d'y voir un quelconque soulagement. Pourtant, à sa grande surprise, elle crut y déceler une sorte de… déception. Voire de douleur.

Mais il ne dit rien et partit sans autre forme de procès, après avoir déposé un baiser furtif sur son front et promis de garder contact.

Puis, dans les jours qui suivirent, à la grande surprise de Lizzie, les mails commencèrent à affluer. Loin de lui déclarer sa flamme chaque jour dans d'interminables missives, John se contentait de lui donner des nouvelles deux ou trois fois par semaine sur le ton léger de la conversation, avec parfois quelques notes humoristiques. Ils s'écrivaient comme ça, entre amis, ce qui était paradoxalement plus agréable mais plus douloureux qu'une coupure brutale.

Dans ses mails, John parlait de son travail, de ses voyages, et lui avait même une fois demandé son avis au sujet des désaccords qui l'éloignaient de sa famille, tout en restant évasif quant au contexte même dans lequel ces différends avaient pris forme. Lizzie s'était retenue de faire de plus amples recherches sur le passé mystérieux de son amant, après leur séparation à l'amiable, et n'en savait pas plus que les découvertes révélées par ses premiers accès de curiosité sur Internet. En revanche, cela ne l'empêcha pas de donner effectivement son avis ; elle n'avait plus rien à perdre. Elle avait décidé de réparer les liens ébréchés qui la liaient encore à ses propres parents et encouragea John à en faire autant. D'ailleurs, autour d'elle, la nouvelle résolution touchait tout le monde ; après sa tentative de suicide, Brent avait lui aussi renoué avec ses proches.

John avait envoyé de nombreux présents. Sur une autre planète, Lizzie les aurait sans doute refusés avec véhémence en les renvoyant aussitôt à l'expéditeur. Mais il n'offrait pas ces cadeaux avec l'exubérance ostentatoire du milliardaire moyen. Ce n'étaient que de petites choses : des livres, des DVD, des invitations à une exposition sur les costumes organisée en ville, dont elle n'aurait jamais soupçonné John de connaître l'existence. Souvent, il envoyait des choses qu'elle pouvait partager avec Brent et Shelley, comme des jeux vidéo, des boîtes de chocolats ou encore des coffrets de thé prestige.

C'était d'ailleurs de ce thé dont ils se délectaient à présent. Un mélange subtil servi dans une théière ancienne ornée de fleurs. Encore un autre cadeau de John. Lizzie acheva de recoudre la poche de la chemise de Brent, coupa le fil d'un coup de dents et sirota son thé.

— Qu'est-ce que tu fais ? demanda-t-elle à son ami. Tu ne fais que taper sur le clavier, j'en conclus que ce n'est ni un jeu vidéo ni une simple recherche sur Internet.

Brent leva les yeux de son écran. Il semblait aller bien mieux, avait retrouvé des couleurs et pris un peu de poids. Lizzie sentait que sa tentative de suicide avait été une sorte d'exutoire. Depuis, il portait un regard différent sur la vie ; Lizzie ne l'avait jamais vu aussi apaisé auparavant. Il n'était plus sous traitement médical, et ses rendez-vous avec un conseiller lui faisaient le plus grand bien.

Toutefois, Brent poussa un soupir.

— J'écris à ma mère. (Il marqua une pause.) Je compte aller voir mes parents et rester un peu avec eux. On finira sans doute par se crier dessus, mais je veux recréer cette complicité qui nous unissait. Et puis, hum… ils ne savent pas grand-chose de… l'incident. Le mieux reste encore d'en parler avec eux face à face. Vous savez, je me sens coupable de vous avoir envoyées balader. Vous avez été incroyables avec moi, toutes les deux.

Il sourit à Shelley qui revenait avec son jean et sa veste à raccommoder.

Lizzie traversa la pièce et prit Brent dans ses bras. Cette décision prouvait qu'il allait définitivement mieux et osait affronter les obstacles. Elle ferait mieux d'en prendre de la graine ; sa correspondance avec John ne durerait pas éternellement. Il se réduirait un jour à un simple souvenir, un souvenir magnifique et impérissable. Mais elle finirait par s'en remettre.

— C'est une excellente nouvelle ! Ça te fera beaucoup de bien. Ne t'en fais pas pour nous. (Elle jeta un regard à Shelley qui décochait à Brent un sourire encourageant.) Reste chez tes parents aussi longtemps qu'il le faudra. Ne t'inquiète pas pour le loyer, il me reste encore l'argent que m'a donné tu sais qui, balbutia-t-elle en l'embrassant sur la joue. D'ailleurs, je vais peut-être passer un week-end chez mes parents aussi, maintenant qu'on arrive à s'entendre.

Elle ébouriffa tendrement les cheveux de son colocataire et s'en retourna derrière sa machine à coudre.

— À croire que tout le monde renoue avec sa famille : même John qui a l'intention de réparer les pots cassés de son côté.

— Oui, je sais, laissa échapper Brent.

Lizzie lui lança un regard suspicieux.

— Quoi ? Comment es-tu au courant ?

Elle tourna la tête vers Shelley.

— Ne me regarde pas comme ça, se défendit cette dernière. Je ne sais rien !

Rongée par la curiosité, Lizzie commença à s'agiter sur sa chaise.

— Il m'a laissé ses coordonnées, expliqua Brent. Au cas où on en aurait besoin, ou s'il t'arrivait quelque chose.

Ce n'était qu'une précaution de la part d'un ami attentionné, tenta-t-elle de persuader son cœur brisé. Il agissait comme un mécène engagé en faveur des intérêts de sa protégée, laissant derrière lui la merveilleuse passion qui les avait unis et les jeux auxquels ils s'étaient adonnés sans réserve.

Trois jours plus tard, Lizzie était sur le quai de la gare et secouait frénétiquement le bras pour dire au revoir à Brent, dont le train s'éloignait lentement.

Shelley lui avait fait ses adieux plus tôt dans la journée, car elle devait aller travailler. Sans sa bonne humeur contagieuse, Lizzie et Brent s'étaient retrouvés à s'étreindre dans des effusions de larmes, même s'il insistait sur le caractère temporaire de son séjour. Lizzie avait dû faire appel à toute sa volonté pour s'efforcer de garder le sourire et encourager son ami à partir sans regret.

Cela lui rappelait douloureusement les derniers adieux qu'elle avait faits à un homme, qui ne permettaient aucun retour en arrière.

Et puis, depuis quelques jours, même les mails s'étaient taris. Le poids du silence pesait sur les épaules de Lizzie, même si elle s'y préparait depuis un moment.

C'est mieux ainsi. Retarder l'inévitable n'aurait fait qu'empirer les choses. Il le sait. C'est par gentillesse qu'il coupe les ponts une bonne fois pour toutes.

Sans autre impératif pour la journée, Lizzie se sentit soudain abattue, comme engourdie par un sentiment de vide immense. De l'autre côté des rails, elle aperçut la verdure du petit parc municipal et décida de s'y rendre par le pont piéton et de s'asseoir sur un banc un moment. Ensuite, elle pourrait par exemple s'acheter une dizaine de pâtisseries à sa boulangerie préférée, rentrer à la maison et se remettre à la couture en les dévorant avec une triste gourmandise.

Ses pensées auraient le temps de vagabonder lorsqu'elle serait sur le banc, et plus tard dans la journée en attendant que Shelley rentre du travail. Il était temps de prendre une décision, de faire les bons choix pour son avenir. John lui avait conseillé d'approfondir ses qualités de créatrice de mode. Pourquoi pas ? Sans chercher la notoriété, elle pourrait au moins multiplier les qualifications pour ensuite décrocher un poste convenable dans cette branche.

Ce serait un objectif intéressant, un défi qu'elle se lancerait à elle-même.

Lorsqu'elle décida enfin de quitter la gare, son corps semblait peser une tonne. Au bout du quai, il y avait le pont qui menait au parc… Et si elle rentrait directement chez elle ? Sur un coup de tête, elle opta pour la maison désertée par ses amis et abandonna l'idée du parc. Elle ferait des recherches sur le Net et se lancerait dans sa nouvelle carrière professionnelle plutôt que de ruminer des pensées négatives. De toute manière, ingurgiter une dizaine de pâtisseries la rendrait malade.

En sortant du hall de la gare, elle aperçut un homme assis sur le banc, de l'autre côté du parking. Les rayons du soleil auréolaient sa tignasse blonde d'un halo de lumière… Lizzie sentit ses genoux se dérober sous elle.

John ? Non, ce ne peut pas être lui…

Tandis que l'homme avançait vers elle, ne ralentissant que pour laisser passer une voiture, elle comprit à sa plus grande joie – et à son plus grand choc – que c'était bien lui. Il continuait d'approcher d'un pas leste, ses longues jambes mises en valeur dans son jean délavé, mais Lizzie restait clouée au sol. *Le coquin !* Il portait un pull avec un col en V bleu ciel, une couleur judicieusement choisie pour souligner son regard ravageur.

— Je pensais que vous aviez quitté la région, vous ne m'aviez pas dit que…

Face à son visage d'ange, Lizzie avait du mal à lui tenir tête. John était là, en chair et en os. Comment pouvait-il avoir un tel effet sur elle, plus intense encore que lors de leurs précédentes entrevues ? Elle se délectait de retrouver ces traits familiers, ces boucles blondes plus longues et désordonnées que la dernière fois qu'ils s'étaient vus, et ce sourire de séducteur qui déclenchait des pulsions étonnantes en elle, qu'elle soit fâchée ou non de son retour impromptu dans sa vie.

— Moi aussi, je suis heureux de te revoir, Lizzie, déclara John, toujours le sourire aux lèvres.

Elle avait la sensation de l'avoir quitté la veille, d'avoir quitté son lit et leurs petits jeux fantaisistes à peine une heure plus tôt.

— Pardonnez-moi, John… Je suis heureuse de vous revoir, moi aussi. Seulement, c'est un choc pour moi. Que faites-vous ici ?

C'est injuste, c'est même cruel. Vous ne pouvez pas entrer et sortir de ma vie quand ça vous chante. Je ne suis pas une vraie call-girl qu'on paie puis qu'on oublie, sans rancune.

— Brent m'a prié de venir, il a même insisté. Shelley et lui se font beaucoup de souci pour toi.

Ils se font du souci ? Lizzie était pourtant sûre d'être parvenue à leur cacher son chagrin.

— C'est gentil de leur part, mais je ne vois pas ce qui peut les inquiéter. Je vais bien. Je vais même très bien !

Elle plissa les yeux et s'efforça de garder la tête haute pour ne pas lui montrer à quel point sa présence la troublait et lui donnait envie de se jeter à ses pieds.

— Mais que faites-vous ici ? Brent vous a donné l'horaire de son train ?

— Oui, c'est à peu près ça. Il a pensé qu'on pourrait déjeuner ensemble, puisque tu n'as rien de prévu, aujourd'hui.

Sur ce, John prit la main de la jeune femme et la serra doucement d'un geste presque enfantin. Son expression se transforma en une sorte de gêne, voire de timidité, et il était si étonnant de le voir ainsi, loin de son aplomb affirmé auquel il l'avait habituée, qu'elle eut un hoquet de surprise.

— John, que faites-vous ici ? insista-t-elle, ébranlée par la flamme qu'elle voyait danser dans son regard perçant, où se mêlaient l'espoir et l'appréhension, tandis qu'il serrait sa main si fort que c'en était presque douloureux. Enfin… un homme comme vous ne débarque pas de nulle part, simplement pour emmener déjeuner une vieille connaissance parce qu'elle n'a rien d'autre à faire de sa journée.

— Tu n'es pas une simple connaissance, et tu ne l'as jamais été. Sauf peut-être le premier soir.

Ses mots avaient une telle portée, et son visage grave la touchait droit au cœur.

Elle essaya de retirer sa main, mais sa confusion était trop forte. Entre ses doutes, sa joie stupide et son incrédulité, Lizzie perdait totalement pied.

— Mais le principe de sexe entre amis…, ce n'était rien de plus. Vous disiez que c'était ce que vous vouliez.

John ne libéra pas sa main, mais il relâcha doucement sa poigne douloureuse qui se fit peu à peu caresse, si douce que Lizzie cessa de lutter.

— J'aime me croire maître de mes actes, un féru des affaires à qui on ne la fait pas…, mais, parfois, je peux me comporter comme le pire des idiots.

Il l'attira tout contre lui, libéra enfin ses doigts et la prit dans ses bras dans une étreinte folle de tendresse.

—Comment ai-je pu croire que je pouvais te quitter comme ça? Je devais avoir perdu la tête. Quel dégonflé! Même en croyant que tu nourrissais des sentiments pour Brent, j'aurais dû me battre pour toi. De la même manière que je suis prêt à me battre aujourd'hui…

Oh, il était si bon de se retrouver dans ses bras, de retrouver son parfum délicat! C'était comme si le désordre de ce dernier mois retrouvait une logique absolue. Une logique insensée mais absolue.

—Mais de quoi parlez-vous? balbutia-t-elle, le visage enfoui contre son torse.

Elle eut soudain envie de frotter son nez contre lui, comme l'avait fait Mulder, pour le marquer…, pour marquer son territoire.

—Je vous l'ai dit…, bredouilla-elle. Je te l'ai dit: Brent est un ami, rien de plus. Un ami très proche, et je tiens à lui, mais pas aussi fort que je tiens à t…

—Ah, ah! Alors tu tiens à moi, pas vrai?

Subtilement, le comportement de John évolua vers une assurance victorieuse. Mais pas seulement…

—Évidemment que je tiens à toi, imbécile! Tu as bien raison: pour un homme d'affaires de haut rang et un patron multimillionnaire, tu as manqué de flair! Mon attachement à toi était pourtant évident. Je pensais que c'était justement ce qui t'avait fait fuir, puisque les relations sérieuses, ce n'est pas ton truc.

Leur étreinte aurait pu durer une éternité, car cela prouvait à Lizzie qu'il était vraiment là, que ce n'était pas un rêve et que, manifestement, il ne pouvait lui cacher son enthousiasme grandissant, visible sous la forme d'une bosse dans son pantalon. C'était justement cette sincérité assumée qu'elle aimait chez lui, même au beau milieu d'un élan de tendresse.

Elle parvint toutefois à s'écarter de lui pour plonger son regard dans ses yeux bleus sublimes, où elle lisait la fièvre provoquée par leurs retrouvailles, la joie que Lizzie n'avait jamais osé espérer voir chez lui : la joie de la revoir.

—Je ne sais pas ce qui est mon truc et ce qui ne l'est pas, Lizzie. Mes relations avec les femmes se sont toujours mal terminées, ça m'a détruit… Mais, aujourd'hui, je suis sûr d'une chose, ma chérie : je veux être avec toi. J'ai besoin de toi dans ma vie.

Se penchant doucement vers elle, il effleura ses lèvres d'un tendre baiser. Malgré l'hésitation de son geste, il ne manqua pas d'éveiller en elle des sensations qu'elle croyait ne jamais retrouver.

—Ma belle, j'ai su dès le premier jour que tu aurais le cran de te mesurer à moi et à mes folies, mais ce n'est pas une raison pour me montrer injuste envers toi.

De toute évidence, John menait une lutte intérieure ; la violence du conflit qui le déchirait émanait de chacun de ses gestes. Elle posa alors sa main sur son bras, essayant ainsi de l'apaiser d'un simple contact.

— Tu dois savoir que je ne suis pas du genre à offrir des fleurs et des chocolats ; pourtant, tu mérites toutes les petites attentions du monde. Je ne saurais même plus m'engager dans le type de mariage arrangé que j'ai pu cautionner par le passé. Et puis tu vaux bien mieux que ça. (Le souffle lui manquait, et les muscles de ses avant-bras se crispaient sous les doigts de Lizzie.) Le poids de mon passé… Je dois tirer un trait sur un certain nombre de choses qui m'ont détruit, et cela implique de garder une part de mystère sur ce qui a fait que je suis là aujourd'hui.

Lizzie voulut lui dire que cela n'avait pas d'importance, mais elle se ravisa. Était-ce important ? N'aurait-elle pas envie de lever le voile sur l'ancien John, un jour ou l'autre ? Pour le moment, il se montrait aussi honnête que possible avec elle, et ce n'était dans l'intérêt de personne de le bousculer sur ce sujet délicat. Pour l'encourager, elle caressa doucement son bras.

— C'est pour ça que j'ai la sensation de me comporter en égoïste, balbutia John en se mordillant nerveusement la lèvre. À côté de cela, j'ai besoin de toi, de ta présence à mes côtés ; c'est un désir que je n'arrive pas à contrôler.

Il détourna le regard, mais, lorsqu'il reposa les yeux sur elle, un voile d'angoisse semblait lui masquer la vue ; il se remémorait tous ces vieux démons qu'il avait tant de mal à évoquer.

Se dressant sur la pointe des pieds, Lizzie l'embrassa, balayant ses idées noires.

Serait-elle à la hauteur ? Partager sa vie avec John ne serait pas facile : leurs vies étaient si différentes, et il était si loin de l'idéal masculin sûr de lui et allant droit au but, avec lequel elle pensait se retrouver un jour. La pire lâcheté dont elle aurait pu faire preuve aurait été de tourner les talons pour s'épargner la complexité de cet incroyable amant. Seulement, elle en avait assez de se défiler, de baisser les bras et de ne vivre qu'à moitié.

Sans parler de l'amour qu'elle lui portait. Avec ou sans mystères, elle était amoureuse de John ; qu'importe ce qu'il était en mesure de lui apporter en retour. Ce ne serait pas facile de s'adapter à lui et à ses démons, mais la vie ne mériterait pas d'être vécue sans son lot de complications.

Elle lui adressa ce sourire éclatant et assumé avec lequel elle l'avait hameçonné le premier soir, au comptoir du *Lawns*.

— Écoute-moi bien, monsieur John Smith : je m'en accommoderai. Je ne suis pas désespérée au point de ne pas tolérer la distance que tu tiens à garder entre moi et ton passé. En retour, tu vas devoir te faire à l'idée que je suis moi, et il se peut que j'essaie de diminuer cette distance, de faire tomber les murs derrière lesquels tu te caches. Je peux me montrer très coriace. Tu te sens d'attaque ?

Il hocha la tête et saisit les doigts de la jeune femme pour les embrasser en signe de promesse.

— On est d'accord ? lança Lizzie sans le quitter des yeux.

— Oui, on est d'accord.

Le sourire éclatant du séducteur en chasse reparut sur son visage. Aussitôt, elle glissa la main dans les cheveux blonds de son businessman et reprit possession de sa bouche. Il souriait contre ses lèvres gourmandes, mais ne tarda pas à se laisser emporter par l'intensité de ce baiser qui en disait plus long que tous les plus beaux discours.

S'étreignant avec une passion nouvelle, ils s'embrassèrent avec la force qui sommeillait en eux depuis un mois de frustration. Lizzie était vaguement consciente qu'ils étaient dans un lieu public, et ce ne fut que lorsqu'ils rompirent leur baiser pour reprendre leur souffle qu'elle aperçut la femme qui s'était arrêtée de remplir son coffre de courses pour les observer. Lizzie lui décocha un grand sourire, puis glissa une main sous le coude de John.

— Où va-t-on, patron ? s'enquit-elle.

John la regarda avec des yeux presque aussi ronds que ceux de la passante curieuse et esquissa un petit sourire en coin empreint d'une affection sans bornes.

— Tu es une perle rare, Lizzie. J'ignore ce que j'ai fait pour te mériter, mais je suis heureux que tu acceptes un vieux loup comme moi, plaisanta-t-il. Je séjourne au *Waverley* et je compte t'y emmener dès que possible, pour déjeuner… ou pour autre chose, susurra-t-il d'un ton taquin en posant sa main sur celle de Lizzie accrochée à son bras. (Il se mit à marcher, et la jeune femme lui emboîta tout naturellement le pas.) Une fois que nous aurons mangé… ou fait d'autres choses… nous pourrons établir les règles.

Ah, les règles ! La négociation… Cette fois, ce ne serait plus en client face à son escorte mais bien dans ces rôles sans nom qu'ils occupaient à présent. Trottinant presque à côté de lui, Lizzie savait qu'elle s'accommoderait de tout statut qu'il voudrait bien lui attribuer.

Qu'importait le voyage ! Ce ne serait pas une simple route balisée, elle savait qu'elle serait semée d'embûches. Quelles qu'elles soient, Lizzie savait qu'elle ferait face, qu'ils feraient face ensemble.

Pourvu que sur le chemin elle marche aux côtés de l'homme qu'elle aimait.

BRAGELONNE – MILADY,
C'EST AUSSI LE CLUB :

Pour recevoir le magazine *Neverland* annonçant les parutions de Bragelonne & Milady et participer à des concours et des rencontres exclusives avec les auteurs et les illustrateurs, rien de plus facile !

Faites-nous parvenir votre nom et vos coordonnées complètes (adresse postale indispensable), ainsi que votre date de naissance, à l'adresse suivante :

Bragelonne
60-62, rue d'Hauteville
75010 Paris

club@bragelonne.fr

Venez aussi visiter nos sites Internet :
www.bragelonne.fr
www.milady.fr
graphics.milady.fr

Vous y trouverez toutes les nouveautés, les couvertures, les biographies des auteurs et des illustrateurs, et même des textes inédits, des interviews, un forum, des blogs et bien d'autres surprises !

Aubin
IMPRIMEUR

Achevé d'imprimer en juin 2014
N° d'impression 1404.0484
Dépôt légal, juillet 2014
Imprimé en France
81121207-1